Kirsten Fuchs

Heile, heile

Roman

Rowohlt
Taschenbuch
Verlag

Veröffentlicht im Rowohlt Taschenbuch Verlag,
Reinbek bei Hamburg, September 2009

Umschlaggestaltung any.way, Barbara Hanke/Cordula Schmidt
(Umschlagfoto © Ruediger Knobloch/A.B./Zefa/Corbis)
Satz aus der Minion PostScript, InDesign,
bei Pinkuin Satz und Datentechnik, Berlin
Druck und Bindung CPI – Clausen und Bosse, Leck
Printed in Germany
ISBN 978 3 499 24736 1

Heile, heile

Es geht los und nicht, um anzukommen. Der Samstag, an dem sie das Klingelbrett auf dem Trödelmarkt kaufte, war so außergewöhnlich kalt für Anfang November, dass der Wetterbericht jede halbe Stunde wiederholte, wie außergewöhnlich kalt es für Anfang November sei. Beim dritten Mal «außergewöhnlich kalt» stand sie endlich auf und schaltete dem Radiowecker den Mund aus. Sie zog sich etwas außergewöhnlich Warmes für Anfang November an und fuhr mit dem Fahrrad zum Trödelmarkt.

Sie trank einen Kaffee im Bahnhof am Imbiss im Stehen am Tisch. Richtig schlimmer Imbisskaffee. Bitter, bitter! Der Verkäufer sollte in der Hölle den ganzen Tag diese Plörre saufen müssen. Sie stierte in irgendeine Richtung, und manchmal liefen Menschen durch ihren Blick.

Adrian hatte sich vor drei Wochen getrennt. Schrecklich, schrecklich! Und noch ein Schrecklich, für jede Woche eins. Ohne ihn fühlte sich alles an wie versalzene Schürfwunden. Sie wollte Adrian etwas so Unglaubliches zum Geburtstag schenken, dass er sie wenigstens wieder an seinem Leben beteiligen würde, worauf er seit der Trennung lieber verzichtete. Das fand sie außergewöhnlich kalt für Anfang

November. Er sollte durch ihr Geschenk erkennen, dass sie wenigstens seine beste Freundin war. Sie log sich natürlich die Hucke voller gebogener Balken, denn er sollte nicht nur erkennen, dass sie seine beste Freundin war, sondern auch seine beste Frau, sein bester Mensch.

Der Trödelmarkt war voller Menschen, trotzdem liefen die Geschäfte eher kläglich. Sie standen geradezu. Wenn es irgendwo auf der ganzen Welt etwas gäbe, das Adrian gefallen könnte, sehr gefallen könnte, so sehr gefallen könnte, dass sie selbst ihm wieder gefiel, sehr gefiel, so sehr gefiel, dass er ihr vergeben würde, dann nicht auf diesem Trödelmarkt. Sie müsste eine Zeitmaschine finden und kaufen und dann sechs Wochen zurückwuppen, um nicht fremdzugehen. Oder sie würde drei Wochen zurückwuppen und Adrian nicht beichten.

Adrian hatte nicht gesagt: «Bete Ave-Marias und Rosenkränze und was du sonst noch beten kannst.» Er hatte gesagt: «Ich zieh aus.»

Ihr Angebot war, dass sie doch erst mal ausziehen könne. Von erst mal wollte Adrian gar nichts wissen. Es ging ihm um ein dauerhaftes Erst-mal, solange man erst mal lebt.

Sie zogen dann beide aus, weil die Wohnung für einen allein zu groß war. Eine Woche schlief Adrian auf dem Sofa, obwohl das die Schäm-dich-Schlafecke für sie gewesen wäre, aber er wollte nie wieder im gemeinsamen Bett liegen, wo sie vielleicht …

«Nein, nicht hier. Ich hab nicht hier», beteuerte sie, aber er hatte keine Lust, ihr irgendwas zu glauben. Sie war von heute auf morgen Schlangenmund.

Eine Zeitmaschine gab es auf dem Trödelmarkt nicht, so wie sie das überschauen konnte, aber sie wusste auch nicht genau, wie eine Zeitmaschine aussah. Vielleicht war es der Holzroller mit dem mit Pflaster umwickelten Lenker, die Kaffeemühle, auf der eine Windmühle abgebildet war, der Hornkamm, die Musikkassette ohne Hülle und ohne Beschriftung, der Küchenkalender aus dem Jahre 1976, bedruckt mit Darstellungen von Schnittblumen, das Kartenspiel, bei dem unter Garantie eine Karte fehlte, Bube, Dame, kein König, Ass.

Weil sie zu lange den hässlichen Kalender betrachtet hatte, sprang der Händler sie verbal an. Er erklärte, dass das Jahr 1976 identisch sei mit dem nächsten Jahr. Der Händler sprach über Schaltjahre, und sie sah etwas, das von all dem Trödelmarkttrödel noch am ehesten eine Zeitmaschine sein könnte: ein Klingelbrett voller handgeschriebener Namen, klebrig verdreckt. Eine Familie hieß Klöthgen. Igitt, igitt. Wie Imbisskaffee.

«Wollen Sie den Kalender nun kaufen?»

«Nein», sagte sie erstaunt, und nochmal mit Kopfschütteln: «Nein.»

Der Händler setzte sich auf seinen Campingstuhl zurück und ließ von ihr ab. Er hatte wieder einmal mehrere Sätze umsonst gesagt. Sie konnte unmöglich weiter dort vor dem Stand stehen, ohne etwas zu kaufen. Ihre Augen suchten den Tisch ab: eine Kaffeebüchse der Firma Tchibo mit einem zu großen Deckel der Firma Eduscho, ein Sparschwein in Form eines Kaktus, ein Sparkaktus. Der Händler räumte seine Halswirbel auf, es knackte wie ein Zweitehandnacken.

«Wie viel kostet denn das Klingelbrett?»

«Die Türanlage?», fragte er. «Die ist ganz alt und gut erhalten. Für Sie fünfzehn.»

«Euro?», fragte sie erstaunt.

«Ja, Euro. Oder haben Sie noch Mark? Dann kostet sie dreißig Mark.» Er lachte. Sie zögerte. Er lachte immer noch. Sie immer noch nicht.

«Nee», sagte sie.

«Zehn Euro, und Sie nehmen den Kalender dazu.»

Das war aus ihrer Sicht betrachtet, wenn sie das aus seiner Sicht betrachtete, nicht gut gehandelt. Die Geschäfte mussten wirklich schlecht laufen an diesem Samstag.

«Für neun», sagte er.

Sie schüttelte den Kopf. Das erste Mal in ihrem Leben war sie gut darin zu feilschen, weil sie das erste Mal um etwas feilschte, das sie gar nicht haben wollte.

«Ich nehm den Kalender und das Klingelbrett für sechs», beschloss sie, «letztes Angebot», beschloss sie, weil sie es eben für sechs bekam oder sofort ging.

Dem Händler wurde nach seinen Füßen in den dünnen Turnschuhen das Lachen kalt. «Harte Frau», sagte er, nicht ohne Anerkennung, und verkaufte ihr die zwei Gegenstände für sechs Euro.

Wenn 1976 identisch war mit dem nächsten Jahr, wüsste sie wenigstens, was sie zu erwarten hatte. Sie würde nochmal vierten Geburtstag feiern, Ulrike Meinhof würde sich nochmal erhängen, und der Palast der Republik würde ganz in der Nähe des Trödelmarkts nochmal feierlich eröffnet werden. Sie stopfte die zwei Gegenstände in den Rucksack und verließ mit einem Tempo den Trödelmarkt, als hätte sie etwas Hochexplosives bei sich.

Was will eigentlich dieser dusslige Fisch, der sich auf allen Singlepartys herumtreibt, mit einem Fahrrad, dachte sie, als sie nach Hause radelte. Klingelbrett sucht Kalender. Frau sucht Heimweg.

Als sie zu Hause ankam, waren ihre Hände außergewöhnlich kalt für Anfang November. Sie fand sich außergewöhnlich blöd für Anfang dreißig. Warum hatte sie diesen Kalender gekauft? Und das Klingelbrett erst. Bevor sie die Haustür aufschloss, sah sie sich das erste Mal das Klingelbrett an, auf dem ihr eigener Name stand. Meiler. Das Klingelbrett an ihrem Haus war auch keine Schönheit. Vielleicht war ein Klingelbrett ein Gegenstand, den es in schön nicht gab, so wie Steckdosen. Frau Meiler dachte, dass, wenn in vielen Jahren dieses Haus abgerissen sein wird, wenn wir alle hier weggezogen sein werden, dann irgendeine Frau, in einem Jahr, das identisch sein wird mit 1976, von einer Trennung schwer anlädiert, das hässliche Klingelbrett dieses Hauses kaufen wird, ohne zu wissen, warum. Frau Meiler schloss die Haustür auf, polterte mit ihrem Fahrrad die Kellertreppe runter und wunderte sich, dass sie «Wir» gedacht hatte und in dieses Wir ungefragt die anderen Mieter mit reinzerrte. Sie dachte im Keller «unser Keller, unser Lichtschalter, unsere Ratte». Die Ratte ließ das Rattengift aus den Pfötchen fallen und flüchtete. Ein Leben gerettet.

Frau Meiler ging die Treppen hinauf, «unsere Treppen, unser Linoleum», und schloss die Wohnungstür auf, «aber meine Wohnungstür». An der Klingel stand R. Meiler. R. Meiler ließ ihren Rucksack gleichzeitig mit der Tür fallen, auf den Boden das eine und ins Schloss das andere. Dann setzte sie sich auf den Hocker und kickte die Stiefel in die Tiefen des Flurs. R. Meiler saß noch eine Weile im Flur, der mit mehreren Türen die Möglichkeiten aufzeigte, in der Stube weiter einsam zu sein, im Bad einsam zu sein, in der Küche einsam zu sein oder zum Einsamsein gleich ins Schlafzimmer zu gehen und dort zu weinen. Heule, heule.

Sie entschied sich für die Stube, weil da der Fernseher war. Ihre Hände tauten langsam, jedoch ohne dass Wasser aus ihnen abtropfte. Sie tauten so, wie wenn eine Tüte mit einem Brocken Kartoffelsuppe aus dem Gefrierfach genommen wird. Die Flüssigkeit blieb in den Händen wie in Tüten. Als ihr die Kartoffelsuppe im Gefrierfach einfiel, hatte sie gleich keinen Appetit. Für sich alleine kochen schmeckt nicht. Wenn jemand in ihrer Nähe gewesen wäre, hätte sie «Ach ja» sagen können, aber es war niemand da. Und wäre jemand da gewesen, wäre ihr nicht so sehr danach zumute, «Ach ja» zu sagen. Das ist das Problem an «Ach ja».

Sie hing im Sessel und sah einen Sender, der damit warb, nur Originale zu zeigen. Das klang besser als Wiederholungen. Bill Cosby stellte seinen Kindern eine pfiffige Erziehungsfalle. Danach spielte Alf mit Essen. Dass sie eingeschlafen war, bemerkte R. Meiler erst, als sie wieder aufwachte. Und dann erst klingelte das Telefon.

«Ja», meldete sie sich.

«Hallo, Rebekka!»

Johanna sagte nie: «Hier ist Johanna», nicht mal: «Ich bin's», aber Rebekka wusste immer, dass es Johanna ist, wenn es Johanna war, weil Johanna sich zum Telefonieren verabredete. Sie sagte: «Ich rufe Samstagnachmittag an», und dann rief sie Samstagnachmittag an.

«Na, hast du was für Adrian gefunden?»

Ausatmend: «Nichts.»

«Gar nichts?»

«Ich habe schon was gekauft, aber …»

Johanna fand sowohl den Kalender irgendwie gut, «genial», sagte sie, als auch das Klingelbrett, «spannend», sagte sie. «Und wie geht's dir so? Adriantechnisch meine ich.»

Rebekka versuchte vorsichtig anzudeuten, dass es ihr so schlecht ging wie noch nie einem Menschen zuvor, aber Johanna holte lauter Positivfähnchen heraus und winkte damit fröhlich. Rebekka kam sich veräppelt vor. Sie winkte nicht zurück.

«Na, wie auch immer. Wollen wir heute was machen?», fragte Rebekka.

«Ahhh, heute habe ich keine Zeit. Nee. Lars kommt gleich her. Wie findest du morgen?»

Morgen fand Rebekka gut. Morgen fand Rebekka immer gut, weil in dem Wort «morgen» die Hoffnung steckte, dass über Nacht die beiden Haudegen Freude und Kraft wieder zu ihr zurückkehren würden.

«Ich komm einfach zum Frühstück zu dir, muss doch mal sehn, wie weit du mit der Wohnung bist. Ich ruf dich an, und dann können wir ja nochmal auf einem anderen Trödelmarkt was für Adrian suchen.»

«Dann kauf ich wieder so einen Quatsch wie das Klingelbrett.» Einwurf Rebekka.

Johanna legte ein für alle Mal fest, dass das Klingelbrett toll sei. Ohne es gesehen zu haben, beschloss sie, dass sich daraus etwas machen ließe. «Mach was draus! Kopf hoch, Bekka!» Punkt Johanna.

«Kopf ab, Hanna!» Satz Bekka.

Rebekka räumte die Wohnung auf, weil Johanna am nächsten Tag vorbeikommen würde. Sie hatte «Kopf ab!» zu Johanna gesagt, und die hatte weder darüber gelacht noch dagegen protestiert. Sicherlich war Johannas Gehirn mit der Vorfreude auf Lars beschäftigt gewesen, deshalb hatte sie das rüde «Kopf ab!» nicht gehört. Freundin Johanna war einfach nicht brauchbar, wenn es irgendwo nach Lars roch. Lars ging immer vor, weil er sich nicht so oft aus seiner Ehe rausschwindeln konnte, um zu seiner Affäre zu schleichen. Über ein Jahr lief das schon mit Johanna und Lars. So was heißt Affäre. So was kann man übelnehmen, aber Rebekkas Ausrutscher mit einem Exfreund doch nicht, ein Mann, mit dem sie schon vor Adrian geschlafen hatte. Der in einer anderen Stadt wohnte. Das war eine Wiederholung, kein Original, das war nur Hannes. Das konnte doch nichts wegnehmen, nichts zerstören, nichts ändern. Hatte es aber. Hatte es aber. Hatte es aber. Rebekka würde sich gerne als Entschuldigung vor den Augen von Adrian in den Arsch beißen. Sie ärgerte sich, dass sie dazu nicht gelenkig genug war. Yoga müsste sie anfangen, damit sie sich in den Arsch beißen könnte. Sie ärgerte sich über Johanna und ihr «Mach was draus». Das Einzige, das Rebekka aus allem machte, war Ärger. Sie war wie ein Ärgerrumpelstilzchen, das aus allem Ärger spinnen konnte. «Mach was draus» war doch nur Geseier, mit dem verlassene Frauen beruhigt werden sollen, damit sie nicht töten, ihn oder sich selbst oder eine gute Freundin gar. Was sollte sie denn aus einem Klingelbrett machen? Sollte sie aus dem Klingelbrett ein Fahrrad machen? Ein Fahrrad, das einen Fisch sucht? Und aus dem Fahrrad könnte sie dann einen neuen Mann machen? Und dem kochte sie dann freitags Fisch? Mach was draus! Das sollte Rebekka doch nur daran erinnern, dass jedes Ende auch ein neuer Anfang war, der auch wieder zu Ende gehen würde. Mach was draus!

Rebekka könnte ihre viele Zeit der Volkshochschule anvertrauen und Kissen besticken mit dem Satz «Hier sitzt kein Mann». Sie könnte einen ganz verrückten Kuchen backen, mit Badminton anfangen, was mit dem Badmintonpartner anfangen, und wenn es mit dem Sportsfreund wieder vorbei war, dann: «Tja, mach was draus!»

Die Energie für den Wohnungsputz war pupsgleich entfleucht. Warum sollte sie aufräumen für Johanna? Am Tag ihres Einzugs hatte Freundin Johanna einen Anruf von ihrem Larsi erhalten, der zwei Schäferstündchen im Sonderangebot hatte. Und wer weg war, war Johanna. Sie verschwand so feucht und fröhlich, dass sie fast zu Lars hätte schwimmen können. «Soll ich danach wiederkommen?», hatte sie Rebekka noch gefragt. «Kannste dir stecken», war Rebekkas Antwort. Das fand Johanna lustig, wegen anzüglich, haha.

Nach Alf kam Bonanza. Ein Bruder war verliebt, ein Bruder vermisste die Mutter, der dicke Bruder fraß, ein Rind kalbte. Rebekka versuchte, einen Joghurt zu essen, aber es war wie Katzen mit Zwiebeln füttern. Adrian saß in seiner neuen, nach Farbe riechenden Wohnung und aß allein, während sie ebenso allein in ihrer neuen, nach Farbe riechenden Wohnung hockte und nicht aß.

Rebekka hatte Adrian beim Tanzen kennengelernt. Die unverputzten Wände des Kellerraums saugten den Schweiß der jungen Leute auf, aber Rebekka behielt ihren Schweiß an dem Abend lieber für sich. Sie verharrte in der Zwickmühle, in die sie mit vierzehn eingezogen war, dass sie den Moment gerne genießen wollte, aber sich zu sehr darüber bewusst war, dass sie ihn genießen wollte. Am schlimmsten war es, wenn sie irgendwo Eintritt bezahlt hatte. Dann wollte Rebekka sich ganz viel freuen, um den Preis des Eintritts abzufreuen. In der Hoffnung, dass Alkohol helfen könnte, stand sie am Tresen und trank Bier. Johanna tanzte, von solchen Zwickmühlen gar nichts wissend, mit Jenny derwischgleich ihre Haare in Filz. Jenny war eine Freundin aus der Berufsschulzeit. Rebekka fand sie dumm wie Diätnahrung, völlig ohne Inhaltsstoffe. In der Ausbildungszeit konnte Rebekka noch mit der Diätnahrung reden, die restliche Klasse war geistig gleich ganz im Hungerstreik, aber nach der Ausbildung hatte es sich für Rebekka ausgejennyt. Johanna wollte Jenny unbedingt jedes Mal dabeihaben, wenn es tanzen ging. Sie waren inzwischen seit einem Jahr drei fertige Reiseverkaufsfrauen, deren eigene Reisen am Wochenende nur in diesen Club gingen.

Johanna hopste mit Jenny herum, und beide hielten kichernd die Hand vor den Mund, wenn sie jemandem auf die Füße sprangen. Sorry, sorry. Rebekka wartete an der Bar auf Spaß oder wenigstens eine eigene Entscheidung. Sie war unentschieden, ob sie stinkig auf Johanna war, weil die versprochen hatte, Rebekka irgendwann nach Hause zu fahren. Rebekka sah schon, dass Johannas Nacht erst enden würde, wenn das Tageslicht die Nacht beendete.

Johanna kam verschwitzt zu ihr, weil Jenny auf die Toilette gegangen war, und spuckte ihr ins Ohr: «Du willst gehen, wa?»

Rebekka zuckte die Schultern. Sie schrie nicht gern in der Disco herum. Das war auch der Grund dafür, dass Johanna und Rebekka ihr eigenes System hatten, Männer in Discos zu bewerten, ohne sich anzuschreien. Sie zogen Gesichter, die aussahen wie nach dem Kosten von Erdbeeren, Bier, Brot, Schlamm, Kapern oder Zitrone. Es ging um lecker oder nicht lecker und wie sehr lecker und wie sehr nicht lecker. Johanna war zu der Zeit solo, wie eigentlich fast immer, nachdem sie drei Jahre mit einem Typen zusammen gewesen war, der so ein großes Arschloch war, wie nicht mal Wale eins haben. Johanna fand danach fast alle Männer Brot, ein Grundnahrungsmittel, das man immer essen kann, weil man davon satt wird. Manchmal fand sie einen Mann auch Bierchen, kein wirklich leckerer Geschmack, aber wenn man sich dran gewöhnt hatte, eine schöne Alltagsdroge. Johanna tanzte gern Brotmänner an. Sie suchte gar keine Erdbeere. Johanna küsste Brot, schlief ein paarmal mit Brot, und weg war Brot. Rebekka war seit zwei Jahren mit Hannes zusammen und spielte darum das Spielchen mit dem Männerbewerten nicht mehr mit viel Hingabe. Wenn der Einkaufswagen voll ist, dann ist er eben voll.

Als Rebekka Adrian sah, wollte sie den Einkaufswagen auskippen und ihr Geld zählen, obwohl sie wusste, dass die paar Kröten nicht reichen würden. Adrian war so ein hübscher Typ, wie die Pubertätsrebekka davon einige aus der BRAVO ausgeschnitten hatte, die manchmal durch drei feuchte Paar Mädchenhände aufgeweicht und zerfleddert bei ihr angekommen war. Diese Jungs hatte sie bis zum Zuckerschock angestarrt. Diese Typen hatten Mädchenfrisuren, Sternchenaugen, rote Bäckchen – sie waren wie die Kinder, die man mal haben wollte: süß. Es waren aber auch die Typen, die ihre Fotos, als die Achtziger vorbei waren, gut verstecken mussten, damit keiner einen Lachkrampf bekommt: weiße Jeans, Strähnchen, peinlich, peinlich. So einer stand da. So einer!

Als Johanna Adrian sah, zog sie wie immer ein Brotgesicht. Rebekka hingegen wollte sich nicht nur vorstellen, wie Adrian schmecken könnte, sie wollte schmecken. Johanna feixte, als sie Rebekkas Gesicht sah. «Na aber, Frau Meiler!», schrie sie gespielt entrüstet gegen die Musik an. Sie hätte es gut gefunden, wenn Rebekka Hannes betrügen würde. Das war ein Thema, über das sich reden ließ.

Rebekka schüttelte ihre Begeisterung ab, wie ein nasses Tier den Regen abschüttelt. Das brachte doch nichts. Der war nichts für sie. Und als sie auch ihre Augen von Adrian abschütteln wollte, nahm der seine Hände aus den Hosentaschen, um eine davon Jenny zu reichen, die ihm die ihre hinhielt und danach mit dem Zeigefinger einen unsichtbaren Pfeil quer durch den Club zu Johanna und Rebekka schickte. Das war nicht Amors Pfeil. Der verpeilte Depp mit dem Köcher war vorher schon besoffen durch die Welt geeiert und hatte Adrian auf einer Party halbseitig gestreift. Jenny hatte Adrian auf dieser Party mit den Wimpern zugewunken, aber so was machte Jenny nebenbei, nur so. Sie konnte ihre Augen überhaupt nie bei sich lassen. Adrian hatte sich gemerkt, wo Jenny nach eigener Auskunft tanzen ging. Das hatte Jenny Adrian nur erzählt, weil sie ihn ein geeignetes Pausenbrot für Johanna fand. Johanna interessierte ihn nicht, er war nett zu ihr, und Rebekka interessierte ihn auch nicht, er war nur nett zu ihr, aber Jenny, die sich für Adrian nicht interessierte, interessierte sich auf einmal doch für Adrian, nur so. Rebekka sah, wie Jenny auf der Welle von Anschmachtschaum surfte, die Adrian mit jedem spendierten Drink für sie aufbranden ließ. Rebekka fand Adrian auch aus der Nähe toll. Wie sein dunkelblondes Haar ins Gesicht fiel, wie seine Augen so klar gezeichnet waren, fast wie geschminkt, und so dunkel waren und so Wimpern hatten. Rebekka wollte schon immer einen Mann wie ihn oder aussehen wie er. Er bewegte sich, als wüsste er nicht, wie er aussieht. Fast unsicher. Wie süß! Beinah hätte er eine Flasche Bier umgeworfen. Rebekka lachte über alles, was lustig war, genauso laut wie Jenny, aber Adrian hatte nur zwei Ohren, und die waren beide auf Jennys Lachen ausgerichtet. Johanna schmiss einen Gag nach dem anderen raus. Alle redeten Zeug, nur Rebekka fragte Fragen, die das Schreien in einem Club nicht wert gewesen wären. «Und warum machst du dein Abitur nach? Du bist richtig in Berlin geboren?» Sie konnte dafür nah an sein Ohr. Ein kleiner Ohrring drin.

Jenny nahm Adrian an dem Abend mit nach Hause. Adrian stieß sich beim Sex, kein Wunder bei dem Hin und Her, Amors ungenauen Treffer tief ins Herz. Jenny sagte Huppala und Tschüs. Weg war Adrian, wie niemals da. Jenny sagte, er sei ihr zu unmännlich gewesen, irgendwie hampelig und im Bett darum auch nicht die große Nummer. Kicher, kicher. Rebekka fand das gar nicht lustig.

Sonntag. Rebekka stand auf und machte eine Katzenwäsche, räumte noch etwas auf, kaufte Brötchen, nahm das Handy mit zum Bäcker, weil Johanna anrufen könnte. Tat sie auch.

«Lars' Frau ist heute den ganzen Tag beschäftigt. Bist du böse, wenn ich …?»

«Nein, dann ein andermal.»

«Mach was aus deinem Tag!», sagte Johanna.

Was sollte sie aus diesem Tag schon wieder machen? Sie machte sich nichts aus diesem Tag. Das Frühstück lag geschmiert und verschmäht auf dem Teller. Trennung war die erste Diät, die Rebekka durchhielt. Danach stürzte sie sich in das volle Pflegeprogramm. In Frauenzeitschriften stand, dass man sich nur zehn Minuten Zeit am Tag nehmen müsste für das Dekolleté, nur zehn Minuten für die Tränensäcke, nur zehn Minuten für die Hände, nur zehn Minuten für die Oberschenkel, nur dreißig Minuten für das Haar. Rasieren, rupfen, peelen, cremen, massieren, damit die Falten weggingen, auf die jeder Mensch, der sein Gesicht benutzt, eigentlich ein Recht hat. Vielleicht sahen Models so gut aus, weil sie nie ihr Gesicht verzogen. Rebekka versuchte teilnahmslos in den Spiegel zu glotzen. Sie sah aus, wie sie eben aussah. Wie ein gesundes Landei. Auf dem Landei obendrauf waren kurze blonde Haare, die dünn waren, was in Frauenzeitschriften fein heißt. Fein, fein.

Abends wurde Rebekka angerufen und rief selber an. Wie geht's dir? Wie geht es dir? Und dir? Und dir?

«Och», sagte sie zu Jette. Bei Jette wollte sie sich nicht beklagen. Die beklagte sich auch nie. Jette war wieder zu Hause bis zur nächsten Therapie. Sie erzählte, wie es im Krankenhaus war, dass die Ärzte erst nach der dritten Chemo sagen könnten, ob sie anschlägt. Sie hatte ein gutes Gefühl. Rebekka hatte auch lieber ein gutes Gefühl. Sie verabredeten sich für Dienstag und freuten sich.

«Och, mir ging es schon besser», sagte Rebekka danach zu Ramona und lenkte das Gespräch auf Jette. Was anderes hatte Rebekka sowieso nicht zu erzählen, aber da sie gut darüber informiert war, wie es um Jette stand, konnte sie wenigstens das erzählen. Ramona erzählte, dass sie vor ein paar Tagen erst mit Andy darüber geredet hatte, der mal wieder von seiner an Krebs gestorbenen Schwester erzählt hatte. Rebekka schnaufte, als sie das hörte, und fand, dass Andy nicht immer alle mit seiner toten Schwester erschrecken müsste wie mit einem Gespenst.

Ramona sagte: «Ach, na ja, das ist sicher nicht so gemeint von Andy. Das ist halt das, was ihm bei dem Thema einfällt.»

«Aber seine Schwester ist gestorben. Das ist so was von unpassend. Erzählt er das Jette auch jedes Mal, oder was?»

«Ach, reg dich doch da nicht drüber auf.»

Also regte sich Rebekka woanders drüber auf. Christian wollte davon auch nicht viel hören. Er wollte alle Menschen mögen und unterstellte jedem nur Gutes: «Andy macht sich eben Sorgen. Und Ramona mag Andy, glaube ich, ein bisschen mehr, zumindest mehr als mich.»

Christian wieder! Egal worüber man redet, er redet über Körbe, die er bekommt.

Rebekka hätte sich bei Iris aufregen können. Iris versuchte nie Ärger aufzuhalten. Immer raus damit. Sie hätte nie gesagt: «Andy hat seine Schwester eben geliebt, und Ramona mag Andy eben, und Christian ist halt einsam», aber Rebekka hatte keine Lust, mit Iris zu reden.

Als Johanna, die alte untreue Schlunze, anrief, um zu fragen, ob Rebekka sauer sei wegen der Absage morgens, vergab Rebekka ihr schon beim «Hallo» und erzählte dann der Reihe nach, wer was gesagt hatte.

«Na, geht es Jette nun gut oder nicht? Das ist doch entscheidend», sagte Johanna. Sie war frisch gevögelt gut gelaunt. «Jette hatte als Erstes ’ne richtig geile große Wohnung, ’ne Festanstellung, ’nen Ehemann und ’n Kind. Die kriegt das schon hin. Lass doch Andy reden, was er will.»

Rebekka machte nur: «Hm.» Irgendwas gefiel ihr schon wieder nicht.

Da nach Johanna aber niemand mehr anrief, konnte Rebekka mit niemandem darüber reden, was sie nun schon wieder gestört hatte.

Rebekka wusch ab und erstarrte mit einem tropfenden Teller in der Hand. Wenn Jette immer die Erste war, dann müsste sie auch als Erste sterben. Der Gedanke sprang Rebekka wie ein Raubtier an, hatte schartige Eckzähne und gewetzte Krallen. Johanna war so blöde. Vom Tellerrand tropfte die Zeit ab. Irgendwann würde Rebekka auf diesen Moment zurückblicken können, Teller in der Hand, und wissen, wie alles ausgegangen sein wird. Sie würde wissen, ob Jette gestorben ist. Irgendwann würde sie sich daran erinnern, wie sie einen Teller abgewaschen hatte und sich vorgekommen war wie in einem Film, in einer Schlüsselszene, in der jedem Zuschauer klar wurde, dass es nicht gut ausgehen würde. Jette hatte die dritte Chemo, ein geflicktes Zwerchfell, nur eine Niere, seit diesem Sommer nur noch eine halbe Lunge, noch so viel vor, ein Kind, einen Mann, Sommersprossen, schöne weiße Fingernägel, einen tollen Humor, einen gutartigen. Und immer wieder Tumore.

Rebekka wusch den nächsten Teller ab. Irgendwann würde sie auch wissen, ob Adrian ihr verzeihen oder ob sie einen anderen Mann kennenlernen wird. Als sie fertig war und den Stöpsel zog, das Wasser schnell im Ausguss verschwand, musste sie heulen. Sie wusste nicht, ob wegen Adrian oder Jette, und sie fand es schlimm, dass sie vielleicht wegen Adrian heulte anstatt wegen Jette. Falls sie wegen Jette heulte, fand sie das auch schlimm, weil es nicht zuversichtlich war. Das abfließende warme Wasser legte ihre immer noch kalten Hände frei. Abtrocknen, schlafen gehen, dachte sie. Aufwachen, Montag, im Reisebüro wollen alle Leute ständig weg, aufwachen, Dienstag, alle Leute wollen weg, Jette treffen, zuversichtlich sein.

Aus dem Radiowecker kam «I don't like Mondays». Dann quatschte die Moderatorin mit der hohen Stimme fröhlich in das ausklingende Lied und behauptete, dass sie Montag auch nicht möge. Rebekka fand Montag nicht schlimm. Montag hieß, dass etwas anfing, auch wenn es nur eine Woche war.

Rebekka stand an der Haltestelle mit den anderen müden Gesichtern. Im Bus bekam sie einen Fensterplatz und konnte kurz das Haus sehen, in dem sie ein Jahr lang mit Adrian gewohnt hatte. Sie wollte sehen, ob die neuen Mieter schon eingezogen waren, ob in ihrem ehemaligen Bad Licht war, in der ehemaligen Stube die Gardinen vorgezogen, ob die Lampe an ihrem ehemaligen Hauseingang mal wieder kaputt war. Sie war mal wieder kaputt.

Rebekka schloss den Laden auf. Im Flackern der Neonröhre, die sich erst einblinzeln musste, zuckten die Palmenposter an den Wänden auf, dann war Licht. Die Poster taten so, als wäre plötzlich die Sonne aufgegangen. Im Laden war es saukalt, und Rebekka stellte die Heizung auf vier. Heize, heize.

Sie hängte ihren Mantel in den hinteren Raum, setzte Kaffee auf und schaltete das Radio ein. «I don't like Mondays» und ein Moderator, der drüberschwatzte: «Es ist Montag, es ist kalt, wer könnte bei diesem Wetter …»

Rebekka fuhr den Computer hoch und holte ihren Kaffee

aus der Küchenbuchte. Seit der Reiseanbieter, für den sie arbeitete, auch Safaris im Angebot hatte, stand ein hüfthoher Pappelefant neben der Eingangstür. Er hatte ein Schild im Rüssel: «Komme gleich wieder». Rebekka sollte den Elefanten von innen vor die Eingangstür schieben, wenn sie mal kurz den Laden verließ. Der Elefant war hohl, er ließ sich leicht verschieben, aber gleich als Rebekka ihn das erste Mal verrückte, zerriss sie seine Papierhaut am Hintern. Wenn Dumbo so stand, wie er meistens stand, war sein Hintern zur Wand gedreht. Und wenn Rebekka ihn herumdrehte, weil sie mal kurz den Laden verließ, und Dumbo der Kundschaft sein Schild entgegenrüsselte, dann war ja niemand im Laden, der Dumbos zerrissenen Hintern sehen konnte. Also machte es nichts, auch nicht dem Elefanten.

Früher wurde das Schild einfach an die Tür gehängt, jetzt musste sie einen Elefanten umdrehen. Sie tat das bereitwillig, denn in allen anderen Filialen des Reiseanbieters wurde ja auch jedes Mal ein Elefant herumgedreht. Rebekka trug ein hellblaues Hemd, ein dunkelblaues Jackett, einen dunkelblauen knielangen Rock und ein oranges Halstuch, weil die Kolleginnen in allen anderen Filialen das auch trugen. Die Mitarbeiter sollten an Flugzeugpersonal erinnern und die Reiselust wecken.

Die E-Mails waren da. Die bestellten neuen Kataloge würden erst morgen kommen, aha, aha; eine Beschwerde wegen eines nicht erreichten Anschlussfluges, ohoh; eine neue Tabelle zum Errechnen eines Tauchurlaubes, jetzt preislich gestaffelt nach Einsteigertarif, Profitarif und Familienangebot, soso. Rebekka setzte einen Antwortbrief für die Beschwerde auf. Dafür gab es eine Dokumentvorlage. Name rein, Entschuldigung stand schon da, Erklärung, mit herzlichen

Grüßen. Der Reiseanbieter lehne jegliche Verantwortung ab und rate, sich an die Fluglinie zu wenden. Sie packte in den offenen Briefumschlag noch einen kleinen Prospekt für viertägige Busfahrten und legte den Briefumschlag auf die rechte Tischkante. Im Verlauf des Tages würden noch einige Briefe dazukommen, Buchungsbestätigungen und immer wieder Entschuldigungen, Preiserstattungen und Abwiegelungen. Die Menschen waren leicht vergnatzbar, wenn es darum ging, dass etwas ihren perfekten Urlaub unperfekt beeinflusste, und das konnte die kleinste Kleinigkeit sein: eine schimmlige Gurke in einem Küchenschrank, ein Ausblick in einen Innenhof, ein sexistischer sächselnder Reiseleiter, ein stinkender Busfahrer, eine für Besucher nicht geöffnete Sehenswürdigkeit. Wenn es dann Beschwerden gab, saß Rebekka in ihrem Kostümchen hinterm Schreibtisch und nickte verständnisvoll. Aha. Nein? O Gott! Sexistisch sagen Sie, Frechheit! Wenigstens wurde Rebekka nie für die zwei Hauptgründe verantwortlich gemacht, die einen Urlaub nicht so erholsam werden ließen wie erhofft. Keiner wollte das Geld zurück, weil das Wetter nicht schön war, und bis jetzt hatte sich auch noch keiner beschwert, weil er mit dem falschen Partner verreist war. Rebekka hätte gerne aus Spaß einen Antwortbrief daraufhin verfasst: «Bitte wenden Sie sich mit Ihren Beschwerden an den verantwortlichen Partner Ihrer Wahl und prüfen Sie Ihre Reisebegleitung nächstes Mal vorab genauer.»

Hannes war eine Zumutung im Urlaub. Er wollte sich den halben Tag nur entspannen, was für ihn sitzen, liegen, lesen oder essen bedeutete. Er aß Kekse und kaufte sich billige

Sonnenbrillen. Er cremte sich nur die Nase ein. Den anderen halben Tag raffte er sich auf und suchte Kontakt zu anderen Reisenden und Einheimischen, an denen er seine Fremdsprachenunkenntnis austobte. Hannes lachte viel mit alten zahnlosen Männern, die ihn zum Bier einluden. Rebekka saß wie mit Zahnstochern im Po vor rumpeligen Lädchen und musste sich von der Matrone des Hauses die Haare befummeln lassen. Hannes bat darum, mit Rebekka fotografiert zu werden, und drückte sie fest an sich. Es schlenkerte ihn bei jeder Gasse vom Weg ab, um Katzen zu füttern oder mit Hunden zu spielen. Er knipste dreckige Stellen und dunkle Hinterhöfe. Dass sie nie ausgeraubt wurden in ihren Urlauben, war nur Hannes' Glück als naiv fröhlichem Touritölpel zu verdanken. Wenn sie nach Hause kam, war Rebekka jedes Mal urlaubsreif.

Mit Adrian zu verreisen war immer sehr einfach gewesen. Sie interessierten sich für einige Reiseziele, und dann suchte Rebekka in ihren Prospekten nach einem Angebot, das preiswert war, aber von dem sie wusste, dass es bis jetzt keine Beschwerden gegeben hatte. Sie konnte sich auf die inoffizielle Stiftung Kundentest immer verlassen. Ihre Urlaube waren alle schön gewesen, Madeira, Island, Riga und so weiter. Adrian und sie waren sich unausgesprochen einig, dass sie nur schnuppern wollten. Sie sahen sich alles an, was wichtig und schön war, und aßen dort, wo es sauber und schön war, und schliefen dort, wo es ruhig und schön war. Nachts blieben sie im Hotel. Sie waren nicht die Typen für Abenteuer und Risiko, warum sollte man im Urlaub auch völlig anders leben als zu Hause? Zu Hause waren sie ruhige und beobachtende Zeitgenossen und in Madeira auch, in Island auch, auch in Riga und so weiter. Nach dem Urlaub hatten sie einen Eindruck davon, was für Haare Isländer haben, was für Gewürze in Madeira verwendet werden und was für Lieder in Riga aus dem Radio kommen. Wieder zu Hause waren sie glücklich, weil die Reise sie nicht verändert hatte, weil es keinen Anlass zum Streiten gegeben hatte und weil Rebekka vom Reiseveranstalter immer Rabatt bekam. Eigentlich verstanden sich Rebekka und Adrian im Urlaub sogar besser als im Alltag. Angeblich ist das bei anderen Paaren anders, aber Adrian und Rebekka spielten sich in ihren Urlaubstagen richtig aufeinander ein. Sie wachten morgens fast gleichzeitig auf, hatten gleichzeitig Hunger, wollten erst die wichtigen Sehenswürdigkeiten sehen und dann die unwichtigen, sie wurden nachmittags müde und mussten eine Pause machen. Abends schrieben sie im Hotelzimmer Postkarten und teilten die Liste der Freunde untereinander auf. Zum Schluss unterschrieben sie gegenseitig den kurzen Text des anderen, der davon erzählte, dass sie eine geflochtene Strandtasche in einem dunklen, kühlen Laden gekauft hätten, dass das Wasser den Himmel spiegele oder der Himmel das Wasser, dass Island eine ursprüngliche Erfahrung sei, dass sie sich Fahrräder geliehen hätten und Adrian gestürzt sei. Sie hatte Adrians Arm damals mit ihrem Halstuch verbunden und gepustet. Ei, ei.

Dienstag. Jette sah genauso schön aus wie zu der Zeit, als sie schwanger war. Rebekka umarmte sie, nicht zu lange, aber auch nicht zu kurz, Hauptsache, nicht irgendwie anders als normal. Jette sah meistens gut aus. Sie hatte ein eindrucksvolles großes Gesicht, gar nicht weil sie einen großen Kopf hatte, nur alles in ihrem Gesicht war groß, die Augen, der Mund. Die Nase war nicht wirklich groß, aber lang. Jette sah toll aus mit kurzen Haaren, auch ganz ohne Haare. Sie sah aus wie eine Schwarze mit ihren großen Lippen, aber eben in Weiß, wie eine Athletin eines klugen Sports, vielleicht Hürdenschach. Sie war einfach schön, aber als sie damals schwanger war, blühte sie noch mehr auf, wie mehrere Rosenhecken. Sie schritt würdevoll wie mehrere Richter und saß im Schneidersitz wie mehrere Buddhas. Jette hatte die Komplimente damals abgetan und gesagt, dass sie so schön aussehe, liege daran, dass in ihr ein großes Geheimnis wohne. Und so sah Jette an diesem Tag wieder aus. Ein großes Geheimnis.

«Wie geht's dir?»

«Gut», sagte Jette und nahm Rebekka den Kuchen ab. Sie hatte darum gebeten, dass Rebekka Kuchen mitbringt. Was für Kuchen, war Jette egal, und das war auch gut so, weil es um sechs beim Bäcker keine große Auswahl an Kuchen mehr gab. Nur noch was mit Obst, was Trockenes und was mit Sahne. Irgendwas davon würde Jette schon schmecken.

Jette sagte: «Seltsames Abendbrot, oder? Ich weiß auch nicht, warum mir so viel nach Naschwerk ist.»

«Bist du schwanger?», fragte Rebekka.

«Ach, i wo!», sagte Jette. «Ich hab nich mal mehr meine Tage. Das bekommt mein Körper nich hin. Dafür hat der gar keine Kraft.»

«Wo sind denn Enno und Klara?», wollte Rebekka wissen.

«Die sind bei der Ömmi.» Jette stellte den Kuchenteller auf den Tisch und suchte im Schrank nach Gläsern: «Saft?»

Rebekka nickte. Sie fühlte sich wohl, weil Jette Ömmi

gesagt hatte. Jette hatte einen Hang dazu, Wörter anders zu betonen, als sie normalerweise betont werden. Sie betonte sie oft auf der letzten Silbe, wie es im Deutschen gar nicht üblich ist. Sie sagte Flasch-é, oder Blu-mén. Aus dem normalen Wort Truhe machte sie das beschwingte Tru-hé, wie Juch-hé. Es war hochgradig unverständlich, dass gerade Jette Krebs hatte. Das war unangebracht, so unangebracht, wie Krankheiten immer sind, und dann nochmal doppelt so unangebracht dazu. Wenn Johanna Krebs hätte, dann hätte sie ihn, weil sie unglücklich mit Lars war, weil sie vorher mit einem anderen Mann unglücklich gewesen war und weil sie so viel blödes Zeug redete. Rebekka fielen sogar mehr Gründe ein, warum sie selbst Krebs haben könnte. Die Scheidung ihrer Eltern hatte ihr einige Türen im Vorschulherzen zugeknallt. Die Schlösser blieben eingeschnappt. Rebekkas Eltern hatten ihrer Tochter eine dauerhafte Streitüberempfindlichkeit zusammengeschrien. Das, was ein schöner Zopf gewesen war, wurde damals auseinandergeflochten, meins, deins und Kind. Es wurden Aufkleber in die Kühlschrankfächer geklebt, um das Fach des Vaters vom Fach der Mutter zu unterscheiden, roter Punkt Vater, gelber Punkt Mutter. Gelbe Karte, rote Karte, Platzverweis, raus. Rebekka hatte nicht mehr gewusst, was sie essen durfte und wo ein Kind hingehörte, wenn es um meins und deins ging. Davon kann man Krebs bekommen, aber doch nicht von einem Leben wie dem von Jette, wo immer alles glattging, wie eine neue Rutsche auf einem schönen Spielplatz, auf der man hinuntersausen kann, dass sich die Windjacke bläht. Das frohe Kreischen hallt bis zum Sandkasten, und die Kapuze knattert, und der Schal flattert. Juch-hé!

«Und, wie geht's dir?», fragte Jette und nahm sich die Hälfte des Himbeerkuchens.

«Och, ich stell mich zu blöd an, die Trennung hinzunehmen. Ich glaub das einfach nicht. Das kann einfach nicht sein. Ich bin schon so lange in ihn verliebt. Seit, hm, immer? Und, na ja, für immer? Ich will nicht ohne ihn leben.»

«So was darfst du nicht sagen.»

«Darf ich nicht?»

«Nein.»

«Gut, dann nicht.»

Rebekka nahm die andere Hälfte des Himbeerkuchens, obwohl sie Himbeeren nicht mochte, weil die Kerne in ihren Backenzähnen stecken blieben.

Rebekka erzählte davon, dass sie Adrian ein schönes Geschenk zum Geburtstag kaufen wollte, aber noch nicht die richtige Idee hatte. Sie erzählte, dass sie sich in der neuen Wohnung nicht richtig wohlfühlte. Sie erzählte, erzählte eigentlich alles, außer das mit den Himbeerkernchen. Das kam ihr nicht wichtig vor.

«Ich muss mir deine Wohnung mal ansehen», beschloss Jette.

Rebekka nickte und nahm die andere Hälfte des Marmorkuchens, den Jette mit dem Messer geteilt hatte, so wie sie auch das dritte Stück Kuchen teilen würde, denn geteiltes Leid ist halbes Leid, und geteilter Kuchen ist doppelt lecker. Jette fand die Idee mit dem Geschenk für Adrian gut, sie hatte sogar eine Idee zu der Idee: «Adrian mag doch Filme so gerne und Kino und so …»

Daran hatte Rebekka auch schon gedacht, aber jeder, der Adrian kannte, dachte daran als Erstes, wenn Adrian Geburtstag hatte: Filmplakate, Kinogutscheine, Eimer voller

Popcorn. Sie müsste ihn doch besser kennen als andere, die ihn kennen.

«Was wollte er denn schon immer haben?»

«Julia Roberts», sagte Rebekka.

Jette lachte: «Die ist zu teuer, außerdem wird gerade dieses Geschenk nicht dabei helfen, dass ihr wieder zusammenkommt. Was anderes. Na? Na? Na? Oder ist Adrian einer von denen, die man nicht beschenken kann, so wie Opas und Omas, dann musst du ihm Pralinen schenken. Los, denk nach! Na? Na? Na?»

«Ich kann so nicht nachdenken.»

«Nein? Nein? Nein?»

Sie kicherten sich aus. Danach konnte Rebekka wieder nachdenken.

Einen Flipperautomaten wollte Adrian immer haben. Rebekka war es auf den Keks gegangen, dass Adrian am Computer so viel flipperte. Adrian nannte das Ersatzbefriedigung, ein richtiger Flipper sei viel toller. «Und lauter», hatte Rebekka gesagt. Damit war die Diskussion beendet.

Jette war sich sicher, dass im Internet ein preiswerter Flipperautomat zu finden sein müsste.

«Stimmt», sagte Rebekka und zündete innerlich mehrere Streichhölzer an, und damit dann mehrere Wunderkerzen, die fröhlich runterbritzelten. Juch-hé! Ein Flip-pér! Dann waren die Wunderkerzen runtergefreut, und Rebekka fiel auf, dass Adrian offenbar einen Vorteil davon hatte, dass er nicht mehr mit ihr zusammenwohnte. Er konnte jetzt endlich einen Flipper haben. Das war schlecht. Aber wenn er ihn von Rebekka bekäme, war das schon wieder gut.

«Wie lange ist es denn her, dass du Adrian gesehen hast?»

«Pffff», machte Rebekka mit vollem Mund und pustete Kuchenkrümel, die treffsicher auf den Teller flogen. Sie lachten, und noch mehr Kuchenkrümel wurden nicht treffsicher neben den Teller gelacht.

«Seit dem Auszug. Er hat gesagt, dass er mich erst mal nicht sehen will.»

«Jaaaa, das hat er gesagt. Er hat sich doch getrennt, weil er so eifersüchtig war, also aus Liebe. Vielleicht braucht er noch ein bisschen Zeit, aber irgendwann wird sich das wieder zusammenruckeln. Ich denke, er freut sich, wenn er dich sieht und wenn du kämpfst.» Jette ballte die Faust und sah dabei so stark aus, als könnte sie jeden Typen verprügeln, alles erreichen und auf jeden Fall gesund werden. Rebekka dachte ja auch, dass es sich, wie Jette gesagt hatte, wieder zusammenruckeln würde, wie wenn ein Teil in einer Maschine lose ist und etwas klemmt. Wenn das Teil wieder reinrutschte, dann würde wieder alles funktionieren. Dampf käme aus den Kesseln, beispielsweise Erbsen würden abgefüllt, Etiketten zugeschnitten, Laufbänder würden alles transportieren, und Rebekka bekäme ein Schild, auf dem stünde «Mitarbeiterin des Monats». Sie war zuversichtlich. Jettes Krankheit war zwar nicht ansteckend, ihre Zuversicht war aber ansteckend. Jette wirkte nie so, als ob sie sich Sorgen machte. Die drei Pferde, die ihren Wagen zogen, hießen Wird-schon, Kommschon und Ausdauer! Rebekkas Pferde waren schreckhafte Hottehüs. Sie hießen Kann-sein, Ich-weiß-nicht und Wiesodenn. Rebekka wollte viel lieber Jettes Wagen hinterher, als nachzudenken, wohin mit ihren Gäulen.

Jette und Rebekka pickten wie die Spatzen die letzten Kuchenkrümel vom leeren Teller, aber nicht mit dem Schnabel, sondern mit den angeleckten Fingern.

«Erzähl mal, was die im Krankenhaus gesagt haben.»

Jette winkte ab. «Ach, was die gesagt haben … Sind doch nur Pappnasen. Die haben gesagt, dass sie noch drei Zyklen machen wollen, außer es stellt sich heraus, dass es nicht anschlägt. Das wird nach der nächsten Infusion gekuckt. Dann bekomme ich Tabletten. Das ist Plan B. Und dann gibt es noch eine höherdosierte Chemo. Plan C. Das ist das Zeug, was ich nach der Operation letztes Jahr bekommen habe. Das haut auf jeden Fall alles weg. Es gibt sogar auch noch einen Plan D. Ich hab gefragt, ob sie auch Scheintherapien machen, also mir Placebo verschreiben würden, ohne es mir zu sagen. Das wäre Plan D, haben sie gesagt, und ich hab gesagt, den könnten sie sich klemmen. Das will ich nicht.»

Rebekka nickte und sagte: «Nee, das würde ich auch nicht wollen», wobei ihr selber nicht klar war, ob sie meinte, dass sie es an ihrer Stelle nicht wollen würde oder ob sie es für Jette nicht wollen würde. Sie konnte sich gar nicht richtig in Jettes Lage versetzen, nicht tief genug, um zu überlegen, was sie für sich selbst in dieser Lage wollen würde. Sie konnte sich nicht vorstellen, dass ihr halbe Organe fehlten und dass sie einen Port gelegt bekam, durch den die Chemie in sie eingespritzt werden konnte. Jette hatte Rebekka mal den Port gezeigt. Wie eine kleine Steckdose. Es sah nicht schlimm aus. Sie hatte ihr auch mal ihre große S-förmige Operationsnarbe auf dem Oberkörper gezeigt. «Wie Superman», hatte Jette gesagt. Das sah schlimm aus. Die Operation war letztes Jahr gewesen. Sechs Stunden, und danach fehlte einiges, das Jette vorher brauchte, und einiges, das Jette überhaupt nicht gebrauchen konnte. Ein Tumor, groß wie ein Fußball. Die Chemo danach sollte den Rest erwischen, den die Operation vielleicht nicht erwischt hatte. Eine Art Schiffeversenken mit Atombombe. Jettes Haare wuchsen danach heller und lockig. Jette ging wieder arbeiten, Teamleiterin bei einem der größten Hersteller für Industriekeramik. Sie trug einen Hosenanzug und fuhr zu Messen, um mit einem Teleskopkuli auf Diagramme zu zeigen. Ihr Chef hatte ihr die Stelle frei gehalten und nur vorübergehend mit jemand anderem besetzt, der diese Stelle dann dauerhaft bekam, als bei Jette ein Dreivierteljahr später Metastasen in der Lunge gefunden wurden. Wieder Operation. Halbe Lunge weg. Wieder Chemo. Weil es bei Metastasen in der Lunge klar ist, dass es gestreut hat. So war der Verlauf. Das war der Stand. Rebekka hatte sich fast daran gewöhnt, dass der Krebs zu Jette gehörte. Er kam immer wieder, weshalb er wahrscheinlich dazwischen auch nie weg war. Jette hatte nun mal Krebs, dann wieder nicht, dann wieder doch, jedenfalls starb sie nie daran. Der erste Tumor war zu Schulzeiten entfernt worden. Deshalb musste Jette die Zwölfte wiederholen und kam zu Rebekka in die Klasse. Der erste Tumor war nur im Gewebe, nicht in einem Organ, halb so wild. Ach, viertel so wild. Zwischendurch war gar nichts. Nur Leben. Und dann war der Krebs wieder da, richtig wild, dann war er weg, dann wieder da, wirklich wild. Er tobte in Jette herum wie ein durchgeknallter Hausbesetzer, dem jede Hausordnung egal ist. Er ließ Zellen wachsen, die gar nicht wachsen sollten. Er baute Verbindungen, wo keine sein sollten. Er übernahm sinnlose Aufgaben, die nicht seine Aufgaben waren, Arschloch. Rebekka fand das alles über jedes Schimpfwort hinausgehend. Jette sagte «der Kreps», und das klang wie Crêpes, lecker zu essen, nicht so erschreckend. Das Leben ging weiter, wenn auch mit ungewöhnlichen Momenten. Enno musste Jette die Spritzen geben, die sie zwischen zwei

Krankenhausaufenthalten brauchte und die Jette sich nicht selbst setzen wollte. Er ließ sich anmotzen, wenn es wehtat, und tat so, als würde er nicht hinhören. Jette sagte, sie wäre unzumutbar manchmal.

«Und Enno ist total streng, strenger als das Krankenhauspersonal. Wenn er mitbekommt, dass ich nur faul bin und mich gehenlasse, dann bedient er mich nicht. Frechheit. Ah, wenn man vom Engel spricht …»

Die Wohnungstür wurde aufgeschlossen. Klara flog in Jettes Arme und grüßte ganz lieb von der Ömmi.

«Hallo, Rebekka», sagte Enno und umarmte sie. Das hatten sie die ersten Jahre nie getan. Sie hatten im Krankenhaus damit angefangen, weil es sich in Krankenhäusern leichter umarmt. Nur Jette ließ sich im Krankenhaus nie gut umarmen, weil sie mit ihrem Lungenwassergerät auf Rädern herumlief. Ein anderes Mal waren die Narben zu frisch. Trotzdem wollte Jette immer umarmt werden. Sobald sie wieder halbwegs fit war, wollte sie unbedingt andere Nasen sehen als ihre Zimmergenossinnen, die nervten und manchmal starben. Jette freute sich über Menschen mit Haaren.

«Hallo, Enrico», sagte Rebekka zu Enno. Der grinste. Es war für Rebekka am Anfang schwer herauszubekommen, ob Enno nur so grinste oder aus einem anderen Grund als eben nur so. Er grinste ständig. Er grinste für sich allein, zufrieden, abwesend, wie eine überdrehte Katze. Das kam ihr so unnatürlich gutgelaunt vor, aber ohne dass sich diese gute Laune an jemanden richtete. Er hatte sie nicht von etwas und nicht für etwas, von niemandem und für niemanden.

Nach dem Kuchen gab es noch richtiges Abendbrot, und Rebekka aß das erste Mal seit der Trennung, als hätte sie Bärenhunger, dabei hatte sie nur Bärenappetit. Nach dem

Abendbrot spielten sie «Mensch ärgere dich nicht», und Klara ärgerte sich. Sie verlor, weil sie sich nicht traute, ihre Mutter rauszuwerfen, auch wenn die Klara immer wieder dazu aufforderte. Klara wollte sich mit ihrer gelben Spielfigur lieber neben die hellgrüne Spielfigur von Jette stellen. Rebekka fühlte sich wie im Urlaub, denn ihre Familie hatte nur im Urlaub «Mensch ärgere dich nicht» gespielt, weil es auf dem Zeltplatz keinen Fernseher gab. Bei Jette und Enno wurde immer viel gespielt, weil es nicht nur im Urlaub keinen Fernseher gab. Nachdem einmal Rebekka und zweimal Enno gewonnen hatte, begleitete Enno Klara ins Bad, wo die kleinen Zähne geputzt wurden.

«Und deine Mutter?», fragte Jette in der unmotivierten Art, die sie manchmal wie eine Gesprächsoase zum Entspannen zwischendurch anbot.

«Nu ja, muss ja», sagte Rebekka.

«Und dein Vater?»

«Ja, auch.»

Sie seufzten gespielt altersschwach.

«Hab ich was verpasst?», fragte Enno.

«Nee», lachten die Weiber.

Dann hieß es «Ab ins Bettchen, Klärchen!», und Klara zögerte die Vertreibung aus der paradiesischen Küche mit Küssen und Schmusen raus.

«Jetzt aber los in die Klärgrube!», sagte Enno strenger, und Klara sauste gar nicht müde ins Kinderzimmer: «Ich lass das Licht noch ein bisschen an, ja?»

«Is gut», rief Enno.

Jette erklärte, dass Klara Leuchtsterne an der Decke habe und diese aufladen wolle. «Die hat Enno mit ihr gebastelt», sagte sie in einem komischen Tonfall, mit einem komischen

Blick zu Enno. «Klara hat 'ne Schere benutzt und Enno einen Cutter.»

Rebekka verstand nicht, was hier genau los war, aber es klang so, als ob noch was Lustiges käme. Enno grinste etwas doller als sonst. «Ich hab was druntergelegt», sagte er.

«Ja, einen Tisch», lachte Jette, «was noch nicht so schlimm gewesen wäre, wenn Enno nicht versucht hätte, das seiner Tochter anzuhängen. Der Heinz von einem Horst.» Jette knallte ihre Faust auf den Tisch.

Enno grinste. «Das ist doch viel glaubhafter so. Sag doch mal ehrlich, Rebekka, wenn du tiefe Kratzer auf einem Kindertisch sehen würdest, dann würdest du doch auch denken, dass da ein Kind etwas ungeschickt gebastelt hat. Und du würdest dem Kind keine Vorwürfe machen, weil – so sind Kinder eben. Aber einem liebevollen Vater kann das natürlich auch mal passieren.» Er zwinkerte Jette an.

«Jaja», sagte die und erzählte Rebekka lachend, dass alles nur aufgeflogen war, weil Klara ihrer Mama zeigen wollte, welche Sterne sie gebastelt hatte und welche der Papa. «Klaras Sterne waren die kleinen dicken und Papas die großen mit den dünnen Strahlen. Und der Umriss auf dem Tisch», sagte Jette mit erhobenem Finger, «hat lange dünne Strahlen. Klara hat ja behauptet, dass sie die Tischplatte zerkratzt hatte, und als ich gefragt habe, ob es nicht doch der Papa war, da hat sie geschluchzt: Aber sag dem Papa nicht, dass ich ihn verraten habe.»

Enno hob unschuldig die Hände: «Ich hab ihr nicht gesagt, dass sie mich decken soll. Ich hab gesagt, wir sagen es der Mama, wenn sie aus dem Krankenhaus zurück ist. Wirklich.»

Ihr Lachen trudelte aus, bis die Küche ganz still war und

nur noch die Meditationsgeräusche des Kühlschranks zu hören waren. Ohne das Kind wirkte die Küche viel größer, weil das Geplapper eines Kindes so groß wie ein Mühlrad ist.

Sie öffneten eine Weinflasche, und Enno übernahm dankbar die Aufgabe, im Internet nach einem Flipper zu suchen, anstatt den Damen beim Küchengespräch beizusitzen.

«Darfst du Alkohol trinken?»

«Ich darf alles, was mich froh macht», sagte Jette. «Also, das hab ich mir verordnet.»

Rebekka wäre zu ängstlich gewesen, sich selbst etwas zu verordnen.

«Und auf Arbeit so? Hab ich das schon gefragt?»

«Ach, mal so, mal so.»

Sie seufzten wieder wie alte Herren auf einer alten Bank.

«Ah, aber auf Arbeit war heute wirklich was Interessantes.»

Ein Mann war in den Laden gekommen, um sich zu erkundigen, in welchem ehemaligen Kriegsgebiet es noch Kriegsspuren zu sehen gebe, aber nichts zu befürchten sei. Rebekka hatte geantwortet, dass sie solche Reisen nicht im Angebot hätten. Aber der Mann war sich sicher, dass genau solche Reisen der Markt der Zukunft seien. Jette fand das krank. Sie schwiegen eine Weile, und Rebekkas Gedankengänge trafen sich zu einem einzigen Gedankengang: wie sich alles relativiert. Ihr ging es nicht gut, aber nur aus Liebeskummer, ansonsten war sie rundum gesund. Jette war krank, aber in einem Land, in dem man etwas dagegen tun konnte, in dem die Krankenhäuser nicht mit Kriegsopfern überfüllt waren. Wenn nun eine Frau mit Krebs in einem

Land lebt, in dem Krieg ist, und sie hat noch dazu Liebeskummer, dann bedauerte Rebekka das sehr, aber war vor allem erleichtert, dass sie nicht diese Frau war.

Enno kam zu ihnen in die Küche und sagte, er habe bei einer Ersteigerungsbörse einen Flipper für neunzig Euro gesehen und dafür geboten. «War das richtig?», fragte er Rebekka.

«O Enno, goldrichtig!»

«Wenn du den nicht gewollt hättest, hätte ich ihn auch genommen. Ich wollt auch schon immer einen Flipper haben.»

«Wo soll der denn hin, geliebter Hausherr?», fragte Jette.

Klara rief aus dem Kinderzimmer: «Ich mach das Licht jetzt aus, ja?»

Am nächsten Morgen hatte Rebekka von dem Rotwein einen Kopf. Einen Kopf hatte sie jeden Morgen, doch jetzt fühlte er sich auch an wie ein Kopf, wie zwei Köpfe. Holla, holla. Diese beiden Köpfe waren gefüllt mit einem sich selbst aufblasenden Schlauchboot für sechs Personen. Die Leine, die das Aufblasen des Schlauchboots auslöste, war schon gezogen, aber Rebekkas Köpfe waren sogar beide zusammen zu eng für ein Schlauchboot für sechs Personen. Der Druck war enorm, trotzdem hatte Rebekka nicht so schlechte Laune wie sonst. Sie fühlte sich immerhin nicht leer, denn sie hatte eine schöne Erinnerung an den gestrigen Abend, und sie hatte ein Schlauchboot. Der Weg, der vor Rebekka lag, war nicht mehr voller Geröll, sondern nur von links und rechts mit Gebüsch zugewachsen, das sich mit den Händen zur Seite biegen ließ und dann einen Ausblick auf eine Lichtung freilegte. Freitag hatte Adrian Geburtstag, und vielleicht bekam er einen Flipper und Rebekka einen Kuss. Für das Wochenende danach hatte sie zwei Verabredungen: Samstagmorgen Iris, Sonntagnachmittag Johanna. Rebekka musste sich nicht mehr vorkommen wie die einzige vertrocknete Palme auf einer Insel, die von einem Ölteppich umgeben war. Jetzt ging es wieder los, dachte sie, und erst mal Aspirin nehmen. Wenn es an Adrians Geburtstag nicht gut laufen sollte, dann wäre sie wieder am Boden zerheult, aber immerhin mit Freunden verabredet. Der Ölteppich wurde abgepumpt, die Natur erholte sich, die Vögel wurden frisch geschrubbt von Greenpeace zurückgebracht, und die Palme bekam wieder Wasser. Mit dieser Idylle im Kopf verstand Rebekka auch, dass die Menschen den ganzen Tag zu ihr kamen, um wegzufahren. Ein weißer Strand ist schon etwas Schönes, stimmte Rebekka einem Ehepaar zu, das die ganze Zeit im Reisebüro Hand in Hand blieb. Auch in Norwegen ist es schön, stimmte Rebekka einem jungen Mann zu, der dunkle Kleidung trug und lange Haare hatte, auf dem T-Shirt eine blutige Schrift. Eine Unterkunft brauche er nicht, weil er dort Kumpels habe, bei denen er pennen könne. Warum können solche Typen nicht schlafen, überlegte Rebekka, warum können sie nur pennen? Und warum haben sie keine Freunde, nur Kumpels?

Abends war Rebekka sehr zufrieden mit sich und ihrem Tag. Das Einzige, worüber sie sich ärgerte, war, dass sie sich in den letzten Tagen so viel geärgert hatte. Das kam ihr an diesem Tag komplett bescheuert vor, jeder Ärger ging schließlich als Verlust von ihrem eigenen Glückskonto ab. Sie war weit im Dispo, aber dieser Tag hatte endlich einmal wieder eine kleine Summe überwiesen. Dafür gab es drei Gründe.

Erstens: Sie hatte dem Pappelefanten ein Pflaster gekauft,

und nur sie hatte gewusst, warum sie in der Apotheke so grinsen musste, als ihr einfiel, dass sie gerade ein Pflaster für den Po eines Pappelefanten kaufte. Zurück im Laden, stand der verletzte Elefant schon an der Tür und wartete auf sie. Sie klebte ihm das Pflaster auf den Arsch. So, Elefantenpopo.

Zweitens: Sie hatte neue Strähnchen. Der Frisör hatte sie ohne Termin drangenommen, so wie ein Arzt einen Schmerzpatienten. Jetzt sah sie schmuck aus, vorne hui, hinten hui.

Als sie frisch gesträhnt und gut gelaunt nach Hause kam, hatte sie eine Nachricht auf dem Anrufbeantworter, die ihr Glücksguthaben anwachsen ließ wie nach einer hohen Zinseszinseszinseszinszahlung.

Denn drittens: Adrian auf dem AB. Ob sie nicht … er hätte doch … da dachte er … zum Geburtstag könnte sie doch … mit ihm feiern, also vorbeikommen. Rebekka rief Jette an, um ihr davon zu erzählen. Jette hatte am Vortag versucht, Mut zu machen, und Mut gemacht, sie hatte versucht, Kraft zu geben, und Kraft gegeben, und sie hatte gewusst, dass alles gut wird. Alles wird gut.

«Rebekka!», freute sich Jette, darüber freute sich Rebekka, dann war's aber auch schon vorbei mit Freuen. Jette erzählte, dass sie auch zu Adrians Geburtstag eingeladen sei. Und Enno auch. Das fand Rebekka unnötig, aber wenn es diese Art Geburtstagsfeier sein sollte, die Adrian wollte, dann sollte es eben diese Art Geburtstagsfeier sein, die Adrian wollte. Der Flipper stand jetzt schon bei zweihundertzwanzig, und Enno ließ fragen, ob er noch bieten sollte.

Rebekka schüttelte den Kopf, und weil Jette das nicht hörte, fragte sie: «Ja? Ja? Oder nein? Nein? Ja?»

Das nervte Rebekka. «Nein», sagte sie.

Jette schlug vor, sie und Enno könnten doch etwas dazugeben, aber Rebekka wollte, dass der Flipper nur von ihr kam oder gar nicht.

«Bis Freitag», verabschiedeten sie sich.

Rebekka legte auf und verblieb in löchriger Stimmung wie Bimsstein. Morgen würde sie dem Pappelefanten das Pflaster wieder abreißen.

Nachdem Rebekka Adrian in der Disco kennengelernt hatte, ohne ihn wirklich kennengelernt zu haben, sah sie ihn erst über zwei Jahre später wieder und lernte ihn immer noch nicht richtig kennen. Rebekka war immer noch mit Hannes zusammen. Es sprach auch immer noch nichts dagegen. Hannes war besser-geht's-nicht, und selbst wenn, dann nicht für sie. Mit einem dicken Arsch ist relativ schnell Ende der Fahnenstange. Rebekka klammerte sich zufrieden an Hannes. Sie wollte sich nicht wegwehen lassen, aber unten an der Fahnenstange war auch kein Wind. Rebekka war keine auffallend schöne Frau, man musste schon genau hinsehen, fand Rebekka. Hannes sagte «Papperlapapp», er könne sogar im Dunkeln sehen, dass sie schön sei. Es war schön, bei ihm schön zu sein, aber ohne ihn fühlte sich Rebekka zu sehr wie ein Röllchen, da konnte Hannes noch so oft Sahneröllchen sagen. Sehr lustig, aber nicht hilfreich. Sie konnte mit Hannes nicht abnehmen. Er aß zu gerne. Sie nahm ihm übel, dass er zwei Brotaufstriche auf die Frühstücksbrötchen schmierte und dann Käse und Wurst drauflegte. Es war ein seltsames Gefühl, diesem Mann zu gefallen, der Joghurt mit Tacosoße mochte. Hannes war komisch. Er tat einfach, wonach ihm war, und war zufrieden dabei. Er war sehr intelligent und hatte trotzdem keine Lust gehabt, sein Abitur zu machen. Er sagte, er sei Bauschwein, und er war es auch noch gerne. Er kam dreckig zu seiner dicken Frau nach Hause und freute sich seines Lebens wie ein kleines Tierchen, dem es reicht, dass manchmal die Sonne scheint und manchmal unter einem Tisch im Biergarten ein Stück Bockwurst liegt. Er wollte Kinder machen mit der dicken Frau, aber die dicke Frau wollte das nicht. Rebekka verschob das Thema so leicht, als wären Räder unten dran. Das ging auch so leicht, weil Hannes nie drängte. Alles war gut. Die Wohnung war schön, die Wochenenden gemütlich, der Hannes ein Nest, in das Rebekka trotzdem keine Eier legen wollte. Rebekkas Freundinnen hätten zwar nie einen wie Hannes zum Freund gewollt, aber toll fanden sie ihn trotzdem, lustig und so. Adrian fand Hannes auch sofort toll, als er ihn auf der Baustelle kennenlernte. Adrian hatte sein Abitur nachgemacht und lernte Vermessungstechniker. In den Frühstücks- und Mittagspausen zog es Adrian zu Hannes und Hannes zu Adrian. Sie redeten ewig über Science-Fiction-Romane, die Dreiteiler, die Zweiteiler, die Verfilmungen, die schlechte Übersetzung. Hannes sagte zu Rebekka, er habe einen neuen Kumpel. «Netter Typ, der Adrian», sagte Hannes, und Rebekka dachte an den Adrian, den sie mal kennengelernt hatte, ja, ein netter Typ war das. Vielleicht sind Adrians so. Sie wusste kaum noch, wie er aussah. So gut konnte es nicht gewesen sein. Wie er aussah, fiel ihr schlagartig ein, als sich Hannes und Adrian zu einem Kinoabend mit ihren Freundinnen trafen: noch besser!

Adrian konnte sich an Rebekka erinnern, nicht an den Namen, aber an das Gesicht. Rebekka freute sich darüber. Adrians Freundin sah auch gut aus. Eine Marla. Eine sehr umgängliche Marla, die den Blick freundlich erwiderte und oft schelmisch zwinkerte. Rebekka hätte sich bemüht, ein Haar in ihr zu finden, wäre Marla eine Suppe, aber Marla war eine gute Suppe, und ihr Haar war auch gut. Die Locken echt, das Lächeln echt. Sie schauten sich in einem kleinen Hinterhofkino den letzten Enterprise-Film an, der innerhalb der Enterprise-Woche gezeigt wurde. Danach lästerte Marla mit Rebekka über die pseudowissenschaftliche Sprache des Films: Der Subraumdiskriminator würde irgendwas modifizieren und die Quantensingularität blablabla ein Dings aufweisen, was nur mit Feldbeschränkungstralala überbrückt werden könnte. Rebekka und Marla lachten. Marla zwinkerte charmant. Die beiden Männer erzählten sich etwas, was sie beide schon wussten, nämlich dass Herr Roddenberry von Star-Trek-Fans mal gefragt worden sei, wie eigentlich der Heisenberg-Kondensator funktioniere, und er geantwortet habe: «Sehr gut, danke.» Darüber lachten die Männer, und die Frauen verdrehten die Augen. Dann kam die Bahn, und Adrian war weg. Rebekka dachte auf der Heimfahrt, dass Adrian im Bett Marlas Locken um seinen Finger wickelte. Rebekka wollte Locken haben.

Natürlich war Marla auch auf Adrians Geburtstagsfeier. Sie hatte das Haar zusammengebunden, mit einem Zopfgummi, den andere Frauen in drei Schlaufen um ihre Haare nudelten, der bei Marla aber gerade so einmal um den ganzen Haarbusch reichte. Rebekka versuchte mit einer Nebenbeibewegung, ihre Frisur aufzustrubbeln, damit sie etwas Verwegenes hergab, aber sie wusste, dass sich das faule blonde Pack gleich wieder hinlegen würde. Das Einzige, was ihre

Haare konnten, war sich elektrisch aufladen und sich dann irgendwann entladen. Bumm – als Marla Rebekka herzlich begrüßte, bekam sie es zu spüren.

«Aua, du hast mir eine gewischt.»

Sie lachten.

Jette bekam keinen Schlag, weil Rebekka schon abgeladen war. Enno umarmte Rebekka und sagte, schade, dass es mit dem Flipper nicht geklappt habe. Auch Christian begrüßte Rebekka herzlich.

Adrian hatte Rebekka an der Tür nicht so herzlich begrüßt. Sie hatten sich in einer Umarmung betupft wie zwei frische Wunden mit vier Händen aus Wattestäbchen. Da standen sie. Er sah gut aus. Sie sah, dass er gut aussah. Das rote Hemd. Sein wunderbarer Kehlkopf schluckte. «Alles Gute!»

Rebekka hatte Adrian sein Geschenk gegeben, einen kleinen Spielzeugflipper für die Hosentasche. Es klingelte, bevor Adrian und Rebekka dazu kamen, Satzstummel zu stammeln und zu stummeln. «Und wie geht's?» anstatt «Und wie geht es dir?», «Und sonst?» anstatt «Fehle ich dir eigentlich auch so?», «Schöne Wohnung» anstatt «Du hast eine schöne Wohnung, in der du ohne mich wohnst».

Es kamen Gäste, die Rebekka nicht kannte. Sie stand wie das besungene Pferd im Flur. Sie trabte lieber in die Küche zu den Getränken, bevor sie als Exfreundin vorgestellt wurde. Wenn irgendwer sie fragen würde, wie es ihr geht, könnte sie auf Adrians Geburtstag nicht sagen, dass sie das gerade nicht wüsste, weil das von Adrian abhing. Sie wusste nicht, wie es ihr ging. Es hing von Adrian ab. Erst mal Rotwein.

«Na, wie geht's?», fragte Ramon, ein Freund von Adrian, dessen Freundschaft zu Adrian von der Natur war, dass man sich knuffte und gemeinsam über Labberrhabarber feixte. Es konnte sein, dass Ramon gar nicht wusste, dass Rebekka und Adrian sich getrennt hatten. Adrian redete nicht viel über sich. Aber wenn Ramon nicht ganz so blöde war, wie er aussah, dann konnte er sich das zusammenreimen, obwohl sich Trennung nicht auf eigene Wohnung reimte.

«Du bist ja wieder zu haben», sagte Ramon.

Sie beantwortete das mit einer Mischung aus Nicken und Schütteln des Kopfes und Zucken der Schultern.

«Ach, du hast schon wieder jemanden? Das ging ja schnell.» Ramon stieß seine Bierflasche an ihr Rotweinglas und fragte, ob Adrian auch schon wieder was Neues habe. Rebekka trank Rotwein ab. Das Glas kam ihr zu schwer vor.

«Weiß nicht», sagte sie und freute sich, als Adrians Schwester Grit in die Küche kam. Die mochte sie schon immer, wusste aber nicht warum. Man konnte nichts Schlechtes über sie sagen. Grit sah Rebekka mit kleinen Nadeln im Blick an, weil sie den geliebten Bruder betrogen hatte, gleichzeitig klebte sie ihr mit ihrer warmen Umarmung Pflaster, weil sie wusste, dass es Rebekka selber nicht gutgehen konnte. Rebekka nahm beides an.

Das Gespräch sprach über Adrians Wohnung, und Christian, der dazukam, erzählte von dem Einzug, bei dem sie zwischendurch frühstücken wollten, aber das Besteck noch in der anderen Wohnung war.

«Nein!», rief Grit, die also bei dem Umzug nicht dabei gewesen war.

«Doch!», sagte Christian, der auch bei Rebekkas Umzug dabei gewesen war und auch bei dem Umzug damals, als Rebekka und Adrian zusammengezogen waren. Christian, der Umzugshelfer.

Ramon prahlte von Heldentaten wie Waschmaschinetragen. Sein Gesicht pumpte sich auf wie eine fette Unke. Nicht zum Hinsehen. Rebekka beobachtete lieber Christian, dessen Augenbrauen beim Zuhören hüpften wie zwei kleine flinke Boxer. Wenn Christian redete, ging es richtig los. Dann bewegte sich sein Mund wie aus Knete. Rebekka mochte das sehr gerne, hörte Christian aber nie richtig zu. Er redete sowieso nur über Frauen, die er kennenlernte und die dann vor seiner Euphorie flüchteten. Christian wollte jede Frau, die ihn wollte, immer gleich ganz dolle umarmen und kuscheln, kuscheln, kuscheln. Die Frauen ließen sich dann kuscheln, kuscheln, kuscheln, und wenn sie mehr wollten, suchten sie sich den Mehr-Mann und ließen Christian mit seiner Katze allein. Die wollte auch immer kuscheln. Beim Christian-Beobachten fühlte sich Rebekka von Grit beobachtet. Vielleicht dachte Grit, Rebekka wäre zum Kuscheln, Kuscheln, Kuscheln und mehr zu Christian ausgewichen. Sollte Grit doch denken, was sie wollte. Sie hatte ebenfalls vor drei Jahren ihren Mann betrogen, und dessen Schwester war bestimmt auch auf Grit sauer, hatte aber vielleicht selber auch ihren Mann betrogen.

Rebekka verdrückte sich aus der Küche, um die Wohnung zu besichtigen. Adrians Wohnung war so, wie Adrians Wohnung schon gewesen war, bevor Rebekka und er zusammengezogen waren. Hier ein Stuhl, da ein Sessel, dort ein Tisch. Adrian stellte alles irgendwohin, und wenn ein Filmposter irgendwo hing, fand er es schön. Es hing nirgendwo ein Filmposter. Alles war praktisch und sauber. Sogar die Gemütlichkeit von Unordnung fehlte. Die Wohnung war ungefähr so groß wie ihre und halb so groß, wie ihre gemeinsame gewesen war. Sie hatten also denselben Wohnraum, aber der eine da, der andere da, zwei Bäder, zwei Küchen, zwei Herzen. Ein Jammer. Für einen Albtraum inzwischen zu lang. Adrian hatte sich tatsächlich von ihr getrennt, aber sie zum Geburtstag eingeladen.

Rebekka sah ihn mit Marla reden und lachen. Rebekka wollte nicht in fünf Jahren zu Adrians vierzigstem Geburtstag so mit Adrian herumstehen und «Weißt du noch, hihi» spielen. «Jaja, ach, haha», würde er antworten. Gut, ihr ging es nicht gut. Sollte jemand sie fragen, würde sie das sagen: nicht gut.

Auf dem Stubentisch lagen die Geschenke. Viele Bücher. Er mochte Nachschlagewerke, die waren Werkzeug. Und er mochte Fotobücher. Bücher, die man lesen musste, las er nur, wenn es eine Verfilmung gab, die er dann ansehen konnte, um zu mäkeln, was in der Verfilmung fehlt. Ein Buch über Hitchcock. Ein Kochbuch. Kochen für den Solomann. Er hatte mehrere CDs bekommen, obwohl er selten Musik hörte. Er hörte, was man ihm schenkte. Wein, Tee, Schokolade, ein Bügeleisen für den Junggesellenhaushalt, sehr witzig.

«Warum hast du mir denn den Flipper geschenkt?», fragte Adrian, der sich zu ihr gestellt hatte, damit sie jetzt dasselbe friedliche Bild der Expartner abgeben konnten wie vorher Marla und er.

«Du wolltest doch immer einen Flipper.»

«Ja, aber einen großen.»

«Ich hab im Internet gekuckt, aber ein großer war zu teuer.»

«Weiß ich. Du hättest es mir gar nicht verbieten müssen. Ich hätte mir so schnell sowieso keinen gekauft.»

«Ich hab dir das doch nicht verboten», sagte sie.

Das war ein ganz schön rasanter Einstieg in ihre Aufarbeitungsarbeit. Mitten auf der Feier, mitten rein in die Verbote, du sollst keinen Flipper haben, du sollst nicht fremdgehen, mitten in die Augen sahen sie sich. Adrian war der verletzte Adrian mit den verletzten Augen, und Rebekka war die sich entschuldigende Rebekka mit den sich entschuldigenden Augen. Die Tür war die klingelnde Tür, und weg war Adrian. Wie er in seiner Singlewohnung die Tür öffnete, war falsch. Wie er sich mit seinem Kochbuch das Essen selber kochen sollte, das rote Hemd bügeln mit dem Bügeleisen, war alles falsch. Rebekka konnte nicht weiter seinen Hinterkopf anstarren. Der schönste Haarwirbel.

Rebekka sah sich im Zimmer um, zu wem sie sich wie eine Spielfigur stellen könnte. Sie stand verloren herum. Die Gewinner des Spiels standen zu zweit. Rebekka stellte sich zu Jette und Enno. Und wie ging es ihr so, wollte Jette wissen. Schulterzucken. Es sei eben komisch, Adrian zu sehen. Jette legte ihren Arm um die zuckenden Schultern. Das Gefühl, auf einem Schulfest zu sein, ließ nach. Er würde sie nicht nach Hause bringen, nicht mit ihr tanzen, sie küssen. Rebekka trank Rotwein und strubbelte ihre Frisur immer wieder verwegen. Wenn Jette und Enno weg wären, könnte sich Rebekka schön in ein schlammiges Stimmungsloch fallen lassen und sich da wie ein dickes Schwein herumsuhlen. Sie war fremdgegangen, sie Schwein, sie war dick, sie Schwein.

«So, Süße, wir gehn jetzt.» Jette umarmte Rebekka so doll, als hätte Rebekka Krebs. Rebekka fand diese Fürsorge unangebracht. Sie würde sich ja nicht umbringen, nur betrinken und dann von Christian nach Hause fahren lassen und kuscheln, vielleicht kuscheln, warum nicht kuscheln? Dann hätte Grit nicht umsonst so geglotzt.

Enno fragte nochmal, ob sie mitkommen wolle. Sie würden Rebekka nach Hause fahren.

Rebekka schüttelte den Kopf. Nach Hause. Ein Ort mit neun Buchstaben, waagerecht die Wände, senkrecht der Boden, Fenster rein, und fertig war das beheizbare Rätsel. Was ist ein Zuhause? Da, wo Adrian ist? Da, wo Adrian nicht ist? Rebekka schüttelte nochmal den Kopf. Der schüttelte sich nicht mehr so gut wie sonst, das Blickfeld wirkte beengt, die Bewegung des Kopfes zu schnell für die Augen, sie zuckelten hinterher.

Rebekka war betrunken genug, sich mit Ramon und Christian in der Küche auf dem alten Sofa von Adrians Oma herumzufläzen und dolle Dinger kucken zu lassen, wie Ramon sagte. «Du lässt ja ein paar dolle Dinger kucken.» Rebekka hatte nur erzählt, dass sie als Kind oft nackt aufgewacht war, weil sie sich das Nachthemd im Schlaf ausgezogen hatte. Rebekka wusste nicht, wie das Gespräch auf solcherlei Themen gekommen war und ob sie wirklich vorgehabt hatte, Ramon so was zu erzählen. Sie fing an, langsame Sätze in ihrem Kopf zu denken. Waaas tuuuust duuu hier? Sie trank Wein. Waaaas haaaast duuu vooor? Sie hatte vor, hier noch so lange herumzuhängen, bis sie rausgeworfen wurde. Adrian saß in der Stube und schwieg mit Arbeitskollege Achim, unterbrochen von kurzen Fragen und kurzen Antworten. Sie blätterten in dem Fotobuch und aßen Lakritzstangen. Lange konnte es nicht mehr dauern, dass Achim sehr müde wurde und ging und dass Adrian sehr müde wurde und wollte, dass Christian, Ramon und Rebekka gehen. Waaaas tuuuust duuuu hier bloooooß? Was wollte die träge Stimme von ihr? Wer war die überhaupt? Der Weingeist? Rebekka saß zwischen Ramon und Christian, die von links und rechts einen lockeren Ton anschlugen, der durch die Zutaten schlüpfrige Sprüche, Rebekka knuffen, Rebekkas Namen sagen, anbieten, sie nach Hause zu fahren, wahrscheinlich fast Flirten war.

«Rebekka.» Rebekka hörte ihren Namen, einer der beiden sagte: «Rebekka.» Waaaas tuuuust duuu deeenn nuuur?, fragte die lahmarschige Stimme in ihrem Kopf. Rebekka war schön voll.

«Rebekka.»

«Ja», sagte sie, und mit dem Ja erbrach sie sich auf Christian. Waaas tuuuust duuu daaa?, fragte wieder die langsame Stimme und antwortete selber: Ich koooootzeeee.

Rebekka musste vom Kotzen immer heulen, aber jetzt musste sie sowieso heulen, denn Adrian kam in die Küche und sah alles. «Adrian, es tut mir leid», heulte Rebekka.

Rebekka kam zu spät. Iris saß an einem Tisch, den Rebekka nie ausgesucht hätte. Der Tisch stand genau am Gang zum Buffet. Dafür beschäftigte sich Iris nun seit Jahren mit Feng-Shui. Auf dem Tisch würden Blumen verwelken, Kaffee würde bitter werden, und Hunde würden sich weigern, darunter zu schlafen. Iris saß hinter ihren verschränkten Armen und überblickte den Raum wie ein Aushilfsbademeister. Als sie Rebekka sah, löste sie ihre Armsperre auf.

«Alles in Ordnung?», fragte sie.

«Ah, ja, schon», sagte Rebekka. Sie wollte sich erst mal hinsetzen. Ihr war schlecht vom Trinken oder vom Kotzen, also doch eher vom Trinken, denn ohne Trinken kein Kotzen.

«Du wirkst ein bisschen abwesend. Wirklich alles in Ordnung?» Immer musste irgendwas nicht in Ordnung sein für Iris, dann war alles in Ordnung.

«'tschuldigung», sagte Rebekka und versuchte, ihren Mantel so über die Stuhllehne zu hängen, dass nicht jeder drauflatschte. Iris schaute gespannt dem Gewurschtel zu. Rebekka wurde immer wuschiger. Iris konnte nie einfach mit sich selbst beschäftigt sein, darum konnte Rebekka es bei Iris auch nicht.

«Rebekka.»

«Oh, sag lieber nicht meinen Namen. Gestern hat jemand meinen Namen gesagt, und ich musste brechen.»

«Also geht es dir nicht gut. Erzähl!» Iris setzte sich aufrechter, als wäre sie eine Mauer, die darauf wartet, dass man altes Obst ranwirft.

Rebekka erzählte. Das war nun wieder das Gute an Iris. Man konnte mit ihr den Smalltalk überspringen. Iris nickte wissend, als Rebekka erzählte, wie sie Adrian vermisste, wie sie sich betrunken habe bei ihm und dann … Iris schüttelte lächelnd den Kopf. Sie kannte den ganzen Scheiß. «Der ganze Scheiß» war ihr Nachbar, ihr Exfreund, sie war mit ihm zur Schule gegangen. Vielleicht war sie selbst «der ganze Scheiß». Als Iris hörte, dass Rebekka bei Adrian aufgewacht war, sagte sie nur «Ach?» und ging zum Buffet.

Rebekka wollte nichts essen und wenn, dann nur ganz wenig. Vielleicht könnte sie was von Iris abhaben. Für einen eigenen Teller wollte sie nicht bezahlen.

Iris kam zurück an den Tisch, mit einem Teller voller Eiersalat.

Rebekka mochte keinen Eiersalat.

«Iris? Ich würde doch ganz gerne eine Kleinigkeit essen …»

«Eiersalat», sagte Iris und deutete mit der Gabel auf ihren Teller.

«Ja, mag ich nicht.»

Iris zuckte die Schultern. Irgendetwas ärgerte sie. Auf einmal konnte sich Iris sogar allein beschäftigen, wenn es auch nur mit Eiersalatessen war, aber das tat sie sehr konzentriert.

«Was'n los?», fragte Rebekka.

«Okay, du kommst zu spät. Dann bist du so geizig, dass du von meinem Teller essen willst. Dann erzählst du mir, dass du mit Adrian geschlafen hast. Schön. Also, schön für dich. Nachts wart ihr zu betrunken, miteinander zu schlafen, und dann habt ihr morgens miteinander geschlafen, und darum kommst du zu spät zu unserer Verabredung, weil ich nicht so wichtig bin, da kann man mich hier ruhig warten lassen. Was verstehst du jetzt daran nicht?»

Iris verschlang den Eiersalat, als ob es drauf ankäme, als ob es speziell auf sie ankäme, es war Krieg, der Eiersalat griff an, und nur Iris konnte die Welt retten, die Rebekka gar nicht mehr verstand.

«Es tut mir leid», sagte Rebekka. «Wirklich, ich … Ich bin halt noch ein bisschen durcheinander.»

Iris gab sich versöhnlich, «kann ja mal vorkommen», und war wieder ganz für Rebekka da. «Also war es nicht gut mit ihm, oder wie?»

Auf dem Heimweg vermisste Rebekka die Sonne. Iris hatte sie verschluckt wie ihren Eiersalat.

Johanna sagte ab. Lars hier, Lars da, Lars mich in Ruhe damit. Johanna war wütend, weil Lars nicht genau sagen konnte, wann er seine Nase und was auch sonst noch in ihre Angelegenheiten oder was auch sonst noch stecken konnte. Er hatte «heute» gesagt, aber sie wusste nicht, wann «heute», und darum konnte sie «heute» nichts mit Rebekka unternehmen. «Was war denn bei Adrians Geburtstag?» Es war, als hätte Johanna aufgelegt, noch bevor sie angerufen hatte.

Mit Adrian war es weder gut noch nicht gut gewesen. Es war gar nichts gewesen. Wie ein guter Freund ließ er Rebekka bei sich auf dem Sofa übernachten. Wie ein guter Freund hatte er sie noch ein wenig im Arm gehalten, weil sie weinte. Sein Hals zum Beißen nahe. Er könne ihr nicht versprechen, dass er ihr verzeihen werde. Für Rebekka schwamm die Welt weg. Er tröstete weiter. Ein kleiner Kuss. Gute Nacht. Morgens war sie aufgestanden und gegangen. Einen Blick hatte sie in sein Schlafzimmer geworfen. Der schöne Haarwirbel schlief. Einen Zettel hatte sie hingelegt. Danke und reden müssen. Bitte.

«Ein Kuss, aha», sagte Johanna. «Na, dann: dranbleiben!»

Rebekka fühlte sich kurz abgehandelt.

Da Rebekka den ganzen Sonntag mit nichts und Chips zu Hause blieb, sah sie erst Montagmorgen, dass auf ihrem Mantel das Profil von Schuhen auf den Filz gelatscht war. Iris' Schuhe, wenn nicht sogar Iris' Schuld. Super. Im Laden war es kalt, weil es draußen kalt war. Bei dem Wetter saßen wenigstens nicht die Männer aus dem Imbiss nebenan den ganzen Tag auf grünen Bierbänken direkt unter Rebekka auf der Straße. Sobald im Imbiss die Rollläden hochgezogen wurden, war die halbe Familie des Besitzers da, wie mit Zauberkraft herbeigeploppt. Die Männer trugen Apfelsaftpackungen rein, rauchten und telefonierten. Von draußen musste es aussehen, als ob Rebekka eingerahmt von gelben Zetteln mit Sonderangeboten wie eine Amsterdamer Hure im Schaufenster saß. Rebekka wusste, dass ihr die Imbissmänner nicht unter den Rock sehen konnten. Die Männer interessierten sich außerdem überhaupt nicht für Rebekka. Sie war eine kurzhaarige, stabile Frau. Sie schminkte sich ein wenig, weil ihre Wimpern zu hell waren und ihr Mund zu blass. Aber wenn sie sich schminkte, sah sie danach gerade so aus, wie normale Frauen ungeschminkt aussehen. Sie hatte nach dem Schminken Wimpern und einen Mund, wo sie sonst nichts und fast nichts hatte.

Um die Mittagszeit ging Rebekka einen Falafel kaufen. Sie schob den Pappelefanten vor die Eingangstür und lief zum Imbiss drei Straßenecken weiter. Sie kaufte ihren Falafel nie in dem Imbiss direkt neben dem Reisebüro. Der Falafel drei Straßenecken weiter schmeckte sehr gut.

«Zum Mitnehmen», sagte sie dem Schürzenmann, der die Zutaten geübt mit einer Zange aus den Schalen im Glastresen griff und in die Brottasche warf.

«Ich weiß», sagte der und lächelte genauso geübt, wie er Zutaten mit der Zange greifen konnte. Rebekka bezahlte oft passend, um ihr Kleingeld loszuwerden. Sie zählte das Geld schon im Laden ab. In der anderen Manteltasche waren noch ein paar Cent zur Sicherheit, falls sie sich verzählt hatte.

«Stimmt so», sagte Rebekka, als der Mann mit dem Zeigefinger der einen Hand die Münzen im Handteller der anderen Hand herumschob. Er bedankte sich, Rebekka bedankte sich ebenfalls und ging. Auf dem Rückweg dachte sie darüber nach, ob der Schürzenmann sich bedankt hatte, weil er dachte, Rebekka hätte Trinkgeld gegeben, denn eigentlich sagt man nicht «Stimmt so», wenn das Geld wirklich genau stimmt. In der Manteltasche klimperten die Ersatzmünzen.

Aus dem Nach-Hause-Busfenster sah Rebekka Licht in der alten Wohnung, und in der neuen Wohnung sah Rebekka Licht auf dem AB. Blink, blink! Adrian, der nur «Ruf mal zurück» sagte.

Rebekka wollte lieber vorher mit jemand anderem reden. Als Puffer.

«Na, wie war's noch bei Adrian?»

Dass Rebekka Christian angekotzt hatte, fand Jette nicht schlimm, dass sie geheult hatte, fand Jette verständlich, und dass sie bei Adrian auf dem Sofa geschlafen hatte, fand Jette ein gutes Zeichen. Da Iris alles immer schlimm fand und Jette nichts schlimm fand, fand Rebekka Johanna auf einmal ganz klasse. Die fand immer alles so, wie es war.

«Das wird schon wieder mit Adrian. Ich meine, wenn er dich geküsst hat … und das, obwohl du gekotzt hast …» Jette lachte. «Das ist Liebe.»

«Auf die Stirn», sagte Rebekka.

Als Rebekka Adrian nach dem Kinoabend mit Hannes und Marla wiedersah, war Adrian solo. Hannes hatte es erzählt. Adrian wollte immerzu mit Hannes was trinken gehen. Hannes fragte sich, ob Adrian keine anderen Freunde habe. Rebekka versuchte nachzuhaken, ohne dass es auffiel. Jeder Frau wäre aufgefallen, dass es nicht auffallen sollte, aber Hannes fiel nichts auf. Marla war fremdgegangen. Mehr wusste Hannes nicht. Er hätte es Rebekka erzählt, aber Adrian selbst ging über Andeutungen nicht hinaus. Er hüllte sich in Flüche. Hannes erzählte, dass Adrian jämmerliches

Trinkgeld gab und trotzdem von der Barfrau ganz anders behandelt wurde als Hannes, der immer mehr als aufrundete. Das fand Hannes lustig. Rebekka fand das nicht lustig.

Kurz bevor Rebekka Adrian wiedersah, sah sie eine Kastanie, die hoffentlich noch vom Vorjahr herumlag, dachte Rebekka, sonst war der Sommer wirklich vorbei. Vielleicht war sie einem Kind im Galopp aus der Jackentasche gehüpft, wo sie ein Dreivierteljahr als Handschmeichler gedient hatte. Rebekka trug eine LIDL-Tüte in der Hand und einen blöden Hosenrock. Adrian erkannte Rebekka, sagte «Hi!» und fragte, ob sie es eilig habe. Trotz Tiefkühlerbsen sagte sie «Nein» und zum Kaffeetrinken «Ja».

Sie gingen in eine Konditorei, in der drei alte Omis saßen und dann auch Rebekka und Adrian. Auf dem Tischchen war ein Lämpchen mit Goldfüßchen. Auf den Tellern waren Blümchen mit Goldstielen, der Henkel an der Tasse hatte ein Schnörkelchen, wie eine in Porzellan erstarrte Knospe, auch aus Gold.

Rebekka gab jeden erdenklichen Kommentar zur Einrichtung ab: Die Teller sollten wohl von dem Kuchen ablenken, die goldenen Lampen wohl die Preise rechtfertigen, der Kuchen sei so hart, wahrscheinlich auch aus Gold. Adrian lachte freundlich. Selber machte er keine Witze. Rebekka wusste nicht, worüber noch reden. Adrian sah so cool aus und sah nur so aus. Er wirkte abwesend, als ob er jederzeit aufspringen könnte, um wegzurennen. Rebekka war noch nie mit einem dieser Jungen oder Männer allein gewesen. Sie hatte erwartet, dass die vielleicht immer laut Luft durch die Nase einziehen oder einen Zahnstocher zwischen den Lippen wippen.

«Kannst du dich an Marla erinnern?»

Rebekka nickte, und Adrian nickte auch. Sollte sie sagen, dass Hannes von der Trennung erzählt hatte?

«Was machst du denn eigentlich so?» Er fand es interessant, was sie machte. Reisebüro, aha. «Bestimmt aufregend.»

«Na ja», sagte sie. Er war so hübsch, so vorzeigbar. Ihre Augen knutschten alles ab. Sein Profil war mit einer dünnen Feder in einem Strich durchgezeichnet worden.

«Mit dir und Hannes ist alles in Ordnung, oder?»

Inzwischen tauten die Tiefkühlerbsen in der LIDL-Tüte. Hannes wartete auf sein Abendbrot.

«Ja», sagte Rebekka und nickte wieder, und Adrian nickte auch wieder. Ein seltsames Gespräch. Rebekka wurde ganz unruhig davon, dass Adrian so unruhig war.

Nach längerer Pause sagte er: «Das ist schön … also, dass mit Hannes und dir … dass alles in Ordnung … also schön.»

Rebekka nickte. Sie hätte gerne über etwas gelacht, das Adrian sagt, aber er sagte nichts Lustiges.

«Ich frage mich … Ich würde einfach gern wissen … du bist doch eine attraktive Frau … und hättest Chancen …»

Rebekka lachte. Wahrscheinlich sollte das etwas Lustiges sein. Adrian lachte nicht mit. Seine Augenbrauen zuckten einmal hoch, einmal runter. Nanu, nanu. Dann redete er weiter, zerknüllte dabei wehrlose Servietten, natürlich mit Goldaufdruck. «Und wenn da jemand wäre … also jemand interessiert sich für dich, angenommen …»

Rebekka dachte, Adrian solle sich doch bitte selbst bei den Schultern packen, um die restlichen Wörter rauszuschütteln. Auf was formulierte er da hinaus? Ihr wurde ganz flau. Angenommen, er fände sie gut.

«Aber … dann finde ich … ist meine Meinung … man geht doch nicht fremd. Ich kann mir nicht vorstellen, dass da jemand anders meine Freundin, nee … das geht nicht. Fremdgehen und Lügen.»

Rebekka verstand endlich, was er von ihr wollte. Ihre Meinung. Sie sagte, sie sei derselben Meinung.

«Ich hatte noch keine Zeit zurückzurufen», sagte Rebekka, als Adrian anrief.

«Aber bei dir war besetzt.»

«Ja, Johanna hat angerufen», log sie noch einen drauf.

Adrian sagte, das, was passiert sei, aber er sagte nicht, was … das sei so nicht geplant gewesen, aber er sagte nicht, was geplant gewesen war, und überhaupt könne er das nicht … aber er sagte nicht, was. Es sei eben eine schwierige Situation, darauf konnten sich beide einigen.

«Und dass ich bei dir übernachtet habe, hat nichts zu bedeuten?»

Sie sei eben betrunken gewesen und als sie da war, da habe er sich schon gefragt … aber was, sagte er nicht. Er wolle lieber noch warten, aber sagte nicht, worauf. Er wolle einfach nicht das Falsche tun, und das wollte Rebekka ja auch nicht, aber ihre Ansichten von falsch gingen auseinander. Eine Chance wollte sie und er lieber Abstand. Chance und Abstand waren kein gutes Team. Sie schwiegen immer wieder und sagten immer wieder: «Sag doch mal was.» Rebekka weinte lieber was.

Ja, vielleicht sollten sie sich nochmal treffen und darüber reden, wenn es dir hilft. Bis bald.

Rebekka wusste nicht, ob er bei dem Treffen noch einmal

rechtskräftig Schluss machen wollte. Das würde ihr nicht helfen. Sie schluchzte das ganze Gesicht ins Kissen, und danach tappte sie durch die Leere und die Wohnung und suchte einen Ort, an dem es nicht wehtat. Bald war dehnbar. Bald war gar nichts. Bald war Weihnachten. Bis bald.

Rebekkas Fahrrad konnte nicht auf bald warten und fuhr am Mittwochabend zu Adrian, wie von allein fuhr es dahin, obwohl es den Weg noch nie gefahren war. Dann schämte es sich und fuhr nach Hause, um im Keller zu weinen.

Am Donnerstag fuhr es schon wieder den Weg, den es inzwischen schon kannte und am Freitag zum dritten Mal fuhr. Dann klingelte das Fahrrad unten bei Adrian.

«Ja?»

«Ich bin's. Kann ich raufkommen?»

«Äh … Ähm.»

Adrians Wohnungstür war offen, ohne Adrian in der Nähe. Rebekka stand im Flur, unentschlossen, ob sie die Schuhe ausziehen sollte, den Mantel hinhängen. Adrian lief an ihr vorbei in die Küche, hielt auf diesem Weg kurz inne, sagte «Hi!» und begann, in der Küche zu klappern. Rebekka folgte ihm, wie sie war, mit Schuhen und Mantel. Adrian hantierte herum wie ein Schauspieler, der improvisieren soll, aber unbedingt ein Drehbuch braucht. Eine Stirnsträhne zerteilte ihm das Gesicht in zwei grantige Hälften.

«Soll ich wieder gehen?»

«Du hättest, finde ich, vorher fragen können, das wäre fair gewesen … Ob du überhaupt kommen darfst.»

«Du hast doch gesagt, dass wir uns …»

«Ich hab gesagt, dass ich Zeit brauche.» Er begann eine ungemütliche Teezeremonie, entriss dem Schrank die Tassen, schaufelte teilnahmslos wie ein Totengräber Tee in den Beutel, erhängte diesen in der Kanne und forderte dann erst seine Exfreundin auf, sich hinzusetzen: «Da!»

Rebekka setzte sich auf das Kotzsofa.

«Adrian, ich wollte nicht …»

«Du hast mich … ich weiß gar nicht, was wir darüber reden sollen … du hast mich verdammt nochmal betrogen. Einmal oder zweimal, was weiß ich, wie lange schon … Warum soll ich dir nur irgendein Wort glauben?»

«Einmal», bettelte Rebekka, wenigstens das eine Wort zu glauben.

«Ist ja auch egal. Ist einmal zu viel.» Er dachte gar nicht daran, sich hinzusetzen, rieb in endloser Wiederholung seinen Zeigefinger am Daumen, als ob er Dreck entfernen wollte. Diese kleine Bewegung übertrug sich in den Körper und ließ seine dünne Drinnenhose vibrieren. Rebekka wurde ganz krampfig davon, ihn anzusehen.

«Ich kann dir gar nicht sagen, wie leid mir alles tut.»

Adrian rieb jetzt beide Zeigefinger an beiden Daumen, wie ein Autist, dessen Dominosteine durcheinandergeraten sind. «Das kann schon sein. Mir tut es auch leid. Wenn ich dir das verzeihen würde, dann kannst du es ja nochmal machen und nochmal …» Er schüttelte den Kopf. Nicht mit ihm.

Der Wasserkocher klackte seinen Hebel runter, und Adrian verbrühte den Tee, ersäufte jedes Blatt, schmiss den Deckel auf die Kanne und drehte sich wieder zu Rebekka um, mit einem Blick: Und jetzt bist du dran.

Rebekka hatte keinen Satz mehr zur Verfügung, den sie nicht so oder ähnlich schon gesagt hatte. Nie wieder würde so etwas vorkommen, so leid tue es ihr, sie habe es ihm doch gebeichtet, immerhin, ich liebe dich, er müsse doch …

Er musste gar nichts, das gab er deutlich zu verstehen. Adrian sagte traurig ihren Namen, dreimal, wie einen Hexenzauber. «Rebekka, Rebekka, Rebekka.» Er setzte sich zu ihr, um ihre Augen mit seinen zu penetrieren. Ewigkeiten. Ihre Tränen bettelten. Er küsste die Tränen weg, überall, wo sie hinflossen, küsste er ihnen hinterher, und sie flossen überallhin. Rebekka griff sofort zu und fing ihn ein, schnappte ihn und verstaute ihn. Rebekkas BH als Kette um den Hals. Die Hose als Fallstrick um die Fußknöchel. Die Schnürsenkel der Schuhe blieben zu. Sie taten das Bekannte, aber außerhalb des Bettes hatten sie es noch nie getan. Es war trotzdem sein Körper und ihrer, und sie wussten sich zu reiben. Das Sofa roch nach Kotze, oder sie bildete es sich ein. Er schlief mit ihr wie ein Hund, der drübermarkiert, oder sie bildete es sich nur ein. Auf dem Sofa, ohne Schnörkel, geradeaus. Keine Bewegung zu viel. Mit stiller Strenge daneben geblickt. Ein Körper versuchte zu halten, der andere wegzustoßen. Danach zog er sich aus ihr zurück und sagte, er könne so was nicht, sagte aber nicht, was. Der Tee war zu weit gezogen und bitter geworden.

Schon auf dem Heimweg meldete sich dasselbe Gefühl zurück, wegen dem Rebekkas Fahrrad losgeradelt war. Das Fahrrad war nur getreten worden. Rebekka dachte, dass es aufwärts ging, fuhr den Berg runter nach Hause.

«Gut siehst du aus», begrüßte Rebekka Jette.

«Hm, lieb gemeint», sagte die.

Rebekka hatte Brötchen mitgebracht, für ein schönes Sonntagsfrühstück. Kuchen hatte sie auch.

«Oh, ich hab gar keinen Appetit», sagte Jette. Sie sagte

nicht «App-è-tit», scha-dé. Die Küche war wohlig geheizt, aber Jette schlang sich trotzdem eine Decke um die Hüfte, ein zu langer Rock mit Fransen. Rebekka verkniff sich die Sorgen, denn Jette wurde von Sorgen krank.

«Wo sind Enno und Klara?»

«Die sind auf dem Spielplatz. Haben es hier nicht ausgehalten mit mir.»

«Wieso? Geht's dir so schlecht?»

Jette war am Vortag aus dem Krankenhaus gekommen. Sie blieb immer nur drei oder vier Tage zur Behandlung da. Rebekka wollte sie wie immer besuchen, aber Jette war nicht so besuchsgeil wie sonst. Am Schlafen und Kotzen sei sie und wolle einfach nur nach Hause, hatte sie am Telefon gesagt. Die Infusion knallte wie Sau, und in ihrem Zimmer lag eine Asiatin, die die zwanzigste Chemo machte. Nicht schön, aber immerhin war die Frau am Leben.

«Ach, na ja, Krankenhaus. Wenn ich raus bin, versuch ich das ja nur zu vergessen. Wie beim Zahnarzt. Danach isses vorbei. Ich hab heute schlechte Laune verbreitet. Ich glaube» – sie lachte kurz –, «ich wollte Enno vergraulen. Mein Kurschatten hat mir eine Mail geschickt. Das hat mir so die Laune versaut.»

Rebekka steckte das Brötchen fest. Sie beeilte sich zu kauen. «Dein WAS?»

«Kurschatten habe ich gesagt, richtig gehört, Kurschatten. Freunde nennen ihn auch Tobias.» Als Nächstes erzählte Jette, dass Enno seit über einem Jahr nicht mehr mit ihr geschlafen habe.

Das war nicht das schöne Sonntagsfrühstücksgespräch, auf das Rebekka sich gefreut hatte. Ein Jahr lang war Jette nicht eingefallen, mal vom brachliegenden Ehebett zu erzählen. Und die Kur lag doch auch schon eine Weile zurück, von einem Tobias war da keine Rede gewesen. «Oh», sagte Rebekka zusammenfassend und ärgerte sich dezent.

«Genau: Oh», stimmte Jette zu. «Ja, aber klaro, Enno hat sich in eine sportliche, völlig gesunde Frau verliebt, also bis auf die Narbe am Pops. Ich war aktiv, berufstätig, schöne lange Haare. Und dann? Eine kranke, zerschnippelte Frau. Natürlich sagt er das so nicht, dass er mich nicht attraktiv findet. Er sagt, dass er sich Sorgen macht. Sorgen machen impotent.» Jette zog das Gesicht so, dass die Abstammung vom Affen nicht zu leugnen war. «Da weißte nicht, was du sagen sollst, wa?»

«Ein Kurschatten», sagte Rebekka, denn sie wusste schon, was sie sagen sollte: dass Fremdgehen zu Trennung führen konnte.

«Weiß Enno das?»

«Ach, i wo! Wo denkst du hin?» Jette zog sich die Decke enger um den Körper. «Ist doch schon alles schwierig genug so. Es ist eben einfacher, wenn zwei zerschnippelte Krebsies miteinander schlafen. Die sind dann so: Zeig mal deine Narbe, aha. Er hatte Nasenkrebs, klingt komisch, ist aber so.» Jette lachte. Rebekka lachte vorsichtig mit.

«Ist schon in Ordnung. Tobias hat auch gelacht, als er mir das gesagt hat. Nasenkrebs. Er hatte die halbe Nase weg. Das ist auf Kur ein bisschen wie Ferienlager. Immer wenn Neue kamen, haben wir an den Tischen gesessen und gleich gekuckt, ob uns jemand gefällt. Weißt du, mit Miriam. Die ich da kennengelernt habe.»

Von Miriam hatte Jette erzählt, von einem Tobias nicht.

«Und als Tobias kam, fand ich ihn sofort nett. Also, nur nett. Nichts Ernsthaftes. Nee, was soll ich Enno davon erzählen? Der Arzt hat gesagt», fuhr sie im Ton altkluger Kinder fort, «ich soll alles machen, was mir guttut. Jaha, hatta gesagt. Und ich hab einfach mal wieder GV gebraucht.»

Rebekka hatte keine Lust zu lachen, machte lieber wieder: «Hm.» Als es mit Hannes nochmal dazu gekommen war, hatte sie halt auch mal wieder GV gebraucht. Adrians Interesse war mangelhaft gewesen, und das ohne Krebs.

«Ach, Henriette Behr.»

«Henriette Rosa Behr!»

«Echt? Rosa?»

«Ja, nach der Ömmi.»

Sie erholten sich beim Locker-Herumschnackeln von dem schweren Gesprächsthema. Die leichteren Gesprächsthemen waren Anschaffungen, dies und das gekauft, dies und das im Schaufenster gesehen und zu teuer gefunden. Als sie sich genug erholt hatten, konnte es zum nächsten schweren Gesprächsthema gehen. Adrian. Geschlafen hatte er mit ihr. Da er kein Schuft war, konnte es nur das bedeuten, was Jette und Rebekka fanden, was es bedeutete.

«Was hat er denn gesagt?»

«Er sagt immer, dass er Zeit braucht.»

Jette zog sich ihre komplette Kampfmontur an, Schild, Helm, Speer, und puschte Rebekka auf vierfache Kraft: «Wenn du ihm zu viel Zeit lässt, gewöhnt er sich nur dran, dass du weg bist. Du musst da sein. Du musst dir holen, was du haben willst. Willst du es haben oder nicht? Du musst ihm das zeigen. Woher soll er es denn sonst wissen?»

Rebekka ging nach Hause und hätte jedes Fußballspiel gewonnen, jeden Wettbewerb im Dreierhopp, im Apfelweitwurf. Zu Hause versuchte sie, Adrian anzurufen, damit er nicht vergaß, dass sie da war. Er war allerdings nicht da oder ging wieder nicht ran oder ging immer noch nicht ran.

Am nächsten Tag auch nicht.

Johanna sagte nicht ab. Lars war über das Wochenende mit seiner Frau verreist. Ogottogott. Johanna übertrieb total. Sie hatte ein Jahr lang Zeit gehabt, sich daran zu gewöhnen, dass er eine Frau hatte, mit der er auch mal verreiste, sie hätte genug Zeit gehabt, es zu beenden, oder sogar, es zu beenden und sich inzwischen mit dem Ende abgefunden zu haben. Rebekka fehlte manchmal das Verständnis für ihre Freundin, selber schuld, schön dumm. Auf dem einen Foto, das sie von Lars kannte, sah er aus wie Nasenolli, mit dem Rebekka zur Schule gegangen war. Aber wo die Liebe, da kein Gras mehr. War ja auch Winter.

Johanna kam zu Rebekka und sah zum ersten Mal das Klingelbrett, das sie durchs Telefon so spannend gefunden hatte. Als sie es sah, fand sie es gar nicht so spannend. Da habe sie sich aber was anderes vorgestellt.

«Du musst was damit machen. Ist ja nicht zum Hinsehen.»

Johanna zog als Verdeutlichung, wie sehr das Klingelbrett zum Nichthinsehen war, eine ihrer Fratzen, für die Rebekka sie bewunderte, nicht nur weil Johanna sie konnte, diese Nina-Hagen-Schnute, den dummen Eisbärenproll aus einer jahrelangen Ahnenreihe von Eisbäreninzest, den überglücklichen Oscargewinner, sondern vor allem fand Rebekka toll, dass Johanna das machte, obwohl es sauhässlich war.

«Na ja, du kannst es ja …»

«… wegwerfen», murmelte Rebekka.

Den Kalender von 1976 mit den Schnittblumen sackte

Johanna gleich ein, um ihn nächstes Jahr in ihrer Küche aufzuhängen. Sie habe da neben der Tür so einen Fleck von einer erschlagenen Schnake. «Das passt doch wie Zeitung auf Schnake.»

Rebekka war froh, den Kalender los zu sein. Das Klingelbrett würde vielleicht auch noch irgendwer haben wollen, um es über ein anderes erschlagenes Insekt zu hängen.

Im Fernsehen lief ein lustiger, zu Herzen gehender Film. Das, was lustig sein sollte, fand Johanna lustig, und das, was zu Herzen gehen sollte, ging Rebekka zu Herzen. Sie aßen lecker Chips mit unlecker schlechtem Gewissen. Am Ende des Films gab es einen in das Footballstadion hineingeschrienen Heiratsantrag, und Rebekkas Reflexe reagierten wie klassische Hollywoodreflexe. Johanna meckerte auf den Film und rief: «Ach komm, Bekka, das ist doch nicht dein Ernst!»

Als Johanna ging, wurde es schön ruhig in der Wohnung. Rebekka dachte so etwas Biederes wie «ruhige Wohnlage» und fand ihre Wohnung gar nicht so schlecht.

Betreff Adrian hatte Johanna gesagt, was Jette gesagt hatte, und als Rebekka versuchte, genau das zu tun: Hol ihn dir, hol ihn dir, da ging er wieder nicht ans Telefon.

Dienstag kam Buchhaltungsbastian in den Laden. Die meisten Sachen konnte er auch zu Hause arbeiten, aber manchmal musste er neue Unterlagen abholen. Er war verwitwet, wegen des Arschlochs Krebs. Fünfundvierzig war Frau Bastian geworden, eine lebensfrohe Frau, wie Herr Bastian sagte. Lebensfroh war für ihn ein wichtiges Wort. Er bekam ein religiöses Gesicht, wenn er es aussprach. Herr Bastian redete gern einen über den Durst, sozusagen. Sein Mund bewegte sich beim Reden nicht auf und zu, sondern nach links und rechts, als ob er Körner zwischen den Zähnen zerrieb. Er nuschelte von früheren Reisen. Er war viel gereist, das hatte er auch gleich erzählt, als er sich damals im Reisebüro vorstellte, obwohl die Buchhaltung eines Reisebüros auch nicht mehr mit Reisen zu tun hatte als die Buchhaltung in einem anderen Betrieb. Buchhaltung hatte er gelernt, nachdem seine Frau gestorben war. Sie war Buchhalterin gewesen, und nach ihrem Tod wollte er nicht mehr als Lehrer arbeiten. Die Kiddis hätten ihn fertiggemacht. Rebekka konnte sich vorstellen, dass die Kiddis ihn einfach nicht verstanden hatten, wenn er immer so nuschelte. Englischlehrer war er.

Er war mit seiner Frau nach Amerika gereist, nach Asien, nach Australien, aber zuerst nach Amerika, wie er an dem Tag erzählte. Rebekka sagte: «Oh, schön» oder «Aha» oder fragte unpräzise: «Ach?»

«Un da hatten wir Blut geleckt an Überseereisn.» Seine Augen funkelten wild.

Rebekka sagte: «Huch», weil es so bedrohlich klang.

«Wir sin in Amerika fünf Wochn rumgefahrn. Un zum Schluss warn wir in New York. Da is was ganz Ulkiges passiert … Wir warn in eim Frühstücksladen in Manhattan, un aufeima hörn wir Deutsche, un wir drehn uns um un ham gesacht: ‹Ah, Landsmänner›, un eina der angesprochnen Männa sacht denn ganz barsch: ‹NEIN!› Da warn wir aba erstaunt.» Wieder funkelten seine Augen so wild, dass Rebekka Angst hatte, er habe schon wieder an irgendetwas Blut geleckt. Am tollsten, oder wie er selbst sagen würde «dollsten» fand sie seine Nase, deren dünne Haut lauter geplatzte Adern durchscheinen ließ. Eine richtige nordische

Nase, die nur bei Wetterverhältnissen wie an der Küste entstehen kann. Das Blut in Herrn Bastians Nase war Ebbe und Flut mitgegangen. Im Winter war es bei eisigem Wind gefroren, und dann waren die Adern geplatzt wie Flaschen auf dem Balkon.

«Wir ham uns gewundert, so ein unfreundlicher Mann, ham wir gedacht …», kaute Herr Bastians Mund die Wörter.

Rebekka fragte sich, wie Herr Bastian etwas zusammen mit seiner Frau gedacht haben konnte. Sie hatten sich sogar zusammen gewundert.

«Un dann hat der Mann gesacht, dass er kein Deutscher is, sondern ein Jude. Der wa natürlich nich so gut zu sprechn auf Landsmann.» Herr Bastian lachte wie ein Spielzeuggewehr. Wir, wir, wir, lachte Herr Bastian, so klang es.

«Un dann, das wa no viel verrückter. Da hat der uns gefracht, wo wir her sin, un wir ham gesacht, Schenefeld, un da fracht er uns, obs die Linnenbleiche no gibt.» Herr Bastian lachte sein ganzes Spielzeuggewehrmagazin leer, bis ihm die Tränen in den Augen standen. Rebekka verstand nichts. Sie legte ihren Kopf schief und kam sich dabei vor wie der Pudel ihres Vaters.

«In New Yooork!», jauchzte Herr Bastian. «Da kennt jemand die Linnenbleiche. Da hat mein Vadda gearbeitet. Und der Jude au bis zum Hitleranfang. Nee, so was.»

Rebekka schüttelte ungläubig den Kopf: «Ja, so was.»

«Un wir wolltn imma no ma nach New York, aba meine Frau is ja …» Sein Mund mahlte weiter, ohne etwas zu sagen, knabberte immer noch daran, kaute und arbeitete und konnte es nicht schlucken.

«… gestorben», sagte Rebekka.

Herr Bastian nickte. «Danke», sagte er leise und erhob sich, um seine Stullen zu holen, etwas zu kauen und dann zu schlucken.

Wir, wir, wir, wir. Adrian ging nicht ans Telefon. Rebekka schrieb in der Pause E-Mails. Ich will mit dir reden. Löschen. Ich möchte mit dir reden. Löschen. Es wäre mir sehr wichtig, mit dir zu reden. Löschen. Können wir nicht miteinander reden? Löschen. Ums Reden ging es doch gar nicht. Ich will dich küssen. Ich will, ich will, ich will an deiner Seite sein. Der Computer schickte die E-Mails nicht ab. Rebekka war froh darüber. Sie konnte sich nicht wie hier, der Knilch mit dem Bußgang auf Knien nach Canossa benehmen. Oder doch? Die U-Bahn fuhr mit Rebekka zu Adrian. Dem Fahrrad war es zu kalt draußen.

«Kann ich raufkommen?»

«Rebekka?»

«Ja, hallo.»

«Ich, ähm, das geht nicht. Ich ruf dich an.»

Rebekka bewachte das Telefon, aber es klingelte gar nicht oder zu leise, um gehört zu werden.

Nächster Tag.

«Darf ich raufkommen?»

Der Summer summte.

Wieder stand die Tür oben einfach offen, ohne dass Rebekka willkommen geheißen wurde, aber sie war ja auch nicht willkommen. «Ich gehe doch nicht extra nicht ans Telefon, damit du herkommst.» Sie durfte raufkommen, aber nicht bleiben.

Übernächster Tag.

«Rebekka, du kannst doch nicht … ich meine, wenn ich sage …»

Sie durfte raufkommen. Sie war nach der Arbeit nach Hause gefahren und hatte sich dann das Schönste unter den Mantel gezogen, das in ihrem Schrank verstaubte, weil die passenden Gelegenheiten fehlten. Einmal ausgeschüttelt und parfümiert und los.

«Wie siehst du denn aus?», fragte er erstaunt. Sie waren ein komisches Paar. Er in der Drinnenhose und sie im Kleid.

Reden müssen. Nichts mehr zu sagen. Doch. Nein. Muss aber. Kann aber nicht. Sei doch vernünftig. Fehlst mir. Du mir ja auch. Hier bin ich. Zu früh. Nächste Woche?

«Vielleicht ist es aber auch zu spät», sagte Adrian. Er begann, den Satz in Stein zu meißeln. Rebekka riss ihm den Meißel weg, den Stein auch und ergriff seine Hände.

Zweite Chance. Warum? Ich bitte dich. Wenn du herkommst … im Kleid … wie du da sitzt … ich weiß nicht, wie ich mich verhalten soll … als ob es dir nur um das eine geht … was soll ich denn machen? Mach doch, wonach dir ist. Du überredest mich ja geradezu dazu. Wozu? Ja eben, wozu? Krise. Nur eine Krise. Bitte. Weiß nicht. Bitte. Verspreche dir. Kannst du doch gar nicht. Kann ich. Kann ich nicht glauben.

Rebekka fing an zu schwitzen. In Seifenopern waren solche Gespräche mit vier Sätzen erledigt, aber in der Realität breiteten sie sich aus bis in die Nacht hinein. Ein schreckliches Skript. Auf eine zwischenzeitliche Einigung stießen sie mit Wein an. Akzeptiere es. Es ist aus. Heulen. Trösten. Trinken. Versichern, dass man sich gern hat. Natürlich hat man sich gern. Aber erst mal kann er sich nicht vorstellen, dass …

Erst mal!

Rebekka umarmte ihn mit den Beinen. Sie könnten ja erst mal …

Sie lag danach neben Adrian wie neben sich. Eine Freitagnacht, in der wichtige Dinge geschehen waren, überall auf der Welt und in Schöneberg. Da Rebekka am nächsten Tag nicht arbeiten musste, tat sie schlafend, um zu bleiben. Eine Schlafende weckt niemand, um sie vor die Tür zu jagen. In der Hoffnung, dass Adrian sie beobachten würde, rekelte sie sich und spielte ihm Seufzlaute vor. Das könnte sie nie jemandem erzählen, dass sie hier auf sinnlich machte, wo sie in einem Körper hockte, in den sie nie freiwillig eingezogen wäre. Lügen fand Adrian das Vorletzte und das Letzte Fremdgehen, jaja, weiß ich, dachte Rebekka und drückte ihren Po an Adrian, wie nebenbei. Aber vielleicht war das die Vitaminspritze, die die Beziehung gebraucht hatte. Es schien ja was gebracht zu haben. Eine Entspannung, weil sie nichts zu verlieren hatte, was sie nicht schon verloren hatte. Adrian legte seinen Arm um sie. Wie schön, ein Dach aus Arm.

«Stell dir vor …», rief Rebekka am nächsten Tag Johanna an.

«Nein!»

«Doch!»

«Das ging aber schnell. Du bist mir eine. Wie hast du das denn gemacht?»

«Tja», deutete Rebekka nichts an und fühlte sich wunderschön dabei. Sie hatte ihn verführt. Jetzt brodelte es los, das Leben.

«Na, wir versuchen es nochmal», sagte sie zu Jette.

«Du hättest ihm gar nichts von Hannes erzählen müssen. Meine Meinung.»

«Hm.»

Rebekka wollte nichts dazu sagen, dass Jette Enno nichts sagen wollte. Im Verschweigen ihrer Meinung übers Verschweigen verschwieg wiederum sie selbst etwas. Eine in sich geschlaufte Paradoxluftschlange, die niemandem die Party versaute. Rebekka war sich wohlig.

«Ich bin ja mal gespannt, ob er dir wirklich verziehen hat», zweifelte Iris.

«Doch, ich glaub schon» – kleinlaut Rebekka.

«‹Ich glaub schon› ist ganz unsicher», sagte ausgerechnet Iris, die daran glaubte, dass Steine Energie aufnehmen und abgeben, Steine; dass Himmelskörper den Charakter mehr bestimmen als Eltern, Himmelskörper; dass man nach einem Wochenendworkshop plötzlich eine Lichtsäule in sich drin haben kann, Lichtsäule. Iris kam Rebekka immer vor wie: «Om, verdammte Scheiße nochmal!» Niemand war weiter davon entfernt, in Harmonie zu leben, als Iris.

Andy sagte sie es nicht. Er rief an, weil er eine Feier für den Tag plante, an dem vor fünf Jahren seine Schwester gestorben war.

Rebekka holte sich in den nächsten Tagen die Bestätigung von Christian, Ramona und Johanna, dass das beknackt sei. Sie hatten Andys Schwester nicht gekannt. Jette einzuladen fanden sie auch unter aller Sau, beknackt hoch vier, unter aller Kanone.

«Der hat doch nicht mehr alle Eier im Kuchen», sagte Johanna. Rebekka fiel fast vom Sofa vor Lachen. Johanna war 'ne Marke!

Andy legte seine Feier dann auf den zweiten Advent und lud zu einem Adventskaffeekuchen. Der Todestag seiner Schwester war drei Tage später. So ging es. Es gab sogar etwas zu feiern. Ramona hatte wieder Arbeit gefunden. Sie war Optikerin. Sie trug sonst immer Kontaktlinsen und bei der Arbeit jetzt auf Wunsch des Chefs eine Brille.

«Heben wir das Glas auf die Brille», erhob Andy weltmännisch seinen Kaffeepott. Wie immer am Wochenende hatte er einen Anzug an.

Andys Eltern waren da, aber auch sie sprachen nicht von der toten Tochter. Andy hatte Kerzen angezündet, obwohl es draußen noch hell war.

«Wo is'n Adrian?», fragte Johanna.

Rebekka wusste es nicht.

«Kommt später», wusste Christian. Adrian war bei einem Händler, der Flippergeräte verkaufte. Rebekka wusste das nicht.

Als Adrian kam, gab er allen eine kalte Hand. Der Händler hatte ihn stundenlang in einer zugigen Fabrikhalle vollgelöffelt. Rebekka bekam auch nur eine kalte Hand. Das bekamen alle mit, aber Rebekka am meisten. Sie kullerte sich in sich ein.

«Und hast du einen Flipper gefunden?», fragte Christian.

«Nee, der hatte nur zwei, aber mit zu viel Schnickschnack.»

Ramona lachte. «Was denn für Schnickschnack?», fragte sie aufgeregt, bestimmt war es lustiger Schnickschnack. Ramona kam aus Rumänien. Sie war als Kind hergekommen und hatte nie aufgehört, deutsche Wörter lustig zu finden, Lollipop, Brimbamborium oder Knusperknusperknäuschen. Rebekka war dabei gewesen, als Ramona bei diesen Wörtern solche Lachkrämpfe bekommen hatte, dass zu befürchten war, sie würde sich die Kontaktlinsen rausheulen.

Adrian zuckte die Achseln: «Schnickschnack halt.»

«Es waren wahrscheinlich eher Provinzflipper, mit 'ner Tröte und 'ner Bimmel», half Johanna aus und stopfte sich Stollen in den Mund.

Ramona beömmelte sich und hielt sich dabei an Adrians Arm fest. Rebekka loderte vor Eifersucht einen ganzen Wald in Asche. Es reichte ja schon, dass er seine Hände am Tee wärmte anstatt an Rebekkas warmen Händen. Noch dazu hatte er sich neben Ramona gesetzt, nur weil da noch Platz war. Er hätte auch zu Christian sagen können: «Rutsch mal ein Stück.» Das hätte Christian doch sofort gemacht.

«Provinzflipper», lachte Ramona und schmiss sich auf Adrians Schulter, um im Gackern nicht von der Holzbank zu rutschen. Alle anderen lachten über Ramona. Rebekka gab sich Mühe, wenigstens schief zu lächeln. Sie wollte lieber in eine Urschreitherapie und losbrüllen. Insgesamt war es ein lustiger Nachmittag. Andys Vater gab sich für jeden Kalauer her, der sich anbot. Christian erzählte vom Aikido und dem Falltraining. Da in der Trainingsgruppe auch zwei Rollstuhlfahrer waren, musste Christian manchmal Rollstuhlfahrer umschubsen. Das sei gewöhnungsbedürftig, sagte er. Sie kicherten in den Abend hinein. Als ausgekichert und ausgetrunken war, zogen sich alle die dicken Sachen an und redeten unten auf der Straße vor Andys Haus noch kurz Atemwölkchen zur Verabschiedung.

«Soll ich dich fahren?», fragte Johanna Rebekka schneller

als Adrian, und der machte keine Anstalten, das genauso wenig wie Rebekka zu wollen. Die anderen Nebelwölkchen dampften zum Bus und zu ihren Autos davon, und als sie weg waren, sagte Adrian: «Ich kann dich auch fahren.»

Johanna zwinkerte Rebekka zu. «Meine Dienste werden nicht mehr benötigt. Wünsche, gut zu ruhen, die Herrschaften.» Sie ging ab mit einem Knicks.

Adrian fuhr Rebekka nach Hause, küsste sie kurz, liebevoll schielenden Blickes, wünschte gute Nacht und war weg. Willst du nicht mit hochkommen, hatte er verneint, müde sei er, aber bis dann. Wann dann war, war Rebekka egal, solange es ein Dann gab. Im Bett lag sie ohne ein Dach aus Armen, unbedacht.

Andere fuhren zu Weihnachten einfach zu ihren Eltern, aber Rebekka fuhr erst zu ihrer Mutter, die auf halbem Weg zum Vater wohnte, dann zu ihrem Vater und dann zurück zur Mutter, die auf halbem Weg nach Hause wohnte. Rebekkas Mutter war einsame Spitze darin, Vorwürfe zu machen, die sich wie eine Armee Widerhakenigel im Herz einnisten konnten. Und so war es besser für Rebekkas Herz, wenn sie am zweiten Weihnachtsfeiertag zu ihrer Mutter zurückkehrte. «Du bist einfach mit dem Zug an mir vorbeigefahren», würde sie sonst sagen, in einer Betonung, als wäre Rebekka über sie drübergefahren. «Na ja, wenn du schnell wieder nach Hause musst, dann musst du das eben, aber …»

Meistens sagte Rebekkas Mutter nicht, was aber …

Rebekka konnte sich schon denken, was diese Sätze hinten unterschlugen. Aber dann weine ich, aber dann bin ich allein, aber du wirst in der Hölle der verlorenen Seelen der bösen Töchter verrotten. Rebekkas Mutter war nach der Scheidung allein geblieben und damit glücklich, aber …

Aber auch unglücklich.

Rebekkas Vater hatte sich nach der Scheidung eine neue Frau angelacht, die Frau hatte schon drei Kinder, und Rebekkas Vater zeugte mit ihr nochmal zwei drauf. Im Haus ihres Vaters steppte der Bär, bis er umfiel und einschlief. Man war sehr wach oder sehr müde, lebendig oder tot. Bei Rebekkas Mutter war das nicht so zu unterscheiden. Darum stand ihr Rebekkas Anwesenheit mehr zu als dem geschiedenen Ehemann. So ist das Gerechtigkeitsempfinden einer einsamen Frau.

Die Mutter holte Rebekka jedes Mal vom kleinen Bahnhof ab, obwohl sie keine zehn gemütlichen Laufminuten vom Bahnhof entfernt wohnte und Rebekka diesen Weg Tausende Male gegangen war, allein und sogar nachts, als Kind, später als Schülerin. Am Morgen hatte Rebekkas Mutter bei ihrer Tochter angerufen und gesagt, dass sie nur eine Viertelstunde auf dem Bahnsteig warten könne, weil es so kalt sei. Sollte Rebekkas Zug also eine Verspätung von mehr als einer Viertelstunde haben, dann müsse Rebekka sich nicht wundern, wenn niemand auf dem Bahnsteig stehe.

«Mutti, du musst mich überhaupt nicht abholen. Ich gehe die paar Schritte auch allein. Mir wird schon nicht die Bahnschranke auf den Kopf fallen.»

«Sei nicht albern», hatte ihre Mutter gesagt. «Ich mach das doch gern, aber …»

«… du sagst es ja bloß», beendete Rebekka den Satz, den ihre Mutter mal wieder nicht beendet hätte, ohne sich Gedanken darüber zu machen, ob das nach dem Tod Scherereien geben würde. Vielleicht müsste ihr Geist ewig herumspuken und alle Sätze beenden, die sie unfertig dahingesagt hatte.

Im Zug hatte Rebekka überlegt, dass ihre Mutter sie so gerne vom Bahnhof abholte, weil sie dann überhaupt mal aus dem Haus kam. Seit sie vor vier Jahren arbeitsunfähig geschrieben worden war, passierte überhaupt nichts in ihrem Leben. Rebekka hatte sie damals zum Arzt gedrängt, weil sie sich nicht länger die Beschwerden über den Rücken anhören wollte, und Rebekkas Mutter schlug daraufhin vor, sie werde einfach nicht mehr jammern, anstatt endlich zum Arzt zu gehen, um ihre Schmerzen zu beichten. Es war absurd für Rebekka. Mit ihr war die Mutter wegen jedem lauen Pup, der nicht ganz normal roch, zum Arzt in die Kreisstadt gefahren, aber als es bei ihr selbst im ganzen Gebälk knirschte, ging sie nicht hin, bis Rebekka sie dazu zwang. Danach waren sie ein halbes Jahr verstritten, aber ohne sich mal richtig zu streiten. Rebekkas Mutter war Hebamme gewesen. Sie war aus der Generation, die nichts ist, wenn sie nichts arbeitet, und die auch nichts ist, wenn sie keine Familie hat.

Da stand sie nun, das kleine bunte Empfangskomitee, in einem sportlichen knallgelben Anorak, der groß und starr wie ein Gerüst war, das die Mutter daran hinderte, sich auf dem Bahnsteig wie ein dünnes Nachthemd zusammenzufalten. Auf dem Kopf trug sie eine lila Wollmütze mit wuschligen roten Streifen, die wie dünne Federn bei jeder Bewegung zitterten. Ein ulkiger Vogel, dessen Vogelblick unruhig hin und her flatterte, auf der Suche nach der Tochter hinter einem der Fenster im einfahrenden Zug.

Rebekkas Mutter hatte die seltsamsten Befürchtungen, die sich Rebekka vorstellen konnte. Sie nahm im Leinenbeutel noch einen Leinenbeutel mit zum Bäcker, als könnte dieser größere Brötchen als sonst gebacken haben. Sie holte Geld lieber nicht am Geldautomaten, falls der Automat sich mal verzählen würde. Sie wollte Fahrkarten nicht am Fahrkartenautomaten kaufen, weil die Fahrkarten in dem Automaten alle sein könnten. Sie wollte im Bus auf dem Krankensitz sitzen, als könnte sie noch kränker davon werden, wenn sie auf einem normalen Sitz saß. Damit Lebensmittel nicht sofort nach dem Kaufen verdarben, musste man sie in drei Lagen Aluminiumpapier einwickeln, auch Obst. Auf einem Reinigungsmittel musste stehen, dass es Bakterien wirkungsvoll bekämpft. Seit es probiotischen Joghurt gab, musste sie jeden Tag welchen essen. Abends mussten die Gardinen zugezogen werden, damit niemand eine alte Frau auf dem Sofa begaffen konnte. Und wenn ihre Tochter zu Besuch kam, dann versuchte Rebekkas Mutter, das Kind zu entdecken, bevor es auf dem völlig leeren Bahnhof anfing, nach der Mutti zu weinen und halb blind vor Tränen auf die Schienen taumelte. Rebekka stieg aus, und ihre Mutter kam ihr flink entgegengewackelt. Die kleine Frau gab ihr die Hand und umarmte sie dann erst, weshalb die beiden sich festhaltenden rechten Hände gegen Rebekkas Bauch drückten wie auf dem Parteiabzeichen der SED. Kaum waren beide Hände der Mutter wieder frei, knetete sie unruhig die kalte Luft, und Rebekka wusste, sie musste ihr irgendetwas zum Festhalten geben. Rebekka gab ihrer Mutter die Tüte, in der der Reiseproviant gewesen war und in der sich jetzt nur noch eine Bananenschale und eine leere Flasche befanden. Ihre Mutter griff nach der Tüte und lief sofort los, als ob es um drei plötzlich dunkel werden könnte.

Auf dem Zehn-Minuten-Weg nach Hause fragte ihre

Mutter alles, was sie ganz schnell wissen wollte. Sie griff nach diesen Informationen wie nach der Tüte mit den Resten des Reiseproviants. Rebekka antwortete knapp. Sie wusste, dass sie die restliche Zeit nichts mehr mit ihrer Mutter zu reden hätte, wenn sie jetzt zu ausführlich antwortete. Ihre Mutter kommentierte jede Antwort kurz und fragte sofort nach dem nächsten Stichpunkt. Sie wollte wissen, ob auf der Arbeit alles wie immer sei («Ja.» – «Schön, schön.»), Rebekkas Rücken keine Probleme mache («Nein.» – «Gut, gut.»), Jette immer noch Krebs habe («Ja.» – «Mensch, Mensch.») und ob die neue Wohnung größer sei («Nein.» – «Aha.»).

Sie gingen am Blumenladen vorbei, der schon immer ein Blumenladen war, aber jetzt «Floristika zu allen Anlässen» anbot. Dann noch der Bäcker, in dessen Schaufenster seit über einem Jahr eine Motivmarzipantorte für Motivmarzipantorten warb, auf der Torte ein ewig brennendes Marzipanhaus und eine ewig löschende kleine Marzipanfeuerwehr. Dann waren sie zu Hause, ohne dass Rebekkas Mutter dazu kam, zu viel über die neue Wohnung zu fragen. Rebekka hatte gesagt, die Wohnlage sei besser. Mit oder ohne Adrian war gar keine Frage für Rebekkas Mutter gewesen.

Die Mutter zog sich eine bequeme Haushose an, türkiser Samt, dazu Lammpuschen an die Füße. Wenn sie auf dem hellgrünen Sofa saß, konnte Rebekka gar nicht hinsehen. Lange musste Rebekka die bunte Mutter auf dem Sofa aber sowieso nicht ertragen, denn die kleine Frau blieb keine fünf Minuten sitzen. Sie brachte Kekse aus der Küche und wieder zurück in die Küche, dasselbe mit löslichem Cappuccino und Nudeln mit Schinken in einer Plastikdose. Sie hielt Waffeln aus dem Naschschrank hoch und legte sie zurück. «Du weißt ja, wo alles ist, und nimmst es dir dann einfach, ja?»

«Ja, Mutti. Bleib doch mal sitzen. Du machst mich ganz verrückt», sagte Rebekka.

«Ich mach mich ja selber verrückt, was denkst du denn», antwortete die Mutter. Gegen vier wurde die Lichterkette am Weihnachtsbaum in die Steckdose gesteckt. «Ich hab Bier im Kühlschrank.» Obwohl Rebekka wusste, wie Bier aussieht, zeigte ihre Mutter ihr die Flasche und trug sie dann wieder in die Küche. «Na, erzähl doch mal», sagte die Mutter, und Rebekka erzählte irgendwas. Um acht wurde der Weihnachtsbaum wieder ausgeschaltet und das zweite Stockwerk des Hauses aufgesucht. Rebekkas Mutter legte sich jeden Tag gegen acht Uhr hin und sah dann bis um zehn fern. Rebekka ging in ihr altes Zimmer, atmete tief ein, das ganze Zimmer atmete sie ein, dann atmete sie aus, und das Zimmer war wieder da. Sie wusste, welche Biegung das eine Heizungsrohr nahm, um dem anderen Heizungsrohr auszuweichen. Sie wusste, wo und wie man in diesem Zimmer am besten eine Höhle bauen konnte. Ein geheimer Ort, an dem der Atem die Gefühle aller Menschen im Umkreis einsaugte, während man spürte, dass der Körper einmal größer werden würde als diese Höhle.

Neunzehn Jahre hatte sie hier gelebt, und danach war sie noch lange jedes Wochenende hergekommen, weil sie in Berlin am Wochenende etwas hätte unternehmen müssen, um würdevoll jung zu sein. In Berlin wohnte sie bei der Schwester ihrer Mutter. Tante Eddi. Die war damals schon so, wie Rebekkas Mutter inzwischen geworden war. Wenn ihre Mutter weiter so alterte wie Tante Eddi, dann würde sie in ein paar Jahren das Haus nicht mehr verlassen und fast nur noch Pudding essen. Sie war froh, dass die Mutter von der zwischenzeitlichen Trennung von Adrian nichts mitbekommen hatte. Sie hätte es ihr nicht erklären wollen. Als mit Hannes Schluss war, hatte die Mutter gefragt: «Willst du denn so enden wie ich?»

Aus dem Nachbarzimmer hörte Rebekka den Fernseher für etwas werben, das man im letzten Moment noch kaufen konnte, wenn man bis jetzt keine Geschenke besorgt hatte. In Rebekkas ehemaligem Zimmer stand auch ein Fernseher, auf der alten Kommode. Auf dem Tisch lag eine gelbe hässliche Gummidecke, aus einer Art außerirdischem Moosgummi. Sie sollte aussehen wie eine Häkeldecke. Der Moosgummi war in eine Form gegossen worden, dort ausgehärtet, wieder rausgelöst und dann auf den Polenmarkt gebracht worden, wo Rebekkas Mutter sofort dachte: «Das ist aber praktisch.»

Rebekka schaltete den Fernseher ein, um die Geräusche aus dem Nachbarzimmer zu übertönen. Sie schaltete ziellos durch die Programme und stellte den Ton immer leiser, weil sie nicht genau wusste, ob die Mutter nebenan ihren Fernseher genauso laut hören konnte, wie sie den Fernseher der Mutter hören konnte. Sie hatte den Eindruck, ihre Mutter schaltete ihr hinterher. Früher oder später hatten sie immer dasselbe Programm laufen, Loriot, Weihnachtslieder mit Frank Schöbel, ein Actionfilm mit Explosionen. Alles explodierte, Häuser und Autos, Menschen und Fahrräder. Rebekka stellte den Ton ganz aus. Sie schaltete zu dem singenden Frank Schöbel um, der mit rotbackigen Strickpulloverkindern in einer Bauernstubenkulisse schunkelte. Dazu kamen leise Explosionen aus dem Nachbarzimmer.

Am nächsten Tag wurde der Ort abspaziert. Rebekka sagte Menschen guten Tag und frohe Weihnachten, die sie schon kannten, «als du noch so klein warst». Zu Hause musste die Heizung richtig ackern, während Rebekka still sitzen sollte, nur weil ihre Mutter es nicht konnte. In der Küche durfte Rebekka nicht helfen. Sie aßen Kartoffelsalat mit Buletten. Um vier Baum an, um acht aus. Rebekka ertrug es irgendwann nicht mehr und rief Adrian auf seinem Handy an.

«Ich wünsch dir auch frohe Weihnachten.» Er saß mit seinen Eltern bei einer Tante. Rebekka hoffte, dass er deshalb so kurz angebunden war. Sie hätte ihm schon gern gesagt, dass er ihr fehlt, damit Adrian dasselbe zu ihr sagen könnte. Letztes Jahr hätte Rebekka das Telefonat okay gefunden, dieses Jahr fand sie es blöd. Die Klarheit ist knapp. Die Unklarheit braucht viele Worte.

Rebekka hatte schlechtere Laune als am Vortag, aber im Fernsehen kamen bessere Filme.

Ihre Mutter brachte sie am Morgen des 25. zum Bahnhof des kleinen Orts und winkte mit gestreiften Handschuhen dem Zug hinterher.

Niemand holte Rebekka vom Bahnhof des größeren Orts ab. Rebekkas Vater vertraute Rebekka, wie ein Züchter seiner Brieftaube vertraut. Wenn man Rebekka in irgendeiner Stadt aussetzen würde, dann würde sie als geübte Berlinerin mit der Straßenbahn oder dem Bus immer nach Hause finden, hatte der Vater mal gesagt. Das stimmte ja auch, dachte Rebekka, als sie an der Bushaltestelle fror, aber …

Als sie an der Haustür klingelte, ging sofort der Pudel an. Da war jemand an der Tür, ein Fremder, ein Bekannter, jemand zum Beißen, jemand zum Spielen, was war das aufregend. Rebekkas Halbschwester öffnete die Tür und küsste und umarmte Rebekka. Der Pudel hüpfte an der Umarmung an allen Seiten hoch. «Na, komm doch erst mal rein», sagte Sonja. Sie hatte immer so etwas Altes an sich, dabei war sie viel jünger.

Rebekka wuschelte dem Pudel die Ohren, denn er gab ohne Ohrenwuscheln keine Ruhe. «Hallo, Madam», sagte sie in einem hohen freundlichen Ton. Der Pudel rannte zurück ins soziale Hauptgeschehen in die Stube. Dort saßen alle beieinander, und keiner machte Anstalten aufzustehen, als Rebekka reinkam. Rebekka ging zu jedem einzeln hin, und dann erhob sich die Person doch und verschenkte liebevollen Körperkontakt zu Weihnachten, mehr Geschenke gab es nicht. Die Frauen küssten Rebekka auf den Mund, und ihr Vater, ihr Stiefbruder, ihr Halbschwager und ihre Stiefschwäger klopften Rebekka nach dem Kuss zusätzlich noch auf den Rücken, als wäre sie ein staubiger Teppich. Alles war wie immer, nur Klein Max war neu. Er saß auf dem Schoß von seiner Mutter Josefine, und Rebekkas Vater wies auf ihn mit dem Hinweis, dass das mal wieder der schönste Murkel sei, den er je gehabt habe. Ihr Vater weigerte sich jetzt schon bei dem zweiten Enkel, Enkel zu sagen, weil er kein Opa sein wollte.

Max schaute irre in die Welt. Er verdrehte die hellblauen Pupillen bis zum Anschlag. Rebekka hockte sich vor den Stuhl von Josefine, und Max glubschte sie an, als könnte er es nicht fassen, dass noch mehr Personen zu dieser riesigen Familie gehören. Der Mund von Max war in dicken Backen verschwunden und nur daran als Mund zu erkennen, dass Sabber rauslief. Rebekka knubbelte die kleine Nase. «Na, hallo, wen haben wir denn da?», fragte sie in demselben

Tonfall, in dem sie den Pudel begrüßt hatte. Dann küsste sie Max zur Begrüßung, genug gefremdelt. Er verzog sein Gesicht erschrocken.

«Oh, wie er da kuckt ... Gewöhn dich dran», sagte Josefine zu ihm, «das ist 'ne Knutschfamilie.»

«Grooooße», blinzelte Rebekkas Vater seine Große stolz an. Rebekka war gar nicht so viel größer als Sonja, Kathleen, Nina, Josefine und Arne, aber Rebekka war ein Brauereipferd gegen die edlen Hengste und Stuten. Alle anderen Kinder waren von Ruth und sehnige Schlakse. Ruth selbst sah aus wie aus festen Strippen geflochten. In dieser Runde hatten nur Rebekka und ihr Vater so was wie Bäuche und Hintern, außerdem helle Haut und helle Haare, wohingegen alles, was von Ruth abstammte, Haare wie Kaffee und Haut wie Kaffee-mit-Milch hatte.

«Kannst die Schuhe anlassen, wir gehen gleich Mittag essen», sagte Rebekkas Vater. Auf dem Tisch standen viele leere Kaffeetassen, viele vollgekrümelte Teller und allerhand Wurst und Käse, Marmelade und Honig. Das Frühstück dauerte, wenn alle beisammen waren, so lange, bis etwas anderes passierte.

«Ach, ihr frühstückt noch?», fragte Rebekka lachend.

«Es räumt ja keiner ab», sagte ihr Vater. Alle lachten. Ihr Vater sagte: «Ich wiederhole: Und keiner räumt ab.»

Nina fragte, ob das ein Befehl gewesen sei.

«Ja, ein Befehl», sagte Rebekkas Vater.

«Du hast gesagt: Und keiner räumt ab. Das war der Befehl, ja? Keiner soll abräumen?» Alle hingen träge auf ihren Stühlen und warteten auf eine Gelegenheit, über etwas zu lachen. Rebekkas Vater sagte: «Jetzt räumt jemand ab, oder ich vergess mich.»

Arne und Kathleen standen auf und räumten alles zusammen.

Im Restaurant spielte die Familie ihr Lieblingsspiel. Es bestand aus Frotzeleien in alle Richtungen. Dabei hatten alle nach und nach einzufallen. «Nimmst du mal deinen Ellenbogen von meiner Titte! – Hörst du mal auf, meinen Vater so anzuschreien! – Wirst du mal nicht so frech mit meiner Mutter reden! – Musst du dich da einmischen? – Wie redest du denn mit deiner Schwester? – Halt doch meine Frau da raus!» Sie zogen ein Netz aus Verwandtheit quer über den Tisch, indem sie Bezeichnungen wie Bruder, Schwester, Mann und Vater so oft wie möglich sagten, jeder war jedem irgendwas. Irgendwann sagte Rebekka: «Jetzt hört auf, alle meinen Stiefbruder so anzugiften», und sie waren einmal die Runde rum. Es konnten wieder normale Gespräche entstehen.

«Und mit Adrian ist Sense?», fragte Rebekkas Vater. Ihm machte nichts Sorgen, was sie erzählte, darum erzählte sie ihm mehr als der Mutter. Sie war seine Brieftaube, und er hielt sich für einen guten Züchter. Sie würde, egal in welcher Situation, mit der Straßenbahn oder dem Bus wieder ins Glück fahren können. Rebekka wusste, dass er auch nichts dabei finden würde, dass es mit Adrian doch nicht aus war, er würde «Aha» sagen, aber noch bevor sie dazu kam zu sagen, dass es mit Adrian Gott sei Dank wieder eine Annäherung gebe, winkte ihr Vater ab: «Wir werden ihn nicht vermissen.» Er legte seinen Arm um Rebekka und knetete ihre Schulter.

«War das ein Befehl?», fragte Rebekka.

«Nee, 'ne Feststellung.»

Bevor Rebekka diese Feststellung weniger fest stellen konnte, bestimmte ihr Vater: «Der hat doch nicht zu uns gepasst. Hannes war klasse, aber Adrian … Ruth hat immer der fade Adrian gesagt. Stimmt's, Ruth?», schrie er tischab.

«Was?», kam es tischauf.

«Schreist du mal meinen Vater nicht so an. – Wirst du mal meine Mutter nicht so respektlos zurechtweisen. – Oh, immer hacken alle auf meinem Bruder herum.» Die jeweils in Schutz Genommenen wurden von den Beschützern, sofern es die Sitzordnung zuließ, umarmt, woraus sich wieder neue Sticheleien ergaben: «Wirst du mal mein Kind nicht erwürgen. – Schreist du mal meinen Freund nicht so an.» Rebekka sagte ganz allgemein: «Könnt ihr mal ruhig sein?» Daraufhin sagte Josefine: «Was mischst du dich denn da ein?», und Rebekkas Vater sagte: «Schrei doch dein eigenes Kind an, jetzt wo du eins hast», und legte seinen Arm fester um Rebekka. Rebekka genoss es, in diesem Schreinetz aufgefangen zu sein.

«Ruhe!», schrie Jasper. «Ich kann meinen Gameboy nicht hören.»

Alle lachten und fingen an, Bier zu bestellen. Es war um fünf.

Rebekka vermisste Adrian trotzdem. Dann passte er eben nicht zur Familie. Sie war sich gar nicht sicher, ob sie zu dieser Familie passte, nur weil es ihre war, und ob man überhaupt dahin passen muss, wo man hingehört? Als Kind hatte sie oft bedauert, dass sie nicht beim Vater aufwachsen durfte, als ein dickes Kind unter schmalen Kindern, als ein blondes Kind unter schwarzhaarigen, aber eben ein Kind unter Kindern. Jeden Tag brachte ihre Mutter als Hebamme Kinder auf die Welt, so selbstverständlich, wie Schneider schneidern, Holzfäller Holz fällen und Kindergärtnerinnen Kinder gärtnern. Sie mochte Kinder als Zukunft und nicht als Gegenwart. Sie sollten erwachsen werden. Wenn Rebekka eine Freundin mit nach Hause brachte, dann hatten sie stille Spiele zu spielen, intelligente Spiele, die die Konzentration und Kombinationsfähigkeit schulten. Wenn Rebekka in den Ferien bei ihrem Vater war, bedauerte sie gleich bei der Ankunft, dass sie danach wieder in das stille Haus der Mutter zurückkehren musste. Aber schon nach wenigen Tagen bei ihrem Vater war Rebekka von den Kämpfen mit den anderen Kindern schlapp wie ungetoastetes Toastbrot. Die Rangeleien um Essen und Spielzeug gingen unter den jüngeren Geschwistern richtig zur Sache, und obwohl Rebekka so alt war wie Josefine, musste sie sich dem Gezerre und Gekeife von Nina und Arne aussetzen. Dann kamen noch Sonja und Kathleen dazu. Ihr Vater und Ruth leiteten das Gesindel wie ein kleines Ferienlager. Feste Regeln, feste Strafen, wilde Spiele, aber wenn die wilden Spiele zu wild wurden, Dekofolie von der Schrankwand absplitterte, dann war auf einmal Schluss mit lustig. Schlagartig! Die Kinder standen in einer Reihe und mussten sofort ins Bett. Rebekkas Vater brüllte: «Sofort!» Rebekka war seit den Scheidungsschreiereien mit einem sozialen Hundegehör ausgestattet. Sie hörte alles zehnmal so heftig. Die anderen trappelten kichernd die Treppe hoch.

Auch an diesem Abend des ersten Weihnachtsfeiertags war es irgendwann so weit, dass ein großes Gekeife anhob, als Nina Jasper etwas verbieten wollte, obwohl sie nicht Jaspers Mutter war, und Jaspers Mutter Sonja daraufhin Nina zurechtwies, dass sie nicht immer alles an sich reißen sollte. Es wurde plötzlich hässlich persönlich. Jasper sagte:

«Hör auf, meine Mutter anzuschreien», und griente in die Runde, aber niemand ging auf das Spiel ein. Das musste er noch lernen: wenn Schluss mit lustig, dann Schluss mit lustig. Sofort. Rebekka verkroch sich. Der Pudel folgte ihr die Treppe rauf in das Gästezimmer. Madam schaute mit schiefem Kopf. Sie wusste, wo sie hinwollte, auf den Schoß. Aber Rebekkas Schoß stand noch. Rebekka setzte sich aufs Bett und schubste Madam runter. Der Hund blieb ungläubig vor dem Bett stehen. Der Blick war so niedlich, als ob Madam den geübt hätte. «Nein!», sagte Rebekka, Schluss mit lustig, sofort. Der Pudel begriff das so wenig wie Jasper. Er wartete, ob sie nicht doch noch ihren freundlichen Tonfall anschlagen würde, um aufs Bett einzuladen. Rebekka rief Adrian an, weil er ihr fehlte. Ja, Heiligabend war schön gewesen. Er saß allein in seinem ehemaligen Zimmer. Er hätte ihr sagen können, dass sie ihm fehlt. Vor dem Wäscheständer und dem Hometrainer konnte es ihm nicht peinlich sein. Alles, was Rebekka von der Familie erzählte, war ihm auf unangenehme Weise bekannt. Das fehlte ihm auch nicht. Er verhielt sich nicht, wie Rebekka es sich erhofft hatte, und sie kam auch nicht dazu, sich zu verhalten, wie sie es sich erhofft hatte, dass er es sich erhofft hatte.

«Bis dann.»

Dann war nicht mal bald.

«Na, komm!», sagte sie zu Madam, die sich inzwischen damit abgefunden hatte, auf dem Bettvorleger selber wie ein Bettvorleger zu liegen. Sie war von null auf hundert wach und auf dem Schoß. Rebekka striegelte die kurzgeschorenen schwarzen Locken mit ihren Fingernägeln und wartete, dass die Augenschleusen aufgingen. Rebekka goss den Pudel. Madam legte sich auf den Rücken, streckte

Rebekka ihren Bauch entgegen, um die vielen Zitzen gestreichelt zu bekommen, was Rebekka ein bisschen unangenehm war, aber Madam gar nicht. «Wir werden ihn nicht vermissen», wiederholte Rebekka den Satz ihres Vaters, und in diesem Gästezimmer klang das so, als ob sie und der Pudel Adrian nicht vermissen würden. Die paar Mal, die Adrian mit bei Rebekkas Vater war, hatte er Madam fast nur mit «Kusch» angesprochen. Sie würde ihn nicht vermissen. Rebekka schon. Sie wollte nicht Kusch heißen. Die Vorstellung von Adrians Gesicht schaukelte sie wie ein Wiegemesser in den Schlaf, zerschnitt dabei den Lauch, das Kraut, das Herz.

Als Rebekka ihre Mutter wie einen lustigen Tuschkasten auf dem Bahnsteig stehen sah, freute sie sich. Sie küsste die Mutter auf den Mund. Die Mutter riss die Augen auf, und bevor die Situation unangenehm werden konnte, drückte Rebekka ihr Blumen in die Hand, die sie gekauft hatte, damit die Mutter auf dem Heimweg etwas zu tragen hatte.

«Hat dein Vater dir die geschenkt?», fragte die Mutter und hielt die Blumen in der Faust am langgestreckten Arm, tapfer wie ein kleiner Soldat ein blutverschmiertes Gewehr.

«Nein, die hab ich für dich gekauft», sagte Rebekka, und der Arm ihrer Mutter knickte ein, und die Nase ihrer Mutter verschwand zwischen den Blumen.

«Die sind schön bunt», sagte sie.

«Komm, bevor's dunkel wird.» Rebekka henkelte ihre Mutter an sich fest, wie ein Zugwaggon den anderen.

«Sei nicht albern!», sagte ihre Mutter, und dann schwiegen sie fast die ganzen zehn Minuten bis zum Haus. Rebekkas Mutter fragte wie früher nur, ob es schön war. Mehr wollte sie nicht hören.

«Ja», sagte Rebekka.

Zu Hause standen Kaffee in der Thermoskanne und aufgetauter Kuchen bereit. Rebekka hatte bei ihrem Vater stundenlang gefrühstückt und zu viel Kaffee getrunken. Nina hatte mit ihrem Freund Jens über dessen Ansicht zur Bürgerbefragung gestritten. Jens sei ein Demokratiefanatiker, das normale Volk dürfe nicht zu viel zu entscheiden haben. Das Volk sei dumm und unterbelichtet. «Sieh dich doch mal an», hatte Nina zu ihm gesagt. Rebekka wollte dazu keine Meinung haben. Sie hätte sich gerne zu dem Pudel unter den Tisch gelegt und ihre Zitzen unter irgendeine Hand geschoben.

«Trink, der Kaffee wird kalt!», sagte Rebekkas Mutter. Eigentlich hätte Rebekka lieber Mittag gegessen, etwas Deftiges mit Zwiebeln, aber nun, da sie wieder in die Zeitzone ihrer Mutter gereist war, musste sie die Uhr um einige Stunden vorstellen. Mittagessen war schon vorbei. In Rebekkas Magen kämpfte der Kaffee ihres Vaters mit dem Kaffee der Mutter. Die Mutter stand auf und entriss Rebekka den Teller, als die noch den letzten Bissen Kuchen auf der Kuchengabel aufgespießt hatte. Die Mutter wartete, bis der Bissen von der Gabel in den Mund gewandert war. Dann nahm sie Rebekka die Gabel aus der Hand und ging in die Küche, die zwei Teller, zwei Tassen, zwei Untertassen und zwei Gabeln abwaschen. Ruth hatte einen Geschirrspüler. Sie hätte nie Geschirr mit der Hand abgewaschen. Es war zu viel Geschirr zu vieler Fresssäcke. Als der Geschirrspüler mal kaputt war, mussten die Kinder ran. Sie standen wie eine Kette, und jeder tat immer denselben Handgriff, Kathleen räumte ab und brachte alles in die Küche, Nina spülte, Rebekka und Arne trockneten ab, und Josefine sortierte alles in die Schränke. Hand in Hand in Hand in Hand.

Rebekka stellte sich zu der Mutter in die Küche und nahm das Geschirrtuch, um abzutrocknen.

«Ach, lass!», sagte ihre Mutter, aber Rebekka hielt das Geschirrtuch so entschlossen fest, als ob es ein Menschenrecht wäre, dass eine Tochter ihrer Mutter beim Abtrocknen helfen darf.

«Das trocknet doch von alleine», sagte die Mutter, und Rebekka ließ sich überrascht das Geschirrtuch aus der Hand nehmen.

Alle in der Familie hatten Hannes gemocht. Er war handfest. Er lachte sehr laut. Rebekkas Vater fand Hannes famos. «Haha, Prachtkerl!», hatte er ihm auf die Schulter geklopft. Rebekkas Mutter fand ihn so wunderbar brauchbar, so ungefähr: «Trag doch mal die Garage ins Haus und dann das Haus in den Nachbarort.» Alle Geschwister, Halb und Stief, fanden Hannes schön unempfindlich. Er konnte was ab. Er passte zur Familie.

Als Rebekka damals nach dem ersten Kaffeetrinken mit Adrian nach Hause kam, fand sie Hannes nur doof. Er saß im Flur, wo er Comics aus seinem Comiclager neben dem Schuhschrank ausgebreitet hatte, um die doppelten auszusortieren. Beim Sortieren hatte er sich festgelesen, die Socken ausgezogen, aber eine Strickmütze auf dem Kopf, sich einen Kaffee in den Flur geholt und vergessen, die Fenster wieder zu schließen, die er zum Lüften geöffnet hatte. Rebekka fiel fast über ihn. Er saß mit dem Rücken zur Wohnungstür und verdrehte seinen Kopf. «Oh, klein Meines!», rief er und hielt Rebekka seine unrasierte Schnute hin. Sein grinsendes Gesicht kam Rebekka vor wie mit einer Axt gehauen. Sie küsste ihn nicht, sondern beschwerte sich, dass es kalt in der Wohnung sei. Sie zog ihre Schuhe aus, brachte die Einkaufstüte in die Küche und begann, alle Fenster zu schließen. Rebekka war von dem Treffen mit Adrian so aufgeregt, sie hätte noch stundenlang Fenster schließen können.

«Warum sind denn überall die Fenster auf?»

«Weil ich gelüftet habe», rief Hannes überflüssigerweise aus dem Flur. «Es hat so nach deiner Mutter gerochen. Bei aller Liebe.»

Rebekkas Mutter war übers Wochenende zu Besuch gewesen, und danach roch es aus allen Ecken nach vergammelten Ringelblumen.

«Es ist kalt», meckerte Rebekka.

«Darum hab ich mir ja ’ne Mütze aufgesetzt.»

«Anstatt die Fenster zuzumachen. Toll!»

«Die Mütze war im Flur, die Fenster sind ja so weit weg.» Hannes hatte blendende Laune. Er kam zu Rebekka gelatscht und holte sich seinen Kuss.

«Mütze, aber barfuß», sagte Rebekka.

«Oben warm reicht.» Er drückte Rebekka wie ein Plüschtier an sich und schaukelte sie in seinen riesigen Armen hin und her. Rebekka kam sich vor, als hätte sie ein Krake angefallen.

«Is gut», sagte sie.

«Jaa, das ist gut», schnurrte Hannes und knutschte sie gegen den Türpfosten.

«Is guhut!»

«Wollen wir ins Schlafzimmer schnuffeln gehn?»

Wollte Rebekka nicht. «Es ist kalt, Hannes.»

«Da wird dir schon warm werden.»

Später hatte sie auch keine Lust. Sie behauptete, keine schlechte Laune zu haben, nur müde zu sein, weil das Wochenende mit der Mutter anstrengend war. Die wollte, wenn sie da war, immer mit dem Hunderterbus fahren und dann in den Tiergarten. Außerdem hatte sie zu oft und zu viel mit Hannes über Kinder geredet, und Hannes hatte zu viel und zu oft ernsthaft geantwortet. Das war gegen jede Abmachung. Zwei Menschen machen ein Kind, und zwar nicht der Mann und die Mutter der Frau.

Hannes lag ohne Zudecke neben Rebekka und listete die aussortierten Comics auf. Danach schmiss er sich an Rebekka und tat, als wollte er sie auffressen, ein Vorspiel, das Rebekka schon immer sehr unelegant fand.

«Wann anders», sagte sie.

«Ist dir immer noch kalt?» Hannes ließ von ihr ab.

Rebekka nickte. Sie erwärmte sich nicht mehr für Hannes. Wann anders war erst Jahre später.

Rebekka verdaute noch das Weihnachtsessen, da war schon Silvester. Sie feierte bei Jette und Enno und Klara. Es war noch die Miriam da, die Jette bei der Kur kennengelernt hatte. Jette war mit der Chemo fertig. Bis Mitternacht sollten noch ein paar Glatzenfotos gemacht werden, bevor im nächsten Jahr die Haare wieder loswuchsen. Als Erinnerung. Klara durfte die Glatze bemalen. Sie hatte eine halbe Stunde vor dem Hinterkopf ihrer Mutter gesessen und mit dem Pinsel hin und her pendelnd hin und her überlegt. Klara wollte niemanden an ihren Gedanken teilhaben lassen, zog den Kopf zwischen die Schultern, drehte ihren Oberkörper hin und her und schielte zur Decke. Die ganze Show.

Die Erwachsenen redeten über das letzte Jahr, was für ein blödes Jahr.

«Wollen wir Blei gießen?»

«Jaaa!», patschte die Miriam in die Hände, die Rebekka recht nett vorkam, wenn auch ein bisschen schlicht.

Als sich die Aufmerksamkeit von Klara entfernte, wollte Klara sie wieder zurückhaben und verkündete: «Also, eine Sonne, hab ich überlegt, ein Stirnband, ein Ei, ein Apfel.» Sie blies gestresst die Backen auf: «O Mann!»

«Klärchen, mach's dir doch nicht so schwer», schlug Jette vor, «mal doch einfach irgendwas.»

«Ja, aber ich kann ja nur einmal, dann wachsen deine Haare ja nach.»

«Na, wenn's darum geht, kannst du Miriams Kopf bestimmt auch anmalen, dann hast du zwei Glatzen.»

«Jaaa!», jubelte Miriam.

Klara äugte skeptisch.

Enno schlug vor, dass er sich eine Glatze rasieren könnte. «Wie findest du das? Dann kannst du uns beide anmalen, und danach können Papas Haare und Mamas Haare zusammen nachwachsen.»

Klara strahlte.

«Und meinen Kopf kannst du dann auch noch anmalen.» Miriam hockte sich zu Klara, die auf ihre Hausschuhe starrte. Miriam hatte sehr tiefliegende Augen. Rebekka hätte auch gerne auf ihre Hausschuhe gestarrt, als Miriam sie fragte, ob das ihr Handy sei und ob sie es fürs Bleigießen vom Tisch nehmen könnte. Die Freiheit, einfach auf die Hausschuhe zu starren, verlor man nach der Kindheit. Rebekka legte ihr Handy hinter sich auf das Sofa. Adrian würde anrufen oder nicht, ein schönes neues Jahr wünschen oder nicht, und dann würde es ein schönes neues Jahr werden oder nicht.

Klara hatte angefangen zu malen, ihr ganzer Körper malte. Sie war so vertieft, dass sie nicht bemerkte, wie Enno immer wieder begeistert auf seine süße Tochter hinwies. Seine Augen machten «Kuck mal!» und sein Grinsen «Wie süüüß». Als Klara es doch bemerkte, rief sie: «O Mann, könnt ihr euch nicht alleine beschäftigen?» Für Rebekka klang der Satz wie ein Mitbringsel aus dem Kindergarten.

Jette zog den Kopf ein: «Kind, schrei mich nicht von hinten so unerwartet an.»

Rebekka lachte und sagte: «Hörst du auf, deine Tochter so anzubrüllen.» Falsche Familie, keiner stieg darauf ein. Rebekka, Enno und Miriam saßen vor Jette und redeten über das Weihnachten mit den Eltern. Alle Eltern waren komisch. Klara redete mit sich selbst, die Farbwahl betreffend. Enno stand auf, neuen Wein holen, und versuchte zu linsen, aber Klara hielt ihr Werk mit ihren kleinen Händen zu und verschmierte es dabei fast: «Mann, Paapaaa! Setz dich wieder hin!»

«Oh, da will wohl jemand Lehrerin werden?», fragestellte Miriam.

«Gar nicht, Ärztin», sagte Klara pampig.

Jette kiekste, weil ihr Wasserfarbe in den Nacken lief.

Sie gossen das nächste Jahr in Blei. Zisch. Zukunft. Rebekka fand, dass alles aussah wie Tumore, die Kelle, das Gewehr, der Fisch, der Haken und für Rebekka ein Brokkoli oder Atompilz. Was auch immer das bedeutete, was Gesundes oder was Zerstörerisches – was ja ein Unterschied war.

«Puh», sagte Klara und legte erschöpft den Pinsel weg.

Jette drehte sich um und breitete, ohne zu wissen, was sie präsentierte, ihre Arme aus, um es gebührend zu präsentieren. Auf ihrem Hinterkopf grinste ein Gesicht mit großen hellblauen Augen.

Enno lachte und sagte: «Schöner als von vorne.»

«Toll», lobte Rebekka.

Miriam klatschte laut in die Hände: «Bravo, bravo!»

Klara zwinkerte sie irritiert an.

«Das soll Papa sein», erklärte Klara, und ein großes Aha, Ach so und Haha hob an.

«Sag ich doch, schöner als von vorne», frotzelte Enno.

Jette ging ins Bad, um mit zwei Spiegeln ihren Hinterkopf zu bestaunen.

«So, Papa, jetzt du.» Klara hatte es nicht vergessen, und Enno versuchte, sich zu wehren, kam aber bei seiner aufstampfenden Tochter damit nicht durch. Grinsend ging er ins Bad, zu seinem dahingesagten Wort zu stehen. Der Rasierer brummte. An Rebekkas Hintern klingelte es. Johanna. Sie war bei Jenny auf einer Mottoparty, Motto Sommer. Alle hüpften halb nackt in einer überheizten Wohnung herum und spielten mit einem aufblasbaren Ball. «Ist denn bei euch was los?», fragte Johanna.

«Für deine Begriffe eher nicht.»

Enno kam aus dem Bad, mit einer glänzenden Eierbirne.

«Enno!», kreischte Jette.

«Papa!», kreischte Klara und hielt sich die Hände vor den Mund, um wie ein kleiner Elefant reinzutröten. Die beiden begutachteten die Dellen in Ennopapas Kopf und streichelten seine glatte, lederne Haut.

«Scheint ja doch was los zu sein», sagte Johanna. «Vielleicht bis später.»

«Ja, tschüs.»

Während Klara sich an Ennos Hinterkopf machte, spielte Jette eine Peinlichkeit auf Kassette vor, Karaokeversuche, die sie mit einem billigen Kassettenrecorder aufgenommen hatte, während sie mit Kopfhörern Walkman hörte, Snap und Technotronic. Jette wollte damals unbedingt Rapperin werden.

«Für mich unter den Kopfhörern klang das total gut. Ich war voll im Takt, dis Lied is, dis Lied is Technotronic. Das Problem war, dass ich gar nicht verstanden hab, was die da singen. Aber das war mir é-gal, yo.»

Jettes dünne Kopfstimme hechelte sich auf dem Band einen ab, zwischendurch summte sie oder klapperte auf dem Tisch einen Takt, der zu allem und nichts passte. Miriam lachte, bis ihre tiefliegenden Augen noch tiefer lagen. Sie sah aus wie ein Totenkopf. Blutkrebs. Klingt fürchterlich, weil es den ganzen Körper betrifft, hat aber ganz gute Heilungschancen, hatte Jette Rebekka mal erklärt. Miriam war fünfundzwanzig.

«Fer-TICK», sagte Klara in der Fehlbetonung ihrer Mutter und schwang den Papa auf dem Drehstuhl herum. «Das ist Mama.» Ein lachendes Gesicht mit riesengroßem Mund.

Miriam klatschte wieder und rief wieder: «Bravo, bravo!»

Rebekka sagte: «Zweimal Mama, zweimal Papa.»

Klara war stolz auf ihr Konzeptkunstwerk.

Sie machten Fotos, Enno und Jette beide von hinten, beide von vorne, einer von hinten und einer von vorne, der andere von hinten und der andere von vorne und beide sich vorne küssend und beide sich hinten küssend. Und einmal Klara zwischen den lachenden Hinterköpfen.

Gegen halb zwölf kam Johanna mit einer Wo-steht-das-Klavier-Stimmung, aber es gab kein Klavier, keinen aufblasbaren Ball, keine Party. Die Karaokekassette mit Jettes Gewimmer war einmal rum, und sie konnten schönere Musik hören. Johanna legte ihr Handy neben Rebekkas hinter sich auf das Sofa, denn Lars würde anrufen oder nicht, ihr ein schönes neues Jahr wünschen oder nicht, an sie denken oder nicht, und es würde ein schönes neues Jahr werden oder nicht.

Um Mitternacht standen sie auf dem Dach. Das Jahr, das identisch mit 1976 ist, fing an. Berlin knallte in allen Farben und verschwand dann im Rauch. Die Raketen blühten für einen Moment wie sehr schmalblättrige Astern. Auf den autoleeren Straßen beschossen sich Jugendliche mit Knallern und unterbrachen ihr Spiel nur, wenn ein Taxi vorbeisauste. Alle umarmten sich und dachten einen Kanon: «Gesundheit, Gesundheit, Gesundheit, nur Gesundheit.» Von Rebekka schlich sich ein «Adrian» ein und von Johanna ein «Lars». Die Gesundheit der Welt war zu groß, zu schwer. Das Dach wäre unter dem Wunsch zusammengebrochen. Die Menschen beschossen sich aus Spaß auf der Straße. Natürlich würden sie sich auch weiter aus Ernst beschießen. Rebekka wusste nicht, wie sie dieses neugeborene Jahr im Arm halten sollte.

Adrian und Lars riefen nicht an.

Trotz neuem Jahr blieb alles wie altes Jahr. Wenn Rebekka Adrian die Tür einrannte, machte er lieber auf, bevor alles aus dem Rahmen flog. Rebekka war penetrant wie eine Asselplage. Sie hasste ihn, wenn er nicht öffnete, und hasste ihn, wenn er öffnete, weil das doch das völlig falsche Signal für sie war. In Wahrheit wollte der doch noch. Doch, doch. Poch, poch, klopfte sie wieder energisch, und Adrian ließ sie ein, um zu sagen, dass er sich in Zukunft nicht mehr darauf einlassen würde. Den Kammerjäger holen, aber immer wieder Zucker auf den Boden streuen. Das war der beschissene Januar.

Dann kam der beschissene Februar. Jeden Tag standen Leute im Laden und wollten einfach mal wieder weg. Sie kamen und gingen, kamen mit Wünschen und gingen mit Vorfreude, und dann kamen sie wieder und wollten schon wieder weg. Wenn es ein Land geben würde, das «Woandershin» hieße, würde das Rebekkas Arbeit sehr erleichtern, da würde sie alle hinschicken. Ein anderes sehr beliebtes Reiseziel war «Da war ich noch nicht». Rebekka versorgte die Leute, die Ladenklingel bimmelte sie hinaus, dann waren sie weg, zumindest für Rebekka waren sie weg. Für sich selbst gab es kein Weg, selbst in «Woandershin» folgte man sich selbst und war nur für die anderen weg.

Dieses ständige Weg regte Rebekka immer mehr auf, je matschiger sich der Winter hinzog. Das ständige Weg war daran schuld, dass so viele Lieben zerbrachen. Wo wollten denn die Menschen ständig hin? Die unkonkrete Antwort war nur: weg. Sie wussten nicht, wohin, warum und was so schlecht daran wäre, einfach dazubleiben. Ende Februar kritzelte Rebekka einen Baum mit Krone aus verzweigten Ästen auf einen gelben Notizzettel. Irgendjemand war einmal fremdgegangen, hatte Eifersucht, Wut und Enttäuschung gesät. Die zerstörten Menschen aus den zerstörten Beziehungen liefen herum und zerstörten weitere Beziehungen. Wie bei einem mehrfach entwerteten Fahrschein kam nur noch Loch in Loch. Die Menschen testeten andere Menschen an, sortierten sie wieder aus, brachen Herzen, die wieder nur Herzen brechen konnten. Das verästelte sich endlos. Rebekka kam es vor wie eine Art Völkerwanderung, bei der jeder Mensch ein Volk ist und einfach aus Eroberungslust losläuft, dabei ein anderes Volk verdrängt, das dann losläuft, um zu erobern, irgendwo erobert und dabei ein anderes Volk verdrängt. Viele Völker werden heimatlos und aggressiv. Rebekka wollte das alles Adrian sagen, damit er bei ihr blieb. Er sollte bleiben. Rebekka saß eine Weile einfach nur da. Ich bin da, dachte sie. Adrian ist weg, dachte sie, aber irgendwie ist er auch nicht weg, er ist nur an einem anderen «da».

Es war mit aller Deutlichkeit Winter. Rebekka wärmte zu Hause ihre Nase und eine Tiefkühlpizza auf. Die Heizung machte Frühling in der Stube, und Rebekka begann einen sehr frühen, auf die Küche reduzierten Frühjahrsputz. Hinter der Küchentür lehnte sich das Klingelbrett vom Trödelmarkt an die Wand. Wie viel Staub in drei Monaten an einem siffigen Ding kleben bleiben kann. Rebekka wischte kurz drüber und stellte das Ding zum Trocknen auf ein Geschirrtuch auf den zweiten Küchenstuhl. Als der Käse Blasen warf, wie auf der Verpackung der Pizza stand, konnte das Abendbrot aus dem Ofen. Beim Essen saßen sie sich gegenüber, Rebekka, einunddreißig, rund, und Klingelbrett, dreiunddreißig Knöpfe, rechteckig.

Zu Schulzeiten hatte Rebekka mal eine Gegenstandsbeschreibung über ein Lineal schreiben müssen. Sie hatte dafür nur eine Drei bekommen, weil sie nicht hinschrieb, dass dieses Lineal gerade war, weil sie fand, dass das nun mal die selbstverständlichste Eigenschaft eines Lineals sei, gerade zu sein. Gerade deshalb ist das Lineal ein Lineal. Außerdem hatte Rebekka nur geschrieben, dass es sich um ein 30-Zentimeter-Lineal handelt, ohne hinzuschreiben, dass das Lineal auch diese 30 Zentimeter lang ist. Für die Berichtigung des Aufsatzes bekam Rebekka noch die Aufgabe, einen Satz zu formulieren, der aussagt, dass ein Zentimeter aus 10 Millimetern besteht, das hatte Rebekka nämlich auch nicht erwähnt. Sie fand bis heute, dass sie eine Eins für ihre Gegenstandsbeschreibung verdient gehabt hätte, weil sie jede unwichtige Information einfach weggelassen hatte. Die Lehrerin war dumm und wusste nicht, wie lang ein Zentimeter ist. Zu Hause beim Schreiben der Berichtigung war Rebekka für einen Moment vom aufbrausenden Kinderteufel besessen gewesen und hatte ihren Füller an die Fensterscheibe geworfen. Der Füller war kaputtgegangen, das Fenster nicht. Die Tinte aus dem Füller lief die Fensterscheibe herunter und verdunkelte den Himmel. Rebekkas Mutter war hereingekommen und hatte, mecker, mecker, zur Strafe Stubenarrest angeordnet. Der Himmel war danach absolut tintenblaudunkel. Den Impuls, etwas gegen etwas zu werfen, behielt sie ihr ganzes Leben, aber sie tat es nie wieder. Sie biss von der Pizza ab und käute darauf herum wie eine Kuh. Sie starrte das Klingelbrett an. Die Seiten des Klingelbrettes sind gerade, dachte Rebekka, und das ist logisch, weil Klingelbretter immer gerade sind, wie die Häuser, an denen sie angebracht sind, wie die Fenster und auch die Fensterrahmen, die in die Häuser eingebaut werden, wie die Türen und auch die Türrahmen, in die die Türen eingehängt werden. Alles ist gerade, weil zum Entwerfen und Anzeichnen

Lineale benutzt werden, die für gewöhnlich gerade sind, außer, es wird etwas Gegenteiliges erwähnt.

Das Klingelbrett war so groß wie ein Unterarm mal zwei Hände, wie viele Zentimeter das auch immer ergab, jedenfalls bestand ein Zentimeter immer aus 10 Millimetern. Rebekka fraß der Pizza den Belag runter. Was an dem Klingelbrett nicht gerade war, waren die Klingelknöpfe, die waren rund. Die Klingeln waren in drei Reihen untereinander angeordnet. In jeder Reihe elf Klingeln, das machte zusammen dreiunddreißig. Zu den Klingeln hatten mal Wohnungen gehört, Gerüche von Mittagessen und verschiedene Schuhschränke, aber da das Klingelbrett von der Haustür entfernt worden war, blieb die Haustür zu, die Wohnungstüren und die Badezimmertüren blieben zu, hinter denen Kinder in Nachthemden auf Fußbänken standen, um sich vor den Spiegeln genau fünf Minuten die Zähne zu putzen. Einige der Klingeln waren schmutziger als andere, die von Dümchen toppte alles. Sie war überzogen mit Zeigefingerdreck. Vielleicht war bei Dümchen häufiger geklingelt worden als bei allen anderen. Dümchens waren beliebt. Oder Dümchens hatten nur Freunde aus der Arbeiterklasse, die mit den schmutzigen Zeigefingern der Arbeiterklasse klingelten. Vielleicht war es auch so, dass die sauberen Klingelknöpfe häufiger benutzt worden waren und damit quasi blank gegriffelt, so wie die große Zehe einer Bronzestatue, die immerzu von Touristen nach Glück abgegrabbelt wird. Eine Klingel war nur mit dem Namen Anna beschriftet. Nur-Anna war entweder jung, oder ihr Nachname war nicht vorteilhaft. Anna Mösenbrecher. Es wohnte auch noch eine Nur-Carola im Haus. Wahrscheinlich wussten Nur-Anna und Nur-Carola, dass es nur eine Anna und nur eine Carola im Haus gab, weshalb klar war, dass, wer zu Anna will, auch nur bei Nur-Anna, und wer zu Carola will, auch nur bei Nur-Carola klingelte. Rebekka wusste nicht, ob sie die einzige Rebekka in ihrem Haus war. Sie kannte kaum jemanden aus dem Haus, mit Vornamen schon gar nicht. Auf dem Klingelbrett standen auch C. Malle und A. Kurt. Rebekka vermutete, dass das weder eine Carola noch eine Anna war, sonst gab ihre These von der einzigen Carola und der einzigen Anna nichts her. Vielleicht waren es ein Armin und ein Clemens. Auf dem Klingelschild, linke Reihe, dritter Name von oben, gab es eine Familie Nebel, oder war es ein Herr Nebel, eine Frau Nebel, ein Nebel-geschieden oder ein Nebel-homosexuell? Bei Nebel stand klein in eine Ecke gekritzelt der Hinweis «Bitte lange klingeln». Nebel hatte einen sehr langen Flur, schwere Beine oder eine schöne Klingelmelodie, die gar nicht lange genug erklingen konnte. Die Moldau. Auf dem Klingelbrett gab es auch einen Doktor. Dr. Wuppke. Oder war Wuppke dreist genug, seinen Vornamen mit Dr. abzukürzen? Es gab keinen Vornamen, der mit «Dr» anfing. Drudi. Rebekka überlegte, ob das schon einmal jemandem außer ihr aufgefallen war. Eigentlich war Rebekka noch nie etwas aufgefallen oder eingefallen, das nicht schon jemandem vor ihr aufgefallen oder eingefallen war. Klettverschluss, Schwimmkerzen, Bastelscheren mit gezackten Schneiden. All das war schon anderen eingefallen. Rebekka war nur eingefallen, ihren Freund zu betrügen, und das war auch schon vielen, vielen Frauen vor Rebekka eingefallen. Dumme Idee! Genau daran wollte Rebekka eigentlich nicht denken, aber da hatten die Gedanken sich schon von hinten angekrochen.

Diesen Winter war immer am Ende des Tunnels der nächste Tunnel.

Rebekka war mit Jette im Kino, um einen Film zum Heulen zu sehen. Ein Paar auf der Flucht. Jette flüsterte, dass es schön wäre, wieder Wimpern zu haben. Das sei besser zum Heulen.

Nach dem Film mussten sie beide ihren halben Liter Cola auspullern gehen. Es eilte, husch, husch. Jette nahm Rebekka an die Hand und rief von dem Film inspiriert: «Los, komm mit! Sie dürfen uns nicht finden.» Sie rannten lachend den langen Flur entlang. Rebekka ließ sich mitziehen, die Umhängetasche polterte in der Kurve durch die Trägheit auch dieser Masse an die Toilettentür. Nebeneinander in den zwei weißen Kabinen konnten sie nicht aufhören, zu lachen und zu prusten. Das Plätschern und Kichern der Freundin nebenan antwortete dem Plätschern und Kichern der Freundin nebenan.

Vom Kino radelten sie zu einer Kneipe, in der sie schon ein paarmal gewesen waren. Es gab dort echte Fassbrause vom Fass. Dann ging's in den nächsten Tunnel, nachsehen, ob es dort dunkel war. Es war dunkel.

«Ich war letzte Woche in Buch bei einer Untersuchung. Die wollten sehen, ob man nachoperieren könnte, weil bei der einen Operation letztes Jahr der Sicherheitsabstand um den Tumor zu klein war. Interessiert dich das so genau?»

«Natürlich.»

«Es muss eigentlich mindestens ein Zentimeter um den Tumor rumgeschnitten werden, aber das ging damals nicht. Es gab dann immer die Überlegung, ob das später gemacht wird. Ich wollte vor allem einfach mal mit einem anderen Arzt reden als mit dem Drescher. Der kennt meinen Fall schon zu lange. Der geht mit mir um, als wäre ich sein Versuchshasi. Jedenfalls habe ich ein paar Tage später angerufen in Buch, und die haben gesagt, dass da wieder was ist, aber sie wissen nicht, was. Das muss kein Krebs sein, aber es ist mit dem Kontrastmittel zu sehen, ein paar kleine seltsame Stellen. Wie gesagt, sie wissen nicht genau.»

«Seit wann weißt du das denn?» Rebekkas Fassbrause schmeckte wie Fanta Magensäure.

«Dass die nichts wissen? Seit gestern, bzw. wissen die ja irgendwas, aber nicht was, also da ist ja was …»

Rebekka hatte Angst und wollte Angst nicht haben. Wer will das schon? Aber wenn es im Tunnel dunkel ist, dann kann man gar nicht sehen, ob Angst da ist, und das reicht schon, um Angst zu haben.

«Das kann nich schon wieder Krebs sein», suchte Jette Licht. «Nee, nee, nicht mit Jette. Die letzte Chemo hätte das doch mit erwischen müssen. Die hat doch alles weggeputzt. Und bei der letzten Untersuchung in der Charité war doch auch nichts.» Jette strich über ihren Stoppelkopf, auf dem wie in einem Anzuchtbeet frische Haarsaat spross.

Rebekka überließ es Jette, ob sie das Thema wechseln wollte oder nicht. Jette sagte, dass sie es Klara diesmal nicht sagen wollten, weil es falscher Alarm wäre.

«An welcher Stelle ist das denn?»

«Wo die Dinger sind? Hier so.» Jette kreiste mit beiden Händen über ihrem Rumpf. «Ich hab nicht genau gefragt», gab sie zu. «Enno weiß es. Er hat nochmal mit dem Arzt telefoniert. Gott sei Dank haben wir mal geheiratet, sonst dürfte Enno gar nichts erfragen. Im Moment reicht es mir, dass er das genau weiß. Ach so, ich hab die Fotos von Silvester mit.»

Sie lachten über die Hinterköpfe und über Johanna, die auf Fotos nie normal kuckte. Vielleicht war der Tunnel gar kein Tunnel, sondern ein Bunker, in dem man geschützt war.

Jette sagte zum Abschied: «Mach deine Fahrradlampampe an!», und dann sausten sie aus ihrer Umarmung heraus jeder zu sich nach Hause. Rebekka wollte nicht glauben, dass Jette nicht recht hatte, aber schon das war zu negativ – sie wollte glauben, dass sie recht hatte. Wenn etwas nicht in Ordnung ist, dann hat man doch kein gutes Gefühl, und Jette hatte doch ein gutes Gefühl für so was, und sie hatte doch ein gutes Gefühl. Rebekka dachte, dass sie doch auch ein gutes Gefühl für so etwas hatte. Sie wusste, dass etwas bei ihr nicht in Ordnung war, dass zum Beispiel ihr Fahrradsitz nur im Rahmen hielt, weil sie einen alten Lappen in den Rahmen gestopft hatte, damit der Sattel nicht immerzu reinrutschte. Mit dem Lappen hielt es jetzt schon ein halbes Jahr, aber ein gutes Gefühl hatte sie nicht dabei.

Es war Montag, und Rebekka und Johanna gingen ein Getränk einnehmen und jammern. Adrian traf sich montags mit seiner Filmgruppe, drei Typen, die Videos kuckten. Lars ging montags Handball spielen. Damit waren die beiden Freundinnen ganz füreinander da, weil Lars und Adrian ganz für sie nicht da waren.

«Das errätst du nicht!», eröffnete Johanna.

«Nein, stimmt wahrscheinlich», sagte Rebekka. Sie war nicht gut im Raten. Was ist wichtig, tut weh und hat zwei Hände? Adrian? Nein, für Johanna war es Lars.

«Es kann echt nicht wahr sein.» Johanna fasste sich theatralisch an den Kopf: «Lars hat mich jetzt zweimal versetzt.

Ich sitz bei mir in der Wohnung wie eine Hure, wie bestellt und nicht abgeholt, und der taucht einfach nicht auf. Dann ruft er am nächsten Tag an und sagt, er will nicht mehr, und das wollte er mir eigentlich auch nur bei dem Treffen sagen, aber er kann es mir nicht ins Gesicht sagen. So ein …» Johanna knüllte mit einer Hand Luft zusammen, als könnte sie auf die Art einen kleinen Lars töten. Sie warf den kleinen zerknüllten Lars über ihre Schulter auf den Barboden.

«Ach, Johanna», sagte Rebekka.

«Ach, was, ‹Ach, Johanna›! Der Wichser! Ich meine, so ein …»

«Wichser!», half Rebekka.

«Und was macht dein Wichser?», fragte Johanna.

«Mein Wichser», Rebekka kicherte, «mein Wichser», sagte sie, weil es Spaß machte, «mein Wichser», und dann war es vorbei mit Spaß, «er sagt, er ist in eine Frau verliebt.»

«Nein! Bekka!»

«Doch!»

«Mann!»

Sie schwiegen und knippelten mit den Fingernägeln am Rand ihrer Biergläser.

«Wir hängen hier rum wie eine Selbsthilfegruppe», fand Rebekka. «Eine Selbsthilfegruppe für Frauen in Affären. Meinst du, das gibt's?»

«Gibt es.» Johanna pustete ihr Streichholz aus, mit dem sie sich eine Zigarette angesteckt hatte. «Gibt es», sagte sie noch einmal.

Rebekka erfuhr, dass Lars im Internet eine Entzugsgruppe für unglücklich verliebte Frauen gefunden hatte, wovon er Johanna berichtete, verbunden mit dem Vorschlag, sie könne dort doch mal hingehen und sich helfen lassen. Johanna schnippte Asche zu Asche.

«Wollen wir da nicht echt hingehen?» Rebekka hatte schon immer einmal in ihrem Leben zu einer Gruppe gehören wollen, außer zu der sehr großen Gruppe, die zu keiner Gruppe gehört.

«Äh, lieber fresse ich einen Fußnagel. Oder einen ganzen Fuß. Echt, Bekka. Lars hat mir das vorgeschlagen, wie man so was zu einer totalen Spinnerin sagt. Lass dir mal helfen. Du brauchst professionelle Hilfe. Ich? Ich bin jetzt die, die bescheuert ist? Er tut ja so, als ob ich ihn mit einem Messer verfolge. Ich hab nur einmal Gegenstände nach ihm geworfen», Johanna lachte, «na ja, das war vielleicht doch ein bisschen gestört. Aber ist doch wahr. Der Sack! Die ganze Affäre ist doch nicht nur auf meinem Mist gewachsen. So ein …»

«Wichser», ergänzte Rebekka.

«Ja! Ich meine, wenn er wirklich gar nichts von mir wollen würde, hätte er doch nicht über ein Jahr ständig angewackelt kommen müssen. Vielleicht braucht er ja eine Selbsthilfegruppe. So ein ….»

«Wichser?»

«Provinzwichser!» Johanna drückte nachhaltig ihre Zigarette aus. Die würde nie wieder angehen. Das war mal sicher.

«Ich würde da gerne hin», sagte Rebekka. «Adrian hat gesagt, er wünscht sich nichts sehnlicher für mich, als dass ich mich auch wieder verliebe. Ich …»

«Wichser!», ergänzte Johanna nicht ganz korrekt, aber gut gemeint. «Wann hat er das gesagt?»

«Gestern.»

«Am Telefon?»

«Nee, ich war bei ihm.» Rebekkas Erinnerung daran, wie sie am Vorabend versucht hatte, eine ganz, ganz unkomplizierte Exfreundin zu sein, ließ sie vor sich selbst wie der Prototyp der noch nicht erfundenen Hampelfrau erscheinen. Zieht man an der Strippe, hampelt sie los: Nein, ach, alles prima, du, weißt du, ich, ich kann auch nach Hause fahren, du bist in eine andere Frau verliebt, na klar, da hören wir natürlich auf miteinander, ja klar, würde ich ja auch so machen. Hampel, hampel.

Dass Johanna zu der ganzen Hampelfraugeschichte nur einfiel, dass der Hampelfrau, wenn man unten dran ziehen kann, wohl das Tamponfädchen raushängt, überraschte Rebekka nicht. Johanna amüsierte sich wie Bolle.

«Und Knick-Knack?», fragte sie, als sie sich beruhigt hatte.

Rebekka nickte. Ja, sie hatten noch Knick-Knack, so verliebt war er dann doch nicht in die Frau. Rebekkas Hoffnung könnte nicht mal die erste Klasse bestehen, so blöd war sie, so blöd.

Johannna hob die Lautstärke an: «Du müsstest es ihm so richtig zeigen. Du müsstest …»

«Nich so laut! Ja, ich müsste in diese Selbsthilfegruppe gehen, dann brauche ich ihn nicht mehr. Und dann kommt er angelaufen, wenn das mit dieser anderen Frau nicht klappt, und ich sage: Nee, ich will nicht mehr. Ganz kalt sage ich das: Ach nee, lieber nicht. Wenn du sagst, du wärst jetzt in mich verliebt und hast mir verziehen, wer weiß, ob du nicht gestern noch mit der anderen Frau geschlafen hast. Weißt du, du bist mir echt zu …»

Johanna starrte Rebekka gebannt an, zu – zu was? Sie wartete auf ein wunderbares Wort, kriechlurchig, armselig, unbedeutend, stinkmistig. Sie hielt es nicht mehr aus, darauf zu warten. «Wichser!», sagte sie.

«Genau, du bist mir zu Wichser.»

«Nich so laut», sagte Johanna oberlehrerhaft und gackerte ausgelassen.

Rebekkas Vater hatte zwei Tage in Berlin zu tun. Tagsüber hatte er Zeit und abends nicht. Die Nächte war er im Hotel. Rebekka nahm sich frei, um mit ihm durch die Stadt zu ziehen. Sie hatten Pläne, aber dann parkte ihr Vater, wo ein Parkplatz war, und lief irgendwo rein, wo es ihm gefiel, und es gefiel ihm überall, wo es Kaffee gab. Am zweiten Tag war die Stadt morgens von Autos verstopft, weil die öffentlichen Verkehrsmittel lahmgefrostet waren. Sie hatten Zeit, im Auto zu reden. Links und rechts Autos, in denen auch geredet wurde.

«Du heulst ihm immer noch hinterher?», fragte Rebekkas Vater entsetzt. «Die Welt ist voller Männer, die alle auf dich warten. Rebekka, du bist 'ne Wucht. Du bist meine Tochter, hör mal! Gönn dir doch eine Affäre. Der fade Adrian. Ha!»

«Das, was ich habe, ist doch eine Affäre.»

«Ich meine eine Affäre, die sich gut anfühlt, nicht so … Der Kerl soll dir hinterherrennen, Große. Nicht du ihm. So ist es in der Welt. Der Mann will die Frau. Die Frau kann aussuchen.»

Rebekka beschloss sofortigen Annahmestopp für Ratschläge ihres Vaters.

«Der da ist doch super. Du schreist jetzt einfach aus dem Fenster, dass du ihn kennenlernen willst.»

«Wer?»

«Der im Nachbarauto.»

Rebekka fand den Typen nicht gut und ihren Vater auch nicht. Er war so aufgedreht. Er kaufte sich nachmittags eine jugendliche Mütze und flirtete mit der Kellnerin. Das, was er geschäftlich in der Stadt zu tun hatte, schien sehr gut zu laufen. Was Männer eben so breitbeinig macht.

Als ihr Vater abgereist war, musste Rebekka ihren Ärger irgendwo loswerden, und da ihr keine Ärgerauffangstelle bekannt war – sonst wäre sie Stammgast geworden –, schnappte sie sich kurz entschlossen das Klingelbrett, das immer noch in der Küche auf dem Stuhl hockte, um ihr Gesellschaft zu leisten. Sie legte das Ding in die Badewanne und holte sich einen Schraubenzieher. Damit polkte sie die Namensschilder ab. Rebekka war es egal, wer diese Menschen alle waren. Sie waren tot oder umgezogen, geschieden oder unsympathisch oder alles auf einmal. Unter einigen Namen kamen andere Namen ans Badlicht. Irgendein Amseltief hatte vor irgendeinem Händel in derselben Wohnung gelebt. Nomen Omen. Namen Amen. Rebekka schrubbte das Klingelbrett mit einem Schwamm und Geschirrspülmittel. Der Klingeldreck floss in einem siffigen Bach zum Ausguss. Jetzt war das Ding holzsplitterfasernackt. Der Rahmen quoll auf und stank, darum stellte Rebekka das Klingelbrett auf den Balkon und ließ es da bis zum Frühling stehen.

Im Frühling schrien die winterharten Vögel wie frisch aus der Kälteklapse entlassen. Sie schrien so laut, damit ihre Kumpels aus dem Süden wieder nach Hause finden konnten. Die Knospen legten los. Die Bäume zogen sich immer mehr an, die Menschen immer mehr aus. Rebekka stand auf ihrem Balkon, der noch genauso leer war wie beim Einzug, nur dass man nicht von besenrein sprechen konnte und dass zwischen Sonnenblumenkernen ein abgeschrubbtes Klingelbrett an der Brüstung lehnte. Die Sonnenblumenkerne mussten von einem Futterknödel vom Balkon über ihr gefallen sein. Sie nahm das Klingelbrett und trug es in die Wohnung. Der Lack war ab, die Namen waren ab, es gehörte kein Haus mehr dazu, und keine der Klingeln funktionierte. Rebekka wusste immer noch nicht, was sie damit anstellen sollte. Sie stellte das Klingelbrett in die Kammer und kaufte Frühblüher.

Als sie fertig war mit dem Balkon, sahen ihre Fingernägel aus wie Maulwurfskrallen. Sie wusch sich die Hände und rief Jette an, weil sie lose verabredet waren. Jette musste in drei Tagen wieder ins Krankenhaus, und bevor Jette ins Krankenhaus musste, mussten sich Jette und Rebekka immer sehen, ganz klar. Rebekka wollte Jette den Balkon zeigen und sie wusste, dass Jette sagen würde: «Oh, toll.»

«Oh, toll», sagte Jette und setzte sich auf den Klappstuhl. «Sind das solche Pflanzen, die so weit ranken?»

«Bis drei Meter, stand auf dem Schildchen, aber ich glaube, auf meinem Balkon ist es zu sonnig. Ich hab den ganzen Nachmittag Sonne, hat der Vormieter gesagt.»

«Zu sonnig gibt's doch gar nicht», sagte Jette und blinzelte in den Hinterhof. «Aber Scheiße, ohne Wimpern. Es sind noch genau vier, zwei links, zwei rechts und eine fallen lassen.» Klang lustig, war's aber nicht. Das Leben hatte mal wieder übel losgestrickt. Die Was-auch-immer in Jette blieben keine Was-auch-immer, sondern wurden als Metastasen identifiziert. Alles war von vorne losgegangen. Eine schwächere Chemo, Haare weg.

Rebekka sagte: «Ich mach mal Kaffee», bevor sie aus Versehen seufzte. «Immerhin hab ich dich zum Kaffee eingeladen.»

«Genau. Wo ist eigentlich mein Kaffee?»

«Kommt sofort! Mit Milch? Zucker?»

«Beides, so wie du. Mit Milech und Zuccero. Es lohnt sich, wenn du dir das merkst, denn es wird sich nie ändern, und darum weißt du ein Leben lang zumindest etwas mit absoluter Sicherheit.»

Rebekka eilte dienstbeflissen in die Küche. Vor ein paar Wochen war einer der vier Metallringe von einer der vier Herdplatten abgesprungen. An der Herdplatte, die Rebekka am häufigsten benutzt hatte. Ein Heidenlärm war das gewesen, als der Ring abflog. Rebekka benutzte jetzt nur noch die anderen Herdplatten, um Milch warm zu machen. Irgendwann würde auch dort der Eisenring abfliegen. Es war nicht mehr so einfach, dem Herd zu vertrauen. Vorher hatte sie überhaupt nicht über so etwas wie Herdvertrauen nachgedacht, das Wort wäre ihr überhaupt nicht in den Sinn gekommen. So ähnlich war es mit dem Klovertrauen. Das Klo war seit dem Einzug unten undicht. Rebekka legte immer ein Handtuch um das Klo. Keiner hatte bisher etwas dazu gesagt. Warum hast du denn ein Handtuch um das Klo gelegt? Alle ihre Freunde sahen zu, wie sie verkam. Das Handtuch, Adrian, jetzt noch der Herd. Ach ja, der Fahrradsitz. Aber alles funktionierte noch gerade so. Es waren Zustände.

Rebekka trug den Kaffee auf den Balkon, wo Jette sich sonnte. Sie hatte die Häkelmütze abgenommen und strahlte Rebekka entgegen. Sie sagten «Na?» und «Na?» und freuten sich. Dann erzählten sie von Krankheit und Adrian und freuten sich nicht. Die Chemo sollte abgebrochen werden.

Die Tumore wuchsen, anstatt zu schrumpfen. Jette war eine neue Methode vorgeschlagen worden, die mit Hitze irgendwas verschmoren sollte, aber es gab noch keine Untersuchungen dazu. Jette hatte es satt, dass der behandelnde Arzt im Krankenhaus sie immer mit leuchtenden Augen ansah. «Schon allein wegen dem Drescher mach ich das nicht. Ich bin sein Lieblingsfall. Bevor ich gesund werde, will er unbedingt noch probieren, wovon ich nicht gesund werde. Man könnte mir ja auch Brause spritzen oder meinen Po an die Stirn nähen. Der würde so gerne jede tolle neue Methode ausprobieren, und wenn die dann klappt, wird sie nach ihm benannt. Die Blödmannmethode. Und wenn sie nicht klappt, dann kann er mich immerhin zerschnippeln. Der hat bestimmt als Kind Schmetterlinge gefangen und in Büchern platt gepresst.»

Jette nahm jetzt Tabletten, jeden Tag zwei, eine Stunde nach dem Essen. Von denen wurde sie dösig. Die Tumore waren noch unbeeindruckt.

«Und jetzt? Wie geht's weiter?», fragte Rebekka. Es musste doch weitergehen.

«Also, ich will wieder die Chemo, die ich letztes Jahr hatte. Die ganz harte Nummer. Die Ärzte warten noch, ob die Tabletten was bringen. Aber ich weiß schon, dass die nichts bringen. Jetzt warte ich noch ein bisschen, wie die Tabletten nicht wirken, und dann bekomme ich meine Chemo.» Jette sah fast zufrieden aus. «Und dann gibt's wieder richtig Atomkrieg. Ein harter Gegner braucht harte Waffen. Die wollen das meinem Kreislauf gerade nicht zumuten.»

Rebekka fragte, wie viele Metastasen Jette im Moment eigentlich genau habe.

«Genau fünf.»

«Scheiße.»

«Genau. Scheiße.» Jette zeigte ihren Bauch und sagte, dass dort der größte Tumor sei. «Kann man sogar fühlen», und Rebekka streckte ihre Hand aus, um sie auf Jettes Bauch zu legen.

«Das ist ja total hart.»

«Heißt aber Weichteilsarkom. Rebekka, mal zu was ganz anderem: Ich müsste mal dein Klosett aufsuchen.»

Der Balkon war zu zweit kuschelig eng, allein viel größer. Wenn einer geht, hinterlässt er nur Platz. Rebekka stellte sich an die Balkonbrüstung und fand den Tag wie frisch geschlüpft. Balkonblumen waren völlig unwichtig, egal, wie weit sie ranken.

«Weißt du, dass deine Spülung nicht richtig geht?» Jette schlängelte sich hinten an Rebekka vorbei. «Da kommt nur ganz wenig Wasser, und man muss auch die ganze Zeit den Druckknopf gedrückt halten.»

«Liegt jetzt eine Überraschung von dir im Klo, oder ging's?»

Jette lachte. «Nee, ging. Ich hab mit der Klobürste geschubst. Es wollte nicht von alleine springen.»

«Okay, der Herd, das Klo und die Spülung», zählte Rebekka auf und erklärte, dass dies die Ansammlung der unbefriedigenden Zustände war. «Ach so, und im Kühlschrank geht das Licht nicht von alleine an, da muss ich so einen Hebel ziehen, da ist 'ne Feder kaputt. Und mein Fahrradsitz lässt sich nicht feststellen.»

«Du hast keinen Mann im Haus», fasste Jette zusammen.

Rebekka nickte: «Das kommt noch dazu.»

Jette trank ihren Kaffee aus und forderte Taten: «Wir gehen jetzt spazieren, danach schreibst du einen Brief an deinen Vermieter, und dann rufst du Adrian an. Er soll dein Fahrrad reparieren. Da stehen Männer drauf. Ich hoffe, du beziehst dein Bett wenigstens immer mal neu und wechselst die Unterwäsche. Komm!»

Adrian hatte seit Weihnachten nur einmal bei Rebekka geschlafen und dann nie wieder, weil ihr Bett knarrte. Rebekkas Bett knarrte tatsächlich, aber nicht, wenn man darauf kuschelte, küsste oder redete. Adrians Bett knarrte nicht, und wenn Rebekka schon das Angebot bekam, ihn zu sehen, wollte sie nicht über den Ort meckern. Sie könnten sich auch in Bielefeld treffen. Der Sex war wie Durstigsein und hastig Trinken. Sie umarmte ihn so fest es ging. Das eine Mal, das Adrian bei ihr geschlafen hatte, lag über einen Monat zurück. Adrian war probehalber angezogen auf dem Bett hin und her geruckelt. Er hatte den Kopf geschüttelt, sich bis auf T-Shirt und Unterhose ausgezogen und sich schlafen gelegt. Rebekka wäre fast verdurstet. Sie hasste ihn. Sie konnte nicht einschlafen. Am Morgen war sie glücklich, dass er da war. Rebekka hatte seitdem nicht mehr das Bettzeug gewechselt. Es war von ihrem Körperfett weich, und Rebekka ölte sich jede Nacht darin. Sie legte morgens immer schnell die Tagesdecke drüber, um nicht zu sehen, was sie jede Nacht fühlte. Das Bettzeug war weich wie schimmliger Kükenflaum, das Kissen ein Tränenschwamm. Rebekkas abendliche Gedankenmühle war eine Wassermühle. Sie wollte anrufen und wollte nicht nerven. Sie wollte ihm sagen, dass es so nicht ging, und wollte ihn nicht verlieren. Sie wollte in ihrem Bett liegen, denn das Bett umarmte sie.

In den nächsten Tagen führte Rebekka mehrere Telefonate, in denen sie immer wieder «Weichteilsarkom» sagte.

«Ein Weichteilsarkom», sagte Rebekka.

Andy diagnostizierte ein besorgtes «hmhm» und erzählte von seiner Schwester. Es gab nicht viel Neues von ihr zu erzählen. Sie war immer noch tot.

Wäre die Scheidung von Rebekkas Eltern ruhiger verlaufen, hätte sie irgendetwas Streitlustiges sagen können. Was hat das denn mit Jette zu tun? Wäre da keine Scheidung gewesen, wären Sonja, Kathleen und Jasper nicht auf der Welt, aber immerhin hätte Rebekka sagen können: «Ich finde das unsensibel von dir. Rede nicht über deine tote Schwester, wenn wir über meine lebendige Freundin reden.»

«Wollen wir dem schönen Billardsport mal wieder frönen?», wechselte Andy das Thema, bevor Rebekka dazu kam, überhaupt irgendetwas über Andys Schwester zu sagen.

«Stimmt, wir waren ganz schön lange nicht mehr.»

Sie wiederholte es: «Weichteilsarkom.»

«Ein was?», fragte Ramona, und Rebekka sagte es nochmal.

«Ein Weichteil-was?»

Rebekka wusste nicht, ob Ramona es nicht verstehen konnte, weil Deutsch nicht ihre Muttersprache war, oder ob sie sich nur beim Hinhören auf einem Ohr blöd anstellte.

«Du musst dir das doch nicht merken», sagte Rebekka. Immerhin hatte Ramona nicht gelacht, weil sie das Wort lustig fand.

Ramona schlug vor, dass man doch mal eine Party für

Jette machen könnte. «Dass wir sie alle mal sehen, also dass wir uns alle mal wiedersehen, der ganze Haufen.»

«Weichteilsarkom», sagte Rebekka.

«Oh», antwortete der ewig liebe Christian.

Er fand die Idee von Ramona mit der Party für Jette gut. «Wo das Wetter grad so schön ist, können wir ja angrillen.»

«Grillen ist krebserregend», pflaumte Rebekka.

«Oh», sagte Christian wieder.

Rebekka hatte keine Lust zu sagen, wie doof sie das mit der Party fand, wo alle Jette angaffen wollten, und wie doof sie Andy fand mit seiner überkandidelten Art und seiner toten Schwester und wie doof sie Christian fand, der sie fragte, ob sie ein paar Tage nach seiner Katze sehen würde.

«Hm, nur, wenn sich wirklich niemand anders findet. Frag mal Iris. Die mag Katzen.»

«Du nicht?»

«Weiß nicht. Deine schon.»

«Ein Weichteilsarkom», sagte Rebekka sehr langsam, zum Mitschreiben.

«Nur eins?», fragte Iris.

Rebekka überlegte, wie es sich anhören würde, wenn Johanna sagen würde: «Nur eins?» – Klang auch nicht so gut, aber wenn Christian fragen würde: «Nur eins?», dann hätte Rebekka gedacht, dass es ihn wirklich interessiert.

«Nee, fünf!», sagte Rebekka.

«O Gott! Nicht dass ich an den glaube, aber trotzdem. Weißt du, ob die groß sind?»

Rebekka erzählte alles, was sie wusste. Iris wollte noch mehr wissen.

«Besuch doch Jette mal.»

«Sie will mich nicht sehen. Ich hab mal irgendwas gesagt, das sie verletzt hat. Ich hab mich erst mal nicht getraut, mich zu melden. Ich mach das, wenn bei ihr alles in Ordnung ist. Sie ist da so überempfindlich. Vielleicht darf ich ja zu der Party für Jette.»

Rebekka war überrascht, dass es schon konkret wurde mit der Party.

«Ach so, ich nehm übrigens Christians Katze, soll ich dir sagen. Du musst das also nicht machen.» Katzen seien so toll eigenständig und uninteressiert daran, was man über sie denkt, schwärmte Iris, nur Christians Katze sei komisch, sagte Iris. Die sei so auf Menschen bezogen. Die wolle immerzu kuscheln, aber vielleicht liege das daran, dass Christian ja auch ein komischer Mann sei.

«Finde ich nicht», sagte Rebekka und wusste gar nicht recht, was sie nicht fand, einfach was anderes als Iris. Jette war überhaupt nicht überempfindlich.

«Ein Weichteilsarkom», sagte Rebekka zu Adrian in bedrücktem Tonfall. Adrian sollte bemerken, dass sie Beistand brauchte. Oder wollte sie an ihm liegen, damit die schweißigen Stellen der Haut beim Berühren kurz aneinander kleben blieben wie frisch geschnittene Zucchinischeiben?

Adrian dachte über Jette nach, nicht über Rebekka. Die Idee mit der Party fand er gut. Rebekka sagte, dass das zu viel Rummel sei. «Jette mag das nicht, wenn irgendwas für sie getan wird, nur weil sie Krebs hat.»

«Nur weil sie Krebs hat», wiederholte Adrian. Rebekka hätte, was sie selbst gesagt hatte, Iris niemals verziehen. Rebekkas Eifersucht war völlig überreizt auf Jette angesprungen. Sie versuchte abzulenken. «Na ja, jedenfalls ist es Jette lieber, wenn man kein Gewese macht.»

«Warum … also es kommt mir so vor … du spielst dich auf, als wärst du Jettes, irgendwie, ähm, Anwältin.»

«Anwältin? Was soll das denn? Ich weiß halt, dass sie das nicht mag. Ständig wollen ihr irgendwelche Leute helfen. Sobald die erfahren, dass sie Krebs hat, soll sie nur Trennkost essen oder mehr Mandeln oder Tee aus einer Baumrinde trinken. Iris wollte Jette mal einen Hausbesuch einer Feng-Shui-Beraterin schenken, damit die ihr Bett ausrichtet.»

«Aber, so wie ich das verstanden habe, geht es doch nur um eine nette Feier, Freunde treffen und grillen und so.»

«Na ja.» Rebekka wischte das wie unbedeutende Krümel von einem unbedeutenden Tisch auf einen unbedeutenden Boden.

«Also, als ich mit Jette telefoniert habe, vor drei Tagen, klang sie nicht so abgeneigt, äh, vor vier Tagen.»

«Vielleicht wollte sie nett sein.» Rebekka blieb sich sicher. Niemand brauchte diese Party, auf der Adrian nicht zu Rebekka stehen würde, sondern zum Grill. Und Jette wollte garantiert nicht, dass alle nach ihrem Weichteilsarkom fragten und sie sich dann fragen müsste, woher alle so genau wissen, wie das Kackding heißt und dass es nicht nur eins ist.

«Warum hast du denn mit Jette telefoniert?»

«Warum ich …? Warum soll ich denn nicht? Ich wollte was von Enno wissen. Das geht dich doch gar nichts … du bist doch nicht die Einzige, echt, Rebekka, die mit Jette Kontakt haben darf, oder was.»

Rebekka hätte ihn gegen die Wand werfen können und sich gleich drauf – so unsäglich sinnlos waren ihre Gefühle. Sie wollte nicht weiter streiten. Das Telefonat brauchte einen anderen Ausgang, ohne dass sie ganz plump darum bitten müsste.

«Was machst du denn heute Abend?», fragte Rebekka, so ganz huch, was mir da einfällt, nur so.

«Ach, nur fernsehen wahrscheinlich. Und du?», fragte er wirklich nur so.

«Du darfst dir was wünschen», hätte sie gerne geschnurrt, sodass er sofort wüsste, was Sache sein sollte. Sie saß im Bademantel und einem Handtuch um den Kopf auf einem wackeligen Stuhl. Sie sagte: «Du darfst dir was wünschen», aber es klang nicht so verführerisch.

«Jette hat mir erzählt, dass dein Klo kaputt ist und dein Herd. Kümmer dich doch da mal drum. Das wünsch ich mir.»

Das war nicht das, was sie hören wollte. Sie hatte also ihre Haare umsonst gewaschen.

«Gut!», kiekste sie, dünner zugespitzt, als sie es wollte. Da war ihr der Anspitzer ausgerutscht. Nach der Verabschiedung konzentrierte sich Rebekka darauf, dass ihre Haare wieder fettig wurden. Einsame, pummelige Scheiße.

Ihre Mutter rief an, um zu fragen, ob Rebekka zu Ostern käme.

«Ostern ist doch erst … Ostern.»

«Ich frag ja nur wegen dem Kuchen, aber …»

«Ja, natürlich komme ich Ostern. Ich weiß gar nicht, warum du immer fragst.»

«Wegen dem …»

«Kuchen, ja.»

«Kommt der Adrian mit? Wegen dem Kuchen.»

«Wir haben eine Krise.» Zeit war's, es mal zu sagen.

«Frag doch trotzdem, ob er mitkommen will», versuchte ihre Mutter hartnäckig, zwei Stück Kuchen mehr auftauen zu können.

«Wir haben eine Krise. Ich hätte doch auch keinen Bock, zu seinen Eltern zu fahren, jetzt wo ich nicht mehr muss.»

Ihre Mutter schwieg betreten.

«Nicht dass er nicht immer gerne mit zu dir gekommen wäre, aber es ist gerade unpassend. Vielleicht ist Ostern alles schon wieder anders.»

«Sagst du dann Bescheid?»

«Wegen des Kuchens, ja.»

«Und wie geht es der Jette?»

Also sagte Rebekka schon wieder: «Weichteilsarkom.»

«Ach, schon wieder? Ach, Kind. Und was macht die Johanna?»

«Willst du auch wissen, wie es mir geht?» Rebekka war so rotzepampig wie zuletzt in der Pubertät, na, und vor ein paar Tagen bei Christian, na, und eigentlich immer – wenn sie es rausließ.

«Natürlich will ich das wissen, aber du erzählst ja nie was. Außerdem fragst du mich doch auch nie, wie es mir geht.»

Rebekkas Mutter hatte recht. Rebekka schrieb nach dem Telefonat auf einen Zettel: «Frage deine Mutter immer, wie es ihr geht.» Rebekka ging stets davon aus, dass ihre Mutter wie eine zu Ende funzelnde Stehlampe gar kein Empfinden dafür hatte, ob es ihr gut- oder schlechtging. Ihre Mutter war keine Stehlampe, das versuchte sich Rebekka zu merken. Da sie gerade Stift und Zettel in der Hand hatte, schrieb sie noch dazu: «Fahrradsitz, Kühlschranklicht, Toilette, Herd, Bett neu beziehen.»

Eine Liste schreiben war schon fast die halbe Arbeit.

Mit Weichteilsarkom brauchte Rebekka Johanna gar nicht zu kommen, als sie Montag am Telefon was zusammen tranken. Zum Treffen waren sie beide zu faul. Weichteilsarkom ist kein gutes Wort für Stille Post, aber es schien sich bis zu Johanna durchgemurmelt zu haben. Für Johanna war immer nur die Frage, mit was Jette fertig werden musste, wie das nun hieß, weich oder hart, die Frage war jedenfalls nie, ob Jette damit fertig wurde. Das würde sie schon. Doch, doch.

«Aber weißt du, was du noch nicht weißt?», fragte Johanna, wahre Sensationen in Aussicht stellend.

«Nein, sonst wüsste ich es ja», sagte Rebekka.

Lars hatte seiner Frau die Affäre gebeichtet, und die hatte ihren Mann nicht rausgeworfen, wie von Johanna immer erhofft, sondern sie hatte Entweder-oder gefordert. «Und der Arsch! Dieser Arsch, ja? Der verkündet mir total stolz, dass er bei seiner Frau bleiben will!!!!», brüllte Johanna mit vier Ausrufezeichen in den Hörer. «So ein Scheiß! Was soll sich denn da ändern? Dann weiß sie's jetzt eben. Dann kommt er eben mal ein paar Wochen nicht. Der kommt schon wieder. Da muss ich jetzt rumheulen, nur weil wir mal wieder eine Pause machen. Und noch dazu hab ich keinen Sex die ganze Zeit. Ich will ja keinen anderen Mann … Der Arsch! Der steht doch sowieso wieder vor der Tür, ein paar Wochen, mehr geb ich dem nicht. Wenn der nicht in zwei Wochen, drei Wochen, spätestens 'nem Monat wieder hier auftaucht, dann ist echt aus.»

In Rebekkas Ohr musste erst einmal das Brüllecho abklingen. «Und wenn es das jetzt wirklich war?», fragte sie in die Stille.

«Und wenn es das bei dir mit Adrian wirklich war?» Johanna krakeelte weiter. Vorbei war die Stille. «Das kann er sich an den Hut stecken, dass er die Sache beendet. Ich warte, bis der hier wieder auftaucht, und dann schmeiß ich ihn raus. Und wenn das drei Jahre dauert!!!! Vier Jahre!!!!»

«Du willst doch nicht wirklich vier Jahre darauf warten, dass du …»

«Die Scheiße ist doch, dass ich ihn dann trotzdem nicht wegschicke. Rebekka, ich verrate dir jetzt mal was, aber sag nicht, dass ich zum Zahnarzt gehen soll: Ich war seit sechs Jahren nicht beim Zahnarzt, und ich hab seit Monaten tierische Zahnschmerzen.»

«Geh zum Zahnarzt!»

«Herzlichen Dank.»

Rebekka erfuhr, dass Lars wieder von dieser Gruppe angefangen hatte. Lieber würde sie zum Zahnarzt gehen, sagte Johanna, als jeden Freitag mit irgendwelchen gestörten Frauen im Raum rumsitzen.

«Komm, wir machen das!», versuchte Rebekka zu bestimmen, obwohl das bei Johanna schwer war. Sie war absolut Alpha. Da musste Rebekka schon geschickter ran. «Und selbst wenn wir es nur machen, um ihn später abzuweisen. Weißt du, wenn er dann nochmal kommt, bist du total cool und sagst …»

«Ja?», fragte Johanna gespannt.

Rebekka musste was absolut Johannamäßiges sagen: «Ähm, du kannst dir deinen Schwanz in den Arsch stecken.»

«Rebekka!», schrie Johanna begeistert. Rache fand sie gut. Rache ist Blutwurst. Blutwurst aus Lars. «Na, mal sehn», sagte sie.

«Wenn du es nicht machst, dann gib mir die Telefonnummer. Ich melde mich da an.»

Nach dem Telefonat schrieb Rebekka Adrian mit auf die Liste. Den würde sie fix und fertig erledigen.

Am Dienstagvormittag versuchte Rebekka, den Vermieter anzurufen, weil der Herd Vermietersache ist. Es war kein Vermieter an die Strippe zu bekommen, und Rebekka wollte nicht auf den AB sprechen. Bei dieser Selbsthilfegruppe war auch nur der AB dran.

Am Dienstagnachmittag ging Rebekka in einen Fahrradladen und zeigte ihr Fahrrad vor. Mit einem angeekelten Blick zog ein junger gepiercter Mann den zerrissenen Lappen aus dem Fahrradgestell. Der junge Mann hatte die dicksten Waden, die Rebekka jemals gesehen hatte. Er tauschte die Spannvorrichtung aus und klopfte abschließend auf den Sattel von Rebekkas Fahrrad. Für Rebekka hatte er keine ähnlich anerkennende Geste übrig. Er hatte wahrscheinlich das Fahrrad getröstet, weil es so verwahrlost bei dieser unmöglichen Frau dahinvegetieren musste.

Am Mittwochvormittag versuchte Rebekka wieder, beim Vermieter anzurufen, der wieder nicht da war, aber diesmal sprach Rebekka auf das Band. Sie sagte, ihr Herd sei kaputt und wahrscheinlich müsse der nicht repariert werden, sondern ausgetauscht. Roste in Frieden.

Bei der Selbsthilfegruppe sprach sie auch auf den AB. Johanna hatte gesagt, dass sie sich, wenn, dann selber anmelden würde.

Am Mittwochabend rief Rebekka Christian an, weil der bei aller Katzenkuscheligkeit trotzdem ein Mann war, der vielleicht ein undichtes Klo reparieren konnte. Christian war nicht da. Rebekka rief Andy an, und wenn der nicht da wäre, dann müsste sie wohl Adrian anrufen. Andy war da. Er sagte, ein undichtes Klo sei Vermietersache. Andysache sei das nicht. Und Adriansache war es damit wohl auch nicht.

Donnerstagnachmittag rief Rebekka nochmal beim Vermieter an, der wieder nicht da war. Sie sprach aufs Band, dass außerdem ihr Klo leck sei.

Am Freitagvormittag fühlte sich Rebekka in der Art aufgeblüht wie ein dünner brotscheibenähnlicher Abwaschschwamm, mit dem völlig ausgetrocknet etwas aufgewischt wird. Davon wird er weicher, aber Blumen blühen anders auf. Der letzte nicht in Angriff genommene Punkt auf ihrer Liste war Adrian. Also rief sie ihn nicht an. In dem Fall war das Nichtmachen das Machen. Sie war ihn unfreiwillig losgeworden, jetzt wollte sie ihn noch einmal freiwillig loswerden.

Hannes damals zu verlassen war auch schwer gewesen. Hannes war nicht sauer, nicht enttäuscht, nicht wütend, nicht aufgebracht – er war nur traurig, ein Teddybär mit Pflaster am Herzen, ein Hund, der draußen schlafen muss. Hannes war total am Boden, drunter. Es traf ihn so überraschend wie ein Beleuchtungsscheinwerfer, der vom Himmel fällt. Rebekka tat es wahnsinnig leid, aber sie wollte nicht mehr mit Hannes leben. Sie hatte ihn ein Vierteljahr abgewiesen, sich in Umarmungen ergeben und ihm mal die Wange getätschelt. Sie konnte Hannes nicht weiter wie einen Bruder behandeln, der nach Inzest bettelte.

«So kann's kommen», sagte Johanna. «Tja», sagte Jette. «Schade», sagte Christian. Andy wollte gar nicht mit Rebekka reden, er war auf Hannes' Seite, die der auf einmal hatte, eine eigene Seite, ganz für sich allein, was er nie wollte. Hannes stand vor Schutt und Asche und Scheiße und Geröll und suchte einen Platz, wo er sich matt ablegen konnte. Es sah nirgends bequem aus.

«Warum hast du denn eigentlich Schluss gemacht?», bohrte Iris Löcher, wo schon alles zerlöchert war.

«Ich glaube, ich bin in einen anderen verliebt», gab Rebekka zu.

«Ach, nee, erzähl mal.» Johanna war immer dankbar für Storys, die das Leben etwas langweiliger schreibt als das Fernsehen.

«Kenn ich ihn?», fragte Jette.

«Will ich nicht wissen», sagte Andy und stand mit verschränkten Armen auf Hannes' Seite. Pfui auf dich, Rebekka.

«Ob das ein guter Anfang ist für etwas Neues ...», unkte Iris. «Du nimmst ja die Schuld mit in die neue Liebe. Das rächt sich irgendwann.»

«Was für eine Schnalle!», sagte Johanna, mit der immer noch am besten zu lästern war.

Rebekka fühlte sich nicht schuldig. Sie hatte ja auch nichts davon. Sie war zwar in Adrian verliebt, aber Pustekuchen, der doch nicht in sie, der doch nicht. Rebekka war doch auch allein. Sie hätte doch auch bei Hannes bleiben können, und Hannes wäre es doch egal gewesen, ob sie wirklich bei ihm ist oder nur bei ihm bleibt und darum schon fast weg ist. Was hatte sie denn davon? Ein Nestverlust. Ein Netzverlust. Ein Nest, in dem man warm liegt. Ein Netz, das man geschickt zu einer Hängematte geknüpft zwischen die Bäume hängen kann. Ein Fischernetz, in dem man gefangen ist. Ein Fischernest, in dem alles seinen Gang geht, jeden Tag, bis jemand geht und nicht weiß, wie der nächste Tag sein wird.

Der große Doppelauszug war wie Scherbenaufteilen. Es gab meine und deine Scherben und deine und meine Umzugshelfer. Adrian war Hannes seiner, und es war unrealistisch, dass er jemals Rebekka ihrer sein würde, weder Umzugshelfer noch sonst irgendwas. Rebekkas schwächlichere Umzugshelferinnen waren Johanna, Jette, Ramona, Iris und als Gesandte der Familie Sonja und Kathleen. Enno war der einzige Mann, der Kisten trug, auf denen «R» stand. Christian war in Schweden wegen einer Ingrid. Andy, Ramon und Adrian schleppten H-Kisten. Im Treppenhaus musste Rebekka verschwitzt an Adrian vorbei, der ebenfalls verschwitzt und duftend, zusammen mit Hannes, auch verschwitzt, aber stinkend, den großen Schrank aus der Küche trug. Es war kein angenehmer Tag. Iris fühlte sich sauwohl.

Als Hannes' Sachen im Wagen waren, half er noch, Rebekkas Sachen runterzutragen. Er konnte nicht anders, der Gute, der elendig ewig Gute. Adrian half auch und war damit doch auf einmal Rebekka ihrer, wenn auch erst mal nur Umzugshelfer.

Am Freitagabend war es so weit, Johanna und Rebekka gingen das erste Mal zum Treffen der Gruppe Männerentzug. In Johannas Auto lachten sie sich kuhscheckig bei der Vorstellung, wie sie sich in der Gruppe vorstellen würden, vor mehreren seltsamen Frauen, die in einem Kreis saßen, rote Handabdrücke ihrer fiesen Männer im Gesicht, und behaupteten, sie wären genau auf seine Hand die Treppe runtergefallen.

«Hallo, ich bin die Rebekka!», sagte Johanna und wackelte gestört mit dem Kopf.

Rebekka sagte mit lauter Stimme, die wie mehrere Frauen klingen sollte, die monoton im Chor sprechen: «Ha-llo, Rebek-ka!» Dann revanchierte sie sich mit der Vorstellung von Johanna: «Und ich bin die Johanna!»

«Hallo, Johanna!», brüllte Johanna.

«Warte doch mal, da kommt doch noch was. Ich bin Johanna und ...»

«Die Johanna!», sagte Johanna, und Rebekka fing nochmal an: «Ich bin die Johanna, und ich schlafe seit fast zwei Jahren mit einem verheirateten Mann.»

Sie waren sehr aufgekratzt, bis sie im Frauenzentrum, nur noch leise gackernd, den Raum 08 suchten. Das Gebäude war bedrückend, und irgendeine gute Seele versuchte wie verrückt zu vertuschen, dass das Gebäude bedrückend war. Überall an den Wänden hingen Fotocollagen. In der Mitte des Fotoauflaufs eine Schrift, jeder Buchstabe in einer anderen Farbe: «Drittes Frau-Vor!-Treffen, Mönkewitz 2000». Auf dem Boden stand allerhand unter dem Oberbegriff Skulptur. Männeken, die sich verhakelten, die krumm standen, die sich die Hand gaben. Alle bleichweiß und spinnendünn.

«Die sehen ja echt krank aus», sagte Johanna. Sie kicherten sich bis zum Raum 08.

«Schluss mit lustig», prustete Rebekka.

«Ernst kommt die Treppe rauf», sagte Johanna.

Sie wischten sich über die Münder, um das Grinsen zu zähmen.

Im Raum 08 saßen vier Frauen. Eine von ihnen stand sofort auf und kam auf sie zu, ihre halblangen Haare wippten bei jedem Schritt, ihr grob gewebter Schal flatterte um ihre drillingsgebärfreudigen Hüften, und ihre flachen Schuhe klapperten entgegenkommend. Sie gab Rebekka und Johanna die Hand, mit aller deftigen Verbindlichkeit, die man in einen Händedruck legen kann.

«Das sind Johanna und Rebekka», sagte die Leiterin zu den anderen Frauen, als wäre es egal, wer Johanna und wer Rebekka war. Die sitzenden Frauen nickten den immer noch stehenden Frauen zu. Damit war schon mal die Vorstellungsrunde erledigt, die sich Rebekka und Johanna viel lustiger ausgemalt hatten. Die Leiterin wies mit ausgestrecktem Arm den Weg zu zwei Stühlen.

«Gut, alle da. Fangen wir an. Ich bin Vera. Herzlich willkommen. Das war's an Herzlichkeiten. Das Wichtigste zuerst. Das richtet sich an die Neuen. Ihr dürft mich hassen. Es ist mir egal. Ich sage euch unangenehme Wahrheiten. Ihr könnt lieben wie Hunde. Ihr könnt unterwürfig und abhängig sein. Ihr könnt lieben wie Katzen. Ganz freiwillig. Dabei helfe ich euch. Mehr nicht. Ich bin streng. Ihr braucht keine neue Freundin. Das ist ein Entzug. Harte Arbeit. Harte Regeln.»

Rebekka suchte in den Gesichtern der anderen Frauen nach hasserfüllten Blicken. Sie sahen alle normal aus. Eine war richtig schön, rote lange Haare in weichen Wellen, die sich an der Schulter entschieden, nach vorne oder hinten weiterzuwellen. Rebekka konnte kaum wegsehen. Schrecklich, wenn so eine Frau außerhalb der Leinwand im realen Leben herumsitzt.

Vera klatschte in die Hände und riss Rebekka aus ihrem Rumgedenke. «So, unangenehm aber nötig: Was sind die Regeln? Ihr wisst Bescheid», sie nickte den Frauen zu, die schon Bescheid wussten, «aber Rebekka», fuhr sie fort und schaute Johanna an, «und Johanna», sie schaute Rebekka an, «wissen nicht Bescheid.»

Vera ging an die Tafel und malte mit viel Schwung und

gelber Kreide einen großen Punkt. «Erstens», sagte sie, «wer den Redesack hat, redet.» Hinter «Erstens» schrieb sie «der Redesack» und zeigte auf ein kleines blaues Säckchen, das auf dem Tisch lag. Vera nahm das Säckchen in ihre Hand, hielt es kurz hoch und legte es mit gelber Kreide bemehlt zurück auf den Tisch. Sie tippte mit dem Stück Kreide auf den gelben Punkt an der Tafel. Tock, tock, tock, wie ein Specht. «Das gilt auch für mich. Außer, wenn ich die Regeln erkläre. Also jetzt gerade. Weitere Ausnahme: Wenn die Fragen den Raum füllen. Das spüre ich. Dann unterbreche ich, egal, wer den Redesack hat. Sonst ganz klar: Reden nur mit Redesack. Auch ich. Aber ich darf hupen. Ich hupe, wenn mir etwas auffällt.» Sie malte wieder einen großen gelben Punkt an die Tafel und schrieb dahinter: «Zweitens: die Hupe». Sie schaute Rebekka an, die nicht anders konnte, als zu nicken, obwohl sie nicht verstand, was es mit der Hupe auf sich hatte. Sie traute sich aber nicht zu fragen, weil sie nicht den Redesack in der Hand hatte. Vera bemerkte nicht, dass die Fragen den Raum füllten, oder Rebekka war mit ihren paar Fragen nicht in der Lage, den Raum zu füllen. Vera zeigte die Hupe. Sie hupte kurz.

Johanna rief: «Hui!», und lachte.

Die anderen Frauen lachten nicht, sie zuckten eher zusammen. Johanna stand von ihrem Stuhl auf, und Rebekka begann sich sofort für ihre Freundin zu schämen, die unter Garantie etwas Bescheuertes anstellen würde, selber mal hupen oder eine Blume an die Tafel malen, bei Johanna wusste Rebekka nie.

Johanna nahm spitzbübisch den Redesack vom Tisch und fragte, wie das mit der Hupe gemeint sei: «Was heißt, wenn Ihnen etwas auffällt?»

Vera hob ihren gelben Kreidezeigefinger und spitzte ihre dunkelrot geschminkten Lippen, dann malte sie wieder einen gelben Punkt an die Tafel, ließ aber unter «Zweitens: die Hupe» eine Zeile frei und schrieb «Viertens: das Duzen». Sie unterstrich das und sah Johanna mütterlich an.

Johanna schaute verblüfft und nahm den Redesack in die andere Hand. «Also, ich habe das mit der Hupe nicht verstanden. Wann du hupst … So.» Vera nahm die Hupe und hupte. Johanna kuckte wie ein Streifenhörnchen, dem man ein Foto einer Erdnuss hinhält. «Also, ich meine», sagte Johanna, «was fällt dir auf, wenn du hupst?» Sie kullerte den Redesack von der einen in die andere Hand, mit derselben Lässigkeit, mit der ein Junge den Tennisball anwärmt, bevor er ihn gegen eine Hinterhofwand schmeißt. Die hübsche rothaarige Fee zeigte auf den Redesack und lächelte bezaubernd.

Johanna verstand. «Ach», sagte sie und dann: «Oh.» Sie lachte, und dann sagte sie nichts mehr, weil sie Vera den Redesack zurückgegeben hatte.

Die nahm ihn in ihre Linke und tippte mit der Rechten auf «Erstens: der Redesack».

«Ist mir dann auch aufgefallen», sagte Johanna, und Vera hupte.

«Ich hupe bei Regelverstößen.» Dann schrieb sie weitere Regeln auf, zwischen «Zweitens: die Hupe» und «Viertens: das Duzen» schrieb sie «Drittens: der Karl» und erklärte dazu, dass alle Männer, über die in diesem Raum gesprochen wurde, Karl hießen. «Er ist eine Droge. Drogen brauchen keine Namen. Er heißt Karl. Hört auf, über ihn nachzudenken. Warum er so ist, wie er ist. Was ihr tun müsst, damit er euch braucht. Er braucht euch nicht. Soll eine andere Frau dran kaputtgehen. Hört auf, euch aufzuopfern. Und bildet euch nicht ein, dass es heroisch ist, was ihr tut. Das ist keine starke Liebe. Ihr seid nicht toll. Ihr seid erbärmlich. Das ist Abhängigkeit. Er ist nicht gut für uns. Das ist alles, was hier über Karl gesagt wird. Keine weiteren Infos! Sonst Hupe! Fünftens: kein Lügen.»

Das fand Rebekka eigentlich logisch, aber Vera erläuterte, dass sie damit vor allem das Sich-selbst-Belügen meine. «Wir beschönigen nicht. Wir sind abhängig. Sonst wären wir nicht hier. Wir schieben eine Verantwortung auf Karl ab. Er tut nichts Falsches. Ihr macht die Fehler. Geht ihm aus dem Weg. Er kann nicht so lieben, wie wir es wollen. Ihr könnt nicht aufhören. Wir kümmern uns nur um uns. Wir gestehen Rückfälle. Tatsächliche und auch gedankliche.» Rebekka nickte vorsichtshalber, weil Vera sie ansah, als ob sie wüsste, dass sich Rebekka nichts sehnlicher wünschte als einen Rückfall, aber Adrian ließ sie ja nicht zu sich zurückfallen. In ihrem Kopf hupte es. Sie dachte, dass Karl sie nicht an sich ranließ, war sich aber nicht sicher, ob auch alle Männer, an die in diesem Raum gedacht wurde, Karl hießen. Und ob sie vielleicht nur denken durfte, wenn sie einen Denksack in der Hand hielt. Rebekka schüttelte ganz kurz den Kopf, um diese Gedanken zu vertreiben. Vera fragte, ob Unklarheiten bestünden. Rebekka schüttelte schnell wieder den Kopf.

«Sechstens: kein Mitleid», schrieb Vera hinter einen weiteren großen gelben Punkt. «Kein Mitleid füreinander. Das bringt uns nicht weiter. Heulen könnt ihr woanders. Trost gibt's hier nicht. Trost hat euch nicht geholfen. Wer Trost will, soll gehen. Dem sagen wir: Ich kann das nicht mehr hören. So einfach. Vor allem kein Mitleid mit Karl. Egal, wie schlecht es ihm geht. Soll er in eine Selbsthilfegruppe gehen. Das hier ist unsere.» Der letzte Punkt aus gelber Kreide war: «Siebentens: clean!». Vera schaute alle Frauen besorgt an: «Wer clean ist, kann gehen. Wer clean ist, bestimme ich.» Vera legte die Kreide weg und setzte sich auf einen Stuhl in den Kreis aus Stühlen.

Rebekka war gespannt, was jetzt folgen würde, ob jetzt der Redesack herumgehen würde und alle Frauen ihren Namen nennen und dann von ihrem Karl erzählen würden, bis es hupt.

«Der Ablauf», sagte Vera und hielt den Redesack fest in ihrer Kreidehand, «der Ablauf ist folgender: Wir sagen, warum wir hier sind. Jede Frau sagt drei ehrliche Sätze. Dann beantwortet sie drei Fragen. Die drei Fragen schreibe ich gleich an. Für Rebekka», sie schaute Johanna an, «und für Johanna», sie schaute Rebekka an. «Eure drei ehrlichen Sätze werden noch erarbeitet. Ihr könnt erst mal frei erzählen.»

Rebekka konnte sich gar nicht vorstellen, hier frei zu erzählen. Das Einzige, was hier frei war, war der Freitag, alles andere kam ihr ziemlich streng vor. Mann, Mann, Mann. Karl, Karl, Karl. Rebekka bekam Angst. In ihren Händen würde der Redesack sofort so nass werden, dass man ihn auswringen könnte.

«Danach die Übung», fuhr Vera fort, «ohne Redesack. Alle dürfen reden. Zum Schluss die sieben Fragen. Wer besteht, ist clean.» Vera schaute besorgt in die Runde, als ob sie wüsste, dass niemand hier jemals clean sein würde. «Dann gebe ich Hausaufgaben. Fertig! Verstanden?», fragte Vera in Rebekkas Richtung. Die nickte. «Alles klar?», fragte sie Johanna, die zuckte die Schultern und legte den Zeigefinger auf ihre Lippen. Vera warf Johanna den Redesack zu.

Johanna wollte nur wieder witzig sein, denn als sie den Redesack hatte, wusste sie gar nichts zu sagen. «Ja, verstanden!», sagte Johanna brav und warf den Redesack zurück.

Dann ging es tatsächlich los, und die Frauen, die schon länger in der Gruppe waren, stellten sich vor als Sandra, Angela, Luise und sagten ihre sogenannten ehrlichen drei Sätze auf: Ich bin abhängig von einem Mann, der mich a. traurig macht, b. unsicher, c. hündisch. Ich liebe diesen Mann, weil a. ich mich nicht mit mir allein beschäftigen kann, b. noch nie etwas nicht bekommen habe, c. mich nicht lieben lassen kann. Der letzte Satz hatte zum Inhalt, was sich die drei Frauen vornehmen. Sie wollten ihr Leben a. allein meistern, b. selbstbewusster werden, c. wirkliche Liebe erfahren. Die drei Fragen, die ihnen gestellt wurden und die ihnen so jede Woche gestellt wurden, schrieb Vera an die Tafel: «Geht es dir gut? Hattest du einen Rückfall? Warum bzw. warum nicht?» Keine der Frauen sagte, dass es ihr gutging, sie sagten: a. ganz gut, b. stabil, c. leer. Sie hatten alle keinen Rückfall, und sie hatten keinen Rückfall, weil sie a. stolz auf sich sein wollten, b. regelmäßig die Treffen besuchten, c. Karl keinen Rückfall zuließ, worunter die schöne rothaarige Fee sehr litt, wie sie zugab. Sie war letzte Woche in einen Club gegangen, in den Karl oft ging, aber er war nicht da. Vera sagte, dass das ein Rückfall sei. Die Fee sah auf ihre schlanken Finger, an ihren schlanken Armen dran, an ihrem schlanken Körper. Rebekka hätte sonst was dafür gegeben, wenn sie so aussehen würde wie dieses wandelnde rothaarige Prinzessinnengemälde auf einem Porzellanmilchkännchen aus dem Puppengeschirr, denn dann würde Adrian auf jeden Fall bei ihr bleiben wollen. Vorsichtshalber hupte sie in ihrem Kopf, weil das bestimmt kein hilfreicher Gedanke war. Auf einmal flog der Redesack auf Rebekka zu. Sie fing ihn ungeschickt auf und starrte entsetzt Vera an. Der Redesack fühlte sich härter an, als sie erwartet hatte.

«Ich bin Rebekka.» Das war doch schon mal die Wahrheit und kein Grund, angehupt zu werden. «Ich weiß nicht genau, was ich jetzt sagen soll. Es geht um meinen Exfreund. Er hat Schluss mit mir gemacht, weil ich fremdgegangen bin. Das ist ein halbes Jahr her. Seitdem haben wir ein komisches Verhältnis zueinander, ein Verhältnis eben. Er will nicht mehr fest mit mir zusammen sein. Also, wir treffen uns und schlafen miteinander, und es ist schön, aber …»

Vera hupte lautstark.

Rebekka wiederholte noch einmal langsam, um den Fehler zu finden: «Wir treffen uns, schlafen miteinander, und es ist …» Sie stockte. Da Vera bis jetzt nicht gehupt hatte, konnte es nur darum gehen, dass sie gesagt hatte, dass es schön sei. «Es ist schwierig.»

Vera hupte nicht.

«Ich möchte gerne wieder mit ihm zusammen sein, so wie früher.»

Vera hupte.

«Doch, das möchte ich», sagte Rebekka.

Vera hupte zweimal. Danach war eine angespannte Ruhe im Raum. Rebekka warf den Redesack zu Vera.

«Gut, so weit erst mal», lobte Vera Rebekka, die überhaupt nicht mit einem Lob gerechnet hatte. «Aufgabe bis zum nächsten Mal: Denk darüber nach, warum du hier bist. Es ist nicht schön mit Karl. Zweite Frage: Warum willst du mit ihm zusammen sein? Sentimentalität? Schlechtes Gewissen? Angst vor etwas Neuem? Angst, keinen anderen Mann zu bekommen. Wofür brauchst du ihn? Selbstbewusstsein? Sicherheit? Unsicherheit? Denk drüber nach.»

Rebekka saß kerzengerade auf ihrem Stuhl, wie in der Schule, als ihr ein Lehrer mal gesagt hatte, dass sie nicht immer nur alles fleißig auswendig lernen solle. Rebekka nickte. Johanna erging es nicht besser, denn sie bekam gesagt, dass sie ihren verheirateten Karl gar nicht ganz haben wolle, denn wer sich in verheiratete Karls verliebt, der habe Bindungsangst.

«Warum hast du Bindungsangst? Denk darüber nach. Willst du keine erwachsene Beziehung?»

Johannas Gesicht war verkniffen, wie nach einem Erdrutsch hing alles unaufgeräumt und abwegig herab. Während Rebekka noch Johannas Gesicht untersuchte, klatschte Vera schon zweimal in die Hände.

«Die Übung, Mädels! Wir spielen Solitär. Kennt jede? Kennt jede!»

Vera teilte die Kartensets aus und schickte die Frauen mit Schülerlotsingestik zu den Tischen, die an einer der Wände aufgestellt waren.

Vera gab als einzige Erklärung für diese seltsame Übung, dass es wichtig sei, mit drei Karten oben zu spielen, weil dann nicht jedes Spiel aufgehen würde und dass das Ziel eben sei, aufgeben zu lernen. Dann ließ sie die Frauen eine halbe Stunde mit ihren Gedanken und Karten alleine. Rebekka fand Solitär mit richtigen Karten sehr träge und umständlich. Es war viel einfacher, am Computer mit der Maus herumzuklicken. Sie verlor viermal hintereinander, obwohl man bei Solitär nicht richtig verlieren kann. Man verliert, indem man nicht gewinnt. Ob Rebekka auf diese Art aufgeben lernen konnte, bezweifelte sie stark. Sie hatte ja keine Wahl. Öde, öde! Rebekka versuchte, Johannas Blick zu fangen, aber der klebte an den Karten. Plötzlich riss Johanna ihre Hände in die Luft und sah aus wie ein Fußballfan, der stumm ein Tor seiner Mannschaft bejubelt.

«Na, gewonnen?», fragte Vera. «Das heißt nur, dass es gut lief. Perfekte Voraussetzungen. Bei Karl sind keine perfekten Voraussetzungen. Sonst wärst du nicht hier.»

Die anderen Frauen hatten kurz aufgeschaut und vertieften sich wieder in ihre Spiele und Gedanken. Rebekka dachte nur, dass Solitär am Computer mehr Spaß macht.

«Das reicht. Karten weg. Jetzt wird geredet. Was habt ihr gedacht?»

Die Frauen setzten sich wieder in den Kreis in der Mitte des Raumes. Die erste Frau, eine etwas dickliche, die Rebekka in Gedanken schon Küchenfrau getauft hatte, sagte, den Redesack knetend, dass ihr nicht viel dazu einfiel. Rebekka war erleichtert.

Sie habe jedes Spiel verloren, sagte die Küchenfrau, und das fand sie deprimierend und deshalb habe sie dann keine Lust mehr gehabt, Solitär zu spielen.

Vera nickte zufrieden.

Die Küchenfrau gab den Redesack an Johanna weiter, die prompt sagte, dass sie ja ein Spiel gewonnen habe. «Ich habe aber bei dem nächsten Spiel darüber nachgedacht, was Vera gesagt hat. Mit den richtigen Bedingungen. Also, wenn keine Asse da sind, kann man nicht ablegen. Wenn nur ein Arschloch da ist, dann wird da nichts draus, 'tschuldigung für meine Ausdrucksweise. Ich habe bei einem Spiel gedacht, dass ich einen Fehler gemacht habe, weil ich zwei verschiedene Fünfen ablegen konnte. Und dann ging das Spiel nicht weiter, und ich dachte, ich hätte die andere Fünf nehmen sollen. Dann habe ich alles so, wie es vorher war, zurückgelegt und die andere Fünf genommen und trotzdem nicht gewonnen. Ich habe also nichts falsch gemacht. Es geht eben manchmal nicht.»

Die Nächste, die sprach, hatte beim Kartenspielen nur herausgefunden, dass es immer dasselbe war. «Immer dasselbe», sagte sie genervt. «Und so ist es ja auch mit Karl, die Annäherungen, die Abweisungen. Es ist ziemlich öde und deprimierend, da kann ich Angela nur zustimmen. Ich weiß überhaupt nicht, warum ich dieses Spiel immer wieder mitgemacht habe. Er nimmt mir ja doch früher oder später die Karten aus der Hand.»

Huch, plötzlich den Redesack in den eigenen Händen, überlegte Rebekka hektisch, Gedanken nebeneinander herrennend. «Ähm, mir ist aufgefallen, dass man ja nicht verliert, sondern dass man nur nicht gewinnt. Zum Verlieren bräuchte man ja jemanden, der gewinnt. Aber ich hab ja mit mir alleine gespielt. Ich weiß nicht genau, was das bedeutet, aber ich fand es ganz tröstend.» Vera nickte, und Rebekka gab der Fee als Letzte den Redesack und damit das Wort.

«Ich habe gedacht, dass es nicht jedes Mal ein neues Spiel ist, wenn ich Karl sehe und dann probiere, ob ich diesmal gewinne oder nicht, sondern dass es nur ein Spiel ist die ganze Zeit, bei dem ich irgendwie feststecke, anstatt es zu lassen.»

Vera war zufrieden. «Ja, Mädels. Aufgeben ist keine Schande. Aufgeben ist auch gesund. Ihr könnt Karl nicht kriegen. Aber ihr könnt es lassen. Das schafft ihr.»

Rebekka war ganz begeistert. Das konnte sie doch schaffen. «Tschakka!», flüsterte Johanna und wurde nicht angehupt. Hätte Vera jetzt einen schwachsinnigen Gruß eingeführt, dann hätte Rebekka sofort so gegrüßt. Sie war das erste Mal in einer Herde, einem Rudel, einem Rott, einem Schwarm – da, wo Lebewesen sich wohlfühlen.

Im Auto musste sich Johanna kurz aufs Ausparken konzentrieren, dann legte sie aber los. Sie zerrte an Rebekkas Begeisterung regelrecht herum, wie an einem Popel, der sich in den Nasenhaaren verfangen hat. Sie riss ganze Haare mit raus, und dann rollte sie den Popel zwischen den Fingern hin und her und schnippte ihn weg. «Na ja, war ja ganz lustig», sagte sie und malte sich aus, wild über die Ränder krakelnd, was sie nächste Woche für eine Übung machen würden. «Federballspielen, weil man sich bei der Liebe die Bälle zuspielen muss, oder Tischtennis, weil jede Liebe eine Ebene braucht, auf der sie spielt, und eine Liebe braucht natürlich auch Grenzen, sonst fällt der Ball runter. Oder wir spielen Schach, weil man nicht alles so schwarz und weiß sehen soll. Wir könnten auch ein Feuerzeug explodieren lassen, weil die Liebe Leidenschaft braucht, um zu brennen. Dann verbrennen wir die Hupe und den Redesack und ziehen uns alle nackt aus. Voll die Sekte!» Wenn Johanna zu gute Laune hatte, dann war sie sensibel wie ein billiger Radiergummi, der beim Radieren das Papier zerfetzt.

«Kannst du mal aufhören», bat Rebekka.

«Ich kann nicht aufhören. Ich brauch dafür eine Selbsthilfegruppe, in der ich aufhören üben muss, aufhören mit Atmen, aufhören mit Anfangen, anfangen mit Aufhören. Nimm das doch nicht so ernst.»

«Was soll ich nicht ernst nehmen? Dich oder die Gruppe?»

«Die Gruppe, Mensch!» Johanna hupte, obwohl der Straßenverkehr keinen Grund zum Hupen hergab. «Wie kann man denn eine Gruppe mit einer hupenden Leiterin ernst nehmen?» Sie hupte nochmal: «Ich fahre alle Karls tot!»

«Musst ja nächste Woche nicht mitkommen», sagte Rebekka und hoffte es fast, denn Johanna hatte am Ende nicht das Maul halten können und gefragt, wie lange die anderen Frauen schon diese Gruppe besuchten. Als die Fee sagte, dass sie schon ein Jahr zu der Gruppe ging, waren Johannas Augenbrauen bedeutungsvoll hochgehüpft.

«Klar, komm ich nächste Woche mit. Wer soll dich denn sonst nach Charlottenburg fahren? Außerdem lasse ich mir das doch nicht entgehen, wenn wir unsere Hausaufgaben auswerten. Bewusstes Radiohören», Johanna schaltete das Radio ein. «Komm, wir machen Hausaufgaben!»

«Ich will das allein machen», sagte Rebekka.

«Weil du das ganz bewusst machen musst, oder? Streberin!», sagte Johanna, und das hatte sie schon in der Ausbildung immer gesagt. «Du willst also clean werden. Das kannst du aber vergessen bei den Fragen, die Vera stellt, um rauszufinden, ob du clean bist. Da wird nie eine von uns bestehen, außer man verliebt sich neu, und dann darf man das Vera gar nicht erzählen, weil sie das auch sofort kaputt redet. Die hat doch selber einen an der Waffel.»

Rebekka fand Vera auch schrecklich, aber sie hatte den Eindruck, dass sie genau so eine strenge Kontrolle brauchte, um nicht jeden Tag Adrian anzurufen. Sie wollte Adrian so gern anrufen, nur um ihm zu erzählen, dass sie diesen Entzug angefangen hatte und ihn deshalb nicht mehr anrufen durfte. Rebekka brauchte Hilfe, und sie fand, dass Johanna auch Hilfe brauchte. Eigentlich waren Johanna und Rebekka nie einer Meinung. Sie fanden nie dieselben Klamotten schön, dieselben Männer nett, dieselben Filme gut. Manchmal waren sich Johanna und Rebekka über etwas einig, das sie nicht mochten. Manchmal sahen sie eine Vase, die sie grässlich fanden, aber nie sahen sie Vasen, die sie beide mochten. Rebekka gab zu, dass Vera einen an der Waffel hat. Darauf konnten sie sich einigen, das war eine Vase, die sie beide grässlich fanden.

Samstagmorgen bekam Rebekka einen Brief vom Vermieter, der sich entgegenkommend darüber äußerte, alles in Ordnung zu bringen, weil es Vermietersache sei. Selbstredend, natürlich. Er könne sofort einer Handwerkerfirma Bescheid sagen, die sich dann mit Rebekka in Verbindung setzen werde, allein, er habe Rebekkas Telefonnummer nicht. Ach soooo, darum hat er nicht zurückgerufen, dachte Rebekka blitzgescheit. Jetzt war es wieder an ihr, die Handwerksfirma anzurufen, weshalb Kühlschranklicht, Herd und Toilette auf einmal wieder auf ihrer Liste standen, als wären sie nie gestrichen gewesen. Auf der Liste standen ja auch noch Adrians Name und «Frage deine Mutter immer, wie es ihr geht».

Rebekka beschäftigte sich von außen betrachtet mit nichts, versuchte aber, als selbstmotivierendes Signal dafür, dass sie Adrian von der Liste dahin, wo der Pfeffer niest, verschieben würde, pflichtbewusst ihre Hausaufgabe zu erledigen. Sie versuchte, so bewusst Radio zu hören, dass sie ganz bewusst bewusst Radio hörte. Sie hörte nichts, nichts anderes als sonst. Schade, schade! Es war, wie Amseln zu frisieren, völlig nutzlos. Sie versuchte, nur auf die fröhlichen Lieder zu hören, das machte sie nicht fröhlich, und wenn sie versuchte, auf die traurigen Lieder zu hören, dann machte es sie traurig. Sie hatte Angst, Adrian zu sehen und in die schrille Tonlage zu verfallen, die sie immer hatte, wenn sie ganz entspannt rüberkommen wollte: Nö, nö, ja, alles fein, und bei dir? Hast du dich mit der Frau getroffen? Fiep, Rückkopplung. Eigentlich durfte sie Adrian nicht sehen, aber sie konnte doch nicht deshalb Jettes Party schwänzen, die entweder in Christians voller Wohnung in der Nähe des Parks sein sollte, und überall würde die Katze ihren dicken schielenden Kopf reinstecken oder im Park in der Nähe von Christians Wohnung, mit Grillen und Federballspielen. Hing vom Wetter ab. Der Vormittag war sonnig. Sie würde Adrian eben noch einmal sehen, bevor sie ihn nie wieder sah. Der Nachmittag blieb sonnig.

Bei dem schönen Wetter war der Park vieler Leute Partyraum. Das erste warme Wochenende, an dem alle rausmussten. Was es nicht alles zu feiern gab. Dass so früh Frühling war. Vielleicht waren zwei Geburtstage im Park, zwei bestandene Prüfungen, zwei geborene Kinder, zwei neue Arbeitsstellen, zwei Jahrestage.

Rebekka umarmte ihren Reissalat in der Plastikschüssel und lief sich auf dem Kiesweg ein kleines Steinchen in den Schuh. Die Plastikschüssel hatte bis kurz vor dem Losgehen im Kühlschrank gestanden und war darum schön kalt am Bauch. Neben dem Streichelzoo, hatte Enno geschrieben. Rebekka steuerte auf den beißenden Geruch zu. Esel, Schaf und Ziege. Da sah sie ihre Freunde schon stehen: Andy, Christian und Ramona. Was hatten sie eigentlich nochmal zu feiern? Jette.

Jette stand in einem hellblauen langen Wollkleid inmitten

ihrer Freunde und sah aus wie die Lehrerin. Alle anderen in Jeans und T-Shirt. Jette trug eine lange Kette aus kleinen matten Perlen. Sie war so lang, dass Jette sie auch mehrmals um den Hals wickeln könnte, aber sie trug sie ganz lang, nur einfach einmal um den Hals gehängt bis zum Bauch. Das sah sehr schick aus. Völlig unschick quakte Jette Rebekka ein freundliches «Na?» entgegen und breitete die Wollarme aus. Rebekka schob den Salat in Ennos Hände ab und umarmte die Freundin mit kaltem Bauch, der schnell warm wurde. Jette packte Rebekka und schaukelte ihrer beider Oberkörper in der Umarmung wild herum. Das machte Rebekka so glücklich, dass sie danach gar nicht wusste, was sie sagen sollte. Wie fast alle Menschen auf der Welt, die sich umarmen und begrüßen und danach einen ersten Satz sagen müssen, sagte Rebekka einen Satz über das Aussehen ihres Gegenübers. Unfreundliche Leute sagen unfreundliche Sätze, skeptische Leute skeptische Sätze, witzige witzig gemeinte, aber häufig nur gemeine, und Rebekka sagte: «Mann, siehst du schön aus.»

«Bitte auch die Brosche beachten», rief Enno rüber, der den Salat auf einem Tapeziertisch ein paar Meter entfernt in den Buffetkanon stellte.

«Die hat Klara gebastelt», erklärte Jette und versuchte mit seltsamem Gesicht und Dreifachkinn ihren eigenen Kragen zu sehen. Die Brosche war aus Leder, welches in einem zweifaltigen Bogen verschoben war, etwas, was Männer nie raffen werden.

«Oh, sehr schön», fand Rebekka und suchte mit den Augen nach Klara.

«Klara ist bei den Viechern», sagte Enno.

«Mit Adrian», sagte Jette und gab Rebekka glücklich

aus den weichen Wollarmen frei. Rebekka ließ sich wie ein Staffelstab von Arm zu Arm reichen. Christian da. Andy da. Andy mal nicht im Anzug. Nanu? Nanu?

«Sonst fragen alle, warum ich einen Anzug trage, und wenn ich keinen trage, fragen alle, warum ich keinen Anzug trage. Hauptsache, ich bleibe im Gespräch.» Er lachte aufgerissenen Gesichts.

Die Miriam von Silvester war da. Rebekka umarmte sie, weil sie sich Silvester auch umarmt hatten. Jettes Freundin Toni. Jettes Schwester Annabell war da, vier Jahre älter, ganz anderes Gesicht. Annabells Mann, ihre zwei Kinder, Jettes Nichte und Jettes Neffe. Drei Pärchen mit weiteren Kindchen, von Jettes früherer Arbeit. Im Leben stehende Personen mit kleinen Anzeichen von viel Geld. Rebekka kannte sie vom Sehen. Hallo, hallo. Iris war tatsächlich auch eingeladen worden und umarmte sich reihum. «Wo is'n dein Anzug?» – zu Andy. «Siehst müde aus» – zu Rebekka. «Solche langen Ketten sind gefährlich. Wenn man da hängen bleibt, kann man sich strangulieren» – zu Jette.

Jette sagte: «Dann halt dich lieber von mir fern.» Hahaha. Das Wetter war zu schön, und Iris' Worte vertrockneten wie Quallen am Strand, von denen sich niemand die Badelaune verderben lässt. Iris hatte Fladenbrote mitgebracht, die Enno auf den Klapptisch legte, wo sie lagen wie Ersatzreifen für ein Brotauto. Johanna kam zu spät und hatte nichts zu essen mitgebracht, aber Jenny dabei. So wie Männer den Sinn von Lederbroschen nicht raffen, raffte Rebekka nicht, was Jenny hier sollte. Gerade Jenny, in die Adrian mal verliebt war. Und gerade Jenny, die mit Jette gar nichts zu tun hat.

«Habt ihr euch schon mal gesehen?», fragte Johanna.

Jette und Jenny wussten es nicht genau, aber Jette nahm

die Fremde einfach in ihre Wollarme. Rebekka kam das vor wie ein weggenommener warmer Platz am Ofen. Rebekka wollte alles am liebsten nach der Märchenlogik, wo man nur eine Umarmung bekommt, wenn man jahrelang befreundet war, und wo nur der zu einer Feier geladen wird, der Essen mitbringt. Für nichts gemocht zu werden war Rebekka einfach zu unberechenbar. Das ging nur in der Liebe, wo es reichte, schön zu sein, und wo man für fast nichts nicht nur gemocht, sondern sogar geliebt wurde.

«Bekka!», rief Jenny und stürzte sich auf sie. «Du hast ja irre abgenommen!», rief sie, dass auch ja alle hörten, wie viel dicker die dicke Rebekka früher mal war. Dass die überhaupt durch die Tür der Berufsschule gepasst hatte!

Johanna begrüßte Rebekka fast als Letzte, als sie schon voller Armdreck der anderen war. «Süße! Schon Hausaufgaben gemacht?»

Rebekka zischte Johanna in der Umarmung ein erschrockenes «Psst!» über die Schulter. Das würde ihr jetzt noch fehlen: Wie, Hausaufgaben? Selbsthilfegruppe? Is ja witzig! Wegen Adrian? Ach, da kommt er ja auch schon.

«Oh», verstand Johanna sofort und schlug sich auf den offenen Mund, die undichte Schleuse eines nicht mitdenkenden Gehirns.

Und da kam wirklich Adrian. Rebekka wollte es sofort zu ihm ziehen, er trug ein zu vertrautes Poloshirt und ein zu vertrautes Kinn, aber der Drang, sich nicht mehr zu ihm ziehen lassen zu wollen, war stärker. Sie ließ sich mehrere kalte Schultern wachsen und zeigte ihm alle.

«Hallo!»

«Hallo!»

Sie umarmten sich, von seiner Seite aus: «Es tut mir doch

wirklich leid», von ihrer Seite aus: «Lass los oder lass nie mehr los, nee, lass los.» Vorbei war's. Adrian begrüßte Johanna und Jenny. Rebekka stand daneben und fühlte mit ihrer inneren Uhr der Länge der Umarmungen nach. Johanna umarmte er länger, als er sie umarmt hatte, und Jenny umarmte er länger, als er Johanna umarmt hatte. Innere Uhren gehen nie genau.

Wer keine Probleme mit den Knien hatte, setzte sich auf eine Decke. Wer einen Klappstuhl hatte, setzte sich auf den. Wer mit den Kindern herumtollte, saß gar nicht. Wer verkrampft war, stand. Rebekka. Wer sich antütern wollte, trank Sekt mit O-Saft oder ohne O-Saft. Wer müde wurde, trank Kaffee aus der Thermoskanne. Wer verkrampft war, trank gar nichts. Rebekka. Unter der Chemiefaser verteilte sich kalter Schweiß in ihrer Bauchfalte. Adrian in jedem Augenwinkel. Es wurde kühler. Wer fror, Jacke an. Wer keine Jacke mithatte, ging lieber. Wer lieb war, half noch mit aufräumen. Wer danach noch tanzen gehen wollte, waren Jenny, Johanna, und wer sich anschloss, war Adrian. Wer gefragt wurde, ob er mit will, war Rebekka. Sie sagte, ihr sei schlecht. Sie nahm die leere Plastikschüssel mit nach Hause und verbrachte mit ihr den restlichen Abend.

Beim Einschlafen dachte sie daran, wie Adrian mit Jenny tanzt. Davon wurde es in ihr so dunkel wie im Schlafzimmer. Dann dachte sie daran, wie Jette das Brot von Iris geschnitten hatte. Davon wurde es ganz hell in ihr, so hell, wie es im Park war. Kein anderer hatte Jette dabei beobachtet. Jette hatte sich eine Serviette über die Hand ausgebreitet und so das Brot beim Schneiden festgehalten. Danach hatte Jette die Serviette wieder ordentlich zusammengelegt und unter den Stapel der unbenutzten Servietten gepackt. Ganz unten. Rebekka hatte den Eindruck, irgendetwas Wichtiges beobachtet zu haben. Jette ging zu Enno und lehnte sich an ihn. Sie stand da, sah schön aus und lehnte so schräg, dass es ein Wunder war, dass Enno nicht umfiel. Nach einer Weile ging Jette zurück zum Tapeziertisch, zog die unterste Serviette aus dem Stapel und warf sie weg. Sie ging wieder zu Enno und lehnte sich an. Rebekka schlief ein.

Am nächsten Tag rief Rebekka Johanna an, um zu fragen, was passiert war. «Ihr wart doch tanzen.»

Johanna erzählte von einem Typen, den sie von früher kannte. Der hatte sie angebaggert und sich nicht daran erinnert, dass er schon mal eine Abfuhr von ihr bekommen hatte.

Rebekka fand ihren Schatten zu breit zum Drüberspringen. Hat Adrian mit Jenny getanzt? Mit einer anderen Frau? Hat er über sie, Rebekka, geredet? So fett war Rebekka gar nicht mehr, wie ihr ihr Schatten vorkam.

«Das interessiert dich ja rasend, wie ich merke.»

«Nee-doch.»

«Ach, du hast wegen Adrian gefragt. Hätte mir ja selber einfallen können. Der ist dann doch nicht mitgekommen. Der ist ziemlich schnell gegangen, nachdem du gegangen bist, aber du weißt, dass dich das gar nicht interessieren darf. Hör lieber bewusst Radio.»

Aus dem Wissen, dass Adrian sofort nach Rebekka nach Hause gegangen war, entstand in Rebekkas Kopf innerhalb weniger Minuten eine kurze Straßenbahnlinie. Die Gedanken fuhren hin und her. Es gab nur zwei Haltestellen. Erster Halt: Das hatte doch was zu bedeuten. Er war meinetwegen da. Ausstieg links. Zweiter Halt: Das hat gar nichts zu bedeuten. Und selbst wenn, dann solltest du nicht darüber nachdenken. Ausstieg rechts. Aber Rebekka stieg nicht aus. Die Straßenbahngedanken fuhren zurück zum ersten Halt und wieder zurück zum zweiten. Am Ende des Tages kreischten die Schienen.

Am Montag kam wieder so einer, der nach einem öden Wochenende das Gefühl hatte, mal wieder wegzumüssen. Der Mann suchte mit Rebekka zusammen über eine Stunde nach dem schnappichsten Schnäppchen. Zwischendurch rief er immer wieder seine Freundin an, um zu fragen, wie sie Kreta fand oder Zypern. Sie fand immer irgendwas dagegen.

Er sagte am Handy: «Hm, ja, na gut, da hast du recht», und ohne sich zu ärgern, legte er auf und suchte mit Rebekka zusammen weiter. Zum Schluss buchte er Mallorca, noch billiger als sonst. Zu seiner Freundin sagte er am Telefon: «Wir müssen doch gar nicht zum Ballermann. Wir können doch Fahrrad fahren, Rebekka.» Dann buchte er und strahlte Rebekka an, ohne zu wissen, dass er eine Rebekka anstrahlte. Er strahlte die Frau aus dem Reisebüro an. Für die Buchung tippte Rebekka seinen Namen in den Computer. Nicht Adrian. Kasimir.

Als er weg war, drehte Rebekka den Elefanten um und ging Falafel kaufen.

Die jungen Imbissmänner nebenan putzten ihren Lieferwagen und bespritzten sich zwischendurch die Hosen an lustigen Stellen mit Wasser, bis der Onkel rauskam und viele Üs schimpfte.

Am nächsten Morgen blinkerte sie im Laden gleich der muntere Anrufbeantworter an.

«Hier ist Kasimir Kräutner. Ich wollte die heute gebuchte Reise stornieren. Meine Lebensgefährtin hat sich jetzt doch dagegen entschieden zu verreisen. Ich bitte um Ihren Rückruf, ob die Stornierung anerkannt wird und ob und wie viel das Gebühren kostet. Danke schön.» Piep.

Er hatte am Vorabend noch angerufen. Der Mal-ja-mal-nein-Prinzessin hatte wieder irgendetwas nicht gepasst. Rebekka mochte die andere Rebekka nicht, die ihren Namen hatte und den geduldigen Kasimir.

Vormittags kamen die Prospekte für die Sommersaison. Rebekka sortierte sie in das Plexiglasregal. Ferne Länder, glückliche Menschen. Das Telefon klingelte. «Reisebüro-KretschmarRebekkaMeileramApparatwaskannichfürSie-tun?»

«Hier ist Herr Kräutner.»

Ah, der liebe Kasimir, dachte Rebekka. Während sie alles betreff Rücktrittsverfahren und Stornogebühren besprachen, versuchte Rebekka nebenbeiläufig in einem unverfänglichen Tonfall zu erfragen: «Was hat Ihrer Lebensgefährtin an unserem Angebot denn nicht zugesagt? Vielleicht können wir noch etwas finden, was ihren Wünschen entspricht.» So hätte es Johanna gemacht, um irgendetwas rauszufinden, wahrscheinlich geschickter.

«Ach nein, danke für das Angebot, aber meine Freundin ...», er lachte kurz auf, «na ja.»

Seine Freundin war also, kurzes Auflachen, na ja. Na ja, wenn das so ist.

Am Freitag war es endlich so weit, es war Freitag. Trotz März war Aprilwetter, weshalb Rebekka Spätwinter trug und Johanna Frühsommer.

«Und, what's up?»

Rebekka erzählte von Kasimir. Johanna fand das alles total spannend.

«Warum hast du denn nicht weitergefragt. So eine Vorlage. Sie ist na ja. Da kann man doch drauf eingehen. Vielleicht ist seine Freundin schizo. Der arme Kasimir. Sieht er gut aus?»

«Na, so lange Haare und ein ernsthaftes Indianergesicht.»

«Na, ich mag ja lieber kurze Haare und ein freundliches Cowboygesicht.»

Sie lachten. Bei Johanna war mal ein Mädchen mit Che-Guevara-Shirt reingekommen und wollte nach, na? Kuba!

«Ach, wir haben schon einen aufregenden Beruf», sagte Johanna.

«Wirklich?»

«Nö.»

So kann man gute Laune haben, ohne gute Laune zu haben. Aber so unverhofft, wie sie kam, ging sie wieder.

«Weißt du, wie die Frauen alle heißen?»

Rebekka überlegte: «Da war 'ne Angela und 'ne Luise, und die Dritte heißt …»

«Vera!» Johanna hupte. Hup, hup. Im Auto vor ihnen wurde gezeigt, wo der Vogel bei Johanna vermutet wurde.

«Die Dritte hieß Sandra», sagte Rebekka. «Die Gutaussehende ist glaube ich Luise.»

«Was für 'ne Gutaussehende?», fragte Johanna und steckte sich an der Ampel eine Zigarette an. «Meinst du die dürre Maus mit dem Schlafzimmerblick?»

Rebekka wollte darauf nicht eingehen: «Die Rothaarige jedenfalls.»

«Du findest die echt schön?», kreischte Johanna. «Die sieht doch total gruselig aus mit ihrem Träumerlegesicht. Die verzieht doch keine Miene, immer schön edel kucken und stumm rumdösen, wie 'ne Katze. Wie 'ne tote Katze. Wie das Gemälde von 'ner toten Katze. Ein Stillleben. Ach, ich weiß: wie das Foto von 'nem Gemälde von 'ner toten Katze. SO!» Johanna schlug gutgelaunt aufs Lenkrad.

Rebekka dachte nur so für sich, dass sie Lars total den hässlichen Zwerg fand, aber sie schwieg.

«Sag doch mal, was du an der schön findest», beharrte Johanna.

«Is doch egal.» Rebekka sah aus dem Autofenster.

«Sag doch mal», nervte Johanna. «Nur damit ich's verstehe und dir dann natürlich widersprechen kann.»

«Geh zu Lars, wenn du streiten willst.»

«Aua! Böse Rebekka, los gib's mir! Komm, wir zanken. Das macht die Haut rein.»

«Iiiich wiiiill niiiicht», sagte Rebekka gedehnt.

«Waaaaruuuum deeeenn?», fragte Johanna.

«Weil ich Scheidungskind bin.»

Johanna sagte lachend, dass es eigentlich egal sei, wie die Frauen hießen, da ihre Kerle alle Karl hießen, hießen die Frauen wahrscheinlich alle Karla. Rebekka musste auch lachen.

Vera saß allein im Raum und las Zeitung, nickte ihnen kurz zu und las weiter Zeitung. Nach und nach kamen die anderen Frauen. Die Küchenfrau, dann die mit der Männerfrisur und dann die schöne Luise. Rebekka fand sie schön. Vielleicht fand sie ja tote Katzen schön. Dann kam noch eine Frau.

«Ist hier die Männerentzugsgruppe?»

«Eine Neue!», sagte Vera und ging im Sauseschritt: Ihr Haar wippte, der Schal flatterte, die Schuhe klapperten. Sie stellte sich mit zupackendem Händeschlag als Vera vor.

«Ich bin die Franziska. Ich wollte nur …»

«Ah, ah, ah!» Vera hob den rechten Arm und ließ ihn abrupt niedersausen. Wäre sie Polizistin, jedes Auto hätte sofort angehalten.

Die Franziska hielt aber nicht an: «Wissen Sie, mein Mann und ich …»

Die Gruppenregeln standen am Ufer und liebäugelten damit, den Bach runterzugehen. Vera hätte, um das zu verhindern, zur Hupe rennen müssen und gleich dreimal hupen: Hup – duzen, hup – Karl, hup – Redesack. Sie hätte schnell den Redesack holen können, um ihn der Frau namens Franziska in die Hand zu drücken, oder sie hätte einfach platzen können, weil sie nicht wusste, was zuerst zu tun war. Sie stellte einen Stuhl in den Kreis, auf dem sie die ungelenke Frau einparkte und ihr mit einem «Scht» bis auf weiteres den Motor abstellte.

Johanna hatte einen Heidenspaß. Sie zwinkerte Rebekka fröhlich an.

Vera malte ihre großen Punkte an die Tafel, erstens bis siebentens.

«Verstanden?», fragte Vera, und die Franziska hob wieder an, sie wolle doch eigentlich nur … Huuuup!

Rebekka war inzwischen doch gespannt, was Franziska nur … Vielleicht wollte sie nur mal wissen, wo die Toiletten sind, und ihr Mann saß draußen im Auto und wartete.

Die drei ehrlichen Sätze von Rebekka wurden abgelehnt.

«Denk nochmal drüber nach», sagte Vera und zu Johanna: «Rache reicht nicht. Denk nochmal drüber nach.»

Kaum hatte die Franziska den Redesack, durfte sie endlich sagen, was sie nur wollte: «… mal reinschnuppern. Wie ich vorhin die ganze Zeit schon sagen wollte, ich brauche den Kurs nicht für mich. Mein Mann hatte eine Affäre mit einer jüngeren Frau.»

So wie die Franziska das darstellte, handelte es sich zwar nur um ein Betthäschen, aber ihr Mann hatte doch eine ganze Weile mit dem Häschen gehoppelt.

«Mein Mann hat mir jetzt alles erzählt und die Affäre beendet. Er hat gesagt, dass es der jungen Frau nicht gutgeht, und wir haben zusammen überlegt, ob wir der Frau diese Gruppe empfehlen sollten, damit es ihr leichter fällt, sich von uns fernzuhalten.»

Rebekka wartete darauf, dass Vera hupen würde, aber Vera saß da wie auf einem Hochstand, die Hupe entsichert auf dem Schoß. Ihre Körpersprache sagte: «Komm, Reh! Komm zur Futterstelle, komm!»

Die Franziska schloss ihre Rede ab: «Und darum wollte ich nur sehen, was Sie hier machen.»

Der Redesack flog zurück zu Vera, noch im Auffangen legte sie los. Maschinengewehr durchgeladen. Ratatatata. «Was heißt Affäre? Wie lange? Wie sehr hast du darunter gelitten? Kannst du den Schmerz vergessen? Wirst du es ihm heimzahlen? Du wirst ausgleichen wollen. Die Liebe in dir möchte dich verbiegen. Liebst du deinen Mann? Warum hast du nichts von der Affäre mitbekommen? Wolltest du nicht? Wie unaufmerksam warst du? Warum? Weil du ihn nicht mehr liebst? Warum willst du ihn halten? Der ist nicht mal ein Spatz in der Hand. Wo ist deine Taube? Was willst du wirklich?» Die Fragen prasselten auf die Franziska herab, die, weil sie sich das nicht weiter gefallen lassen wollte, aufstand, wodurch die Fragen nicht mehr auf sie herabprasselten, sondern an ihr hochkrochen.

«Wofür liebst du deinen Mann? Dass er dich hintergeht? Dass du ihn erneut erobern musst? Brauchst du das? Kommt er dir dann männlicher vor? Verdient er gut? Hast du einen Beruf?»

Die Franziska hatte angefangen, zeitgleich zu reden, allerdings ohne Veras Fragen zu beantworten. Sie wiederholte, dass sie hier nur reinschauen wollte, dass es um die junge Frau ging. «Sie können mit Ihrer überzogenen Männerfeindlichkeit bei mir keine Ehekrise auslösen.»

Vera hupte und hupte, fragte und fragte, ob sich der Mann noch mit der jungen Frau treffe, um sie zu trösten, woher er wisse, dass es ihr schlechtgehe, warum kann er die junge Frau nicht in Ruhe lassen, was zieht ihn immer wieder dahin, nimmt er sie in den Arm zum Trost, riecht an ihrem Hals, wo fängt es an? «Wie kannst du ihm vertrauen? Wieso willst du ihm verzeihen? Darf er es dann wieder tun? Und wieder? Und wieder? Schickst du alle seine Affären zu uns? Warum bleibst DU nicht einfach hier?»

«Das muss ich mir nicht anhören.»

«Dann geh! Und komm wieder, wenn du so weit bist», sagte Vera.

«Einen schönen Tag noch.» Franziska ging und, bums, hinter ihr die Tür.

Vera holte tief Luft wie nach einem Dauerlauf. Sie lachte die anderen Frauen in der Gruppe an und hob die Redesackregel auf.

Die Frauen schienen erleichtert zu sein, dass jemand außerhalb ihrer Runde existierte, dem es offensichtlich schlechter ging, denn diese Franziska hatte noch einen weiten Weg vor sich, einen Weg, den die Frauen in der Gruppe immerhin schon angetreten hatten. Johanna und Rebekka blieben eher still. Sie waren vor einer Woche selber genug angehupt worden. Rebekka wartete, dass Vera etwas sagte, die verschnaufte aber immer noch, während die anderen Frauen darüber sprachen, wie lächerlich sie es fanden, sich hinter einer Ehe zu verstecken.

«Ich war immerhin auch mal mit Karl verheiratet, und was hat's geholfen? Nüschte», lachte die Küchenfrau.

Rebekka fand nicht, dass die Franziska ihre Ehe sofort über den Haufen werfen müsste, nur weil … Sicherlich dachte sie das bloß, weil Adrian ihren Fehltritt verzeihen sollte.

Als ob Vera Gedanken riechen konnte, sah sie Rebekka an und sagte: «Das ist ja dein Thema», zu Johanna gewandt: «Und deins auch. Darum sagt ihr auch nichts dazu. Das wollen wir mal ändern.»

Weil die Franziska weg war und Vera ihr Magazin noch nicht leer geballert hatte, rückten Johanna und Rebekka plötzlich in die Schusslinie. Sie wurden hoch und runter verhört, mussten in ihrer Vergangenheit buddeln und ihre Karls verraten. Vera war gnadenlos und duldete weder Johannas Geflachse noch Rebekkas Gedruckse. Keine Erklärungen. Nur Antworten. Sie war von der Franziska richtig in Fahrt. Ratatata. «Ärgert euch ruhig. Da mussten alle von uns durch.»

Die anderen Frauen blieben zurückgelehnt stille Zuhörerinnen. Sie hielten sich gut an den Punkt: kein Mitleid. Am Ende standen für Johanna und Rebekka mitten in der Müllhalde ihrer Gefühle drei ehrliche Sätze, die sie nach der ganzen Quälerei auch noch sagen sollten.

Rebekka wusste nicht, ob es schlimmer war, selber zu sagen, dass sie sich ohne Karl nicht attraktiv genug fand und sich einen langweiligen Karl gesucht hatte, mit dem sie nicht streiten musste, oder ob es nicht noch viel schlimmer war zu hören, wie Johanna sagte, dass sie nicht ertrug, wenn jemand Kontrolle über ihr Leben erlangt, und sie deshalb versuchte, sich zu binden, wo man sich nicht binden kann, und sonst alle auf überschaubaren Abstand zu knurren.

Sie bekamen Applaus dafür wie Fußballweltmeister. Das machte es nicht besser.

«Ihr könnt gehen», sagte Vera. «Also für heute. Wenn ihr wollt. Das war hart. Ich weiß. So hart wird es nie wieder.»

Rebekka schüttelte den Kopf. Sie wollte jetzt nicht mit Johanna im Auto sitzen, noch weniger, als sie hier sitzen wollte. Vielleicht hatten sich nur Johannas Streitlust und ihre Streitangst angefreundet. Rebekka wollte das nicht im Auto bestätigt bekommen. Sie wäre nur die dumme Trulla dabei. Johanna zuckte die Schultern und sah Rebekka an. Rebekka sah weg. Jetzt sollte sie entscheiden?

«Ich bleibe», sagte sie.

Johanna blieb auch.

«Tapfer!», lobte Vera. «So. Kurze Übung heute. Wir stricken. Denkt über die Formulierung sich verstricken nach. Können alle stricken?»

Johanna lachte kurz. Sie war wieder obenauf. Rebekka strickte einen verschwitzten ekligen Lappen.

Am Ende antwortete keine der Frauen auf die sieben Fragen so, dass sie clean gesprochen werden konnte. Ob sie dies, ob sie das – unmöglich, das von ihnen zu erwarten. Die neue Hausaufgabe war, einfach nicht so viel zu flennen, und für Rebekka und Johanna, Notfallkärtchen anzufertigen, damit sie etwas gegen Karl in der Hand hätten. Die anderen Frauen hatten schon jeweils drei Kärtchen, drei mit klarem Kopf vorformulierte Neins, falls einem mit unklarem Herzen kein Nein einfiel, wenn er doch lockte oder man sich selbst in Gefahr brachte.

«Und die Hausaufgabe von letzter Woche?», fragte Rebekka. Sie hatte so viel Radio gehört wie sonst nie.

«Ich gebe auch Scheinaufgaben. Um euch abzulenken. Hat es dich abgelenkt?»

«Ja», sagte Rebekka, und ihr innerer Streberfrieden, die Hausaufgaben immer korrekt zu erfüllen, war wiederhergestellt.

Im Auto versuchte Johanna, dem ganzen Spuk der ehrlichen Sätze hohnlachend, mit einem albernen Bettlaken übergeworfen, zu begegnen. «Huhu, die ehrlichen Sätze. Buh!»

«Ach, lass», sagte Rebekka nur genervt.

«Ja, streit mit mir!»

«Hör auf!»

Am Samstagabend traf sich Rebekka endlich mal wieder mit Andy, um Billard spielen zu gehen in «Joes Billardparadies», das den Namen Paradies nur verdiente, weil es in der Hölle auf jeden Fall voller ist: eine riesige Fabriketage mit Billardtischen, an denen ein paar Jugendliche lehnten, die sich eine Packung Zigaretten teilten und Rebekka auch dann nicht wahrgenommen hätten, wenn eine Giraffe auf ihrem Kopf steppen würde. Rebekka kannte das schon, früher war sie das pummelige, unauffällige Mädchen gewesen. Jetzt war sie die pummelige, unauffällige Frau. Wäre sie fett gewesen, hätte wenigstens manchmal jemand wahrgenommen, dass sie fett ist.

Andy stand schon am Tresen und winkte mit einer gespreizten Hand und einem gespreizten Mund. «Mister Superpünktlich begrüßt Sie, Frau Meiler!»

Rebekka busselte Andy links und rechts. Andy kam aus München, da konnte man weder die Hand geben noch jemanden umarmen.

«Hallo, Schönheit!» Aber charmant konnte man sein. Andy trug mal wieder einen Anzug. Die ganze Woche über trug er eine blaue Hose, auf deren Latz der Name seines Sklaventreibers stand, wie Andy sagte. Andy war der Meinung, dass es zwei Momente gebe, an denen er bemerkte, dass jemand ihn gut kennt. Der erste Moment sei, wenn ein Bekannter aufhört zu fragen: «Warum hast du dich denn schick gemacht?» Weil er die ganze Woche unschick war. Der zweite Moment sei, wenn der Bekannte zu Andy sagte: «Du hast ja Haare auf der Nase.» Genau, mitten auf der Nasenspitze. Andy fand es blöd, sich die Nase zu rasieren. Rebekka hatte beide Momente vor Jahren hinter sich gebracht.

«So, erst Essen und dann Billard? Erst Billard und dann Essen? Oder Essen und Billard gleichzeitig? Sie haben die Wahl!» Andy hielt Rebekka seine um nichts geschlungenen Finger vor den Mund, damit Rebekka in das unsichtbare Mikrofon sprechen konnte.

«Beides gleichzeitig», sagte Rebekka in das Loch in Andys Faust.

Auf der Speisekarte von «Joes Billardparadies» war alles mit Käse überbacken. Auf den Fotos sah alles gleich aus, ein Haufen mit Käse, darunter vielleicht Wurst, vielleicht aber auch ein gerollter Waschlappen, witzelte Andy. «Oder mögen Sie Käse mit Käse überbacken, meine Dame?»

Rebekka fand, dass Andy die heutige Zeit nicht gut stand. Er war aus einem Jahrhundert, wo es noch keine Elektriker gab und er vielleicht durch heitere Cabaretabende hätte führen können. «Entscheiden Sie sich jetzt!», schmetterte Andy.

Die Bedienung kam in Form eines breiten Mannsbilds, wie der jüngere Bruder von Meister Proper, aber mit verbliebenen Haaren auf der Glatze. «Was darf ich euch ...»

In dem Moment knallte ein Queue an eine tiefhängende Lampe, die schaukelte und ihr Licht über die kichernden Teeniegesichter wippte.

«Ey!», brüllte Meister Propers jüngerer Bruder. «Ich komm euch da gleich hin. Dann gibt's Ärger mit Chef.»

Die Teenies zeigten mit Unschuldsmienen alle durcheinander aufeinander.

Als die Aufmerksamkeit von Chef wieder ganz Andy und Rebekka gehörte, bestellten sie Haufen mit Käse, dazu Cola.

Andy schob das dreieckige, oben offene Gefängnis mit den eingesperrten Kugeln über den Billardtisch und befreite sie nur, um sie herumzuschubsen. Rebekka kreidete derweil ihre Queuespitze ein, nach allen Regeln der Kunst, und verlor trotzdem so schnell, dass erst nach der dritten Runde das Essen kam. Sie setzten sich an ihren Seitentisch, schoben mehrere ruhige Kugeln und zogen ihren Käse in die Länge. Andy war so begeistert, als ob er als Kind nie mit warmem Käse gespielt hätte. Rebekka wollte nicht über Adrian reden, aber es kränkte sie wie immer trotzdem, dass Männer einfach nicht in der Lage waren, mal zu fragen.

«Was ist mit Jette?»

Rebekka zog Käsegirlanden und kaute, kaute, kaute erst mal eine Weile.

«Na ja, sie hat Kreps, und jetzt nimmt sie Tablet-TEN.»

«Was is'n mit dir los?», fragte Andy und verlor seine Cabaret-Eleganz.

Rebekka dachte, dass es vielleicht nur bei Jette lustig war, wenn sie so sprach. «Was soll ich dir denn erzählen? Sie hat Kreps. Immer noch.» Rebekka hatte Angst, an dem Käseklumpen zu ersticken, den sie sich im Mund zusammengesammelt hatte.

Ein Teenie schrie durch das Billardparadies, ob Nuri, der Lutscher, noch ganz sauber ticke.

«Ey!», kam es von der Theke. «Geht's auch leiser?»

«Nö», flüsterten die Jugendlichen.

«Findest du das lustig?»

Rebekka kaute. Dem Käseklumpen in ihrem Mund war mit Kauen nicht beizukommen.

Andy starrte sie um eine Antwort an, und Rebekka fiel wieder ein, dass Andys Schwester ... In der Ecke klingelte ein einarmiger Bandit, als ob gerade Rebekkas Groschen in das Ausgabefach gefallen wären, Käse, Käse, Käse, dreimal dasselbe Symbol. Es rasselte. Rebekka nahm den Käseklumpen aus dem Mund. «Jette sagt immer Kreps.»

Andy setzte mit einer Entschlossenheit sein Colaglas an, wie es eigentlich nur alkoholischen Getränken zustand. «Das macht es nicht besser», sagte er. «Ich kann Witze darüber nicht leiden, auch nicht von Krebskranken selber.»

«Jette sagt das doch nicht, um ... Also, ich glaube, das soll kein Witz sein. Es geht um Optimismus.» Rebekka konnte es nicht erklären. Bisher dachte sie, dass es sich selbst erklärt, zu Krebs Kreps zu sagen. Währenddessen wurde der Käseklumpen auf dem Teller kalt.

«Es soll es verharmlosen», versuchte Andy zu verstehen.

«Ja», sagte Rebekka erleichtert und zeigte mit dem Zeigefinger auf ihn wie mit einer Pistole: «Genau!» Sie nahm den Käseklumpen in den Mund und kaute sich daran enorme Kaumuskeln an. Rebekka nickte noch einmal. Andy hatte es verstanden.

«Das ist doch totale, verzeih mir das bitte, totale SCHEISSE!» Das letzte Wort war gebrüllt und zischte danach im Raum herum.

Die Jugendlichen kicherten.

«Ey! Nicht solche Ausdrücke, Mister!», kam es vom Tresen.

Rebekka schluckte den Käseklumpen, der sich schwerfällig seinen Weg durch die Speiseröhre klopste. Gebrüllt ging bei ihr nicht. Da stand die Welt still.

«Entschuldigung, Rebekka. Du kannst ja nichts dafür. Michi hat das damals ganz ernst genommen. Sie hat so eine Art Gesprächstherapie mit dem Tumor gemacht, wo sie ihn gebeten hat, sie zu verlassen. Da ist sie zweimal die Woche hin. Und dann hat sie Tagebuch darüber geschrieben. Wir sind damit ganz anders umgegangen. Michi hätte es einfach verdient gehabt … Na ja, das hat ja nichts mit Jette zu tun.»

«Ich versteh schon», sagte Rebekka.

Sie nickten sich liebevoll zu.

«Jette macht das eben anders», probierte Rebekka zu schlichten. «Sie versucht, sich davon nicht unterkriegen zu lassen.» So wie sich der Käseklumpen in Spucke aufgelöst hatte, würde sich diese Situation auch auflösen lassen.

«Michi hat sich doch davon auch nicht unterkriegen

lassen.» Andys Ton schraubte sich schon wieder das aufbrausende Gewinde hoch. «Man muss sich doch damit auseinandersetzen.»

Auf dem Heimweg fühlte sich Rebekka wie eine überfahrene Dorftaube zwischen zwei unbestellten Feldern. Sie hatte Muskelkater in der Galle vom Ärgern. Sollte Andy es doch Jette sagen, was er davon hielt, wie sie mit ihrer Krankheit umging. Rebekka hatte jedes Spiel verloren, und Andy hatte ihr immerzu gesagt, was sie anders machen sollte. Den Queue so halten, aus der Schulter spielen. Michi war trotzdem gestorben. Man muss sich damit auseinandersetzen oder nicht. Überleben muss man es.

Am nächsten Morgen horchte Rebekka in sich hinein und fand dort gute Laune, innerhalb ihrer Möglichkeiten. Doch, doch.

In der Küche saß ein Monster und sagte: «Du bist allein. So gemein allein.» Behaartebeinebaumelnd saß es auf dem Kühlschrank.

«Du bist ja da», antwortete Rebekka dem Monster. Schwupp, war es weg. Da das bewusste Radiohören nicht ausgewertet wurde, konnte Rebekka davon ausgehen, dass die Hausaufgaben nicht so wichtig waren. Die Hausaufgabe für diese Woche war, nicht so viel zu flennen. Da konnte sie ja auch ein bisschen flennen. Nur eben nicht zu viel.

Nach dem Frühstück rief Rebekkas Mutter an. Rebekka freute sich. Das war das klarste Anzeichen dafür, dass sie wirklich ganz gemein allein war.

«Schön, dass du anrufst», fand Rebekka.

«Na, du rufst ja nie an.»

Diese Königin der Muttiantwort aller Muttiantworten

verdarb Rebekka die Freude. Der Satz saß auf dem Thron und hielt einen Staubwedel als Zepter: «Diesen Staubwedel habe ich unter Schmerzen geboren, aber du rufst ja nie an.»

«Frau Gose ist gestorben. Das wollt ich dir sagen. Frau Gose war doch deine …»

«Mama, ich weiß, wer Frau Gose war.»

Frau Gose war die Lehrerin, die Rebekka die schlechte Note für den Linealaufsatz gegeben hatte. An die Frisur von Frau Gose konnte sich Rebekka erinnern, die war wie von Mäusen angefressen. Frau Gose hatte sich für ein Gespräch mit Schülern immer hingehockt, auch wenn die lieben Kleinen schon gar nicht mehr so klein waren. Rebekka musste einige Male vor der hockenden Frau Gose stehen und auf den ausgedünnten Scheitel starren. Frau Gose hatte Rebekka ermuntert, sich mehr ins soziale Leben der Klasse einzubringen. Rebekka hatte genickt, damit dieses Gespräch so schnell wie möglich vorüberging. Der Geruch von Haarfett war direkt in Rebekkas Nase gestiegen. Sie war nicht mehr wütend über die Drei für den Linealaufsatz. Gestorben.

«Na gut, Kind, mehr gibt's nicht zu erzählen», beschloss Rebekkas Mutter.

«Wie geht es dir denn?» Rebekka war doch lernfähig, feines Mädchen.

«Na, wie immer», sagte ihre Mutter.

Der Tag ging dahin. Rebekka hatte nie an Frau Gose gedacht. Eigentlich machte es keinen Unterschied, ob sie an eine lebendige Frau Gose nie dachte oder an eine tote. Frau Gose hatte einen riesigen Garten gehabt und alle darin wachsenden Früchte ständig eingeweckt. Zum Geburtstag hatte jedes Kind jedes Jahr ein klebriges Glas mit Schleife drum und trüben Früchten drin bekommen. Aus leckeren, roten, saftigen Erdbeeren, die man den ganzen Sommer über mit Sahne aufessen könnte, hatte Frau Gose unleckere, hellbraune, matschige Erdbeeren gemacht, die Rebekka im Winter verschmähte. Als Kind war sie sich sicher gewesen, dass das Einweckglas Einweckglas hieß, weil die Früchte darin eingeweckt wurden, bis sie wieder aufgeweckt wurden. Dazwischen schliefen sie.

Als Rebekka eingeweckt war, träumte sie, dass Adrian die Pille absetzte und danach ganz anders zu ihr war. Montag.

Rebekka träumte, dass ihre Mutter auf dem Balkon stand und eine Hummel verschluckte. Dienstag.

Rebekka träumte, dass sie da, wo ihr Puls war, eine Batterie fand. Mittwoch.

Die Tage waren langweiliger als die Träume nachts. Adrian verursachte Phantomschmerzen wie ein fehlender Sinn. Der siebente, der achte, der neunte, passe!

Auf die drei visitenkartengroß zurechtgeschnittenen Notfallkärtchen schrieb sie Donnerstag:

Erstens: Scher dich zum Donnerdrummel!

Zweitens: Wenn du mit mir schläfst, stürzt du mich ins Unglück.

Drittens: Wenn du mich berührst, musst du mir verzeihen und mich heiraten, also tu's nicht.

Rebekka steckte sich die Kärtchen ins Portemonnaie und vertraute ihnen mehr als sich selbst. Nach der Arbeit bummelte sie in einem teuren Naturkaufhaus herum und danach wie zufällig an Adrians Haus vorbei. Sein Kopf. Sein Kopf am Fenster. Sein Kopf am Fenster war ein Luftballon. Der Herzschlag. Der Herzschlag ging schneller. Der Herzschlag ging schneller weg, als Rebekka dachte. Sie wollte ihn treffen, nur um ihm die Notfallkärtchen zu zeigen. Kuck, so stark bin ich jetzt. So stark, dass ich zufällig zu deinem Haus laufe. So stark, dass ich zufällig zu deinem Haus laufe und dran vorbei.

Johanna erzählte Freitag im Auto, sie habe auf ihre Notfallkärtchen nur Nee, Nö und Nein draufgeschrieben. Aber dann fielen ihr noch ganz tolle andere Sachen ein. Keine Hände, keine Kekse. Ich hab 'ne ansteckende Geschlechtskrankheit. Geh nach Hause und hol dir einen runter. Ich bin eine Psychopathin und erschieß dich, wenn du mir nicht aus dem Weg gehst.

«Was hast du nochmal gesagt? Als du gesagt hast, dass wir zu der Gruppe gehen müssen, damit ich … Weißt du noch?»

Rebekka wusste es nicht mehr.

«Steck dir deinen Schwanz in den Arsch!», fiel es Johanna lautstark wieder ein. «Das schreib ich auf alle drei Karten! Hähä!»

In der Gruppe mussten Rebekka und Johanna ihre neuen drei ehrlichen Sätze sagen. Es war weniger schlimm als beim ersten Mal. In Johannas Gesicht ratterte etwas Aufmüpfiges, aber sie blieb brav.

Die Übung an dem Tag hieß «Danke sagen», und Vera erklärte, dass es natürlich um kein wirkliches Dankesagen gehen könnte, denn wofür hätten sie sich bei Karl schon zu bedanken. «Für beschissene Momente. Dafür danken wir. Die helfen uns. Wir erinnern uns. Die schlechten Erinnerungen. Die überdecken gute Erinnerungen. Keine Wehmut. Lieber Wut. Wut ist produktiv. Wut ist stark. Wehmut ist schwach. Ihr wart schwach. Jetzt seid ihr stark. Also, Viertelstunde Zeit. Schlechte Erinnerungen. Erster Satz beginnt: ‹Ich danke dir …› Letzter Satz: ‹Und dafür danke ich dir.› Zynischen Unterton. Das brauchen wir. Los, Mädels!» Während sie das erklärt hatte, war sie in ihrem Sauseschritt herumgewirbelt und hatte jeder Frau ein Blatt Papier und einen Kuli überreicht. Die Frauen verteilten sich an die Tische an den Wänden. Keine der Karlas schien lange überlegen zu müssen, bis ihr eine schreckliche Erinnerung einfiel. Alle kritzelten. Johanna lachte sogar kurz auf. Rebekka schwankte noch zwischen dem Vorwurf, dass er nie bei ihr auf dem knarrenden Bett geschlafen hatte, nur weil es knarrte, oder dass er einmal am Telefon gesagt hatte … Sie nahm das mit dem Telefon und schrieb drauflos. Nach der Viertelstunde hingen alle Frauen dröge wie ausgepresste Zitronen an den Tischen und tasteten ihre Wunden ab. Sie hatten unter die Verbände gekuckt, sogar Gipse aufgeschnitten und darunter offenes Fleisch gefunden.

Vera sammelte ihre Heldinnen wieder in den Stuhlkreis. «Wir lesen reihum. Am Ende sagen alle laut: Danke schön! Schön zynisch! Lasst Wut ab. Rebekka fängt an.»

Rebekka raschelte sich unnötig lange das Blatt zurecht und begann: «Ich danke dir, dass du mich einmal am Telefon behandelt hast wie eine entfernte Bekannte. Ich hatte an dem Tag Sehnsucht nach dir und hatte dich angerufen. Ich wollte fragen, ob wir uns sehen wollen, und du hast weder ja noch nein gesagt, sondern ‹Warum?›. Ich fand es völlig daneben, dass ich dir erklären musste, warum ich dich sehen wollte. Ich sagte ‹Nur so!›, und das reichte dir als Grund nicht. Ich sagte: ‹Weil ich dich sehen mag›, und du hast geantwortet, dass wir uns doch letzte Woche gesehen haben und dass wir doch gerade telefonieren. Das war so fies, und dafür danke ich dir.»

Rebekka sah auf, und alle Frauen sagten laut: «Danke schön!» Rebekka grinste.

«Ja, wunderbar!», klatschte Vera einmal zackig in die Hände: «Die Nächste!»

«Ich danke dir, dass du einmal nachts zu mir gekommen bist und ich mich auch noch gefreut habe, bis ich später erfahren habe, dass dich an diesem Abend Helene nicht rangelassen hat, und dann bist du zu mir gekommen. Dafür danke ich dir.»

«Danke schön!», schmetterten die Frauen, und Sandra grinste.

«Ich danke dir», las Angela, «dass es dir immer schlecht-ging und ich deshalb immer für dich da sein musste. Als ich mal krank war, wolltest du nicht zu mir kommen, weil du dich anstecken könntest, außerdem ging es dir auch schon wieder nicht gut. Du hast gefragt, ob ich zu dir kommen will. Ich habe mich geärgert, dass es dir auf einmal egal war, dass du dich anstecken könntest, wenn ich zu dir komme. Ich wollte dich trotzdem sehen und habe gesagt, dass ich komme. Da hast du gesagt, ich solle dir eine Pizza vom Italiener mitbringen und ein Bier und Zigaretten. Ich danke dir dafür, dass ich das auch noch gemacht habe. Da habe ich mich geschämt für.» Angela sah in die Runde, die still blieb, weil das Stichwort nicht gefallen war. «Ach so, danke schön», murmelte sie.

«Danke schön!», schrie Vera, um die Situation zu retten. Es klang wie das «Halleluja» in einem Gottesdienst in Brooklyn. Angela lächelte.

Vera zeigte auf Johanna, die sofort mit lauter Stimme anhob: «Ich danke dir für den Vibrator, den du mir geschenkt hast, für die Anrufe deiner Frau bei mir zu Hause, bei denen ich so tun musste, als wäre ich eine Arbeitskollegin von dir. Ich danke dir dafür, dass du mir die Hand gegeben hast, als ich dich mal auf der Straße getroffen habe und du vorher zwei Wochen verreist warst. Dafür danke ich dir …»

«Danke schön!», schmetterten die Frauen.

«Moment», sagte Johanna, «es geht noch weiter. Ich konnte mich nicht entscheiden, was ich am schlimmsten fand. Mir ist so viel eingefallen.» Alle lachten, und Johanna fuhr fort: «Ich danke dir für Liebeserklärungen, die du später abgestritten hast, für Sätze wie: ‹Es gibt einen bestimmten Grund, warum wir uns getroffen haben, und ich muss noch herausfinden, welchen›, oder: ‹Du kannst doch nicht böse sein mit mir, nur weil ich dich im Moment nicht heiraten kann›, und natürlich: ‹Wer dich mal abkriegt, ist echt ein Glückspilz.› Am allermeisten danke ich dir für die versehentlich bei mir gelandete SMS an deine Frau, in der du dich für einen wundervollen gestrigen Abend bedankt hast. Dafür danke ich dir auf Knien, du Pisser!»

«Danke schööööön!», brüllten die Frauen, und Johanna verbeugte sich leicht.

«Ich danke dir dafür», ging es mit Luise weiter, «dass ich mal von einer Freundin erfahren habe, dass mit mir mal wieder Schluss ist. Ich wusste davon gar nichts. Ich wusste nur, dass du auf diese Freundin auch schon immer spitz warst und dir wahrscheinlich keine Chancen verbauen wolltest, so wie du nie zu mir gestanden hast, wenn schöne Frauen in der Nähe waren. Ich danke dir auch dafür, dass du nie bei mir geschlafen hast, kein einziges Mal, obwohl ich weiß, dass du bei jeder anderen Frau, die du unbedingt in deine Sammlung aufnehmen wolltest, auf einem Küchenschwamm schlafen würdest oder auf einem Taschentuch, nur weil du dir versprichst, dass du deinen hitzigen Schwanz in noch einer Frau und noch einer Frau und noch einer Frau abkühlen könntest. Dafür danke ich dir.»

«DANKE SCHÖN!», donnerte es.

Danach lachte Rebekka ausgelassen, genau so wie Sandra, Luise, Johanna und Angela. Die Stühle lachten, auf denen sie saßen, die Tische, an denen sie geschrieben hatten, die Vorhänge, die nicht zugezogen waren, die ungeputzten Fenster, der hässliche Fußbodenbelag. Rebekka lachte so sehr, wie sie sonst heulte.

Nur Vera lachte nicht. Sie lächelte nur. Sie wartete ab, bis die Hühner sich beruhigt hatten, und dann sagte sie: «Großartig. Spiderman sagt: Aus großer Verantwortung wächst große Kraft. Auch aus großem Kummer wächst große Kraft. Danke schön, Mädels! Das meine ich ehrlich.» Die Frauen lachten wieder, weil sich ein Dankeschön für sie nie wieder nur wie ein Dankeschön anhören würde.

Rebekkas herrliche Laune wurde davon gedämpft, dass Vera nur bei ihrem Dankeschön etwas zu mäkeln hatte. Es sei zu lasch gewesen. Zu sehr auf die Affäre danach beschränkt. «Was war denn davor? War die Beziehung gut? Das glaube ich nicht. Denk darüber nach.»

Im Auto erholte sich Rebekkas Laune prompt wieder, denn Johanna und sie bedankten sich für alles Mögliche, für unmögliche Verkehrsteilnehmer, DANKE SCHÖN, für ätzende Fernsehsendungen, DANKE SCHÖN, für blöde Nachbarn und für Hosen, die nur für zu dünne Frauen genäht werden, DANKE SCHÖN. Für Köche, die, ohne zu fragen,

Kapern ins Essen machen, für Kaugummis, die unter Tischen kleben und dann an der Hose, für Feuerzeuge, die immer schneller kaputtgehen, als man sie leer bekommt, DANKE SCHÖN auch an das Grünflächenamt, das in Johannas Straße Bäume gepflanzt hatte, deren Früchte nach Kotze rochen, wenn sie auf dem Bürgersteig vergammelten. DANKE SCHÖN an die Drogeriemärkte, die ständig selbständig entscheiden, ein Foto nicht zu entwickeln, wenn sie es zu dunkel finden, weshalb man es dann nachbestellen muss. Und DANKE SCHÖN, lieber Gott, für so was Widerliches wie Spinnen. Die waren nicht nötig. Sie brüllten im Auto herum, bis sie vor Rebekkas Haus waren. Johanna bedankte sich noch, dass sich Rebekka zwar immer über sie ärgerte, aber sie trotzdem lieb hatte. «Danke schön! Ich hab dich lieb», sagte Johanna ganz still.

«Und ich danke dir, dass du nicht böse bist, weil ich mich so viel ärgere und es nie sage, weil ich ja nicht streiten will. Danke schön!» Sie umarmten sich, und Johanna machte Anstalten zu heulen.

«Wir sollen doch nicht so viel flennen», sagte Rebekka.

«Ach, hilft doch nüscht», schluchzte Johanna. «Ich heul sowieso immer, wenn ich nach Hause komme.» Rebekka saß noch so lange mit Johanna im Auto, bis sie es verantworten konnte, sie allein in den Straßenverkehr zu entlassen.

Rebekka ging hoch in ihre Wohnung und war stolz, dass sie nicht jedes Mal heulen musste, wenn sie nach Hause kam. Danke schön, sagte sie zu sich und ließ all ihre Sachen im Flur von sich fallen.

Nachdem damals mit Hannes Schluss war, konnte sich Rebekka ganz und gar ihrer schmachtenden Liebe zu Adrian hingeben. Ach, so schöne Augen, oh, so niedliche Grübchen. Seine dünnen, zappelnden Beine. Seine zurückhaltende, geheimnisvolle Art. Johanna hörte sich das mit zugekniffenen Ohren an. Vom Reden und Nichthandeln hielt sie nichts. «Von nichts kommt nichts bzw. niemand.» Sie lachte dreckig. «Wie lange ist jetzt mit Hannes Schluss?»

«Ein Jahr!»

«Und wie oft siehst du Adrian?»

«So alle drei Wochen.»

«Rebekka, das ist doch gestört. Machst du dich da mal ran an die Buletten! Ich halt's nicht mehr aus. Ich verstehe gar nicht, wie du das aushältst.»

Hannes war zurück in seine Geburtsstadt gezogen. Arbeit für ein Bauschwein gab es überall, und Rebekka gab es nur in Berlin. Hannes wollte sie nicht sehen, und darum konnte Adrian Hannes auch nicht sehen. Ihm fehlte der Freund, und da er keine konkreten Anforderungen daran stellte, was ein Freund war, außer dass er da war, war es für Rebekka einfach, durch Dasein ein neuer Freund zu sein. Sie gingen ins Kino. Rebekka las tapfer die Untertitel. Eigentlich mochte sie das nicht. Nach dem Kino schlenderten sie in der Nachtstadt herum und sprachen über andere Leute. Adrian fand alle Menschen, die nicht unauffällig an ihm vorbeiliefen, eine Belästigung. Er mochte langsame Radfahrer und leise Kinder und angeleinte Hunde, aber die fielen ihm gar nicht auf. Ihm fiel nur das Gegenteil auf. Sie ärgerten sich gerne über Menschen. Sie freundeten sich richtig dicke an, wobei Rebekka dick war und Adrian richtig, weshalb für sie ganz klar diese zwei unterschiedlich geformten Menschen nicht zusammen sein konnten, denn besser, die Delle im Sofa bildet sich auf der Seite des Mannes. Selbst in ihren Träumen sah sie neben Adrian aus wie ein unpassender Murkelmops, nur in den schönsten Träumen hatte sie abgenommen. In der Realität aber waren Adrian und sie gute Freunde. Für Rebekka ein unendliches Geschwärme und ein lustvolles Gejammer bei Freunden, wenn Adrian ihr mal den Arm zum Einhenkeln gereicht hatte. Es war auszuhalten und besser als einen Korb bekommen, fand Rebekka, fand Johanna nicht.

«Komm in die Puschen! Es ist doch Zeitverschwendung, keinen Sex zu haben, wenn man auch Sex haben kann. Irgendwann bist du tot, und dein Geschlechtsteil vergammelt.»

Rebekka wurde ganz schlecht bei dem Gedanken, mit Adrian Sex zu haben. Das Gute daran, nicht mit ihm zusammen zu sein, war, dass sie immer Kleidung anhatte, wenn sie sich sahen.

Zweimal hatte Adrian sich niedliche Mädchen angelacht, die er Rebekka vorstellte, als wäre sie Adrians Mutter, die seine Mädchen begutachten musste. Außer Optik war an denen nichts dran. Sie interessierten sich für nichts. Adrian, im Gegensatz dazu, interessierte sich ja für alles ein bisschen. Rebekka zeigte sich begeistert von den Eroberungen und war alles andere als das. Hach ja! Schreckliche Zeiten. Bevor Adrian auf volle Kraft Liebe gehen konnte, waren beide Mädchen aber anderweitig mit anderen Männern abgetanzt, was einmal mit kleinem Laut gestanden wurde und einmal mit großem Laut aufflog. Adrian wuchs danach auf Rebekkas Sofa fest. Eine feste Burg sei meine Rebekka. Am Wochenende war er entweder ständig da oder bei seiner

Mutter. Rebekka kochte für ihn und besser als für Hannes, aber der hatte aus Rebekkas Hand sowieso alles gefressen.

«Du bist lieb», sagte Adrian immer wieder oder: «Das ist lieb von dir.» Und weil er sich bedanken wollte, wusch er danach ab. Sie las ihm aus der Zeitung vor oder erfreute sich an seinen zappelnden Beinen. Oft hockten sie bis in die Nacht und zweifelten gemeinsam an der Machbarkeit der Liebe. War sie groß, ging sie groß kaputt, war sie klein, war sie nicht groß genug, war sie haltbar, wurde sie langweilig. Rebekka wusste: War sie unerfüllt, war sie stark.

Als Adrian wieder mal eine Frau kennenlernte und das Rebekka erzählte, als wäre das eine Katastrophe, richtete die sich auf ein erneutes Zwischenspiel ein, das sie in treuer Freundschaft begleiten würde, aber Adrian sagte auf ihrem Sofa: «Die ist zu heiß. Auf solche lass ich mich nicht mehr ein. So was tut nur weh.»

Das freute Rebekka und weckte Hoffnungen, die ein gesundes Selbstbewusstsein gar nicht zustande gebracht hätte. Es war ein Unter-Wert-Verschenken, als Adrian Rebekka nach dem nächsten Untertitelfilm küsste. Sie schauten sich verdutzt an. Sie umarmten sich verdutzt. Sie sagten, dass das schön sei. Er dachte im Untertitel, dass er sich bei Rebekka endlich entspannen könnte. Es würde nicht wehtun. Sie dachte im Untertitel, dass … Sie war verspannt und dachte gar nichts. Allein zu Hause tat es weh.

Sie wollte kein struppiger, lausiger, krummbeiniger Köter sein, der auf einer Rassehundeausstellung herumhinkt und dessen einziger Vorteil es war, dass niemand ihn mit Leckerlis fortlocken wollte. Jaul! Heul!

Adrian, der schöne Weimeraner mit den hellen Augen, rief am nächsten Tag an und war so glücklich, dass sie endlich zusammengefunden hatten. Hunde wissen nichts von ihrer Rasse. Würde man sie lassen, würden sie mit allen anderen Hunden spielen und sich mit ihnen fortpflanzen. Adrians Theorie «Schön = untreu und unschön = schön treu» wurde nie wieder erwähnt, war wie ausgewandert und im Zeugenschutzprogramm ohne Adresse auf einem einsamen Campingplatz auf einer Insel. Es kam einer stillen Abmachung gleich, dass das, was sie da machten, eben abgemacht war. Ein bisschen verknallt wird er wohl schon gewesen sein, aber sonst sprach er nur von Liebe, und nur Liebe ist manchmal ganz schön wenig. Für Rebekka war es ganz schön viel. Ein wochenlanger Schock. Ihr war nur schlecht, wenn sie ihn sah. Von Wohlfühlen keine Spur. Jede Berührung, jeder Kuss wie das Entgegennehmen einer unrechtmäßig verliehenen Ehrung. Es beruhigte sie, dass Adrian cool blieb. Er war rundum zufrieden. Er machte ihr Komplimente, die Rebekka nur mit Augen-zu-und-durch ertragen konnte. So ein reines Herz sei sie, so ein warmer Mensch. So liebenswert und witzig.

«Ich freu mich so für dich. Das ist ja so super», sagte Johanna. «Und im Bett? Na?»

Rebekka lobte alles.

«Na, Einzelheiten!», forderte Johanna.

Rebekka erzählte manchmal einfach was von Hannes. Da hatte sie nicht vor lauter Aufregung gar nichts empfunden.

«Bei euch hab ich den Eindruck, dass ihr es wenigstens ernst meint», sagte Jette, vor allem in Bezug auf Johanna, die sich in besetzte Betten drängte und Eheringe von Fingern lutschte. Damals hieß ihr Lars noch Edgar. Ein Antiquitätenhändler, der sich immer ganz pfiffig vorkam, wenn er jemanden betrog.

Ernst meinen hieß dann auch zusammenziehen. Warum sollte er zum Essen immer zu ihr kommen oder sie zum Kochen zu ihm fahren? Rebekka konnte nicht anders, als alles zu nehmen, was ihr da in den Schoß gefallen war. Sie waren ein gutes Gespann. Adrian mochte, was Rebekka mochte, und darum durfte sie alles entscheiden. Sie zog ihn an, wie sie ihn schön fand. Er mischte sich bei ihr nicht ein. Rebekka konnte anziehen, was sie wollte, es war ihm Jacke wie Hose, Spitzenhemd wie Kartoffelsack. So gemütlich, wie die Wohnung wurde, gab es keinen Grund, woanders zu sein. Und so billig, wie Videoausleihen war, gab es keinen Grund mehr, ins Kino zu gehen. Und so weich, wie Rebekka sich anfühlte, gab es dann schnell keinen Grund, Sex zu haben, anstatt zu kuscheln. Rebekka war erleichtert, nicht mehr Adrians schönen Körper auf ihrem zu haben, und entsetzlich war es trotzdem, dass Adrian Rebekkas Körper nicht schöner werden ließ. Er wertete sie auf und ab. Wenn mit Freundinnen über die Beziehungen geredet wurde, fühlte sich Rebekka, als würde sie so wie wochentags hinter dem Tisch sitzen, während die anderen verreisten. Abends kam Adrian nach Hause und hätte gerne drei Türriegel zugeschoben, aber nur hässliche Türriegel, weil schöne geklaut würden. Als er mit Kindern anfing, die noch fehlen würden, war Rebekka offen dafür, weil Adrian wieder mit ihr schlief. Die Zeit ohne Sex hatte sie zum Abnehmen genutzt. Sie sah spitze aus, sagten einige. Jetzt konnte es losgehen. Sie würde im Hier und Jetzt glücklich werden anstatt im Dort und Später. Wenn sie Adrian damit ködern wollte, dass sie Komplimente bekommen hatte, biss er nicht an, sondern wurde nur bissig eifersüchtig. Ein anderer Mann hätte sie wahrnehmen können. Sie sah wirklich spitze aus, aber spitz war Adrian trotzdem nicht, nur stumpf zielfixiert. Passend zur Gebärmutter, zu der er sie machen wollte, fraß sie sich innerhalb kürzester Zeit wieder eine mütterliche Figur um sich herum.

«Bist du schwanger?», fragte Iris. Aua, aua. Im Spiegel fand sich Rebekka über den Rahmen hinausquellend. Adrian hielt das nicht davon ab, sie weiter zu befruchten, was einfach nicht fruchten wollte. Der Höhepunkt der Depression, der tief ist statt hoch, war erreicht, als Rebekka versuchte, über ihre Fettschicht scherzend, Adrian dazu zu bringen, irgendetwas zu sagen, irgendetwas, denn normalerweise sagte er dazu gar nichts. «Ich lieb dich doch», sagte er, «ist doch egal, wie du aussiehst», sagte er. Und als Rebekka Hannes wiedersah, sagte der das Gegenteil davon.

Das Wochenende war eine zähe Angelegenheit. Seit Rebekka und Johanna sich regelmäßig bei den Gruppentreffen sahen, trafen sie sich kaum noch, um was Richtiges zu unternehmen. Rebekka fehlte eine zeitintensive Hausaufgabe. Sie hätte gerne Adrian angerufen, um ihm Vorwürfe zu machen, immerhin hatte sie das noch nie, aber sie wäre nach «Hallo» sofort eingeknickt, also konnte sie es auch lassen.

Die Woche war nicht besser. Gegen Nachmittag regnete es sich zuverlässig ein. Bei Jette wurde es nicht besser. Andy hatte Jette gesagt, wie seine Schwester mit dem Krebs umgegangen war. Das hörte Jette sich an und sagte Rebekka, dass sie drauf schiss und dass das seit den Tabletten nicht gut roch. Sie wollte nichts mehr mit Andy zu tun haben. Da konnte er mit Iris einen Club gründen.

Am Donnerstag erzählte Rebekka Buchhaltungsbastian das erste Mal von Jette. Herr Bastian war mit einem bemerkenswert seltsamen Cordmantel mit Riesenkragen aufgetaucht.

«Wo haben Sie denn den Mantel her?», fragte Rebekka, und es waren zwei Fragen in einer: «Toll, wo haben Sie denn den schmucken Mantel her?», und: «Wahnsinn, wo haben Sie denn diesen scheußlichen Mantel her?» Herr Bastian verstand die Frage so, wie er sie verstehen wollte.

«Jau, der is besonders, ne? Den hab ich scho ganz lange. Da ham die Schüler au imma wissen wolln, wo ich den herhab. Den hat meine Frau geschneidert. Die wa Schneiderin, bevor sie Buchhaltung gemacht hat. Sie wollt immerma ein' neuen Mantel schneidern, weil der ja nu – hö – n büschen abgebraucht aussieht, ne? Aba dann ist sie ja aba …»

«… gestorben», ergänzte Rebekka.

«Danke», sagte Herr Bastian.

Daraufhin erzählte Rebekka von Jette.

«Vierunddreißig ist sie erst?» Herr Bastian schniefte ein «Ach, ja», das Rebekka zu viel und zu wenig war.

In der Mittagspause ging sie ihren Falafel holen. Es war nicht nötig, den Pappelefanten vor die Tür zu schieben, weil Herr Bastian da war. Im Imbiss gab sie das erste Mal Trinkgeld. Sie hatte das Geld wie immer im Laden abgezählt, damit der Moment, in dem sie entschied, wie freundlich sie zu dem Mann zu sein gedachte, kein unangenehmer wäre, sondern einer wie «ist doch selbstverständlich».

Sie legte dem Mann das Geld in das Plasteschälchen, sagte wie immer «Stimmt so» und lächelte. Der Mann nickte kurz ab und räumte Rebekkas Kleingeld in die Kasse ein, ohne zu bemerken, dass es an dem Tag nicht nur stimmte, sondern auch sozial stimmte. Sie konnte zu dem Mann ja nicht sagen: «Nein, nein, heute habe ich wirklich Trinkgeld gegeben.» Das war wieder so was, das sie niemandem erzählen konnte. Sie legte es ab unter «zu doof». Da lagen schon viele andere unausgesprochene Sachen, die, durch das Aussprechen aus der dunklen Privatnische befreit, nach «was haben wir gelacht» umziehen könnten. In der zwölften Klasse war Rebekka über den Schulhof gelaufen, und hinter ihr brachen ein paar Zehntklässler vor Lachen zusammen. Eine benutzte zusammengerollte Binde klebte an Rebekkas Hosenbein. Gott sei Dank zusammengerollt, aber gerade am Ausrollen. Schnell entfernt und zwei Tage krank zu Hause geblieben. Jahre später hatte sie es Johanna erzählt, die das phänomenal lustig fand. «Rebekka, das gehört in die Hose. In die Hose rein.»

Die Imbissmänner des anderen Imbisses hockten auf dem Gehweg vor Rebekkas Büro und fummelten an einem Fahrrad herum. Sogar bei Nieselregen mussten sie draußen ein wildes Basartreiben veranstalten. Rebekka fielen noch andere Wörter ein, die man landauf, landab gerne benutzte, um Fremden, die völlig normale Dinge tun, Skepsis entgegenzubringen. Kameltreiber und Hottentottenmusik. Solange sie sich nicht sicher war, dass die Männer nichts Gemeines über sie dachten, hatte sie kein schlechtes Gewissen dabei, etwas Gemeines über die Männer zu denken. Ein angeleinter Hund zerrte an seiner Leine und winselte darum, näher ans Geschehen gelassen zu werden. Ein Mann drehte sich zu dem Hund um, zischte ein «Kss!», genau in Rebekkas Richtung. Dann lächelte der Mann Rebekka an, der gar nicht einfiel, wie man zurücklächelt. Sie ging in den Laden und schüttelte den Kopf.

«Was ist denn, Frau Meiler?», fragte Herr Bastian sofort.

«Ach.» Rebekka sagte, dass die Männer vom Imbiss immer vor dem Imbiss herumstanden.

«Ja, die sin nett, ne? Un die machn den besten Döner.»

Rebekka wartete, bis Herr Bastian gegangen war, um in Ruhe ihren Falafel zu essen.

Als Rebekka und Johanna am Freitag den Raum 08 betraten, saß da schon wieder eine Neue. Eine Frau mit randloser Brille, einem roten Poloshirt und einer schwarzen engen Samthose. Insgesamt die Erscheinung einer modernen Frau, die nicht im Damensitz Rad fährt. Sie lächelte taff in die Runde. Rebekka freute sich über eine neue Geschichte, die bestimmt schlimmer war als ihre.

«Wir haben Besuch», verkündete Vera, als alle Frauen da waren. «Ein Gast. Eine glücklich verliebte Frau. Sie soll erzählen. Wie ist das? Glücklich verliebt sein.»

Vera sagte das so eindringlich, als würde sie Wasser vom Brennen erzählen. Rebekka fand das sofort eine hochprozentige Schnapsidee, sie wollte rufen: Blödsinn! Nur weil sie im Moment alle unglücklich verliebt waren, mussten sie doch nicht einer glücklich verliebten Frau zuhören: seine Haare, seine Häuser, seine Hände. Rebekka bockte innerlich wie ein Esel. Da wollte sie nicht drüberspringen, das war ihr nicht zu hoch, das war ihr zu flach. Jemand, der pappsatt ist, muss einem Hungernden doch nicht davon vorschwärmen, wie vorzüglich er heute zu Mittag gespeist habe. Man war ja selber schon mal satt. Rebekka wartete darauf, dass Johanna etwas Unangebrachtes sagen würde, was Rebekka diesmal ausnahmsweise angebracht fände. Johanna zog nicht mal eine Fratze.

«Dann mal los», sagte Vera.

Die Augen der Randlose-Brille-Frau vergrößerten sich aufgeregt hinter der randlosen Brille, als ob sie mit den Augen einatmete. Sie kann mit den Augen atmen und glücklich sein, vielleicht auch CDs mit der Poritze abspielen. Rebekka war so verärgert, dass der sonstige Ärger von Rebekka ganz blass wurde vor Neid. Rebekka wollte überhaupt gar nichts über deren Karl wissen, der sicherlich, weil er so gut zu der Randlose-Brille-Frau passte, eine Brille mit dickem Rand hatte, aber dafür ohne Gläser. Yin und Yang, Dick und Doof. Aber Rebekka erfuhr überhaupt gar nichts über diesen glücklich machenden Karl. Die Frau sang keine Hymne darauf, wie toll er … und wie süß er, wenn er … und wie stark er … und wie liebevoll er mit … und wie oft er … Nichts davon. Die Frau erzählte, dass sie seit sieben Jahren mit ihm zusammen sei, dass sie so entspannt sei, dass sie sich das erste Mal nicht ständig die Bikinizone rasiere, nicht weil ihr Karl so scharf darauf sei, dass sie dort viele Haare habe, aber das sei nicht entscheidend für seine Anziehung und Hingabe und Laune ihr gegenüber. Sie schüttelte liebevoll den Kopf, genau wie Mütter es tun, deren Bälger beim Herumtriefen urplötzlich mit der Stirn einen Baum antreffen. Nein, wie niedlich. Wenn sie sich aber richtig für ihn schick mache, dann freue er sich natürlich.

Das war ja alles ganz toll, aber …, dachte Rebekka die unfertigen Sätze ihrer Mutter.

Die Frauen im Raum verhielten sich unterschiedlich. Johanna lehnte mit verschränkten Armen im Stuhl wie ein fieser Sportlehrer, der ungelenken Schülern zusah. Rebekka konnte sich vorstellen, dass in Johannas Kopf ein höhnisches «Soso!» oder ein lachendes «Höhö!» kreisten. Luise hörte verzückt zu, den Mund in einen gut und gerne im Jugendstil als Zierelement verwendbaren Kringel gelegt. Die anderen Frauen ergaben ein Bild wie der Blick in den Zuschauerraum, wenn «Die Bikinizonenprinzessin und der schnuffige Räuber» vor mehreren Kindergartenkindern gegeben wird. Rebekka war genervt. Sie fühlte sich genauso unwohl wie immer, wenn ihr etwas verkauft werden sollte. Die Liebe war doch kein handbemalter sorbischer Holzlöffel und kein Zeitungsabo, und selbst wenn die Liebe das wäre (denn vielleicht ist sie das ja, weil sie alles ist), dann wollte Rebekka sie trotzdem nicht so angepriesen bekommen – das machte sie ihr madig und räudig und mau.

Aber … wer will das denn hören?, dachte Rebekka die unfertigen Sätze ihrer Mutter fertig.

Die glücklich verliebte Frau sagte, sie könne ihn anrufen oder nicht, sie könne ihm den AB vollreden und darauf vertrauen, dass er sich freuen würde.

Hört, hört!, dachte Rebekka.

Sie könne ihm aus dem Urlaub viele Briefe schreiben, und ohne dass sie dazwischen einen Antwortbrief von ihm erhalte, sei sie trotzdem sicher, dass jeder ihrer Briefe mit Freude gelesen werde, da nichts geschehen könne zwischen zwei Briefen, was etwas zwischen ihr und ihm verändern würde. Allerhand, allerhand, dachte Rebekka. Da sei ein Grundvertrauen. «Oh, Grundvertrauen!», sie sei unverkrampft, «Suuuuper!», fühle sich angenommen, «Holla die Waldfee!», und sie habe kein Gesicht zu verstecken, «Kuckuck!». Rebekka fand ihr eigenes Unterhaltungsprogramm recht spaßig. Sie hätte ihr Gehirn gerne mit einem dünnen durchsichtigen Kabel mit dem Gehirn von Johanna zusammengeschlossen, die sicherlich auch gerade ein wirklich witziges Kommentarfeuerwerk zündete. Als Rebekka ihre Freundin ansah, war davon nichts zu sehen. Johanna saß versteinert und hätte Gewitterziegen konkurrenzlos an die Wand zicken können.

Bei Problemen zwischen ihnen, sagte die glücklich verliebte Frau, könne sie sich ganz auf die Basis verlassen. Probleme, aha! Da wird's doch interessant, dachte Rebekka. Die Beziehung sei von Problemen nicht antastbar. Sie würden alles zusammen lösen. Jedes Kreuzworträtsel, dachte Rebekka und kicherte in sich hinein wie ein bekifftes Rumpelstilzchen. Sie müsse sich bei Streit nie erniedrigen, nie betteln, und deshalb müsse sie auch nie etwas heimzahlen, wenn sich die Gelegenheit dafür bot. Sie sei bei ihm zu Hause und ganz heil. Waidmannsheil! Rebekka hatte schon lange nicht mehr so viel Spaß mit sich allein gehabt. Die Frau mit ihrer randlosen Brille, den randlosen, ungeschminkten Lippen und ihrem randlosen, nicht enden wollenden Vortrag fuhr fort zu erzählen, dass sie es nicht nötig habe, mit Freundinnen viel über die Beziehung zu reden. Ach, nicht nötig hat sie es, darüber zu reden. Was tut sie hier nur? Rebekkas Mimik rekelte sich zu dem angeekelten Gesicht einer englischen Teelady zurecht, die einen Wauwau beim Dudu erwischt hat. Pfui, pfui!

«Ich muss diese Beziehung einfach nicht vorweisen und beweisen, dass er gut zu mir ist. Ich muss nicht von anderen die Bestätigung einholen, dass alles in Ordnung ist. Ich muss es mir nicht selbst erzählen und darum immer wieder anderen. Es ist nichts Suggestives dabei.»

Oha, suggestiv!, rümpfte die Teelady in Rebekka die Nase, dass der Puder abschneite und auf das Blüschen rieselte.

«Ich muss niemand anderen fragen, was es ist, und dann immer wieder nachfragen: Das ist es doch, oder? Ich bin sicher und ganz mit ihm. Nicht dass es am Anfang nicht viele Reibereien gab, aber wir haben Kompromisse gefunden. Ich denke dann immer an Bonsais, die man über Jahre hinweg pflegt und mit einem Drahtgerüst so wachsen lässt, dass sie schön werden und …»

«Verkrüppeln», murmelte Johanna.

Die Randlose-Brille-Frau atmete mit ihren Augen tief ein und lachte dann.

«Nein, nicht verkrüppeln», sagte sie nur.

Vera hupte Johanna mit dem Gesicht an.

Die glücklich verliebte Frau sprach weiter über das Glücklich-verliebt-Sein zu den unglücklich verliebten Frauen. Dass es keine Wut gebe, gegen ihn, gegen sich selbst, gegen andere. Dass es für sie so sei, als wachse er jeden Tag in ihr und sie in ihm, und so habe sie ihn bei sich und er sie bei sich.

Sie ist schizo, das ist alles, dachte Rebekka und wartete auf eine weitere Tontaube, die sie abknallen könnte, aber es kam keine mehr.

«Fertig?», fragte Vera.

«Ja, ich denke ja.»

Rebekka schaute sich die Gesichter der anderen Frauen an und vor allem deren Hände, denn sie war sich nicht sicher, ob jetzt geklatscht werden sollte. Ihr war nicht nach Klatschen. Den anderen Frauen war auch nicht nach Klatschen, aber sie lächelten die Randlose-Brille-Frau freundlich an, wünschten ihr mit Blicken viel Glück auf dem weiteren Weg. Der weitere Weg der Frau führte erst einmal aus dem Raum 08.

«Ihr Lieben», hob Vera an, und Rebekka erwartete jetzt eine Auswertung der Art: Wie geht es euch damit, war das nicht ein leuchtendes Beispiel, wollt ihr das nicht auch, wollt ihr nicht auch alle Bonsais sein mit Drahtgerüst und Briefe schreiben, die nicht beantwortet werden, was euch aber nichts ausmacht?

«Wir führen kein Gespräch. Ich will nichts von euch hören. ICH rede! Rebekka und Johanna sieht man es an. Ihr glaubt nichts davon. Ihr findet es lächerlich. Nicht so schlimm. Das ist normal. Wenn ihr hassen wollt, dann mich. Wisst ihr ja. Lasst die Frau da raus. So, die anderen? Ihr habt euch beherrscht. Ihr kanntet das ja schon. Vor einem Vierteljahr dasselbe. Eine andere glückliche Frau. Was war da? Ihr saht damals aus wie Rebekka und Johanna. Und heute? Freundliche Gesichter. Glaub ich euch nicht. Luise, zu dir! Ich bin unsicher. War das gespielt? Dein verzücktes Lächeln? Beneidest du das Glück krankhaft? Ich will nichts dazu hören von dir. So oder so. Du bist immer noch gefährdet. Ich habe eine Änderung. Die sieben Fragen betreffend. Es sind jetzt acht. Könnt ihr euch über das Glück anderer Frauen freuen, ohne dass ihr es skeptisch in Frage stellt oder krankhaft beneidet?»

Vera hielt den Redesack fest umklammert und rückte ihn bis zum Schluss des Treffens nicht mehr heraus. Die Anspannung des Nicht-reden-Dürfens wurde fast knetbar. Die Frauen bewegten Finger, legten Köpfe zur Seite und wippten Füße. Johanna bekam einen eruptiven Wutschluckauf, aber sie brodelte die Lava ins Erdinnere ab.

«So, Mädels. Die Hausaufgabe. Beobachtet glückliche Liebespaare. Fangt an zu glauben. Es gibt sie. Und keine Ausrede. Ihr braucht euch nichts einzubilden. Dass sie nur kurzzeitig glücklich sind. Dass ihr vorübergehendes Glück seht. Gewöhnt euch wieder ans Glück.»

Und dann galt es wie üblich für alle, an den sieben Fragen zu scheitern und auch an der achten.

«Wenn du dir vorstellst, ihn wegzuschicken, empfindest du dabei Rachegefühle, und geht dein Tagtraum so aus, dass er dich um noch eine Chance bittet und du doch nachgibst?»

Ja, ja, ja, ja und ja.

«Denkst du an ihn, wenn du dich selbst befriedigst?»

Ja, nein, ja, ja und ja.

«Sprichst du noch viel von ihm?»

Nein, nein, ja, ja und nein.

«Hast du immer noch Angst, ihn zu treffen oder mit ihm zu telefonieren, weil du Angst hast, du könntest wieder anfangen zu betteln?»

Ja, ja, ja, ja und ja.

«Wünschst du ihm das Glück mit einer anderen Frau?»

Nein, nein, nein, nein und niemals.

«Schaust du auf der Straße nach Männern, die ihm ähnlich sehen und könntest dir vielleicht sogar vorstellen, mit denen etwas anzufangen?»

Ja, ja, nein, nein und ja.

«Redest du noch im Kopf mit ihm, erklärst ihm die Tiefe deiner Liebe, machst ihm Vorwürfe, überzeugst ihn davon, dass er blind war?»

Ja, ja, ja, ja und nein.

«Kannst du dich über das Glück anderer Frauen freuen, ohne dass du es skeptisch in Frage stellst oder krankhaft beneidest?»

Nein, nein, ja, nein und ja.

Da Vera nur diejenige als clean entlassen würde, die alle Fragen richtig und noch dazu ehrlich beantworten konnte, blieben alle Frauen in Behandlung und verließen den Raum zerknirscht, verletzt, schlapp, sauer und wütend.

Im Auto war es still, obwohl Rebekka erwartet hatte, dass es aus Johanna nur so herausplatzen würde, wie aus einem überreifen Eiterpickel, der nur kurz berührt werden muss, um aus dem eigenen Gesicht ins eigene Gesicht an den Spiegel zu spritzen. Johanna schwieg.

«Los, komm, du hast den Redesack!» Rebekkas Versuch, witzig zu sein, ging wie ein Zwiebelpup brachial nach hinten los, brachte aber immerhin mit sich, dass Johanna doch anfing zu reden.

«Redesack! Ich kann das alles nicht mehr hören. Was haben wir da nur für einen Blödsinn angefangen? Wirklich, ich bekomme davon richtig eklige Gefühle, gerade heute mit der Trulla. Die hätte ja auch Gedichte vorlesen können, so ein Kitsch und dann dieser Bonsaischeiß. So ein Scheiß! Was weiß die denn? Was weiß DIE denn? Vielleicht ist bei ihr immer alles gutgelaufen. Als ich achtzehn war, hätte ich dasselbe Zeug erzählen können. Soll sie sich doch einmal in den Falschen verlieben. Dann will ich mal sehen, wie sie damit klarkommt. Die muss nur einmal richtig von einem Kerl verarscht werden. Wenn immer alles heitideiti ist, weiß man doch gar nichts. Ich meine, was wir an Lebenserfahrung gemacht haben, das kriegt die ihr Leben lang nicht mit. Wo nimmt die denn das Recht her, uns zu verurteilen?»

«Hat sie doch gar nicht», fand Rebekka.

«O doch! Haste das nicht gesehen? Und als ich gesagt habe, dass die Bonsais ja verkrüppelte Bäume sind, da hat sie nur gelacht und gesagt: ‹Nein, sind sie nicht, haha, du dumme, unfähige Therapiegruppeneule, der ich erzählen muss, wie die Liebe richtig geht.›»

«Hat sie gar nicht gesagt», blieb Rebekka dabei.

«Ach, sei doch nicht so. Klar hat sie das gesagt. Suggestiv natürlich. Hat sie doch selber gesagt. Hat die gedacht, wir wissen nicht, was das heißt, nur weil wir keine Brille haben?»

«Hat sie gar nicht gedacht», war sich Rebekka sicher, die den Vortrag der Frau ja selber ärgerlich fand, aber die Brille der Frau zu beschimpfen, das war ihr dann doch zu weit hergeholt, vom Jupiter.

«Woher weißt du denn, was die gedacht hat in ihrem kranken, glücklichen Hirn? Die ist doch völlig weltfremd. Die sieht doch nicht klar. Das hat ja mit rosa Brille schon nichts mehr zu tun. Oh, wir entstehen ineinander füreinander, er in mir und ich in ihm. Die will einfach ein Kind von ihm, das ist alles. Dann soll er schön zahlen, und sie verkrüppelt den nächsten Baum, und der Typ sitzt dann in so einer scheiß Therapiegruppe und muss dem neuen Typen zuhören, wie glücklich verliebte Männer so drauf sind. Die Liebe ist doch nur eine Scheißunrechtslotterie.»

«Johanna, du übertreibst total.»

«Rebekka, ich untertreibe. Ich untertreibe. Ich meine …»

«Hör bitte auf!»

Johanna sah Rebekka verdutzt von der Seite an und hörte für einen Moment bitte auf, dann entschied sie aber, dass ihr Pickel noch nicht ganz ausgedrückt war, und drückte weiter: «Ich geh da nicht mehr hin. Nicht mit mir. Wer bin ich denn, dass ich mir diesen ganzen Kinderquatsch ohne

Michael antun muss? Rebekka, ich sag dir mal, die Vera hat doch einen Vollschatten. Ich hasse es, wie sie redet. Das ist so penetrant unnett und so zack, zack. Die kann man doch echt nur hassen. Und warum will die so gerne gehasst werden? Was ist denn bei der locker? Ich geh da nicht mehr hin. Ich will doch nicht von meiner Affäre weg, auf Teufel komm raus, und dann bin ich in einer Sekte, hast du nicht gesehen, mit einer völlig kranken ...»

«Hör auf! Sofort!»

Rebekkas Stimme war so laut wie schon seit Jahren nicht mehr oder wie noch nie oder wie das letzte Mal im Streit mit Hannes. Der Einzige, mit dem sie je gestritten hatte.

«Öy! Sachte», sagte Johanna beschwichtigend.

Sie schwiegen eine Weile, in der Rebekka sich immer wieder «Sofort!» schreien hörte.

«Ich weiß nicht, was du dich so aufregst», sagte Johanna, «das kann ja nur bedeuten, dass du es nicht wahrhaben willst, dass du in einer Sekte bist.»

«Und was heißt es dann, dass du dich über die Frau so aufregst?», konterte Rebekka.

Johanna zuckte mit den Schultern, fuhr vor Rebekkas Haus vor und sagte, dass sie ihr anbieten könne, sie nächste Woche zu fahren, aber sie werde nicht mit reinkommen und sich diesen Zirkus antun. «Wenn du das brauchst, dann mach es, ich brauch das nicht.»

Rebekka schnaufte auf mehreren Metaebenen.

«Nee, komm, lass es raus», sagte Johanna.

«Ich komm auch ohne dich klar», sagte Rebekka schnippischer als gewollt. «Also, du musst mich nicht fahren», schob sie unschnippisch nach.

«Du musst ohne Vera klarkommen, denke ich.»

Rebekka scharrte sich mit den Hufen eine Startposition zurecht. Diesmal würde sie etwas sagen müssen. Sie wollte nicht in der Wohnung herumfluchen und die unschuldige Schokolade killen.

«Ich muss vor allem ohne Adrian klarkommen.»

«Ohne Vera aber auch», beharrte Johanna.

«Du bist doof!»

«Ach? Sag mir was Neues!», nahm Johanna gleich das ganze Segel ab.

Ohne Verabschiedung verabschiedeten sie sich. Rebekka musste doch die Schokolade killen.

Rebekkas Wochenende hatte nichts vor mit ihr. Samstagmorgen hatte sie den Eindruck, sie würde Hilferufe hören, aber vielleicht kamen die aus ihr selbst. Etwas klingelte. Das kam aus dem Telefon.

Kathleen war dran, hallo, hallo, gleich wackelte die Bude. Im Hintergrund plärrten Stief und Halb. Neffen und Geschwister. Es war für Rebekka jedes Mal, als ob sie in einen Farbtopf fiel und selber aus dem Mustopf kam, die Stief und Halb aber liebevoll so taten, als wäre Mus eine Farbe.

«Was macht ihr denn? Grüß mal die andern!», rief Rebekka. Das Telefon war immer laut gestellt, damit alle alles hören und alles sagen konnten.

«Mach ich nachher.» Kathleen war gar nicht mit der laut gestellten Rebekka mitten im Farbtopf. Sie saß im Nebenzimmer. Der Lärm durch die offene Tür war trotzdem beachtlich.

«Dein Vater ist mal wieder nicht da», sagte Kathleen bedeutungsvoll. Rebekka Mustopf verstand nicht.

«Wir machen einen Weibertag für Mama. Also die ganz kleinen Männer sind auch da. Und da dachte ich, du könntest dich doch schnell in den Zug setzen und herkommen. Für Mama wäre es schön, wenn du auch da wärst.»

Bei der Vorstellung, sich spontan in den Zug zu setzen, kam sich Rebekka so schwer vor, dass ein Zug sie unmöglich befördern konnte. Zweieinhalb Stunden Fahrt. Irgendwie hatte sie irgendwas Wichtiges vor. Rebekka sagte bla, müde, blub, Kopfschmerzen, na ja, Verabredung mit einer Freundin. Aber Ruth sollte lieb gegrüßt werden.

«Überleg's dir nochmal», schlug Kathleen vor.

Rebekka überlegte, was sie denn irgendwie irgendwas Wichtiges vorhätte. Aufräumen und so. Also räumte sie auf und so. Als Iris nachmittags anrief, um zu fragen, ob sie ins Kino gehen wollten, sagte Rebekka nein, schnürte ihr Ränzlein und wollte sich beweisen, dass sie zu der Familie gehörte, die sich auch in der Woche in den Zug setzen würde, um zu ihr zu kommen.

Im Zug war sie ganz oléoléolé, super Rebekka! Sie ging in das Bordbistro, um dort Kaffee zu trinken. Kaffee oléoléolé. Sie konnte sich gar nicht erinnern, wann sie zum letzten Mal so gut gelaunt gewesen war. Rebekka saß so, dass sie zu beiden Zugseiten aus den großen Fenstern sehen konnte. Als ob die Landschaft nicht wie sonst auf einer bemalten Leinwand als Endlosschleife an der einen Zugseite vorbeigeleiert wurde, sondern als ob sie mit dem Zug tatsächlich durch die Landschaft hindurchfuhr – und das tat sie ja auch. Oder es waren auf beiden Seiten Endlosschleifen mit Endlosraps. Der Sommer beugte sich schon merklich in die Landschaft. Andere Schatten. Eine Müdigkeit der Vögel.

Ein Kaffee reichte nicht, um zweieinhalb Stunden im

Bistro zu sitzen. Der zweite Kaffee kam in Rebekkas Reisemagen schon nicht mehr so gut an. Außerdem musste sie ab einem Kaff vor dem Kaff ihrer Mutter bis zum Aussteigen einem Pärchen zusehen, das sich mit so viel Körperfläche wie möglich berührte, der Hände nicht genug. Sie musste es sehen, weil es ihre Hausaufgabe war und weil das Paar ihr schräg gegenübersaß. Das Paar befasste sich. Es war gar nicht so sehr die Frage, ob die zwei kein Zuhause hatten, wie man das Paaren im öffentlichen Vorspiel gerne mal vorwirft, es war die Frage, ob die Frau ein Zuhause hatte und der Mann auch, aber da war vielleicht ihr Mann bzw. seine Verlobte. Die Liebe ohne Arg zu beobachten war Rebekka nicht möglich. Sie fand es unintim, im Zug zu fummeln. Ein anderes Paar, an einen der kleinen halbrunden Stehtische gelehnt, begann ebenfalls das Küssen, als wäre es ansteckend. Sie küssten geschwächter und geübter und verlernter. Das war intim.

Als sie abends bei ihrer weiblichen Familie ankam und dachte, alle würden vor Begeisterung «Alle Arme fliegen hoch» spielen, weil sie da war, hatte nicht mal der Pudel Lust, zur Begrüßung zu bellen. Die Kinder lagen schon im Bett. Die Weiber saßen auf der Terrasse um einen Tisch voller Weinflaschen und Windlichter. Ein kleines Radio sang auf dem Fensterbrett ein spanisches Lied. Ruth hatte Schlüsselbeine wie Hutablagen und hing auf ihrem Stuhl wie vor dem Schlafengehen abgelegte Kleidung. Sie küsste Rebekkas Gesicht, als ob sie ein anderes Gesicht in ihrem Gesicht küssen würde. Ruths Mund schmeckte nach mehr Wein als die anderen Münder.

«Du scheinst mir ja nach Alkohol zu stinken! Mit welchem Zeug gelang es dir, dich derart sinnlos zu betrinken?», zitierte Rebekka, so gut sie sich an die alte Schallplattenaufnahme erinnern konnte, den Löwen aus dem Gedicht, der einen besoffenen Hasen am Kragen hält.

«Sie, wir, nein ich, oh, wenn sie Einsicht hätten …», spielte Sonja den Hasen im Rausch.

Die anderen fielen ein, um zu ergänzen, wie es ihnen noch einfiel: «Ich war auf einem Fest und trank viel Alkohol … Doch immer nur auf Euer Gnaden Wohl!»

Sie gackerten träge, und als das Thema abgehakt war, zitierte Ruth den ganzen Text noch einmal komplett runter. Den Rausch des Hasen brauchte sie nicht zu spielen. «Was kann der Löwe mir?», lallte sie übertrieben. «Bin ich sein Untertan? Es könnte sein, dass ich ihn selbst verschlinge. Den Löwen her», brüllte sie, «ich ford're ihn vor die Klinge!»

Ninas Kinn versteckte sich in der Trainingsjacke. Kathleen stand auf und räumte dies und das weg. Ruth im Rausch. Das Radio sang auf dem Fensterbrett vor sich hin.

«Der Löwe war dem Schnaps abhold und hasste jeden Trunkenbold. Jedoch betörte ihn, wie dem auch sei, des Hasen Speichelleckerei.» Ruth klatschte für sich selbst. «So viel dazu!»

«Super», sagte Josefine.

Ruth lachte kurz wie Schluckauf. «Jaja. Ich entferne mich mal. Sie konnte nur mit Mühe sich erheben und sprach die Absicht aus, sich heimwärts zu begeben. Nacht, ihr Süßen.»

«Heijeijeijeijei», kommentierte Sonja ungenau.

«Aber immer nur auf Euer Gnaden Wohl!», hob Kathleen das Glas.

Rebekka kannte solche Abende in der Familie, die gab es eben auch, aber dafür wäre sie nie losgefahren. Die Stimmung auf der Terrasse war sirrend still. Die Insekten hatten das Gespräch an sich gerissen. Ein Rest Nudelsalat war noch in der Schüssel. Ein Rest Wein in jeder Flasche.

«So, jetzt ist hier mal Schluss mit dem Geseufze», ordnete Josefine an und seufzte.

«Jedes Seufzen ein Glas Wein», schlug Nina vor.

Sie seufzten sich heiter. Max plärrte durchs Babyfon nach seiner Mutter, die ihm am Bett sagte, dass er da genauso durchmüsse wie der kleine Zahn durch das rosa Zahnfleisch. «Oder isses eine kleine Wurst, die drückt, hm?»

Die Schwestern kicherten auf der Terrasse.

«Ich glaube, wir werden belauscht», raschelte Josefines Stimme durch das Babyfon, «das sind ja Methoden wie von Herrn Fritsche.»

Nina erzählte die ganze Fritschestory: Der Hausmeister von Josefines Nachbarhaus hatte Nina und Josefine aus dem Fenster gefilmt, wie sie Mülltüten wegwerfen. Er wollte beweisen, dass sie mehr Müll wegwarfen als alle anderen Menschen auf der Welt. Da Nina zusammen mit Freundinnen das Café unten im Haus betrieb, war sie dem Herrn mit dem Lieblingswort Ruhestörung sowieso ein Dorn im Ohr. «Natürlich kommt aus einem Café mehr Müll als aus einer Wohnung, aber darum haben wir ja auch eine eigene Mülltonne, nur für das Café», sagte Nina. «Aber! Aufgepasst! Der Blödmann hat mich dabei gefilmt, dass ich gestopft habe. Also ist meine Mülltonne, wenn sie voll ist, voller als voll. Das ist so dämlich.»

Die Schwestern ulkten sich einen ab. Der Typ wolle sich an den Filmchen einen runterholen, weil er eine komische Veranlagung habe. Er wolle Nina vor dem Mülltonnengericht der EU anklagen.

Josefine kam wieder. «Hast du vom Fritsche erzählt? Letztens, das war ja das Schärfste …» Das Café war für eine Hochzeit gebucht gewesen, und draußen im Garten saßen nochmal dreißig normale Gäste, als das Wetter plötzlich von herrlich zu Regen umschlug. «Wir mussten die alle schnell abkassieren und wegschicken. Drinnen war es rammelvoll und richtig mit Platzkarten in Herzchenform und so. Wir mussten die echt alle in den Regen schicken. Und dieses Arschloch hängt am Fenster und brüllt runter: ‹Ich würde mir das nicht gefallen lassen!›»

Rebekka freute sich, dass sie hergefahren war. Hier war sie richtig. Weil die anderen schon so viel erzählt hatten, erzählte sie jetzt auch endlich was. Sie wollte lustig von Vera und der Gruppe erzählen, von den ganzen ulkigen Übungen, aber es gelang nicht lustig. Die Schwestern seufzten und leerten die Gläser. Ach, mit Männern hatten sie alle mal Pech gehabt. Ein Etwas setzte sich an den Tisch und dimmte das Lachen runter. Der Kreis halbierte sich und wurde löchrig. Josefine wohnte in der Nachbarstadt. Nina schlief bei ihr. Max bekam in seinem Hartschalenkippsitz von der Ortsveränderung nichts mit. Die anderen verteilten sich auf Zimmer im Haus. Nachts kotzte jemand im Bad.

Sonntagnachmittag war Rebekka wieder zu Hause, und das sogar richtig gerne. Sie setzte sich in die Sonne zu den Balkonpflanzen, die überhaupt keine Anstalten machten, bis zu zwei Meter zu ranken. Als die Hochglanzseiten der Frauenzeitschrift an ihren kurzbehosten Beinen kleben blieben, zog sie vom sonnigen Balkon in die schattige Wohnung. Aus der dunklen Kammer blinzelte kurz das Klingelbrett, als Rebekka den Wäschekorb leerte … Mach was draus! Aus deinem Klingelbrett! Aus deinem Haar! Aus deinem Typ! Da Adrian nicht mehr ihr Typ war, machte sie sich nichts aus ihm. Oder? Es tat bei unvorsichtigen Gedanken sofort weh. Vor der Beziehung war es besser gewesen, ihn zu lieben, als in der Beziehung und vor allem danach. Hatte sie etwas falsch gemacht, er sie nie geliebt, sie ihn nur aus den falschen Gründen? Hatte sie nichts Besseres zu tun, als um diese Schmerzgedanken herumzuschleichen? Kammertür zu. Klingelbrett weg.

Mach was draus. Sie könnte die Namen ihrer Exfreunde auf die Namensschilder des Klingelbretts schreiben, hatte aber keine dreiunddreißig Exfreunde, sondern eins, zwei, drei, vier, fünf, und sechs war kein richtiger. Er war nur ein Brieffreund, dem sie ein sehr hübsches Foto von sich geschickt hatte und der sie dann zu einem Eis treffen wollte. Er hieß Ullrich und war aus Thüringen. Eis essen ging nicht so einfach. Drei Briefe, dann war's vorbei. Rebekka hatte Ullrichs Foto in der Schule rumgezeigt und behauptet, sie habe ihn im Urlaub kennengelernt, sie hätten getanzt, sie hätten geküsst, sie hätten einen Spaziergang am Plauer See gemacht. Hätte sie alles gern gemacht mit Ullrich. Ullrich hatte in der Pionierzeitung «Trommel» eine Brieffreundin gesucht, die sich auch für Musik interessiert. In seinen Briefen schrieb er, dass er Falco mag und Michael Jackson. Im letzten Brief schrieb er, dass er sich mit zwölf Mädchen schreibe, eine sei schon fünfzehn und habe Verwandte in Australien. Rebekka hatte in ihren Briefen geschrieben, dass sie ein Pferd hat. Sie hatte nur ein Foto von einem Pferd. Sie hatte auch ein Foto von Ullrich, und damit war er ihr fester Freund. Fotos waren Beweise. Lieber Ullrich. Das ist mein Pferd «Phantasie». In der Schule behauptete sie, das Pferd sei von ihrem Freund, den sie von Ullrich in Luis umbenannt hatte, weil er in den USA geboren worden war. Als Ullrich von den anderen Mädchen schrieb, zerknüllte sie seine Briefe, um sie später zu bügeln. Sie spuckte drauf und bügelte drüber. Das zischte schön. Am Ende sahen die Briefe ganz alt aus. Rebekka schweißte die historischen Briefe mit einer Maschine ein, die ihre Mutter hatte, um Gemüse in Tüten einzuschweißen und dann einzufrieren. Rebekka legte zwischen die Briefe einen winzig kleinen Zettel, auf dem stand: «Ich liebe Ullrich.» Auf den eingeschweißten Schatz klebte sie Pflaster von der großen Pflasterrolle und schrieb drauf: «Erst mit 18 öffnen.» Das war ihre erste große Romanze. Weil es danach in der Küche nach verschmorter Plaste stank und Rebekka die Maschine nicht alleine benutzen durfte, versprühte sie Haarspray, das sie normalerweise dafür brauchte, ihren Pony in einer Tolle stehen zu lassen, wie andere Mädchen sie in der Klasse doppelt so hoch trugen, wie den Schirm einer Schirmmütze, aber aus Haar und ohne Mütze.

Ganz anders war es mit den Lügen, als sie dann einen echten Freund hatte, aus Fleisch und Blut und viel Fett, und nicht von ihm erzählte. Es war Roy, der eine Klasse unter ihr war und der wie sie in den Sommerferien zur Kur geschickt wurde, um abzunehmen. Als die ganzen dicken Jugendlichen und Kinder auf dem Appellplatz eines Betriebsferienlagers standen und sich freuten, wenn jemand noch dicker war als sie selbst, freute sich Rebekka vor allem über das bekannte Gesicht. Roy. Blond und Fan von der Fußballmannschaft aus Bayern. Rebekka war nicht verliebt, aber überreif für ihre ersten Erfahrungen. Wenn Zeit war, knutschte sie mit Roy, bis der Speichel das Kinn runterlief: in der Mittagspause, zwischen den sportlichen Aktivitäten, Rennen,

Schwimmen im See, Tischtennisspielen, Medizinballstoßen und auch wenn sie nicht selber kochen mussten, um einen gesünderen Bezug zur Nahrung zu bekommen. Sie fraßen aneinander herum, denn sie bekamen nicht viel zu essen und durften kein Geld haben, um sich heimlich etwas zu kaufen. Einmal liefen sie Hand in Hand ins Dorf und fragten in der Eisdiele nach Waffelbruch. Rebekka war froh, dass niemand sie kannte. Roy war sogar etwas kleiner als sie. Zu mehr als Knutschen kam es nicht, obwohl Roy sich nackt auszog und weiß vor der dunklen Schrankwand stand. Er lüftete ganz kurz sein Händeverdeck. Sein Schwanz sah völlig hilflos und unnütz aus zwischen den dicken Oberschenkeln, nicht wie etwas, das man näher kennenlernen sollte.

Rebekka nahm in der Kur tatsächlich einige Kilo ab, und wieder zu Hause, wollte Benjamin was von ihr. Benjamin, der so cool war, dass er manchmal Babybelkäse hatte, den er nach Sympathie verschenkte, weil ihm der Westkäse gar nicht schmeckte, wie er supercool verkündete. Das Größte an Babybel war, dass man aus der roten Wachsummantelung etwas kneten konnte. Benjamin schenkte Rebekka zweimal seinen Käse. Beim zweiten Käse sagte er ihr, dass er mit ihr gehen wolle, aber nur, wenn es erst mal ihr Geheimnis blieb, bis sie noch mehr abgenommen hätte und in der Schule nicht mehr Rebekka-je-fetter hieß. Bis dahin konnte Rebekka auch weiterhin mit Roy knutschen, was wiederum sie lieber geheim hielt. Benjamin war nicht wirklich nett zu ihr. Er rief «Fang mich!» und rannte über eine Koppel. Die Kühe kuckten doof. Rebekka schnaufte und gab auf. Sie machte Schluss, worüber Benjamin total baff war. Sie mochte Roy viel lieber. Bei dem einen Treffen mit ihm hatte sie eine ganz seltsame Aufregung gehabt. An dem Abend bekam sie ihre

Tage, viel später als alle anderen Mädchen aus der Klasse. Ihre Mutter schenkte ihr ein gelbes, von innen abwaschbares Täschchen für die «Monatshygiene». Rebekka wusste nicht, ob sie die benutzten Binden dort reinpacken sollte, schließlich hatte die Tasche innen einen abwaschbaren Stoff.

In der Schule redete Benjamin schlecht über Rebekka. Einen wie ihn bekäme die doch nie wieder. Roy bekam mit, dass er betrogen worden war, und machte Schluss. Rebekka nahm wieder zu. Klassischer großer Romanstoff im ganz Kleinen.

Dann gab es einen Gernot kurz vor dem Abitur. Der hatte ein viel zu breites Becken für einen Mann, und er zwinkerte viel langsamer als andere Menschen. Rebekka fand ihn gut, weil er sie gut fand. Er war ein Freund von Jettes damaligem Freund, und nachdem er Rebekka das erste Mal in der Stadt gesehen hatte, fragte er Jette nach ihr aus. Rebekka fand das süüüß. Sie wurden zusammen mit Jette und Thilo ein tolles Vierergespann. Fast drei Monate. Jette und Thilo hatten schon miteinander geschlafen. Rebekka und Gernot taten ihr Bestes. Schwitzige Hände, die untenrum nichts anfassten, untenrum traf nur auf untenrum. Ein so befremdliches Gefühl, dass es mit gut oder nicht gut gar nichts zu tun hatte. Da war eine glatte harte Schnecke zwischen ihren Beinen, die dort reinpasste, wo Rebekka vorher den kleineren Tampon nicht reinbekommen hatte. Gernot lernte Feinmechaniker und feilte Knopfsonden. Er wohnte zwei Dörfer weiter und trank viel. Als Jette und Thilo Schluss machten, weil Jette zum Studieren nach Berlin ging, machte Rebekka mit Gernot auch Schluss. Zu viert war es gut, zu zweit nicht. Nach einem Berufsorientierungsjahr versuchte Rebekka alles, um Jette nach Berlin zu folgen. Als Reiseverkehrsfrau bekam sie eine Ausbildung. Sie küsste einmal einen Chris, war lange unglücklich in einen Daniel verliebt.

Dann Hannes! Ein Glück!

Dann Adrian! Was für ein Glück!

Dann nochmal Hannes! Ist so passiert!

Adrian vorbei! Ein Unglück!

Am Freitag stand Johannas Auto unten vor der Tür. Johanna rannte um die Motorhaube und riss Rebekka übertrieben galant die Tür auf. Das war Johannas Entschuldigung. Sie hatten sich gut übereinander aufgeregt die Woche zuvor. Johanna wollte doch eigentlich gar nicht mehr zur Gruppe gehen.

Rebekka stieg ein. Das war Rebekkas «Entschuldigung angenommen». Das war erledigt, also mussten sie darüber nicht reden.

«Na? Was is so los bei dir?»

Das Wochenende bei Ruth überforderte Rebekka als Erzählung. Sie war hingefahren, und der Rest «war komisch».

«Wie komisch? Haha-komisch? Erzähl doch ma!»

Johanna erwartete einen Diavortrag mit Recherchen und Diagrammen. Wo war denn dein Vater? Ist Ruth Alkoholikerin? Weiß dein Vater das? Johanna wuchs schon wieder eine Sherlock-Holmes-Mütze. Sie nuckelte an ihrer Pfeife, die eine Zigarette war. «Dein Vater geht fremd.»

«Quatsch!» Rebekka war ernsthaft genervt. Erst die ganzen Vorwürfe, sie habe nicht genug nachgefragt, sich zu wenig interessiert und überhaupt eine völlig lückenhafte Story abgeliefert, dann auch noch diese Unterstellung.

«Gut, bevor wir wieder streiten, streiten wir lieber nicht.»

Johanna nahm die karierte Mütze mit den oben zusammenknöpfbaren Ohrschlappen ab. Vor dem Frauenzentrum rannte sie ums Auto und riss Rebekka die Tür auf. Rebekka stieg aus. Entschuldigung angenommen.

In der Gruppe gab es mal wieder eine Neue. Fanny hieß sie, eine Nase wie eine Steckdose, davon abgesehen sehr hübsch. Sie war frisch von der Schule ins Leben gepurzelt, schwanger von Karl, der sich aber auch damit nicht halten ließ. Sie hatte die Pille abgesetzt und gestern ihre Ausbildung geschmissen. Entweder musste sie sich jetzt umbringen oder zurück zu ihrer Mutter ziehen, aber das käme aufs selbe raus, sagte sie. Karl war ihr Ausbilder. Vera hupte, denn das wolle ja wohl keiner so genau wissen. Fand Rebekka gar nicht.

Nachdem die Neue alle Kreideregeln an der Tafel abgenickt hatte, übten sie Loslassen. Vera gab ihnen unterschiedliche Gegenstände, die sie in der Hand halten sollten, erst liebevoll, dann verkrampft, dann mit aller Kraft klammernd, bis die Knöchel weiß aus den Händen hervortraten, und dann sollten sie auf Befehl die Gegenstände loslassen.

«Lasst los!», sagte Vera in eindringlichem Ton, und sie ließen los, erst Bälle. Plong! Viele Plongs! Bälle hatte jeder schon mal losgelassen. Sie fallen, kommen auf dem Boden auf und springen wieder hoch. Angela fing ihren Ball wieder auf.

«Nicht wieder auffangen!», schrie Vera. «Loslassen!»

Erschrocken ließ Angela ihren Ball wieder los. Plong!

Vera erhöhte den Schwierigkeitsgrad. Sie gab ihnen Plüschtiere. Johanna begann sofort, mit dem Häschen in ihren Händen zu spielen. Sie ließ es eifrig nicken, während sie etwas in eins der langen Ohren flüsterte.

Vera hielt einen Dinosaurier in den Händen und sagte,

man müsse manchmal auch das, was einen anziehe, von sich schleudern.

«Ich kann das mit dem Häschen nicht», sagte Johanna. «Es hat eine putzige Schleife am Ohr», sie grinste, «ich kann das nicht.»

Vera tauschte ihren Dinosaurier mit Johannas Häschen. «So!», sagte sie und wollte von den ganzen Kindereien nichts mehr hören. Sie befahl wieder das liebevolle Halten – das konnten alle gut –, dann das Verkrampfen, das Klammern, das Von-sich-Schleudern.

Rebekka schleuderte nicht, sie ließ nur los. Der Bär fiel auf seine Tröte im Bauch.

«Oh!», sagte Luise, als ihr geschleudertes Lamm Kreide von der Tafel abstaubte.

Johannas Saurier war der Kopf abgefallen.

«Kein Mitleid!», sagte Vera. «Das haben sie nicht verdient.»

«Aber was hat das Häschen denn getan?», fragte Johanna. «Der Dino is mir egal. Aber das Häschen.»

Vera sagte, dass das Häschen nicht gut für Johanna sei.

Rebekka musste lachen und steckte Johanna an, die herumkrähte, dass das Häschen ganz unschuldig sei.

«Mädels!», sagte Vera und räumte energisch die Plüschtiere weg. Johanna winkte ihrem Häschen, als es in einem Sack verschwand.

Als Nächstes gab es Teller, hübsche Teller mit Blumenmuster, zum Halten, Verkrampfen, Klammern und Loslassen. Klirr. Klirr. Sechsmal klirr. Angelas Teller war nicht kaputtgegangen.

«Drauftreten!», ordnete Vera an.

Angela stellte zaghaft ihren Fuß auf den Teller. Es knirschte nur. Gute Wertarbeit. Vera trat zu Angela, einmal herzhaft auf den Teller, dann wieder in den Kreis der Frauen. «Ihr müsst loslassen!», erklärte Vera. «Auch wenn es kaputtgeht. Es soll kaputtgehen! Aus Scherben erwächst Neues!»

Johannas Gesicht teufelblitzte schon wieder.

Rebekka wartete gespannt. Toll, wenn man als befreundeter Gaffer schon weiß, dass gleich ein Unfall passiert.

«Was entsteht denn aus Scherben Neues? Also, um mal bei dem Bild zu bleiben.»

Vera flüsterte ein «Symbolisch!», und Johanna nickte: «Schon, aber …» Vera und Johanna schauten sich an, als ob um sie herum ein Boxring aus dem Boden wachsen würde, Johanna in der blauen Ecke, Vera in der roten.

«Ich soll loslassen. Gut. Aber ich kann Lars gar nicht hochheben. Der ist viel zu schwer.»

Die Frauen kicherten.

«Symbolisch», fauchte Vera. Der Boxring verschwand. Alle Ringrichter waren unsicher, ob fair gekämpft worden war und wer gewonnen hatte. «Außerdem», sagte Vera, «heißt er Karl.»

Die Hausaufgabe für die nächste Woche war, etwas mit Absicht zu verlieren, am besten etwas von Karl. Samstag verlor Rebekka erst einmal ihre schlechte Laune bei Ramona zu Hause. Ramona hatte Freunde da, die Rebekka nicht kannte, und sie spielten alberne Spiele, bei denen man nichts wissen musste, nur wie man Hänschen klein gurgelt. Als Ramona Rebekka in die Küche entführte, um zu fragen, wie Rebekka den Dave fand, war Rebekka stinkig, dass ihr so ein alter Sack angedreht werden sollte. Da hat es sich ausgegurgelt mit lustigen Kindermelodien.

Drei Tage später regnete es, und Rebekka war mit Jette verabredet. Sie nahm einen von Adrian geborgten Regenschirm und ging zur Straßenbahn. Zu Hause lag ein Mobile im Mülleimer, das ihr Adrian mal aus Straßburg mitgebracht hatte: vier schwarze Vögel, die sich im Kreis um einen Baum drehten, aber nie landeten. Im Winter waren die Vögel, von der Heizung angetrieben, orientierungslos um sich selbst geflogen, um die anderen Vögel und um den Baum. Wegwerfen war aber nicht verlieren. Die silberne Kette von Adrian wollte sie nicht verlieren. Der Regenschirm war ein gutes Opfer. Der Regen war kaum den Regenschirm wert. Es war eher windig als nass, und der Regenschirm stülpte sein kaputtes Gerüst nach außen, als der Wind hineinfuhr und ihn auf Stabilität abblies. Rebekka dachte, dass sie eigentlich keinen Regenschirm brauchte, weil ihre Jacke eine Kapuze hatte. An der Straßenbahnhaltestelle stellte sich Rebekka zu den anderen Menschen unter das Glasdach und klappte den Regenschirm zusammen. Wenn es regnet, wird man eben nass. Rebekka lehnte den Regenschirm gegen einen der Sitze und stellte sich vor das Wartehäuschen. Sie ließ sich benieseln und lugte unter ihrer Kapuze hervor, die zu groß war und wie Scheuklappen links und rechts die Gegend abschnitt. Als die Straßenbahn kam und Rebekka einsteigen wollte, wurde sie von einer älteren Frau angesprochen: «Sie haben Ihren Regenschirm vergessen.»

Rebekka nahm die Kapuze ab und sagte: «Ja, mit Absicht.»

«Ist er kaputt?», fragte die Frau.

«Ich mag ihn nicht mehr haben», sagte Rebekka und freute sich, dass sie etwas so Entschlossenes sagen konnte. Die ältere Frau schaute fragend, fragte jedoch nichts. Rebekka konnte sich schon vorstellen, dass man nach dem Krieg keinen Regenschirm einfach liegengelassen hat, auch keinen Mann, denn es gab ja nicht mehr so viele. Andere Zeiten, andere Frauen.

Bei Jette war es schön trocken und warm, einfach erfreulich unfeucht und unkalt. Insgesamt der Volltreffer an Gemütlichkeit. Jette fror trotzdem. Sie mummelte sich bei der Umarmung an Rebekkas Wärme ab, wie ein Tier, das einen Ofen entdeckt hat, mitten im Wald schon eine Überraschung. Leider warf Jettes Kurschatten einen Schatten auf das schöne Beieinandersein. Jette hatte sich mit ihm getroffen. In Rebekkas Bewusstsein war Jettes Kurschatten, wenn Schatten das überhaupt können, verblasst. «Wie hieß der nochmal?»

«Tobias.»

«Hm.» Rebekka kam nicht so schnell in die Rolle hinein, die eine Freundin in solchen Gesprächen zu spielen hatte. Aufgeregt «Und?» fragen. Und egal, was «Und?» so war, immer weiter «Und?» fragen, bis man alles weiß und es keinen Grund mehr gibt, «Und?» zu fragen. Dabei musste sie die ganze Zeit auf Jettes Seite sein. Wenn Jette traurig wäre, weil es mit Tobias nicht gut gelaufen war, dann musste Rebekka sie trösten, und wenn sie froh wäre, weil es mit Tobias gut gelaufen war, dann musste Rebekka sich mitfreuen. «Und?», fragte sie endlich.

«Ich bin halt verknallt.»

«Halt verknallt. Und er?»

«Er hat jetzt eine Freundin.»

Rebekka entspannte sich. Gut, gut. Aber auch schlecht, schlecht.

«Wir haben trotzdem …»

Als Enno nach Hause kam, zogen Jette und Rebekka in ein Café um, in dem nicht geraucht werden durfte, «das Café zur halben Lunge», wie Jette sagte.

«Na, habt ihr gerade über mich geredet?», hatte Enno gefragt, als er in die Küche gekommen war und seine Frau, deren Freundin und die Stille antraf. Dabei hatte er wie der glücklichste Frosch mit Hornhautverkrümmung gekuckt.

«Natürlchen», küsste Jette ihren Mann.

Als sie im Café waren, hatte Rebekka keine Lust mehr, auch nur eine Kleinigkeit über Tobias zu hören, und sei es die kleinste Kleinigkeit, und würde er in einen Fingerhut notdürften, der Tobias, war's Rebekka noch zu groß zum Wissen. Er war ein untreuer Sack mit Nasenkrebs. Jette war auch ein untreuer Sack mit Weichteilsarkomen. Und Rebekka? Sie war, als sie noch mit Adrian zusammen war, auch ein untreuer Sack, aber ohne Krebs.

Jette erzählte von E-Mails, die hin- und hergingen und gelöscht werden mussten, damit nichts übrig blieb. Währenddessen ging die Kellnerin hin und her und brachte eine Lauchcremesuppe für Rebekka und einen roten Tee für Jette.

«Merkt Enno das nicht?»

«Ach, ich bin doch im Ausnahmezustand. Wer denkt denn von 'ner krebskranken Frau, dass sie so was macht? Enno ist nur besorgt, aber er besorgt es mir nicht.» Jette lachte.

«Höre ma druff, liebe Freundin», sagte sie, als Rebekka nicht mitlachte. «Ich muss mal was klarstellen. Ich mach das ja sonst nie. Es sieht im Moment überhaupt nicht freundlich aus. Ich hab mir das bisschen Spaß verdient, egal auf wessen Kosten. Ansprache vorbei! Klappe zu! Affe tot!»

Jette klopfte Rebekka den Oberschenkel. Die klopfte zurück. Wenn sie gerade an einem Streit vorbeigeschlittert waren, dann gut so. Klappe zu, Affe tot. Vielleicht war es das erste Mal, dass Rebekka Jette hatte tot sagen hören, auch wenn es sich nur auf den Affen bezog, der in diesem Ausspruch immerzu stirbt. Armer Affe!

«Wieso sieht es denn im Moment nicht gut aus?»

Jette erzählte von ihren Weichteilsarkomen, die komische Sachen machten, als ob sie Weichteilsarkomische wären, was aber gar nicht komisch sei, sagte Jette. Der größte der Mistkrepel zog Blut aus Jettes Körper. «Der weiß gar nicht, warum er das macht, ich wette mit dir. Der ist am Ende mit seinem Latein. Das ist eine totale Übersprungshandlung, weil die Tabletten wohl doch helfen. Die Ärzte sehen darin ein schlechtes Zeichen, aber ich denke, das ist so sinnlos, dieses Blutansammeln, der weiß nicht, was er sonst machen soll. Der ist aufs Doppelte gewachsen innerhalb von zwei Wochen. Und das ist alles nur Blut. Die Ärzte wollen jetzt unbedingt verhindern, dass ich meine Tage bekomme, weil der Blutverlust zu gefährlich wäre. Obwohl ich seit über einem Jahr meine Tage nicht bekomme. Ich muss jetzt die Pille wieder nehmen.»

«Hast du gar nicht?», fragte Rebekka.

«Nö. Wieso denn auch? Enno und ich verhüten mit Gummi, also haben früher … na ja, schwimm drüber.»

Rebekka war ganz anders zumute, von dem ganzen Blut in Jettes Bauch. «Warum macht der das denn?», fragte sie.

«Ach, is ’n Schwachmat.»

«Und die anderen Teile?»

«Sind auch Schwachmaten.»

Sie lachten. Lachen war gut. Die beste Medizin.

«Na, ich nehme an», antwortete Jette ernsthafter, «die anderen Tumore machen dasselbe. Es wird halt immer nur bei dem großen gekuckt.»

Der große und die kleinen. Fünf Stück. Rebekka seufzte.

Jette verbot ihr das. «Hör uff!»

Als die Suppe alle war, wechselten sie zu einem leichter verdaulichen Thema. Rebekka erzählte von dem verlorenen Regenschirm. Seit sie in der Gruppe war, redete sie überhaupt am liebsten über die Gruppe. Vorher hatte sie immer über Adrian geredet.

«Mit Absicht verlieren», wiederholte Jette und verzog den Mund, wie sie es nicht oft tat. Fast hätte es rostig geknirscht. «Das klingt für mich total dumm. Wer so was mit Absicht macht, der will doch gar nicht gewinnen.»

«Höre ma druff», stellte Rebekka die klassische Jette-Eröffnung voran, «es geht doch gar nicht ums Gewinnen oder Verlieren. Es ist ja nicht mit Absicht verlieren, sondern etwas mit Absicht verlieren. Etwas, einen Gegenstand. Symbolisch.» Mann, fiel ihr ein, wie Johanna dieses Wort inzwischen hasste, so wie in Hundehaufen treten, gerade in die ganz weichen, gerade mit Schuhen mit raffiniertem, tiefschluchtigem Profil. Aber Johanna war ja gar nicht da, um zu hassen. Das übernahm zu Rebekkas Überraschung, surprise, surprise, Jette.

«Symbolisch! So ein Mist! Das gehört doch alles zusammen. Beim Verlieren und Gewinnen geht es jedenfalls ums Kämpfen. Wer nicht kämpft, der ist doch … der hat doch schon verloren. Meinetwegen auch etwas verloren. Es kann ja auch ein wichtiges Etwas sein.»

Rebekka fand, dass sie eigentlich über etwas anderes geredet hatten als über das Etwas, über das Jette jetzt zu reden schien.

«Na, aber wenn sich das Kämpfen nicht mehr lohnt?»

«So ein Miiiiist!» Jettes Mund knirschte wieder rostig in eine seltene Verzerrung nach unten. «Das lohnt sich doch immer. Ich kann solche Leute nicht ab, die sagen, man müsste …»

Rebekka hatte keinen Mut, Wörter anzubieten wie aufgeben, loslassen, ablassen, lockerlassen, es lassen. Jettes Etwas war ein anderes Etwas als Rebekkas Etwas. Kein Regenschirm.

«Nee, lass dir dort nicht so einen Mist einreden.»

«Ich lasse mir doch gar nichts einreden.»

«Dann könntest du auch Adrian anrufen und fragen, ob er jetzt bereit ist, dir zu verzeihen. Ich meine, du hast ja inzwischen panische Angst, ihn zu treffen. Das ist doch auch nicht normal.»

Rebekka wollte nicht streiten, wollte sie nicht. «Kann sein», sagte sie und klopfte Jettes Oberschenkel. Die klopfte nicht zurück. Sie waren in den Streit, an dem sie vor einer halben Stunde vorbeigeschlittert waren, reingerumst. Klappe auf, Affe wieder da.

«Also, ich finde es nicht gut. Du kannst das ja so machen, aber dann ist es kein Wunder, dass das mit Adrian nicht wieder gut wird. Für mich ist das nichts.» Jette hatte gar keine lustige Betonung, keine ulkigen Wörter, kein Lächeln. Es war ihr todernst.

«Das soll mit Adrian auch gar nicht wieder gut werden. Es kann gar nicht wieder gut werden mit ihm.»

«Sag doch so was nicht! Das sind doch Entscheidungen, die du triffst, in dem Moment, wo du das aussprichst. Du hast doch einen Einfluss darauf, wie dein Leben ist. Du musst das doch nicht so hinnehmen oder dir das einreden lassen.»

«Ich lasse mir von dir aber auch nichts einreden», murmelte Rebekka.

Die Kellnerin hatte Schichtwechsel und kam abkassieren. Dafür, dass sie charmant die dicke Stimmung am Tisch ertrug, hätte sie ein richtig dickes Trinkgeld verdient. Jette knauserte. Rebekka gab deshalb umso mehr. Ich verliere sogar mit Absicht Geld, dachte sie, aber drosselte ihre Ironie sofort runter. Ironie war Gift. Lachen ist die beste Medizin. Sie seufzte und sagte: «Lass uns über was anderes reden.»

«Ach, ich bin ein bisschen durch den Wind», sagte Jette, den Streitwagen ebenfalls einlenkend.

Diese Sätze waren bereit, sich die Hände zu geben. Dann kam aber der nächste Satz und der nächste, die dachten gar nicht daran.

«Ist ja verständlich in deiner Situation», räumte Rebekka ein.

«Was denn für eine Situation?», ging Jette sofort wieder hoch.

Rebekka fühlte sich danach ganz stumpf geredet. Ihre Zähne waren aus Schleifpapier. Sie wollte am allerwenigsten mit Jette streiten. Jette saß auf einem der bequemsten Liegestühle in Rebekkas Herz, und Rebekka wollte nicht, dass Jette sich von dort auch nur kurz erhob. Für sie war dieses Gespräch, was für andere Leute ungefähr eine handfeste Schlägerei ist. Ihre blauen Flecken pflegte sie mit Likörchen, die Schrammen mit Chips, die Prellungen mit Fernsehen.

Am nächsten Tag rief Jette an. Einen schlechten Tag gehabt und so weiter. Vergeben und vergessen. Sich immer lieber schnell wieder vertragen und so. «Man weiß ja nie, ob du nicht morgen von einem Auto überfahren wirst.»

Rebekka wäre gar nicht auf die Idee gekommen, dass sie selbst ja auch sterben könnte.

Am Mittwoch wurde der Laden neu dekoriert. Eine stämmige Frau kam und krabbelte zwei Stunden lang in der Auslage herum. Thema: Südsee. Palmen links und rechts von Rebekkas Schreibtisch, von hinten nur weiß. Im Schaufenster blaue und gelbe Fische. Rebekka saß jetzt im Aquarium. Der Pappelefant kam weg. Auf Rebekkas Frage, wo der denn jetzt hinkomme, wurde ihr gesagt: «Ich muss die Deko abliefern. Die wird recycelt.»

Ein Kinderheim würde sich über einen Pappelefanten bestimmt freuen, überlegte Rebekka laut.

«Nee, ich muss die Deko abliefern», wiederholte die Frau gnadenlos. «Die muss aus markttechnischen Gründen vernichtet werden.»

Das klang für Rebekka ganz anders als recycelt. Der Elefant würde nicht als Palme weiterleben. Die stämmige Frau sah abgeklärt aus. Als Mädchen hatte sie bestimmt was Kreatives werden wollen und nicht gewusst, dass Schauwerbegestalter nur rumfahren und in über fünzig Läden deutschlandweit Elefanten abholen und Fische aufhängen. Sie trank einen Kaffee im Stehen, wischte sich ständig die Hände an der Hose ab, und dann verschwand sie.

Rebekka versuchte, sich mit den Fischen anzufreunden, aber es waren zu viele.

Herr Bastian fand die Fische natürlich toll. «Doll!», sagte er am Donnerstag, der Fischkopp. Als er weg war, rief Rebekka Johanna auf Arbeit an. Die hatte die Woche vorher im Auto schon wieder ein für alle Mal verkündet, dass sie zu der Beklopptengruppe nicht mehr mitkäme.

«Guten Tag, Frau Heinze!»

«Ach, Frau Meiler. Ich habe gerade Kundschaft. Vermutlich rufen Sie wegen der Flugtickets an. Ich würde mich dieser Sache gerne mit voller Konzentration widmen und Sie deshalb gleich zurückrufen. Machen wir das so?»

Rebekka sagte: «Oh, kannst du wohlerzogen klingen.»

«Jaaa, Frau Meiler, das finde ich auch. Gut, dann bis gleich.»

Rebekka beobachtete die Imbissmänner unterm Fenster, die mit einem kleinen dunkelhaarigen Mädchen rumulkten. Genau so hatten Rebekkas Stief- und Halbschwestern als Mädchen ausgesehen. Einer der Imbissmänner legte den schwarzen geflochtenen Zopf des Mädchens unter ihrer Nase zu einem Schnurrbart. Die Männer ließen sich lachend von dem Mädchen gegen den Oberschenkel boxen. Rebekka lächelte aus Versehen. Das Telefon klingelte.

«ReisebüroKretschmarRebekkaMeileramApparatwaskannichfürSietun?»

«Fragen Sie nicht, was Ihre Freundin für Sie tun kann, fragen Sie, was Sie für Ihre Freundin tun können», nannte Johanna ihr neues Motto. Sie hatte beschlossen, Rebekka zuliebe doch mit zur Gruppe zu kommen. «Also, ich hol dich morgen ab. Übrigens hab ich heute den Vibrator von Lars mit Absicht verloren. Und zwar mit Absicht vor seiner Haustür mit einem kleinen Zettel dran. Seine Frau kommt immer vor ihm nach Hause.»

«Nein! Das hast du nicht gemacht!»

«Doch! Klar! Schöne Grüße an Frau Rahdau und ihren zukünftigen Exmann.»

«Johanna!»

Vera war nicht entzückt davon, als Johanna das stolz erzählte und alle Frauen zum Lachen brachte. Vera sagte, dass jedes Aufhalten in Karls Nähe ein Rückfall sei.

«Rückfall», sagte Johanna verächtlich. «Ich hatte, glaube ich, noch gar keinen Vorfall.»

Das fand Vera wenigstens ehrlich. «So! An die Arbeit!», beendete sie das Thema. Sie packte aus ihrem großen Knecht-Ruprecht-Sack mehrere Walkmen und Kassetten und ein paar Diktiergeräte aus. Nichts, worüber sich ein modernes Kind Weihnachten noch freuen würde. «Wir nehmen ein Mantra auf.»

Die Frauen schrieben, lasen vor und brabbelten dann das Geschriebene aufs Band. Wer dabei allein sein wollte, durfte sich irgendwohin im Haus zurückziehen. Rebekka zog sich auf die Toilette zurück. Die restliche Zeit verbrachten die Frauen unter Kopfhörern, um ihr Mantra wieder und wieder zu hören. Rebekka fand ihre Stimme wieder und wieder scheußlich. Wieder und wieder hörte sie sich sagen: «Du bist von diesem Mann abhängig. Überlege, was du über Abhängigkeit weißt: Sie ist nicht gut. Sie ist das Ende einer Kette von Fehlern, die du begangen hast.»

Vera hatte viele Vorschläge für das Mantra gemacht, so viele, dass Rebekka ihr Mantra einfach daraus zusammengebaut hatte, nach den ganzen Anregungen war ihr nichts Eigenes mehr eingefallen. Ganz anders Johanna. Die hatte keinen der Vorschläge angenommen. Sie hatte einfach eine wüste Beschimpfung geschrieben, die mit den Worten endete: «Geh, du lächerlicher Hanswurst von einem Mann, und mach deinen Scheiß alleine und scheitere, scheitere, scheitere, du Arsch.»

Vera hatte auf Johanna eingeredet, dieses Mantra nicht aufzunehmen. Johannas Ohren waren von ihren aufgeblasenen Backen blockiert. Vera regte an, dass Johanna das Mantra an sich selbst richten solle und nicht an ihn, denn das sei schon wieder zu sehr auf ihn fixiert – ob sie das nicht merken würde? Und wenn sie sich das immer wieder anhören würde, sei es so, als ob sie sich selbst beschimpft. Ihre Psyche mache da keinen Unterschied – ob sie das verstehen könne? Sie solle liebevoller mit sich umgehen und nicht Arsch zu sich selbst sagen – das sehe sie doch ein?!

Johanna wollte das weder bemerken noch verstehen, geschweige denn einsehen. Kampflustig das Kinn nach vorne schiebend, grinste sie Blicke, die Luft in der Luft zerreißen wollten.

Die Frauen könnten ihr Mantra zur Motivation jeden Abend vor dem Schlafengehen hören, schlug Vera vor.

Johanna kicherte und sagte: «Da bekomm ich schlechte Träume von.»

«Genau das meinte ich», sagte Vera, und Johanna zog typische bockige Pubertätsgesichter.

«Was war denn mit dir schon wieder?», fragte Rebekka im Auto.

«Dasselbe wie immer. Ich find's blöde. Das sag ich mal so ganz symbolisch.»

Die Hausaufgabe war, alles symbolisch zu betrachten, so wie sie es mit dem Solitärspiel mal gemacht hatten. Auf dem

Weg aus dem Frauenzentrum fand Johanna die Fotocollagen ein gutes Symbol für Lächerlichkeit, die Toiletten ein gutes Symbol für Vergänglichkeit und die Treppen ein gutes Symbol dafür, dass es auf- oder abwärts ging. Rebekka ließ das an sich ablabbern.

«Dann geh doch nicht mehr hin», sagte sie genervt und schnallte sich an.

«Hättste gerne», lachte Johanna. «Nee, is ja auch ganz lustig. Vielleicht hilft's ja auch. Scheiß Karl!»

«Seit wann nennst du ihn denn außerhalb der Gruppe Karl?»

«Klingt abfälliger», erklärte Johanna angeekelt. «Ist doch echt nur ein Karl», sagte sie, «genau wie alle anderen Karls.» Johanna hätte nur noch das Autofenster herunterleiern müssen und auf die Straße spucken, fertig war der Cowboy. «Ich will keinen Karl mehr», sagte sie.

«Weißt du, wenn du sagst, du willst nie wieder einen Mann, dann wirst du selbst zum Karl und dann …»

Johanna fuchtelte ihr ins Wort: «Lass mich zufrieden mit dem Vera-Gesabbel! Ich hab gesagt: Ich will keinen Karl. Einen Mann schon, wenn er Bert heißt oder Ernie, oder Ulf, egal, aber keinen Karl. Selbst wenn er Karl heißt, nehm ich ihn, wenn er nett ist, aber wenn er ein Karl ist, soll er bleiben, wo der Pfeffer bleibt, äh wächst! Klar, will ich 'nen Mann! Aber einen, der verdammt nett ist, verdammt nett!» Johanna hatte ihr Lenkrad zu einem Schlagzeug umfunktioniert. «Ich hab schlechte Laune, weil Lars angerufen hat. Nach der Vibratornummer.»

Rebekka war baffgeplättet. «Waaaas?», schrillten ihre Alarmglocken. «Das erzählst du jetzt erst?!»

«Na, hätte ich es Vera erzählen sollen? Ich hatte, oh, Kontakt, das klingt immer, als hätten wir mit Außerirdischen telefoniert.»

«Was wollte er denn?»

«Das ahnst du nicht», sagte Johanna, Grabesstimme.

«Sich mit dir treffen und ein bisschen Knick-Knack?», fragte Rebekka entrüstet, aber auch neidisch, aber auch entrüstet und überrascht und erbost. Johanna hatte doch nicht etwa? «Sag schon!», drängte Rebekka. «Knick-Knack?»

Johanna lachte. «Mann, Bekka, ich wollt es dir total dramatisch erzählen, aber wenn du immerzu Knick-Knack schreist, kann ich nicht.» Sie kicherte, aber das Kichern war wild am Kippeln, wie ein Erstklässler auf dem kleinen Holzstuhl, es kippelte immer wieder zu den weinerlichen Tönen.

Darum schrie Rebekka nochmal: «Knick-Knack, ja?»

«Komm, lass uns saufen gehen», schlug Johanna vor. Sie bog in eine Straße, die definitiv nicht zu Rebekka führte und auch nicht so wie alle Wege nach Rom, sondern nach «Oslo», so hieß die Kneipe, in der sie in der Ausbildungszeit immer rumgehangen hatten. Saufen, dachte Rebekka, das passte zu Knick-Knack. Das hatte sie lange nicht gemacht. Sie hatte nur getrunken. Bis sie im «Oslo» saßen, rückte Johanna nicht damit raus, was Lars von ihr gewollt hatte. Als ihr Bier vor ihnen stand, stießen sie an, und Johanna wiederholte, Grabesstimme: «Das errätst du nie.»

Rebekka rührte in der Luft: «So weit waren wir schon. Nee, ich errat es nicht, also sag's mir.»

Johanna erzählte, dass Lars sich gerne mit ihr treffen wollte, um darüber zu reden, wie es ihr geht. Johanna hatte sich auch noch darüber gefreut. «Ich scheißblöde Kuh!»

«Ja, du scheißblöde Kuh!», stimmte Rebekka zu.

Johanna hatte darauf beharrt, dass sie sich auch am Telefon unterhalten könnten. «Ich wollte ihn überführen, also ihm beweisen, dass er mich aus einem ganz anderen Grund sehen wollte. Das wäre mir ein Triumph gewesen. Ich habe also gesagt, zum Reden müssen wir uns nicht treffen. Wenn du wirklich nur wissen willst, wie es mir geht, dann höre jetzt zu: mies.»

Rebekka nickte und war erleichtert, dass es nicht um Knick-Knack ging. «Und dann?», fragte sie.

«Das errätst du nie.» Johanna setzte erst mal zu einem großen Schluck Bier an, einem so großen Schluck, wie ihn eine leidende Frau verdient hat.

«Nein, ich errate das nicht», sagte Rebekka, sie spielten sich gerade so schön die Pingpongbälle über den Kneipentisch zu. «Also, sag's mir.» – Ping.

«Ich sag's dir jetzt.» – Pong.

«Ich errat's einfach nicht.» – Ping.

«Daaaaas erräääätst duuu niiiiiiiie!» – Pong.

«Los mach!» Rebekka legte die Tischtenniskelle zur Seite und wollte jetzt wissen, was abging, Knick-Knack oder nicht, Pingpong, oder was?

«Also, er hat mir nochmal von der Selbsthilfegruppe für Frauen erzählt, die nicht von einem Mann loskommen. Und er wolle mir doch nur helfen, blabla, und seine Frau wäre auch dafür. Die war halt total verletzt von dem Vibrator vor der Haustür. Die Nachbarn, blabla. Ich glaube jedenfalls, dass das die Franziska ist, die mal da war. Ich hab seine Frau ja nie gesehen.»

«Nein!», schrie Rebekka. «Die war doch total …» Rebekka fiel gar nichts ein. Sie wollte Johanna sagen, dass Johanna toller ist.

«Wie auch immer, dann war sie eben … was auch immer. Verarscht hat er uns beide.»

«Und was hast du Lars dann gesagt?», fragte Rebekka.

«Danke schön, hab ich gebrüllt. Er hatte vorher gesagt, dass er doch nur mein Bestes will, und da hab ich halt danke schön gebrüllt. Dann hab ich aufgelegt. Dann hab ich das arme Plüschhäschen aus meinem Bett gezerrt und erdolcht, mit 'nem Küchenmesser», Johanna grinste, «und falls du dich fragst, wo ich das herhab, das hab ich, schwupp …» Johanna verdrehte ihre Hand. Geklaut hatte sie es also, Arbeitsmaterial der Gruppe Männerentzug, soso. Wahrscheinlich fehlte Vera das Häschen zum Kuscheln oder Von-sich-Schleudern.

Johanna rutschte die Schadenfreude aus dem Gesicht, darunter hervor kam die volle Ratlosigkeit von vor der Erfindung des Rates. «Er will mich loswerden. Nicht ich will ihn loswerden, sondern er will mich loswerden. Das ist ein scheiß Gefühl. Das ist so scheiße.»

Rebekka war nicht schlecht angetütert. Johanna war noch nicht schlechter angetütert. Sie hatten ein Taxi für zwei Zielorte genommen, dann zwei Bett, dann zwei Kopfschmerz.

Gegen Mittag setzte ein irrer Lärm ein, Rebekka fand in ihrem Kopf einen Zettel, der vor zwei Tagen in ihrem Briefkasten gelegen hatte. Die Straßenbahn sollte noch ein Stück weiter fahren, wozu so eine Straßenbahn Gleise braucht, wozu so eine Straße aufgerissen werden muss, wozu viele Bauarbeiter in Westen anrücken, wozu der Verkehr umgeleitet wird, und damit der Verkehr nicht in der Woche umgeleitet werden muss, würde er am Wochenende umgeleitet werden, und damit er nicht so lange umgeleitet werden muss, würde am Wochenende sogar nachts gebaut werden, weil das den Berufsverkehr nicht so beeinträchtigt, sondern nur die Anwohner. Sie baten um Rebekkas Verständnis. Rebekka schloss das Fenster und ihre Augen. Ihre Ohren blieben offen und waren genauso wie die Fenster schlecht isoliert.

Der Lärm blieb den ganzen Tag. Rebekka wollte ihre Ruhe. In ihrem Kopf summten verkaterte Bienen. Sie telefonierte Freunden hinterher. Der Kontakt zu allen möglichen Leuten war ein bisschen eingepennt, wie abgeklemmte Füße. Sie meldete sich regelmäßig bei Jette. Und Johanna sah sie auch jede Woche, aber sie konnte ja nicht nur mit den Freunden Kontakt haben, die krank waren oder mit denen sie zu einer Selbsthilfegruppe ging. Da konnte man nicht von einer gesunden Basis sprechen. Sie müsste die Telefonnummern der Freunde irgendwo sichtbarer und griffbereiter haben als in ihrem zerlederten kleinen Telefonbuch. Auf Iris hatte sie keine Lust. Sie blätterte immer wieder an ihr vorbei. Bei Ramona war sie grad erst, und aufs Verkuppeltwerden konnte sie verzichten.

Andy war da.

«Oh, das liebreizende Fräulein Meiler, habe die Ehre.» Andys Stimme trug schon wieder einen Anzug.

«Spinner!»

«Ja, angenehm. Spinner am Apparat.»

Andy hatte spontan keine Zeit. Er habe Besuch von einer Bekannten. Im Hintergrund protestierte die Bekannte dagegen, eine Bekannte zu sein.

«Eine gute Bekannte», sagte Andy, und danach rief er: «Aua, aua», weil die gute Bekannte irgendetwas tat, was Rebekka gar nicht wissen wollte.

«Aha», sagte sie.

Andy nutzte die Gunst des seltenen Anrufes des Fräulein Meiler, um einen neuen Billardtermin auszumachen.

«Bei mir geht Freitag nicht.»

«Wegen der Gruppe.»

Rebekka hatte ihm nicht davon erzählt. Sie war ganz nanu. «Hat dir das Johanna erzählt?»

«Adrian hat mir das erzählt. Er ist richtig stolz auf dich.»

Wumms, das hatte gesessen. Gut, dass Rebekka auch gesessen hatte, sonst wäre sie umgefallen. Stolz war er also auf sie. Danke, danke. Das wäre doch nicht nötig gewesen. Rebekka fand das die unnötigste Information in ihrem ganzen Leben.

«Lass uns doch nächste Woche anpeilen und nochmal telefonieren. Nächstes Wochenende bin ich bei einer Hochzeit. Nächste Woche ist meine gute Bekannte auch verreist, und ich kann wieder machen, was ich will. Aua! Froillein!»

Diese Informationen fand Rebekka auch unnötig, aber weniger wummsig. Seinen Stolz auf seine tapfere Ex konnte sich Adrian sonst wohin. Rebekka bemerkte, dass bei jedem ganz, ganz, ganz kleinen Lebenszeichen von Adrian ganz, ganz, ganz stabil geglaubte Pyramiden kartenhausmäßig zusammenfielen. Sie sumpfte sich vor den Fernseher und ließ ihr Herz hängen.

Nachmittags flüchtete sie vor dem Baulärm in ein Einkaufszentrum, kaufte sich Oberteile, wie sie schon Tausende davon abgetragen hatte, und eine Bluse, wie sie noch nie eine gehabt hatte. Vielleicht wäre Adrian stolz darauf. Sie wusste schon, dass sie die Bluse niemals tragen würde.

Montag. «Na, schon alles symbolisch betrachtet?», schmetterte Johannas Stimme auf dem AB. «Ruf mich an, ruf mich an, Rebekka», dann tut tut tut. Es war ein ganz und gar unsymbolisches Wochenende gewesen. Nur Lärm vor dem Haus.

An diesem Tag sollte der Lärm endlich ein Ende haben. Nachdem die Straße mit einem großen spechtähnlichen Gerät aufgehämmert worden war, waren Kipper und Kran angerückt, um den Schutt wegzuschaffen, dann waren Gleise gelegt, geschweißt, genietet, gehämmert worden. Dann mit den Schichten bedeckt, aus denen eine Straße besteht. Samstagnacht und Sonntagnacht. Das Verständnis, um das Rebekka gebeten worden war, stellte sich eher stur als ein. Nicht dass sie an Gott glaubte, aber hatte der nicht einen Ruhetag verordnet? Es war kein höllischer Lärm, sondern ganz und gar heidnischer. So laut war es nur vor dem Tod in der Stadt. Rebekka schob sich eine Fast-fertig-Mahlzeit in die Mikrowelle. Bis es pling machte und die Mahlzeit ganz fertig sein würde, stand Rebekka am Fenster und schaute den Männern in den reflektierenden Westen zu, die auf den letzten Metern dampfendes graues Zeug ausschütteten und mit Schippen verteilten. Dort, wo das dampfende Zeug nicht mehr dampfte, tuckerte eine Plattmachmaschine die Straße wieder eben. Das waren Männer, die bauten wie Hannes, nachdem Männer ausgemessen hatten wie Adrian. Ich bin im Umbau, dachte Rebekka. Menschen sind bei Streckenänderungen ähnlich schwierig umzubauen wie eine Straßenbahn. Nicht wie ein Bus. Man muss alles aufreißen und dann wieder zumachen. Rebekka aß ihren Reis mit Scheiß, wie Ruth das nannte, hamm hamm, alle alle.

«Du solltest mich doch anrufen», meckerte Johanna, als sie anrief.

«Wie soll ich dich denn anrufen, wenn du mich ständig anrufst? Ich musste erst mal was essen.»

«Du hast doch nicht von sechs bis jetzt was gegessen.»

«Na, dann musste ich mich eben auch mal erholen.»

«Wovon denn?»

«Von dem Baulärm.» Rebekka erzählte Johanna von dem grässlich hämmernden Wochenende.

«Warum bist du denn nicht zu mir gekommen, du Trine? Und jetzt sind die fertig? Oder willst du herkommen?», fragte Johanna.

«Die sind jetzt fertig. Da laufen gerade ein paar Männer rum und räumen die Absperrung weg.»

«Das ist doch superklasse für diese Symbolkacke. Wir haben eine Absperrung, und dann räumen irgendwelche Männer die weg. Sehn die Typen gut aus? Kannst se ja mal zu mir schicken. Dann können sie bei mir die Absperrung wegräumen. Höhö.»

Was Wichtiges wollte Johanna nicht. Sie sagte nichts über Lars. Also, gut ging es ihr nicht.

Im Bett versuchte sich Rebekka einen neuen Mann auszudenken, für den sie eigenhändig ihre Absperrung wegräumen würde, aber die Männer, die sie sich ausdachte, sahen alle Adrian ähnlich. Sie verwarf die neuen Männer. Der Prototyp war der falsche Typ. Schlaf war die Droge der Wachen. Gute Nacht, Rebekka.

Dienstag. Jette rief an. Die Ärzte hatten die Tabletten abgesetzt.

«Na, ich hab das ja gewusst, dass die Tabletten nix taugen. Das hab ich doch die ganze Zeit gesagt. Ich will doch die Chemo. Die Ärzte wollen mir die schwächste geben, höchstens. Da hab ich denen meine Faust auf den Tisch geknallt, dass das ganze Krankenhaus gewackelt hat. Schwach! Pff! Ach, weißt du, was das Blödeste ist? Ich hab doch extra die Pille verschrieben bekommen, damit ich meine Tage nicht bekomme. Also, ich sollte die ja durchgängig nehmen. Ich hab sie aber einmal vergessen. Und dann hab ich meine Tage bekommen, und ich hab seit Ewigkeiten meine Tage nicht gehabt. Ich seh das mal als gutes Zeichen. Immerhin macht mein Körper wieder was ganz Normales.»

Rebekka hatte auch gerade ihre Tage, aber es war so normal, dass sie gar nichts darüber dachte.

Mittwoch. Rebekka rief Christian an.

«Mensch, Rebekka. Hallo!» Eine ehrlich erfreute Stimme.

«Wie geht's dir?», fragte Rebekka.

«Nicht so gut. Aber es ist voll schön, dass du anrufst.»

Christian ging es immer nicht gut, wenn ihn eine Frau nicht wollte, was ständig passierte, weil Christian ständig irgendwelche Frauen wollte, anstatt eine Weile mal keine zu wollen.

«Ich hab im Moment so Stress. Ich muss zu einer Messe nach der anderen fahren.»

Frau Stress also, die Christian im Gegensatz zu anderen Frauen keinen Korb gab.

«Und ich muss die Katze so oft allein lassen. Die ist total sauer mit mir und kotzt mir immer in den Flur. Ich würde ja auch gerne mit meinem Chef sauer sein und ihm in den Flur kotzen. Ich darf das halt nicht, also kotzt Lotti für mich mit.»

«Ich weiß nicht genau», sagte Rebekka, und Christian

setzte dazu an, zu erklären, dass er aber ganz genau wusste. Und wie! «Als Iris letztens da war und auf dem Sofa saß, ist Lotti ihr auf den Schoß gesprungen und hat sich da zusammengerollt. Iris hat gesagt, dass das mit ihrem Wurzelchakra zu tun hat.»

Rebekka hätte fast schon wieder «Ich weiß nicht genau» gesagt, aber sie wusste zumindest genau, dass es keine gute Idee war, «Ich weiß nicht genau» zu sagen.

«Iris meint, dass ihr Wurzelchakra verkorkst ist, wegen ihrer Mutter. Du weißt ja.»

«Jaja», wusste Rebekka. «Du willst doch nicht sagen, dass deine Katze nur auf verkorksten Wurzelchakras rumsitzt. Die sitzt doch auch bei dir auf dem Schoß.»

«Na, eben!», sagte Christian.

Dass die Katze auch bei ihr gesessen hatte, wollte Rebekka gar nicht erst als Argument anführen. Auf ihrem. Na eben!

Das Telefonat war komisch. Iris besuchte jetzt also häufig die Katze, wenn Christian nicht da war, und Christian besuchte sie, wenn Christian da war. Rebekka schüttelte nach dem Telefonat so lange den Kopf, bis ihre Gedanken Kuhlen gefunden hatten, um darin wie Murmeln zu ruhen. Christian schien auf die böse Seite der Macht gewechselt zu sein. Iris also. Die saß mit ihrem Wurzelchakra bei Christian rum. Iris' Mutter hatte sich ganz knapp vor dem Abtreibungstermin für Iris entschieden und ein Leben lang den Gedanken durchgespielt, wie es ohne Iris wäre. Das hatte sie Iris nur einmal gesagt, aber die war sich ab da sicher, schon immer gespürt zu haben, dass sie wie fast nicht geboren, einem Geist gleich, nur halb auf der Erde war. Zu Rebekka hatte Iris mal gesagt, dass sie Probleme habe mit der Öffnung, aus der sie gekommen sei, weil sie dort eigentlich erst rausmüsste, bevor sie jemanden einlassen könnte. Irgendwie so.

Rebekka hoffte, dass Christian sich nicht wie immer verlieben würde, nur weil eine Frau mehr als einmal in seiner Wohnung saß. Dann könnte er wie immer bestätigt bekommen, dass keine ihn will. Und Iris könnte wie immer bestätigt bekommen, dass sie niemanden einlassen kann. Da konnte die Katze von Schoß zu Schoß hüpfen, wie sie wollte.

Donnerstag. Die Fische hingen im Schaufenster über den Imbissmännern, und Rebekka hing an ihren Erinnerungen an Adrian. Seit Andy gesagt hatte, dass Adrian stolz auf sie war, rutschten ihr heimlich Erinnerungen in den Kopf, und parallel ließen sie Gefühle ins Herz einsickern. Schatten, die ganz ohne Lichtquelle entstanden. Mit Adrian war Finsternis, und dabei hatte er so herrliche helle Haare auf den Unterarmen, die sich wuschelig quer übereinander und einigermaßen in dieselbe Richtung legten. Ein Käfer konnte darauf laufen, ohne Adrians Haut zu berühren. Dann kam ein Mensch und wollte nach Zürich fliegen.

Freitag. In der Gruppe wurde «Fight Club» geschaut. Es war wie eine Vertretungsstunde in der Schule. Nullte Stunde. Der Vertretungslehrer hatte sich null vorbereitet. Der Videorecorder wird ins Klassenzimmer gerollt, der Film an-, die Schüler ruhiggestellt. Rebekka war nicht so begeistert von der ganzen Angelegenheit. Die Gruppe war ja nicht kostenlos, und wenn sie sich am Freitagabend einen Film hätte ansehen wollen, wäre ihre Wahl in der Videothek auf einen anderen gefallen. Johanna war nicht da. Die Neue vom Freitag vorher war auch nicht da.

Vera hatte sie «Fight Club» ansehen lassen, um ihnen hinterher zu sagen, dass es sich mit den Karls in ihren Köpfen so ähnlich verhielt. Sie waren nicht real, nicht mehr real oder noch nie real gewesen. Sicherlich gab es diese Männer, aber die Wünsche, die an sie geknüpft waren, die waren ohne sie geknüpft. Lange Gesichter nach der langen Rede von Vera. Sie waren also alle verrückt?

Nach dem Treffen stand Rebekka mit Luise, Angela und Sandra vor dem Frauenzentrum rum. Sie standen das erste Mal noch zusammen und redeten. Es war warmes, ganz weiches Wetter. Sandra und Angela rauchten noch eine, und Luise erzählte von einem anderen Film mit Brad Pitt, wo er nicht so einen kranken Widerling spielte und darum viel besser aussah.

«Wenn Sascha wie Brad Pitt aussehen würde, dann könnte mich auch die Gruppe nicht retten. Äh, Karl!» Luise kicherte.

«Karl!», schnippte Sandra das Wort und die Asche ab. «Er heißt Torsten.»

«Armin», sagte Angela.

«Sascha», wiederholte Luise noch einmal den Namen.

Die Frauen schauten Rebekka an, und die fühlte sich wie zu Schulzeiten, heimlich die Antworten für einen Test austauschen, Unterschriften fälschen, einen Lehrer schlechtmachen.

«Rebekka», sagte Rebekka. Sie hätte auch sagen können, dass man vom Rauchen Krebs bekommen kann. Sie hatte beim Regelbruch die Regeln gebrochen, was den Regelbruch erst als Regelbruch deutlich werden ließ. Spielverderberin.

Rebekka verabschiedete sich. Dann gehörte sie eben wieder mal nicht dazu.

Wahrscheinlich hatten die Frauen einfach nur Veras Fluch aufheben wollen. Sie waren nicht verrückt. Es gab Karl.

Rebekka hatte gerade den Parkplatz des Frauenzentrums verlassen, als zwei Autoaugen zwinkerten.

«Was machst du denn hier?»

«Dich abholen, Süße. Komm!»

Rebekka freute sich, fragte sich aber und fragte Johanna, warum sie nicht beim Treffen gewesen war.

«Ging nicht.»

«Warum?»

«Ging nicht. Komm, wir gehen saufen.»

Rebekka wusste nicht recht, ob das gut für sie war, jedes Mal nach den Treffen mit Johanna saufen zu gehen. War das Sucht gegen Sucht tauschen? Sie sagte lieber nichts. Johanna würde nur rumpöbeln, dass Rebekka süchtig nach dieser Sekte sei und jetzt gefälligst vernünftig sein solle, was hieß, sich vernünftig einen anzulöten.

«Ich will nichts trinken», versuchte Rebekka, «irgendwie ist mir schlecht.»

«Gott, dann trink nichts. Dann lass mich trinken und hör mir zu.»

«Ich hab keine Lust, wenn du so gereizt bist.»

«Gereizt?», kreischte Johanna.

Dann war Schweigen im Auto, Ruhe im Stadtforst.

«Schön, dass du jetzt neue Freundinnen hast, sah ja süß aus, wie ihr da gestanden habt und getratscht. Schnack, schnack, schnack, warum ist wohl Johanna nicht da? Ach, ist ja auch egal, wie es ihr geht.»

Rebekka wollte sich nicht von Johanna erpressen lassen,

die auf eifersüchtige Leberwurst machte und in ihrer Pelle herumgärte.

«Es interessiert dich ja nicht mal, warum ich nicht da war», platzte die Pelle.

Rebekka atmete durch: «Ich hab dich gefragt, und du hast gesagt, ging nicht, da hab ich gefragt, warum, und du hast gesagt, ging nicht, also warum ging es nicht?»

«Das errätst du nie», sagte Johanna, und Rebekka hatte ein Déjà-Hör. Sie beschloss, zumindest nicht darüber böse zu sein, dass Johanna nicht bei dem Treffen war, denn den Film kannte Johanna, und über die Deutung des Films hätte sie sich nur aufgeregt. Mann, hätte die einen Zirkuswagen aufgemacht. Johanna hatte sich Lars ja auch alles andere als eingebildet, denn es gab ihn, und dafür sprach, dass er offenbar irgendetwas getan hatte.

«Was hat er gemacht?», fragte Rebekka ganz direkt.

«Das kann ich jetzt nicht so im Auto erzählen. Bitte, komm mit, was trinken, bitte! Nur ganz kurz.»

Rebekka bekam eine Ahnung davon, wie gut Johanna manipulieren konnte, denn immerhin hatte Lars Johanna mal einen Vibrator als Klartext geschenkt, mach's dir selber, aber irgendwie war er sie trotzdem nicht losgeworden. Vielleicht hatte Johanna Lars ständig angerufen und gesagt: «Du errätst nie, was ich drunter habe und wie geil ich bin. Das errätst du nie!»

Rebekka neigte schon sehr zum Na-gut, aber da sie vorhin so standhaft gewesen war, den Namen von ihrem Karl nicht zu nennen, war sie jetzt mutig genug, Johanna direkt zu sagen: «Mann, du kannst manipulieren!»

«Ja, streit dich mit mir», sagte Johanna.

«Gut, ich komm mit», sagte Rebekka. Wenn Johanna

schon nicht in die Gruppe kam, so musste wenigstens Rebekka sie daran erinnern, dass sie sich wie ein dummes Tier im Kreis drehte, immer auf der Jagd nach dem nicht eigenen Schwanz.

«Wehe, du kommst mir mit dem ‹Ich kann's nicht mehr hören›-Scheiß. Ich muss doch da mal ohne Hupe und so was drüber reden dürfen. Mir geht's nicht gut, verdammt nochmal.»

«Uns geht es allen nicht gut», sagte Rebekka und meinte alle Frauen aus der Gruppe, die jederzeit jeden Grund gehabt hätten, sich mit jeder Art Alkohol volllaufen zu lassen.

«Hör jetzt mit der Gruppe auf! Hallo! Ich bin's, deine Freundin Johanna! Sei doch mal nett zu mir.»

Der überraschende Trinkspruch im «Oslo» war: «Er lässt sich scheiden. Prost!» Johanna hatte die große Nachricht wieder aufgeblasen, wie die Schlagzeile einer billigen Zeitschrift. «Lars lässt sich scheiden. Sensation!» Lars hatte von Anfang an für Schlagzeilen in der Johannadruckerei gesorgt. «Lars ist verheiratet» war die erste fette Schlagzeile, denn das hatte er ein halbes Jahr lang verheimlicht. Schon da hätte Johanna … Na ja, hatte sie aber nicht.

«Und?», fragte Rebekka. Sie wusste nicht, was sie sagen sollte: schön, schlecht, egal. Sie war für egal. Ihr wäre das doch auch egal, wenn Adrian wieder mit ihr zusammen sein wollte. Scheiße, dachte Rebekka, Scheiße, wo zieht sie dich da mit rein? Was denkst du da? Was steht dieser ärgerliche Trottel in deinem Kopf und hat Blumen in der Hand? Scheiße! Du bist verrückt. Einen Adrian mit Blumen gibt es nicht.

«Johanna, das ist nicht gut, dass du das jetzt weißt», sagte Rebekka.

«Huh, gefährlich! Ich darf ja keinen Kontakt haben. Kannst es ja Vera petzen. Ich möchte dir das jetzt einfach so erzählen wie früher, denn es ist wie früher. Ich hab den allerrückfälligsten Rückfall, den man haben kann. Es wäre nett, wenn du jetzt nicht sagst, dass irgendwas falsch oder gefährlich ist oder so. Ich will jetzt saufen und reden, und nächste Woche gehe ich wieder mit zum Treffen. Versprochen! Aber du findest jetzt einfach alles, was ich erzähle … hm … schlimm. Ja?»

«Ich finde es schlimm», sagte Rebekka.

«Du weißt ja noch nicht mal, was du schlimm finden sollst, du Möhre.»

Lars hatte Johanna nach der Arbeit aufgelauert. Schlimm. Er hatte ihr von der Scheidung erzählt. Schlimm. Und gesagt, er habe sich doch für sie entschieden. Schlimm. «Ich hab mir die Ohren zugehalten und Lalala gesungen, aber er hat mich geküsst. Und ich hab ihn so lange nicht geküsst und auf der offenen Straße noch nie. Es war total schön. Wir haben uns die ganze Zeit umarmt und geküsst.»

«Soll ich das jetzt auch schlimm finden?»

«Es war wirklich total schön, aber …»

«Aber?», fragte Rebekka.

«Er war halt so selbstbewusst die ganze Zeit. Als ob es um nichts ginge. So zufrieden, wie er da stand, und er hat gesagt, ich könnte ihn auch wegschicken. Das würde er auch verstehen. Als ob es ihm egal wäre. Das ist doch kein Anfang für eine Beziehung. Da muss man doch Schiss haben. Das ist doch eine riesige Angelegenheit. Also, ich hatte Schiss. Wir haben doch bis jetzt nur gevögelt. Er kann doch nicht kommen und sagen: ‹Huppala, jetzt aber›, als wäre das nur Huppala, jetzt aber. Ich meine, zusammen sein …!»

Rebekka versuchte zu verstehen. «Du hast ihn weggeschickt, weil er keinen Schiss hatte?»

Johanna nickte.

«Oder weil du Schiss hattest?»

Johanna nickte.

«Mann, vor einer Woche hat er gesagt, dass seine Frau gesagt hat, ich soll in diese Gruppe gehen. Und jetzt will er angeblich mit mir leben? Hat ihm das auch seine Frau gesagt? Vielleicht hat er sich auch gar nicht getrennt, sondern sie hat ihn rausgeworfen, und da kommt er zu mir gelaufen und küsst mich, als wäre es ein Spielfilm.» Sie waren so verblieben, dass Johanna bis zum Wochenende wüsste, was sie will. Es war Freitag, und Johanna wusste gar nichts.

«Ich weiß nicht, was ich machen soll. Sag mal was!»

Rebekka hatte versucht, was zu sagen. Erst «Lass es», dann «Mach es» und dann «Bleib doch das Wochenende bei mir, dann ist es doch egal, ob er anruft oder nicht».

Johanna antwortete erst «Ich weiß nicht», dann «Ich weiß nicht» und dann «Das ist super». Das war der Anfang eines wunderbaren Mädchenwochenendes.

«Brauchst du ein Schlafshirt?»

«Lass uns Pizza bestellen.»

«Und Eis!»

«Und COLA!»

Eis, Cola und kichern. Im Gegensatz zu Sex, Drugs and Rock 'n' Roll. Samstagmorgen frühstücken gehen. Erst Schuhe kaufen, ohne Schuhe zu kaufen. Dann Klamotten kaufen, aber mit Klamottenkaufen. Dann Mittag essen gehen, das erste Bier, nach Hause gackern, das zweite Bier, Fernsehen, Scrabble spielen. Was ist ein Reiserbe? Wenn ein alter Chinese stirbt und seinem Sohn Reis vererbt. Okay. Was ist ein

Obersockel? Wie ein Oberlehrer, der Sockel, der über den anderen Sockeln steht. Nee, nicht okay. Was ist ein Binnenwald?

«Dann leg doch gleich ein Binnenreiserbe.»

«Ist Binnenwald okay oder nicht?», fragte Johanna.

«Erklär mal!»

«Na, im Inneren des Landes.»

«Also jeder Wald.» Als Rebekka innerlich gerade ganz gemütlich zerflossen war wie Ei in der Pfanne, gerann sie auch schon wieder, denn Johanna fragte: «Wolln wir tanzen gehen?»

Darauf hatte Rebekka gar keinen Bock. «Ich will lieber zu Hause bleiben.»

«Ist doch langweilig», maulte Johanna und blies die Backen auf. Nächstes Bier.

Rebekka befürchtete, dass Johanna die ganze Rebekka, die ganze Gesellschaft Rebekkas langweilig fand. Sie verzog sich ins Bad. Es war nirgends so still wie auf der Toilette, wenn man draußen Besuch hat. Rebekka sah sich im Spiegel, fand sich auch langweilig. Es war elf Uhr. Es gab Menschen, die standen jetzt vor dem Spiegel, die hübschten sich gerade und peilten optimistisch den Geschlechtsverkehr an. Rebekka besah sich ihr Gesicht, das öde ungeschminkte Land. Vielleicht sollten sie tanzen gehen und wie früher die Männer mit Grimassen bewerten. Geschlechtsverkehr? Was war das? Als Rebekka zurück zu Johanna ging, stand die in der Küche und beendete schnell ein Telefonat. Sie hatte heimlich telefoniert, aber Rebekka hatte nicht mal Lust, darüber enttäuscht zu sein. Sollte Johanna doch tanzen gehen oder zu Lars oder mit Lars tanzen. Rebekka ging jedenfalls schlafen. Wie nach einem Streit in einer Beziehung verbrachte Johanna noch eine Stunde vor der Glotze, kam dann ins Bett, «schläfst du schon?» und so, dann kuschelten sie sich nicht aneinander, sie kicherten sich aneinander in ihrem Binnenbett mitten in der Wohnung.

Am Montag brach das Leben ins Leben ein. Widerlich real. Jette rief an. Die Ärzte hatten ihr vor drei Tagen gesagt, dass sie nichts mehr für sie tun könnten. Austherapiert. Die Chemo würde sie nicht überleben, die stärkere erst recht nicht, die Pillen brachten nichts, und von Plan D wollte Jette ja nichts hören. Sie war entlassen.

Dürfen die Ärzte das? Darf das Leben das? Rebekka war … Sie fühlte sich …

«Jette, das ist …»

«Genau das ist es. Richtig große Scheiße», sagte Jette.

So hätte Rebekka es nicht gesagt. Furchtbar, schrecklich, beängstigend, furchtbar, furchtbar. Nur heulen würde helfen und auch das nicht.

«Und was macht ihr jetzt?»

«Also, wir backen gerade. In der Kita ist morgen Kuchenfest. Wenn Klara im Bett ist, dann sitzen wir zusammen und … Was sollen wir machen? Wir heulen halt. Enno ist völlig fertig.»

Und Jette? Und Rebekka? Und jetzt?

«Ihr habt Klara nichts gesagt?»

«Nee. Wir können sie nicht so beunruhigen. Es muss ja jetzt trotzdem weitergehen. Es ist nur erst mal ein Schock. Ennos Arbeitskollege kennt einen Heiler. Da gehe ich morgen hin. Und ich geh zu meinem Hausarzt, der wollte mir schon länger Blüten verschreiben. Und ich frag mal Iris. Die hatte immer irgendwelche Vorschläge.»

Rebekka saß danach eine Stunde lang ganz außen auf dem Sofa, mit so viel Platz neben sich, dass sie noch dreimal hingepasst hätte. Sie saß neben sich, neben sich und neben sich. Wenn Leute etwas über einen Heiler gesagt hatten, war Jette immer abgenervt gewesen. Jetzt begann die Zeit der Strohhalme.

Rebekka hatte am Dienstag keine Lust, mit jemandem zu reden. Leute beruflich nach A und B zu schicken machte ihr nichts aus. Sollten sie doch alle wegfahren. Wenn alle mal gleichzeitig wegfahren würden, wäre das Land leer. Rebekka könnte die ruhigen Straßen entlanggehen. Sie hätte gerne Jette angerufen, aber sie wollte nicht fragen: «Ist es immer noch so, wie es ist? Ist es wirklich so?»

Am Mittwoch rief sie dann Jette an, und es war immer noch so, wie es ist. Wirklich. Aber sie bekam einen Heilplan mit ganz neuen Zutaten zusammengestellt. Jette hing vor dem Internet und las und las, wie wirksam alles war. Distelsamen, die dazu führen konnten, dass der Körper sich plötzlich gegen den Krebs wehrte. Sie hatte sich noch zwei weitere Ärzte empfehlen lassen, die von dem ganzen Chemoscheiß sowieso nichts hielten. Eigentlich ärgerte sie sich nur, dass sie nicht früher auf die Alternativmedizin gekommen war. Jetzt konnte es losgehen.

Sie verabredeten sich für Donnerstag, um ein Weinchen zusammen zu trinken. Donnerstag rief Jette vom Handy an und sagte, sie sei von Arzt nach Heiler geradelt und müsse noch nach Apotheke, aber Rebekka liege auf dem Weg, ob sie sich zu dazwischengeschoben vorkäme, aber anders ging es an dem Tag nicht. Rebekka hatte sich auf dem Heimweg einen Thunfischsalat gekauft und speiste verlottert vor dem Fernseher. Sie hatte sich gerade die Fußnägel lackiert.

«Ich hab doch neue Sandalen», sagte sie Jette, «da muss ich meine Füße mal hübsch machen.»

«Kann ja auch trocknen, während ich da bin, stört mich nicht.»

Der Nagellack war schon trocken, als Jette kam. «Oh, kann ich den Salat aufessen?» Konnte sie natürlich. Der Heiler sei der totale Vogel, schmatzte Jette, mache so auf asiatisch, ein ganz fetter, feister Typ. «Wie ein Babypopo sieht der aus. Der hat mehr Blut im Gesicht als ich im ganzen Körper.» Der andere Arzt sei ein grantelnder Alter, der nur über die Brille hinweg kucke und niemals durch die Brille durch. «Und ich erzähl dem meine ganze Krankengeschichte, und am Ende sagt er: ‹Das hat aber erst mal wenig Schönes.› Das fand ich ja einen furztrocknen Kommentar. Der Typ fetzt!» Jette schob die Plasteschale von sich und vermeldete: «Salat allé!»

Weil es ein so kurzer Besuch war und der Nagellack trocken, brachte Rebekka Jette noch ein Stück durch den Park. Das Wetter hatte gute Laune, und der warme Abend nach dem heißen Tag lockte die Leute auf die Wiesen, um alles, was sie sonst drinnen machten, draußen zu machen, nur ohne Fernseher. Der Fernseher waren die anderen Leute.

«Ein Wetter zum Eierlegen», sagte Jette und freute sich über ein Kind, das versuchte, seinen Beinen einen kleinen Berg hinunter zu folgen. Das Kind trudelte aus, ohne hingefallen zu sein.

Ja dann, du, bis bald, grüß mal Enno, mach's gut, mach ich. Sie gingen und radelten ihrer beider Wege.

Nach der Gruppe war vor dem Wochenende. Die S-Bahn war voll. Die Menschen bummelten sich mit vollen Taschen aus der Woche oder trafen sich, um etwas zu unternehmen, was das lange Ausschlafen am nächsten Tag rechtfertigen würde. Rebekka war zum S-Bahnhof gebummelt, um nicht in einen der beiden überfüllten Busse zu steigen, die in der Zeit an ihr vorbeifuhren. Schon allein dafür war Rebekka schweißstinkig mit Johanna, die mit ihrem klimatisierten Auto nicht aufgetaucht war. Versprochen war gebrochen. Rebekka saß mit angepressten Armen, die nassen Flecken unter der Achselhöhle versteckend. Ein sommerliches Ausgehgejohle auf jedem Bahnhof. Ein Klingeln in der Tasche. Rebekka lupfte die Schweißflecken, um in der Tasche zu kramen.

«Johanna» stand auf dem Display.

Vera hatte Rebekka am Anfang der Gruppe zur Seite gelotst und gefragt, was los sei.

«Ein Rückfall also. Habe ich mir gedacht», sagte sie streng. Es war das erste Mal, dass Rebekka Vera von so nahem sah. Ihr Gesicht war ein alter Theatervorhang mit traurigen Augen, in die erst wieder Leben kam, als sie Rebekka eindringlich vor Kontakt mit Johanna warnte.

«Hallo, Johanna.»

«Was sagst'n das so dramatisch? Buhu, hallo, Rebekka!», versuchte Johanna Rebekkas Tonfall zu imitieren. «Ey! Du kannst dir nicht vorstellen, was ich grade gemacht habe.» Johanna kicherte. «Wo bist'n du? Bist du noch nicht zu Hause? Oh, ich muss dir was erzählen. Ich platz gleich.»

Das Telefonat wurde auf später verschoben. Rebekka sagte, was fast alle sagen, die in der Bahn mit dem Handy telefonieren. Die Menschen, die in Rebekkas Nähe saßen, hatten sofort die Ohren wieder zugeklappt. «Ich ruf an, wenn ich zu Hause bin» war öde, so wie «Ich komm fünf Minuten später» oder «Soll ich noch was mitbringen?». Im Gegensatz dazu sehr interessant: «Die Leiterin der Selbsthilfegruppe hat gesagt, ich soll keinen Kontakt mit dir haben. Darum rufe ich dich nicht an, wenn ich zu Hause bin. Und ich will auch nicht wissen, was du Beklopptes verzapft hast.» Das konnte Rebekka nicht sagen. Zu Hause ohne unbekannte Zuhörerohren konnte sie es vielleicht. Kaum zur Tür rein, Klingling, Telefon.

«Ich denke, du wolltest anrufen, wenn du zu Hause bist.»

«Ich bin grad erst rein. Wir haben als Hausaufgabe, bewusst allein zu sein. Ich kann also sowieso nicht lange telefonieren.»

«Weißt du, was ich denke? Ich denke, dass dein Gehirn gewaschen wurde, aber jetzt nicht sauberer ist als vorher.»

Rebekka war sich nicht sicher, ob da was dran sein könnte. Immerhin weiß man selber nie genau, wenn man sich verändert hat, dass man sich verändert hat.

«Nur weil du nicht zur Gruppe gehst, muss ich doch nicht gleich alles aufgeben. Ich will das richtig machen. Sonst hilft es doch nicht.» Rebekka wusste schon die Antwort. Streberin! Na und?

«Ich will dir doch was über die Gruppe erzählen. Das errätst du nie. Das ist so heiß.»

«Vielleicht errate ich es diesmal doch. Du hast dich wieder mit Lars getroffen. Ich habe gar keine Lust, mir das anzuhören, und das sage ich nicht, weil wir das in der Gruppe so gelernt haben. Ich will es wirklich nicht hören.»

«Doch, das willst du hören! Ich wollte doch heute eine brave Therapietrulla sein, aber dann … Pass auf!»

An diesem Freitag hatte Johanna zwar geschwankt, ob sie zu der Gruppe gehen sollte, aber sie hatte sich dann doch entschieden zu fahren, anstatt zu Hause zu sitzen. Versprochen war immerhin versprochen. Sie war kurz entschlossen, aber zu spät losgefahren, weshalb sie Rebekka nicht mehr anrufen konnte, um sie im Auto mitzunehmen. Als sie mit viertelstündiger Verspätung am Frauenzentrum angekommen war, vor dem Raum kurz durchschnaufte und dann die Türklinke herunterdrücken wollte, hatte sie bemerkt, dass der Raum abgeschlossen war. Mehr als ratlos hatte sie dagestanden, bevor sie wütend geworden war. Arsch offen? Sag mal, hackt's? Jetzt schlägt's ja dreizehn. Sie hatte wild klopfen wollen und dann Vera richtig zur Schnecke machen. Vor allen anderen. Bevor sie dazu gekommen war, hatte Vera drinnen gesagt: «Ich lass euch allein. Macht die Übung», und war rasselnden Schlüssels auf die Tür zugestampft, hinter der draußen Johanna den Dampfkessel in ihrem Bauch schnell deckelte, um ihr Gehirn zu befragen, was es jetzt vorschlug. Zum Weglaufen war es zu spät gewesen. So tun, als hätte sie nicht bemerkt, dass die Tür abgeschlossen war, kam ihr auch nicht in die Tüte. Johanna hatte sich schnell hinter einen unechten Ficus gerettet, der neben der Tür stand und niemals gegossen wurde. Dort hatte sie sich hingehockt, so klein es ging, und sich gedreht, so schmal es ging. Wenn Vera sie trotzdem sehen würde, könnte Johanna immer noch «Buh!» rufen und damit nur wieder einmal ihr simples Gemüt unter Beweis stellen. So viel Lärm, wie Vera beim Laufen veranstaltet hatte, so viel Lärm veranstaltete sie auch beim Öffnen der Tür, sodass beim Schließen nicht zu hören war, dass es ein Schließen war. Es hatte nur geklungen wie polterpolter, klapperklapper, die Tür öffnen. Danach hatte Vera die Tür wieder geschlossen, ohne sie abzuschließen. Sie und ihr Schlüssel waren den Gang von Johanna weggerasselt.

«Was soll denn der Quatsch?», fragte Rebekka. «Das hätte ich doch bemerkt, wenn sie uns einschließt. Warum soll sie denn so was machen?»

«Hat sie euch kurz allein gelassen oder nicht?»

«Ja», gab Rebekka zu.

«Und woher sollte ich das wissen? Na, also!»

«Du bist schwachsinnig», sagte Rebekka.

«Aber du willst wissen, wie es weitergeht, stimmt's?»

«Nein.»

«Ich bin ja nicht in den Raum gekommen. Warum? Warum nur? Was ist geschehen?»

«Na, erzähl schon.»

Johanna hatte sich hinter dem Ficus einen gegrinst. So was hatte sie zuletzt zu Schulzeiten erlebt. Sie hatte sich in den Raum setzen wollen, um Vera, wenn sie wiederkam, frech anzugrinsen und die Augenbrauen hochzuziehen. Vielleicht könnte sie einen Tadel bekommen. Dann hatte Johanna aber Vera im Treppenhaus reden hören und war über den Flur gehuscht, bis zu einer guten Lauschposition. Sie setzte sich hinter das Treppengeländer, wie Bond, Johanna Bond, und konnte von dort Vera, die eine Etage tiefer war, zwar nicht sehen, aber hören.

«Nein, Heide. Das verbiete ich dir. Komm nicht her. Der Raum ist abgeschlossen. Du kannst nicht rein. Was willst du erzählen? Das ist lachhaft. Was ist daran Betrug? Natürlich helfe ich ihnen. Das ist nicht meine Schuld. Nur weil es bei dir … Du wolltest gar nicht. Ach, erzähl mir nicht … Ach, hör doch auf. Ich bin nicht eifersüchtig. Du tust mir nur leid. Du kannst Karl behalten. Behalt ihn doch. Jahrelang habe ich erzählt … Du wusstest das doch. Du warst doch dabei … Ich hab dir das nicht erzählt, damit … Nein, Heide! Du weißt, wie er tickt. Hatte ich recht? Heide! Beantworte die Frage! Hatte ich recht? Dann bringt er dich eben um. Verdient hast du's. Heide, es ist deine Schuld. Hilf dir selber! Der Schwester den Mann ausspannen. Was soll das denn? Dann komm doch her! Naaaa, mach doch! Natürlich liebe ich ihn … Ja, Heide. Leider! Was denkst du, warum ich diese Gruppe immer noch … Natürlich hilft das den Frauen. Nur mir hilft es nicht. Ich sag dir das ganz ehrlich. Wärst du nicht gewesen … Ja, ich danke dir. Ich würde ihm immer noch … Das ist jetzt dein Problem. Gut! Das eine Mal noch! Hör auf, ihm Geld zu geben. Ja. Ich bin ja für dich da. Wo ist Karl? Nein, ich komm nicht mit ins Krankenhaus. Ich weiß, dass du sonst niemanden hast. Heide, er wird sich nicht ändern. Wir treffen uns im Pub. Ich fahre sofort los. Ich muss jetzt zur Gruppe. Geh nicht ins Krankenhaus. Nein! Bis gleich.»

Rebekka fand es widerlich zuzuhören, wie Johanna Vera nachmachte. Der verzweifelte Singsang, unterbrochen von Veras sich selbst erteilter Befehlsgewalt.

«Das ist ja Wahnsinn», sagte Rebekka. «Das geht uns gar nichts an.»

«Ach was! Was Vera alles über uns weiß. Da können wir ruhig auch was über sie wissen.»

Rebekka fühlte sich unwohl damit, und was noch dazukam, sie wollte es nicht glauben. Wer will schon von seinem Arzt wissen, welche Krankheiten der hat?

«Ich kann das gar nicht glauben», sagte Rebekka leise.

«Na, war sie komisch, als sie in den Raum zurückkam?»

Rebekka überlegte. War Vera komisch gewesen? Also, komischer als sonst? «Na, vielleicht war sie ein bisschen weniger laut als sonst. Wir haben unsere Übungen vorgelesen. Wir sollten drei Sätze aufschreiben, die wir ihm sagen wollen, wenn wir ihn nach Jahren nochmal …»

«Will ich eigentlich gar nicht wissen», sagte Johanna.

«Ich wollte das, was du mir erzählt hast, auch nicht wissen.»

«Baby, es kommt noch besser!» Gleich würde sie wieder sagen, das errätst du nie.

«Will ich nicht wissen.»

«Ach, Rebekka, doch, bitte! Es ist so heiß. Willst du es wissen, wenn ich dich erst erzählen lasse, was ihr in der Gruppe gemacht habt? Mit den drei Sätzen?»

Rebekka überlegte, ob das ein faires Angebot war. Oder ob sie nicht sowieso wissen wollte, was denn da noch kam, nach dem Hammer. Rebekka wollte es wissen, obwohl sie nicht wollte. Sie ließ sich auf den Deal ein.

«Na, wir sollten erst ganz viel aufschreiben, was wir ihm sagen wollen würden. Dann haben wir das alles weggeworfen. Und dann sollten wir nur drei Sätze schreiben. Die sollen wir auswendig lernen, denn falls wir ihn total überraschend treffen, würden wir ja eh nur rumstammeln.»

«Na, da würde mich ja interessieren, was Vera da selber sagen würde.» Johanna kicherte.

«Mann, Johanna!» Rebekka fühlte sich schon wieder unterbrochen. «Willst du jetzt noch wissen, wie die Übung ging?»

«Naaa, klar!», schmetterte Johanna. «Aber vor allem

willst du auch wissen, wie es bei mir weiterging. Das errätst du nicht.»

«Oh, ich kann den Satz nicht mehr hören!!»

«Rebekka, du hast mich angeschrien. Glückwunsch. Du machst dich.»

Rebekka war zu ärgerlich, Johanna nicht wieder anzuschreien, aber sie war zu ärgerlich, Johanna diesen Gefallen zu tun. Sie legte auf.

Das Telefon klingelte. Rebekka schmollte. Das Telefon klingelte, klingelte, klingelte.

«Hallo, hier ist, das errätst du niiiiie …» Johanna lachte sich halb tot. «Hier ist Johanna! Ich kann dir das auch am AB erzählen. Ich quatsch dir den ganzen AB voll, und weißt du was, ich weiß, dass du dich darüber freust, denn wir haben ja die wahre Liebe, du und ich. Weißte noch? Das hat die total glücklich verliebte Frau in der Gruppe erzählt. Sie kann ihm den AB vollquatschen und weiß, dass er sich freut. O süß! Rebekka, komm, geh ran jetzt. Ich hab doch noch die Verfolgung aufgenommen. Ich muss dir das erzählen …»

Rebekkas drei Sätze waren: «Hallo, Karl! So trifft man sich wieder. Tschüs!»

Die ganze Gruppe hatte darüber gelacht, und Rebekka war stolz. Sie hoffte inständig, sie würde Adrian mal über den Weg laufen, nur um ihm das zu sagen.

Sandra hatte es noch besser hinbekommen. Sie hatte gesagt: «Ich will dir nur drei Sätze sagen. Jetzt sind es nur noch zwei. Jetzt sind die drei Sätze vorbei.» Darüber hatten sie auch sehr gelacht. Vera hatte nicht gelacht. Sie war anders als sonst. Doch, doch. Johanna hatte recht.

Luise hatte drei ganz lange Sätze geschrieben, weit ausufernde, wild mäandernde, sich wie eine Seuche ausbreitende Sätze, in denen die ewig zart wirkende Luise ganz unzart eine knallhart kalkulierte Abrechnung offenlegte, bei der unterm Strich herauskam, dass Luise der Meinung ist, dass ihr Karl bei ihr so hoch in der Kreide stehe, dass es nur mit langer, geschickt durchgeführter – damit der Saukerl zwischendurch nicht in Ohnmacht fiel oder verstarb – Folter einzulösen sei, was er ihr schulde; wovon Luise nicht aufhören konnte zu berichten, auch wenn es dafür nötig war, die Regeln der Grammatik in dem Fall unwichtiger zu finden als das ausführliche Abladen aller Vorwürfe, die auch durch ein Semikolon (von Klammern machte sie ebenfalls Gebrauch) unterbrochen wurden, von dem Sandra gar nicht wusste, was man damit anstellen konnte, da sie als Köchin noch nie Semikolons gewaschen, geschnitten oder geraspelt hatte, weil ein Semikolon einfach nicht in die Küche gehört und darum auch von einer Köchin nicht gebraucht werden muss, die mit verdutztem Gesicht, ebenso wie alle anderen im Raum, Luise dabei lauschten, wie sie Wort an Wort reihte, bis der erste Satz zu Ende war, nach dem aber noch der zweite Satz und der dritte Satz kamen, die beide ebenfalls gut angereichert waren, sodass sie, einer Stopfleber gleich, aufquollen, vollgestopft mit vielen kreativen Schimpfwörtern, die sich aber zumeist doch aus Verquickungen von Tierbezeichnungen und Körperteilen zusammensetzten und sich am allerhäufigsten um das von Luise so begehrte Geschlechtsteil drehten, genau so, wie ihre drei Sätze sich drehten, im Kreis, um immer dieselben Anschuldigungen, die aus Luises schönem Mund herausliefen, unter den man nur hätte einen Eimer stellen müssen, um mit dessen Inhalt dann in ganz Berlin das Unkraut zu bekämpfen, gleichzeitig noch die Graffiti wegzuätzen und den Hundekot davonzuspülen, wobei aber immer noch genug Gift übrig bleiben würde, diesem in diesen drei Sätzen so derbe angesprochenen Mann den Garaus zu machen.

Es war erholsam, danach Veras kurze Sätze zu hören: «Zu viel! Das ist zu viel. Luise, deine Hausaufgabe: Das Ganze in zehn Wörtern. So, Mädels! Zwölf Minuten kürzer als sonst. Ich muss los. Ich bin noch verabredet.»

Als Rebekka einfiel, dass Vera gesagt hatte, sie sei noch verabredet, da ging sie doch wieder ans Telefon. Johanna war immer noch dabei, ohne sich blöder als sie ist vorzukommen, dem AB eine Geschichte zu erzählen. «Dann kam jedenfalls Veras Schwester und ich …»

Johanna war hocherfreut, dass sie ihre Story doch noch vor dem erlesenen Publikum, das aus Rebekka bestand, erzählen konnte. Was für eine Story, Junge, Junge. Als zwischendurch in Rebekkas Haus nach Hilfe gerufen wurde, trug Rebekka schnellfix das tragbare Telefon in die Küche, denn dort waren die Hilferufe am schlechtesten zu hören. Hilfe, Hilfe. Rebekka hatte keine Lust, dass Johanna Hilfe, Hilfe übers Telefon hörte und sich zu Recht fragen würde, was da los sei.

Das hatte sich Rebekka natürlich auch gefragt, als das Hilfe, Hilfe zum ersten Mal zu hören gewesen war. Das errätst du nie. Sie hatte es am Samstagmorgen vor einem Monat das erste Mal gehört und sich zutiefst beunruhigt in eine Ecke des Sofas gesetzt, was nie eine gute Position ist, um jemandem zu helfen. Denn bei Hilfe, Hilfe half nur helfen, helfen.

Rebekka hatte mal gehört, dass es besser sei, Feuer, Feuer zu rufen, wenn man Hilfe braucht. Da bei Hilfe, Hilfe alle Reißaus nehmen, aber bei Feuer, Feuer doch lieber handeln. Rebekka hatte nichts anderes tun können, als geduckt zu verharren in der Starre der Fluchttiere, die davon ausgehen, dass sie sicher sind, solange sie nicht zucken. Vielleicht hatte Rebekka wie alle anderen im Haus gehofft, dass jemand anders die Hilferufe ebenfalls hören würde und handeln würde und nicht auf dem Sofa sitzend hoffen würde, dass jemand anders es hören würde und handeln würde. Rebekka war nicht danach gewesen, mit einem Küchenmesser bewaffnet, loszugehen und nachzusehen. Wenn es um Gewalt ging, dann wollte Rebekka da gar nicht hin, mit Küchenmesser nicht und ohne schon gar nicht. Aber wenn es um Gewalt ging, würde derjenige, der Gewalt ausübt, sicherlich dafür sorgen, dass derjenige, der der Gewalt ausgesetzt ist, nicht um Hilfe ruft. Darüber hatte sie nachgedacht, als auf einmal keine Hilferufe mehr zu hören waren. Gott sei Dank auf der einen Seite. Und o Gott auf der anderen. Rebekka hatte ins Haus gelauscht. Nur ein Fernseher, so laut, als wäre die Frau nebenan taub. Rebekka war so sitzen geblieben und in ihr Hauptverhalten umgekippt: ärgern. Sie war nicht zur Heldin geboren. Sie war für das Sofa geboren. Um diese Wahrheit unwahr zu machen, hatte Rebekka in ein kleines Übernachtungsränzlein Schlüpfer und Zahnbürste gepackt und das Sofa Richtung Familie verlassen. Der Kurzbesuch bei Ruth und den Stief und Halb.

Als Rebekka die Hilferufe am nächsten Tag fast vergessen hatte oder verdrängt, da drängten sie sich abends zurück, kaum war Rebekka wieder auf dem Sofa. Rebekka hatte die unterlassene Hilfeleistung diesmal unterlassen und sofort die Polizei angerufen. Der Mann am Telefon war die personifizierte Routine.

«Klingen die Rufe nach Frau oder Mann?»

«Frau.»

«Aha. Eher älter oder eher jünger?»

«Eher älter. Es klingt schwächlich und leise.»

«Wie lange schon?»

Darauf hatte Rebekka gar keine Lust gehabt zu antworten. Aber es war die Polizei, da muss man die Wahrheit sagen. «Ich habe es gestern Vormittag schon mal gehört. Dann war es weg beziehungsweise war ich weg und habe es nicht gehört.»

«In ein paar Minuten sind die Kollegen da. Die müssten Sie dann vor Ort und Stelle noch einmal einweisen.»

In den angekündigten paar Minuten waren dann die angekündigten Kollegen da. Ein Mann und eine junge Frau. Bis dahin war nichts von Hilfe, Hilfe zu hören gewesen. Rebekka war unruhig geworden. Wie konnte sie behaupten, jemand habe um Hilfe gerufen, wenn da niemand um Hilfe rief? Die Kollegen konnten doch nicht einfach überall klingeln, hatte sie überlegt. Die Kollegen hatten dann genau das getan. Zuerst bei Rebekka.

«Wohnen ältere alleinstehende Leute im Haus?»

Rebekka war keine andere Antwort als Achselzucken eingefallen.

«Wollen Sie hereinkommen?», hatte sie gefragt. Sie hatte noch nie die Polizei gerufen. Sollte sie einen Kaffee kochen? Kekse anbieten?

«Kann man denn in Ihrer Wohnung die Rufe gerade hören?»

«Nein.»

«Von wo kamen die Rufe denn ungefähr?»

«Also, von unten nicht. Ich denke, eher von oben.»

«Gut!», war für den Polizisten die unzureichende Einweisung vor Ort und Stelle abgeschlossen. Während er sich auf den Treppenweg nach oben machte, hatte seine Kollegin begonnen, links und rechts von Rebekkas Wohnung mit polizeilicher Dringlichkeit die Nachbarn aus dem Wochenendfrieden zu klingeln und zu klopfen. Rebekka war da erst bewusst geworden, dass in wenigen Sekunden alle Nachbarn aufgeregt im Hausflur stehen würden, während die Polizei dazu erklärte: «Die junge Frau hat Hilferufe gehört», auf Rebekka zeigend. Wenn kein anderer im Haus Hilferufe gehört hätte, dann wäre Rebekka ab dem Abend die Frau, die durch Wände hören kann. Ein Ausnahmetalent, mit dem niemand gerne in einem Haus wohnt. Ein Stockwerk über Rebekka war ebenfalls überall geklingelt und geklopft worden. Energisches Klopfen und drei verschiedene Klingeltöne, die schrillten, gongten oder summten. Links von Rebekka war inzwischen die Wohnungstür aufgegangen, und ein junger Hund war wie mit dem Katapult geschossen herausgezischt, direkt auf die Polizistin abgefeuert.

«Na, hallo!», hatte die Polizistin versucht, das Gewusel zu begrüßen.

Als nächstes Geschoss war ein junger Mann aus der Wohnung gezischt, aber mit etwas weniger Tempo. Er war auch nicht an der Polizistin hochgesprungen, sondern zielstrebig auf den Hund zu, um ihn am Kragen in Richtung Wohnung zu bugsieren: «Aber Marsch, rein!» Von der Disziplin eines Marsches weit entfernt, war der Hund zurück in die Wohnung gesaust, um sofort wieder angepest zu kommen, wie ein Gummiball, der an einer Wand abgeprallt war.

Die Polizistin, erfahren darin, auch in unruhigen Situationen ihr Anliegen klarzumachen, hatte sich von dem herumsausenden Hund nicht irritieren lassen: «Frau Meiler hat Hilferufe gehört. Haben Sie etwas gehört?»

Der junge Mann hatte nebenbei den Kopf geschüttelt, war aber sonst konzentriert bei der Tätigkeit geblieben, seinem Hundeflummi das Gehüpfe zu untersagen: an Rebekka hoch – «Aus!», schon zu spät; in Rebekkas Wohnung rein – «Kommst du da raus!», schon zu spät; die Treppe rauf – «Ey!», auch zu spät; und dort an irgendwem hoch – anscheinend zu spät. «Huch, wen haben wir denn da?», hatte der Polizist oben gelacht. Der junge Mann war seinem Hund hinterhergeeilt. Die Polizistin hatte nicht aufgehört, zu klopfen und zu klingeln, zugleich mit polizeilichem Rundumblick noch bemerkt, dass die Tür des jungen Hundebesitzers dabei war, sich zu schließen, was sie mit geübtem polizeilichem Fußeinsatz zu verhindern wusste. «Wissen Sie, wer da wohnt?», hatte sie mit ihrem Kopf in Richtung der dritten Tür auf der Etage genickt, aber Rebekka konnte nicht nicken. Auf dem Klingelschild stand «Riedel». Rebekka hätte antworten können: «Riedel», tat sie aber nicht. «Weiß nicht. Ich wohne noch nicht so lange hier.»

Oben waren fremde Stimmen zu hören gewesen, die ebenfalls verneinten, Hilferufe gehört zu haben. Rebekka war sich immer blöder vorgekommen.

Als die Polizistin Rebekkas bedeppertes Gesicht sah, hatte sie ihr versichert, dass es absolut richtig gewesen sei, die Polizei zu rufen. «Lieber einmal zu viel als einmal zu wenig.» Ganz dramatisch hatte sie durch die Nase geatmet. Das klang ganz deutlich nach: Was sie schon gesehen und gerochen hatte.

Der junge Mann hatte inzwischen seinen Hund wieder eingefangen, der sicherlich gerne weiter den Geruch zwischen den Beinen aller Mieter erkundet hätte. Der junge Mann war die Treppen heruntergekommen, den aufgeregten Hund auf dem Arm, dem vorne seine Zunge um die Schnauze und hinten seine Rute um den Arsch propellert war. Er hätte im Kreis fliegen können.

«Rein mit dir!», hatte der junge Mann das Tier in die Wohnung geworfen, dann seinen Schlüssel von außen ins Schloss gesteckt und die Tür geschlossen. Danach hatte er sich durchs Haar gestrubbelt. «So! Jetzt bin ich ansprechbar.»

«Wissen Sie vielleicht, wer dort wohnt?», hatte die Polizistin die Frage an ihn weitergereicht, als wäre der junge Mann Rebekkas Telefonjoker. Die Tür bei Riedel war immer noch verschlossen und dahinter der Überraschungspreis.

«Uff, pff, ich wohn erst seit zwei Monaten hier. Ja, also ich kenne noch nicht so viele im Haus. Aber da wohnt Frau Riedel. Die ist alt. Aber noch ganz fit. Die nimmt vormittags meinen Hund. Ich bringe ihr dafür manchmal was vom Einkaufen mit.»

Das hatte die Polizistin nicht halb so sehr interessiert wie: «Und kann es sein, dass sie um Hilfe gerufen hat?»

«Nein, das glaube ich nicht. Die ist fit. Die geht sogar mit meinem Hund raus. Is komisch, dass sie nicht aufmacht. Vielleicht ist sie bei ihrer Schwester. Die wohnt ganz oben. Frau Gomesch. Die hat auch einen Hund.»

«Und die Frau Gomesch ist auch alt?», hatte die Polizistin wissen wollen.

«Ja, aber auch fit. Die fährt noch Fahrrad.»

Rebekka war überrascht gewesen, dass der junge Mann gar nichts von Hund gesagt hatte. Fuhr denn Frau Gomesch nicht mit ihrem Hund Fahrrad?

«Frau Riedel!», hatte die Polizistin die Tür angesprochen, zusätzlich zum Klopfen und Klingeln.

Der Polizist war die Treppe runtergekommen. «Nur bei Stephans macht keiner auf. Wissen Sie, wer da wohnt?»

Rebekka hatte gleich zu ihrem Telefonjoker geschaut. Der junge Mann war damit beschäftigt, seine Tür zu beschimpfen, hinter der der Welpe jammerte. Rebekkas Tür war die einzige, auf die nicht eingeredet wurde.

Der junge Hundebesitzer hatte sich erneut gestrubbelt. «Äh! Ja, Frau Stephans. Die ist wirklich alt. Richtig alt.»

Rebekka hätte darauf gewettet, dass er noch sagen würde, die Frau Stephans wäre aber noch ganz fit, würde noch Rad fahren, Autos hochheben und Bengels verprügeln. Oder wenigstens irgendwas mit Hund. Aber nichts dergleichen.

«Da kommt dreimal am Tag der Pflegedienst», hatte der Strubbelkopf Auskunft gegeben. «Die ist gut versorgt. Die Frau Riedel hat den Schlüssel zu der Wohnung.»

«Ja, aber Frau Riedel macht ja nicht auf», hatte die Polizistin geseufzt und mit ihren am Gürtel baumelnden Utensilien geklappert, mit denen sie gerade nichts anfangen konnte: Schlagstock, Pistole, Taschenlampe. Zum Klopfen brauchte sie nur einen Zeigefingerknöchel. «Frau Riedel!» Oder die ganze Faust. «Frau Riedel!»

«Vielleicht können wir von einem Ihrer Balkone aus in Frau Riedels Wohnung sehen?»

Es wäre Rebekka sehr unangenehm gewesen, «Ja, klar» zu antworten, so als ob sie jeden Abend Frau Riedel zusah, wie sie alt war, aber noch ganz fit.

«Bei mir nicht!» Der junge Mann war sich sicher und hatte bedauernd die Arme gehoben.

Der Polizist hatte von Rebekkas Balkon aus tatsächlich in Frau Riedels Wohnung sehen können. «Die sitzt vor dem Fernseher und strickt.» Er war lächelnd zurückgekehrt, nachdem er sich weit über die Brüstung gebeugt hatte.

«Frau Riedel ist schwerhörig. Vielleicht macht sie abends das Hörgerät raus», hatte der junge Mann überlegt und dann wieder seine winselnde Tür angeschrien. «Höruffjetz!» – Hörte sie aber nicht und der Hund dahinter auch nicht.

«Gut, mit Frau Riedel ist alles in Ordnung. Bleibt nur Frau Stephans! Dann gehen wir mal wieder hoch.»

Die Polizisten hatten angesetzt, wieder hochzugehen, wurden aber auf Stufe drei gestoppt vom Strubbelkopf.

«Ah, Halt! Nur so 'ne Idee. Frau Gomesch hat den Schlüssel von Frau Riedel, und die hat den Schlüssel von Frau Stephans. Das ist wie mit dem Bauern, der ein Schaf und einen Kohlkopf und einen Wolf über den Fluss bringen muss. Ich hab das Rätsel gelöst.» Der junge Mann hatte zufrieden in sich hineingegluckst. Rebekka war sich bei dem dämlichen Lachen sicher, dass der junge Mann ab und zu nicht erlaubte Substanzen konsumierte. Die Polizei hätte dieses Kifferlachen doch erkennen müssen. Vielleicht konnte man sehr wohl von seinem Balkon aus in Frau Riedels Wohnung sehen, aber vielleicht konnte man durch die hochgewachsenen Pflanzen auf seinem Balkon auch gar nichts sehen.

«Oder war das ein Hund? Wieso sollte der Bauer einen Wolf haben?»

Rebekka war der Mund aufgeklappt. Hatte der einen Schatten, Mannomann. Den Schatten eines Hundes.

Die Polizisten hatten sich schon treppauf gemacht, das Rätsel mit dem Wolf oder Hund, dem Kohlkopf oder Krautsalat und dem Schaf oder der Ziege zu lösen.

Der junge Mann war wieder dazu übergegangen, dem Hund hinter der Tür zu vermitteln, dass er sein Verhalten nicht gutheiße und ihn ganz im Gegenteil für eine Mistgurke hielt. Danach hatte er sich Rebekka als Gustav vorgestellt, die nun also wusste, dass nebenan Gustav und Mistgurke wohnen.

«Frau Meiler. Also Rebekka!», hatte sie ihre Hand rübergereicht.

«So lernt man sich kennen. Sag mal, Rebekka, hörst du manchmal den Hund? Ich muss den ja auch manchmal alleine lassen. Ich weiß gar nicht, ob der dann bellt.»

Rebekka war die Frage nicht geheuer rübergekommen. Wenn sie jemals etwas gehört hätte, würde ihr doch Gustav, zack, zack, den Hund, der ja nicht allein bleiben kann, überhelfen und dann manchmal für sie einkaufen gehen. Nein danke, dachte Rebekka und ließ das Danke bei der Antwort weg.

Oben im Treppenhaus war Frau Gomesch inzwischen ein zweites Mal aus dem Lebensabend geklingelt worden. Die Polizisten hatten versucht, alles in gut verdaubaren Häppchen zu erklären. Der Schlüssel von Frau Riedel. Der Schlüssel von Frau Stephans. «Frau Gomesch, wenn Sie uns den Schlüssel …»

«Die Elke hört manchmal nicht so gut», hatte Frau Gomesch sehr laut gesagt. «Ich komm mal mit, damit die sich nicht erschrickt, wenn Sie plötzlich in der Wohnung stehen. Ich muss erst meine Hausschuhe suchen.»

Rebekka hätte ein perfektes Denkmal abgegeben: das

überflüssigste dicke Mädchen überhaupt, das je im Hausflur stand. Sie hatte sich hinter eine verschlossene Wohnungstür gesehnt, während Gustav von seiner vorherigen Wohnung erzählte: «Eine Bruchbude vom Feinsten!»

Endlich war der Schlüsseltross die Treppe wieder heruntergekommen, voran Frau Gomesch in einer schon gar nicht mehr als Geschwindigkeit zu erfassenden Geschwindigkeit, möglicherweise in zwei HS, zwei Hausschuhstärken.

Den Polizisten war nichts anderes übriggeblieben, als Frau Gomesch geduldig zu folgen, denn sie hielt den Schlüssel hocherhoben, einer Nachtlampe gleich, in ihrer runzeligen Hand.

«Ah, hallo! Wie geht es denn dem Max? Meine Luci schläft ja schon.» Frau Gomesch war drauf und dran gewesen, sich von Hundebesitzer zu Hundebesitzer in ein interessantes Gespräch über Durchfall und Zecken zu stürzen, wurde aber von den Polizisten angehalten, die Tür zu öffnen.

«Zeit nicht im Lotto gewonnen, oder wie?», hatte die Alte gegrummelt und dann aufgeschlossen.

Es war, wie von verschiedenen Seiten schon vermutet: Frau Riedel hatte das Hörgerät rausgenommen. Der Schreck über die Polizei in der Stube hinterm Fernsehsessel hätte ihr Tod sein können, sie lachte aber nur nach kurzem Schrecklaut. Danach hatte sie auf der Suche nach dem Schlüssel für Frau Stephans' Wohnung jeden Handgriff kommentiert, und als sie «den Schlingel» gefunden hatte, musste sie noch ihre Hausschuhe anschlappen, «noch eben schnell», hatte sie gesagt und sich gebückt wie ein knorriger Baum, der sich mal seine Wurzeln ansehen will. «Ach, Herr Gustav! Wie geht es denn dem Max?»

«Der heißt Marx, Frau Riedel!», hatte Gustav erklärt.

«Jaja! Ein ganz Lieber», war Frau Riedels Antwort darauf.

Rebekka war nur skeptisch gutenabendt worden. Danach war der kleine Ausflugstrupp, zwei Bullen, Gustav, der sich strubbelnd anschloss, und zwei knorrige Bäume in Hausschuhstärke wieder nach oben aufgebrochen, wo dann für Rebekka das Hörspiel gegeben wurde: «Zwei alte Damen und zwei Polizisten». Schuhe, Hausschuhe, Hausflur.

«Wieso klingeln Sie denn? Wir haben doch schon geklingelt.» Männerstimme.

«Ja, aber die Frau Stephans hat ein geheimes Klingelsignal. Sonst macht die nicht auf. Die kann ja nicht wegen jedem Klingelstreich aufstehen.» Frau Riedel.

Dann war das geheime Klingelsignal zu hören: Dingdong, Pause, Ding-Dong, Pause, Ding-Dong. Hausschuhe hatten ungeduldig geschlurft, Polizistenutensilien geklappert. Der Geräuschmacher dieses Hörspiels hatte dafür einen alten Lappen über ein Bakelitbrett geschoben und dann mit einem Nudelholz und einer Suppenkelle herumhantiert.

«So! Jetzt schließen Sie bitte auf!» Die junge Polizistin.

«Nein, das dauert, bis Frau Stephans an der Tür ist.» Frau Riedel.

Stille, die sich ein Hörspiel heutzutage gar nicht erlauben darf. Da wird sofort abgeschaltet. Eine Tür war geöffnet worden. Rebekkas Ohren hatten sich wie Hundeohren aufgestellt. Max oder Marx hatte wieder zu jammern begonnen. «Haltdiebacken!», war der Kommentar dazu gewesen. Stille.

Hörspiel zweiter Teil, mit neuem Titel: «Drei alte Damen und zwei Polizisten».

Drei Damenstimmen durcheinander: «Hallo, Frau Stephans, Frau Gomesch, ah, Frau Riedel, Frau Stephans!»

«Hallo, großer Mann!» Eine ganz dünne Stimme einzeln.

«Hallo, kleine Frau!» Der Polizist.

«Frau Stephans, entschuldigen Sie die Störung. Ist alles in Ordnung bei Ihnen? Haben Sie um Hilfe gerufen?» Die Polizistin.

«Ach, wieso denn?» Ein kieksendes Lachen.

«Also, Sie haben nicht gerufen?» Frau Gomesch sehr laut.

«Nein, nein», die piepsige Mausstimme, «ich habe vorhin ganz laut Radio gehört. Vielleicht war das zu laut.»

«Ja, vielleicht war das das Radio. Wir haben uns solche Sorgen gemacht. Liebe Frau Stephans, dann wollen wir mal nicht weiter stören.» Frau Riedel.

«Die Frau Meiler hat halt Hilferufe gehört.» Der Polizist.

«Aber ich hab nicht Hilfe, Hilfe gerufen, großer Mann!» Frau Stephans. Ein sehr gut gelauntes Kichern.

Für Rebekka war das damit geklärt. Als Frau Stephans «Nein, nein» gesagt hatte, verriet sie sich das erste Mal. Bei jeder Gegenüberhörung hätte Rebekka diese Stimme erkannt. Ja, diese Stimme hatte Hilfe, Hilfe gerufen. Als Frau Stephans noch dazu bestritt, dass sie Hilfe, Hilfe gerufen habe, obwohl nur von Hilferufen gesprochen worden war, da hatte sie sich das zweite Mal verraten. Die Hilferufe hätten ja auch einzelne Hilferufe gewesen sein können oder Hilferufe, die wie das geheime Klingelsignal von Frau Stephans waren: Hilfe, Pause, Hilfe, Pause, Hilfe.

Gleich am nächsten Tag hatte Rebekka es wieder gehört. Es schien niemanden im Haus zu stören. Rebekka hatte noch weniger Lust, als jeder normale Mensch ohnehin schon hat, in eine Lage zu kommen, in der sie in diesem schwerhörigen Haus um Hilfe rufen musste. Dann hat Frau Stephans eben wieder das Radio zu laut an, hatte Rebekka gedacht. Seitdem hörte sie es ständig. Sie hörte es sogar auf Arbeit manchmal. Sie versuchte, dagegen abzustumpfen, dass jemand um Hilfe rief. Das war ihr so unangenehm, dass sie niemandem davon erzählen konnte. Etwas, das Johanna nie in den Sinn gekommen wäre: etwas nicht zu erzählen. Sie erzählte Rebekka ihre Vera-Verfolgung haarklein, haargenau, haarsträubend. Die Hilferufe bekam Johanna durch das Telefon nicht mit.

Johanna war Vera, ebenjener, an diesem Freitag, ebendiesem, gefolgt. Sie schilderte es, als hätte sie die lautlosen Reifen aufgezogen und die Tarnkappe aufgesetzt und dabei ständig in ihr Headset gebrabbelt: «Zielperson geht jetzt zum Auto, ein roter Fiat, Zielperson trägt eine alberne Filzkappe, klar daran erkennbar als ältere alternative Frau, bleibe dran. Folge Zielperson, Zielperson fährt ganz schönes Tempo, scheint es eilig zu haben, zum Treffpunkt zu kommen.»

Johanna hatte sich trotz widriger Ampelverhältnisse nicht abhängen lassen und dann aufgrund widriger Parkplatzverhältnisse keinen Parkplatz gefunden. Nach längerer Parkplatzsuche und Geldtauschen für Parkuhr schlich sie sich in den Pub, in dem Vera verschwunden war. Natürlich den Mantelkragen hochgeklappt. Im Pub war es nicht voll genug gewesen, um in der Menge unterzutauchen.

«Vera saß in einer Ecke. Eigentlich wäre das die perfekte Ecke für mich gewesen. Da hätte ich alles super im Blick gehabt. Ich hab mich dann an die Bar gesetzt, also mit dem Rücken zu ihr.»

Rebekka schiss sich schon bei der Vorstellung ein, aber Johanna hatte sich wohl eher bepinkelt vor Freude. So unterschiedlich sind die Ausscheidungsfunktionen mit den Stimmungen verbunden. Als Johanna anhob, die Inneneinrichtung des Ladens zu beschreiben, fand Rebekka: «Och, nö, mach's mal nicht ganz so spannend.»

«Wieso? Es ist total wichtig, dass hinter dem Tresen ein Spiegel war. In dem Spiegel konnte ich nämlich Vera sehen.»

«Aber sie dich doch auch», rief Rebekka erschrocken. Sie kam sich vor wie im Puppentheater. Pass auf, Kasperle, das Krokodil!

«Na, warte doch mal! Erst mal muss ich dir doch noch was anderes erzählen.»

Um Vera besser im Spiegel zu sehen, erzählte Johanna, musste sie natürlich dafür sorgen, dass eine der Flaschen aus dem Regal vor dem Spiegel genommen wurde. Die Flasche im Blickfeld war brauner Tequila. Das trank Johanna sonst nicht, aber bestellte es trotzdem. Die Barfrau, jung an Jahren und blondiert an Haaren, hatte eine Flasche aus dem Kühlschrank genommen, und Johannas Gehirn hatte losgekniffelt, wie sie diese störende Flasche jetzt wegbekommen könnte. «Warum kann ich denn nicht von der Flasche ein Glas haben?»

«Die ist nicht gekühlt», antwortete Blondi.

«Ich will aber nicht gekühlt.»

«Okay!»

Die Barfrau hatte achselzuckend die Flasche aus dem Regal genommen: «Auf Eis?»

«Natürlich nicht», hatte Johanna geantwortet.

Danach hatte sie Vera im Spiegel sehr gut sehen können,

bis sie im nächsten Moment wieder verdeckt worden war von einer ebenfalls korpulenten Frau – der Schwester. Die war sogar noch etwas korpulenter als Vera und verdeckte deshalb Vera ganz. Der Karl, um den es ging, schien auf Dicke zu stehen oder Dicke auf ihn, oder es ging miteinander einher, überlegte Johanna als Nebenschlenker, bevor sie zu ihrer spannenden Agententätigkeit in der Bar zurückschlenkerte. Sie musste verhindern, dass die Barfrau die Flasche wieder dorthin zurückstellen würde, wo sie hingehörte, auf das Regal vor dem Spiegel und damit vor den korpulenten Rücken von Veras Schwester vor Vera. Johanna hatte ihren warmen Tequila gekostet und dann die Barfrau nach der Bitte fingerangeschnipst, die Flasche mal ansehen zu dürfen. Freie Sicht für freie Spione.

«Wieso, schmeckta nich?», hatte die Barfrau gefragt. «Weila warm is.»

«Nee, schmeckt gut. Genau so will ich ihn», log Johanna, tapfer die Mundwinkel hochhaltend. «Ich will nur mal sehn.»

Nur mal sehn konnte sie dann auch wieder Vera und ihre Schwester, die sich anheulten und ihre Hände hielten.

«Und was haben sie geredet?»

«Wie soll ich das denn hören im Spiegel?»

«Ich dachte, du hättest dir dann aus 'nem Bierfilz 'nen Trichter gebastelt und ans Ohr gehalten.»

«Gute Idee, Rebekka! Bin ich nicht drauf gekommen, und darum hab ich nichts gehört.»

«Also, ist das alles … Du hast sie verfolgt. Sie haben geweint. Ende der Geschichte.»

«Na, wart's ab!»

Immer wenn die Barfrau nach Johanna gesehen hatte,

tat die beschäftigt, alles zu lesen, was auf einer Flasche nur stehen kann. Als das drohte auffällig unglaubwürdig zu werden, hatte sie nach Stift und Zettel gefragt und die Angaben auf der Flasche abgeschrieben: «Gleich fertig», hatte sie zu der Barfrau gesagt. Die hatte sicherlich schon anderes erlebt mit Kneipengästen, z. B. zwei dicke Frauen, die sich in der Kneipenecke anheulen, sich umarmen, dann aber plötzlich beginnen herumzuschreien.

«Also hast du doch was gehört!»

«Na, nur ganz kurz. Vera schrie: ‹Dir ist nicht zu helfen!›, und die Schwester schrie: ‹Von dir nicht!› Die Schwester ist dann rausgetrampelt wie ein Elefant. Dann saß Vera allein da, total fertig und … Ich hätte ihr am liebsten diese Selbsthilfegruppe im Frauenzentrum empfohlen, bei dieser taffen Frau, die immer alles weiß.» Johanna lachte.

«Ist doch voll traurig, Johanna.»

«Ich find's lustig. Aber das Lustigste kommt noch. Dann kam Vera zu mir.»

«Neiiiiiin! O Gott!»

«Na, reg dich nicht so auf, alles halb so wild. Sie kam zu mir und sagte erst mal: ‹Hallo, Johanna›, und dann sagte sie, dass sie mir jetzt ihre drei ehrlichen Sätze sagen würde. So! Das war die Story.»

«Was, was, was? Nee, nee, nee, Johanna. Nichts mit ‹Das errätst du nie›! Was hat sie gesagt?»

Johanna hatte Vera versprochen, nichts davon zu erzählen.

«Und da hältst du dich dran? Alles andere hast du mir doch auch erzählt. Was ist denn mit dir los?»

«Na, was ist denn mit dir los? Erst die ganze Zeit, nee, will ich nicht wissen, dann arme Vera, und jetzt soll ich auf einmal alles auspacken. Ich kann es dir wirklich nicht erzählen. Du willst ja weiter zu der Gruppe gehen, und dafür ist es besser, du weißt es nicht. Das ist einfach so.»

Rebekka überlegte, ob sie aus der Gruppe aussteigen sollte, nur um zu erfahren, was Vera gesagt hatte.

«Erzählst du's mir irgendwann?»

«Irgendwann.»

Johanna wollte sich lieber für morgen verabreden, aber Rebekka bestand aufs bewusste Alleinsein, auch wenn die Hausaufgabe von einem ganz traurigen Würstchen stammte. Die Hilferufe hatten aufgehört. Rebekka legte sich ins Bett, lag und grübelte Gedanken zur Zimmerdecke, die nicht düster waren, aber hell auch nicht, und wenn sie wie Rauch Spuren hinterlassen würden, wäre irgendwann über dem Bett eine vergilbte runde Stelle, unter der Rebekkas Kopf auf dem Kissen lag. Sie überlegte unter anderem, wann es aufgehört hatte, um Adrian zu gehen, und ob es um ihn ging, als es noch um ihn ging.

Morgens lag Rebekka immer noch im Bett, dazwischen eine Nacht mit Mücke im Zimmer. Der Radiowecker sagte das Tageshoroskop an. Insgesamt hatten alle Sternzeichen kleine Scherereien, aber nichts, was nicht zu meistern wäre. Jungfrau: Sie haben eine Freundin, die Krebs hat. Skorpion: Sie denken nicht mal mehr an ihre Exfreundin. Widder: Sie leiten eine Gruppe für Frauen mit Liebeskummer und leiden selbst. Davon kein Wort. Rebekka sollte sich finanziell keine Sorgen machen. Finanziell machte sie sich gar keine Sorgen. Sie schaffte es nicht, Jette anzurufen. Wenn die von Strohhalmen erzählen würde, müsste Rebekka zu viel seufzen, und das war ja nicht erwünscht. Sie wollte Arzt und

Krankenhaus hören und nicht Baumrindentee und Kastanienblüten. Jette war sich so sicher gewesen, dass so was Kokolores ist, dass Rebekka es, hinter Jettes Kehrtwendung hinterherhinkend, immer noch Kokolores fand. Außerdem sollte sie bewusst allein sein.

Rebekka stand auf und rief nach dem Frühstück ihre Mutter an, um zu hören, was an diesem Tag im Haus schon alles geputzt worden war. Rebekka saß auf dem Teppich vor dem Sofa und sammelte mit kreisenden Bewegungen ihre herumliegenden blonden Haare zu einem anwachsenden Knäuel.

«Und sonst?», fragte die Mutter sehr ungenau, die Dartpfeile nur ungefähr in Richtung der Zielscheibe geworfen, worauf Rebekka für gewöhnlich auch eher ungenau «alles in Ordnung» antwortete.

«Mit Adrian, meine ich», stellte die Mutter weit weg das Fernglas ihrer Fragen schärfer.

Rebekka erzählte das erste Mal von der Gruppe.

«Was kostet das denn?», fragte ihre Mutter.

«Ach, nicht so viel. Jedenfalls hilft es mir.»

«Na, gut. Mir hat damals nur geholfen, als mir erzählt wurde, dass dein Vater immer noch fremdgeht. Bloß, dass er damit dann die andere Frau hinterging. Mir konnte das egal sein. Da kamen zwar unangenehme Erinnerungen auf, aber auch, na ja, Erleichterung oder, ach, ich war auch ein bisschen schadenfroh. Ab da ging es mir erst besser. Das war erst nach drei oder vier Jahren. Da erst war ich mir sicher, dass es richtig gewesen war, deinen Vater rauszuschmeißen.»

Rebekka drehte ihr Haarknäuel in den Fingerspitzen zu einem kleinen, unförmigen Mäusenest. Ihr Vater war ein

Karl gewesen, schlimm genug, oder war es immer noch, noch schlimmer. Davon hatte sie nichts gewusst.

«Wer hat dir das denn erzählt?», fragte Rebekka.

«Na, Oma.»

«Du hattest mit Oma Kontakt?»

«Natürlich, sie war doch ganz lange auch meine Mutter. Wir haben uns geschrieben.»

Rebekka hatte davon auch nichts mitbekommen. Sie war bei ihrer Mutter oder bei ihrem Vater, wo sie auch ihre Oma sah. Rebekka konnte sich nicht daran erinnern, ihre Mutter mal gesehen zu haben, wie sie etwas schrieb. Vielleicht einen Entschuldigungszettel für die Schule, wenn Rebekka krank war. Es kam ihr überhaupt seltsam vor, dass ihre Mutter mal ganz normal am Leben teilgenommen hatte. Sie war nicht alt auf die Welt gekommen.

«Mama, ich find's schön, dass du mir das gesagt hast.»

«Na, find es ma lieber schön, dass ich es dir nicht damals gesagt hab.»

Nach dem Telefonat knüllte Rebekka ihre zusammengesammelten Haare zu einem winzigen Ball, ein Milbenhauptgewinn. Innerlich fühlte sie sich ähnlich verfitzt wie dieses Haarbällchen. Da war ihre kleine, lächerliche, schusselige, überbesorgte Mutter. Da war die laute, starke, selbstbewusste Ruth. Da war ihr Vater, den die Scheidung damals wie ein Schlag getroffen hatte. Und wer war da jetzt? Alle Rollen rollten Rebekka weg. Ihre Mutter war also stark gewesen, aber darum allein. Ruth war schwach oder stark, jedenfalls nicht allein. Ihr Vater hatte zu Recht gelitten, wenn es so etwas überhaupt gab. Rebekka hatte keine gültige Fassung mehr für diesen Abschnitt ihres Lebens. Sie hatte Freunden auf die immer selbe Art davon erzählt. Umso seltsamer war es jetzt, sich vorzustellen, sie würde jemanden neu kennenlernen und es anders erzählen. Als ob Hänsel und Gretel gar nicht in den Wald gegangen wären, und wenn doch, war es dort vielleicht taghell und brüllend heiß gewesen.

Vera hatte nicht gesagt, dass sie sich beim bewussten Alleinsein langweilen sollten, und das hatte Rebekka auch nicht vor. Sie suchte einen Bastelbedarfsladen auf. Sie kaufte eine Bastelschere und Bastelkleber, buntes Papier, drei Blautöne und drei Gelbtöne. Es gab auch viele Bastelbücher, in denen solche schönen Worte wie Falz und umkniffen, Klebefuge und aufriffeln standen. Rebekka schaute sich die vielen Materialien in allen Farben an. Es gab alles für alles für alle. Glasstäbchen, Tonquader, Schaumstoffmurmeln, Korkplatten, Filzrechtecke, aus denen Frauen dann Fensterklimbim und Pappschachteln bastelten, um den liebevollen Haufen aus umgefalzten Klebefugen und Glitzersternchen ihren Männern zu schenken, die nach dem Auspacken entzückt aufschrien: «Was soll das denn sein?»

Als Rebekka wieder zu Hause war, freute sie sich, dass sie allein sein würde, nur sie und sie und Rebekka. Sie schloss die Wohnungstür hinter sich und hatte nicht das Bedürfnis, «Ach ja» zu sagen, sondern «So!».

«So!», sagte sie.

Sie setzte sich an ihren Tisch in der Stube und packte aus, was sie gekauft hatte. Dem Fernseher stellte sie nicht wie sonst den Ton ab, weil sie beim Basteln ja nicht fernsehen konnte, sondern eher zuhören, weshalb es sinnvoll gewesen wäre, sie hätte das Bild abschalten können. Es lief eine Sendung über Prominente, die sich für eine Preisverleihung in Schale geschmissen hatten.

Rebekka war begeistert, dass so viel Zeit vor ihr ausgebreitet lag, wie ein langer Teppich, auf dem man auch mal stehen bleiben kann. Ein wochenendlanger Teppich. Sie dachte daran, endlich die Wohnung mal richtig aufzuräumen. Adrian hatte oft davon gesprochen, dass man eigentlich nur einmal ein funktionierendes System aus vielen kleineren Aufbewahrungssystemen anlegen müsste, um das bestehende Unordnungspotential nicht nur zu verringern, sondern Unordnung ganz und gar auszuschließen, da alles seinen Platz hätte, den es bei Gebrauch nur kurzzeitig verließ. Die Tiefenordnung hatte Adrian das genannt, und wenn er davon sprach, klang es wie die Ankündigung eines ganz spannenden Films. Trommelwirbel, die Tiefenordnung, wow! Rebekka war weit entfernt von der Trommelwirbel, Tiefenordnung. Sie hatte sogar noch zwei unausgepackte Umzugskartons hinter der Stubentür stehen. In den Kartons waren Fotoalben. Ausschnitte aus dem Leben 9 mal 13. Sie könnte die Fotoalben auspacken und ihnen eine einheitliche Beschriftung von Vorderseite und Rücken basteln, aber dann würde im Regal dunkelblau, hellblau oder safrangelb «Urlaub mit Adrian» neben «Urlaub mit Hannes» neben «Hochzeit von Jette» stehen. Das war ihr zu dicht. Vielleicht morgen, morgen. Heute, heute erst mal was anderes. Rebekka schaute sich im Zimmer um. Auf dem Schrank waren Kartons. Die könnten auch einheitliche Fronten bekommen und Aufschriften. Briefe, Steuer und Bedienungsanleitungen. Rebekka sah der Moderatorin im Fernseher zu, die mit ihren Karteikärtchen wie mit kleinen Hackebeilchen auf ihre eigene Hand einhackte, um ihren Worten Nachdruck zu verleihen.

Rebekka bastelte sich zum Mittag erst mal Rührreier. Die Büchsenpilze waren in der Kammer, ebenso das Klingelbrett. Na, hallo, altes Ding. Ding-Dong-Ding. Da Rebekka gar nicht so viel Lust hatte, die Kartons vom Schrank zu holen, nahm sie sich nach dem Essen des Klingelbretts an. Sie legte es auf den Stubentisch und beschaute sich das von Geschichte und Vergangenheit entblößte Ding. Jetzt begann die Zukunft. Rebekka schnitt kleine safrangelbe Zettelchen zu, die genau in die Klingelschilder passten. Und weiter wusste sie nicht. Sie könnte Johanna anrufen und fragen – mach was draus, ja, was denn? Jette könnte auch eine Idee haben, aber Rebekka wollte nicht mitten in das Geheule anrufen. Da war sie nicht so gut drin. Wer schon? Iris hätte bestimmt auch eine Idee. Sie bastelte so Schaukästen mit verlassenen Wespennestern, ausgekochten Spatzenschädeln, Federn und so Zeug. Kleine Geisterbahn zum Aufhängen. Rebekka überzeugte sich selbst, dass sie selber auch eine Idee haben konnte, und schon zwei dumme Mysterie-Serien später hatte sie einen klugen Gedanken.

Als Erstes schrieb sie auf einen der kleinen safrangelben Zettel: Andy. Und dann seine Telefonnummer. Danach folgten alle möglichen anderen Namen, bis nach zehn Namen Schluss war, und das schon mit Mutter und Vater und Johannas und Jettes Handy. Mehr nicht? Sie klapperte mit dem Stift auf dem Tisch. Johannas Büro, Andys Handy, Ramonas Handy, Büro vom Vater. Vierzehn. Nicht mal die Hälfte. Sollte sich Rebekka neue Freunde suchen, nur um das Klingelbrett vollzubekommen? Sie blätterte immer wieder das zerlederte Büchlein durch, mit seinen spärlichen alphabetischen Einträgen.

Rebekka starrte auf die Nummer von Adrian. Die musste da garantiert nicht drauf. Außerdem konnte sie die Nummer auswendig. Sie schrieb noch ihre Halb und Stief dazu. Eine beachtliche Zahl an Familie, die sie viel zu selten anrief. Sie schrieb die Geburtstage unter die Telefonnummern. Zum Geburtstag rief sie immer an. Neunzehn. Sie schrieb ihre Zahnärztin und ihren Frauenarzt auf. Einundzwanzig. Wie sah das denn aus, wenn so viele Felder frei blieben? Sollte sie sich eine Freundin ausdenken? Alexandra, sehr nett, immer freundlich. Rebekka schrieb noch Cousine Nele und Cousin Konrad auf. Dreiundzwanzig. Zehn freie Schilder noch. Die Nummer fürs Telefonbanking. Vierundzwanzig. Herr Bastian, der ihr seine Nummer mal gegeben hatte, «für wenn was is», und vielleicht war ja mal was. Fünfundzwanzig. Regine aus der Schule. War eigentlich eine gute Freundin zu Schulzeiten gewesen. Sie wohnte nur so weit weg, war im Dorf geblieben. Da muss man eben manchmal anrufen. Sechsundzwanzig. Ihr Vater hatte doch auch ein Handy. Sie suchte die Nummer raus. Siebenundzwanzig. Ihre eigene Handynummer. Die konnte sie nicht auswendig. Achtundzwanzig. Chinaessen. Neunundzwanzig. Pizza. Dreißig. Und Jenny. So schlecht war sie auch nicht. Einunddreißig. Zwei noch. Sie schrieb auf einen Zettel: Mein Zukünftiger, und später würde sie die Nummer dazuschreiben. Sie grinste. Ein Schildchen nur noch. Ah, der Krankenpflegedienst von Frau Stephans. Rebekka hatte vor ein paar Tagen erst einem Pfleger im Hausflur gesagt, dass Frau Stephans immer um Hilfe rief. Der Pfleger sagte, dass die alte Frau das sogar tat, wenn er bei ihr war. «Aber falls sie mal nicht Hilfe ruft, sollten Sie uns anrufen.» Dreiunddreißig. Fertig. Rebekka schaute nochmal ihr Telefonbüchlein durch. Hannes. Sie hatte seine neue Handynummer nur, weil sein Handy ihrem Telefon beim Telefonieren die Nummer mitgeschickt hatte, als er in der Stadt gewesen war und nach einem Treffen gefragt hatte. Sollte der mit drauf? Eigentlich rief sie ihn nie an. Also beschloss sie ihn anzurufen. Im Gegensatz zu dem Grund eines Brunnens darf der Grund, seinen Ex anzurufen, auf keinen Fall tief sein. Eine dumme Arztserie später stellte sie den Fernsehton leise und rief Hannes an.

Der gute Grund lag vor ihr auf dem Tisch. Ein Steckpuzzle namens Teufelsknoten, das Hannes in seiner Ausbildungszeit angefertigt hatte. Knifflig, knifflig. Er hatte mindestens sechs solcher Dinger angefertigt. Erst einen großen, dann immer kleinere, weil er immer geschickter wurde, dann einen ganz kleinen, als er ganz geschickt geworden war. Diesen ganz kleinen hatte er Rebekka geschenkt. Sie hatte ihn früher auf Arbeit auf dem Computerbildschirm liegen. Wenn ihr langweilig war, zwischen zwei Reisen, die sie selbst nicht antrat, hatte sie den Teufelsknoten immer wieder auseinandergebaut und immer wieder zusammen. Dann hatte sie ihn das letzte Mal auseinandergebaut, um Adrian vorzuführen, wie das Wunderding innen beschaffen war, wo es doch von außen so aussah, als gingen zwei der Kanthölzer durch zwei der anderen Kanthölzer einfach durch, und das genau an der Stelle, wo noch zwei andere Kanthölzer einfach so durchgingen, und das, obwohl dort, wo etwas war, nichts anderes sein konnte. Adrian hatte sich das auseinandergenommene Geheimnis bekuckt und wissend hin und her gewendet. Dann hatte er es nicht mehr zusammenbekommen, und als Rebekka die kleinen, fein gearbeiteten Teile in der Hand hielt, wusste sie auch nicht mehr, wie es ging.

«Hallo, Hannes! Hier ist Rebekka.» Rebekka hatte keine Lust herauszufinden, dass er ihre Stimme nicht mehr erkannte.

«Hallo!»

«Stör ich?»

«Nein, gar nicht. Ich kuck ’ne blöde Arztserie im Fernsehen.»

Rebekka hörte den Ton zum Fernseher von ganz fern, passend zu ihrem Bild. Bevor es zum «Wie geht es dir, mir geht es so und so» kommen konnte, sagte sie gleich, dass es um den Teufelsknoten ging.

«Oah! Ich weiß nicht, ob ich das noch kann. Warte mal, ich such mal einen und bau ihn dann auseinander.»

Rebekka wartete und drehte und wendete die Hölzchen in ihrer Hand.

«Rebekka?»

«Ja!»

«Ich finde gerade keinen. Die sind vielleicht in der Kiste, die ich nach dem Auszug bei dir nicht mehr ausgepackt habe.» Er lachte. So lange war es her, dass er gelacht hatte. «Ich such mal und ruf dich dann an, ja? Es eilt sicherlich nicht so sehr, oder?»

«Nein», sie lachte auch, «is nicht überlebenswichtig.»

Nach dem Telefonat wusste Rebekka immer noch nicht, ob Hannes’ Name mit auf das Klingelbrett musste. Sie würde ihn ja nicht ständig wegen irgendwas anrufen.

Rebekka machte sich an die Aufgabe, wer neben wem stand. Der einfachste Weg war, alle Zettel umgedreht auf dem Tisch zu verteilen und einfach zu ziehen, zu kleben, zu ziehen. Ihre Mutter klebte sie, obwohl das Zufallsprinzip es anders wollte, weit weg von ihrem Vater. Das fertige Werk sah gut aus und war gut. Rebekka war überaus zufrieden. Voller Elan holte sie die Kartons voll Zeug vom Schrank herunter und die Kartons voller Fotos hinter der Tür hervor.

Vier Stunden später lag alles herum. Rebekka lag auch herum. Auf dem Rücken zwischen Fotos und Zetteln und blauen Rechtecken, die sie zurechtgeschnitten hatte, aber weder beschriftet noch aufgeklebt. Rebekka starrte an die Decke, das weiße Rechteck. Zwischendurch hatte das Telefon geklingelt, der AB log, Rebekka sei nicht zu Hause. Sie war nicht in der Verfassung ranzugehen, sondern in einer anderen. Rebekka hatte sich alle Fotos angesehen, Zettelchen und Postkarten gelesen, ein kleines Büchlein durchgeblättert, in das sie schöne Kurzmitteilungen vom Handy abgeschrieben hatte. Sie hatte sich nur bis zur Hälfte eine kleine Kassette angehört, auf der sie vor Jahren mit dem Diktiergerät Anrufe von ihrem AB aufgenommen hatte. Sie hatte das eingeschweißte Paket mit den Briefen von Ullrich geöffnet, auf dem stand, dass sie es mit achtzehn öffnen durfte. Es waren so viele Erinnerungen uneingeladen aufgetaucht, dass daraus keine Party werden konnte. Rebekka hatte das Gefühl, Hannes noch zu lieben, Adrian sowieso, die Briefe von Ullrich wegwerfen zu müssen, in denen er Fragen über das Pferd stellte. Rebekka hatte außerdem das Gefühl der fünfzehnjährigen Rebekka in sich, die anfing, Tagebuch zu schreiben, und das drei Jahre unregelmäßig und knallbunt tat. Viele Jungs, die sie süß fand, zum sechzehnten Geburtstag ein Sparbuch, nach der Wende oft Ausfall in der Schule. Als ein paar Jungs ihr nach der Schule alte Stullenbrote hinwarfen, als wäre sie ein Mastschwein, hatte Rebekka versucht abzunehmen, in dem sie sich erbrach. Ohne die BRAVO wäre sie gar nicht auf die Idee gekommen, aber die BRAVO hatte einen langen Bericht darüber geschrieben, wie es ging. Im Tagebuch stand, dass Rebekka es nicht hinbekommen hatte. Es ging nicht. Finger in den Hals. Löffel in den Hals. Es ging nicht. Schade, schade, Gott sei Dank. Zu blöd zum Kotzen, dachte Rebekka, konnte sich zwischen all dem Kram nicht bewegen. So lag sie und wartete darauf, dass der Teppich seine Ecken über sie lappen würde, um sie in seine Arme zu nehmen. Nach einer nicht messbaren Weile wuchtete sie sich in ihrer Tonnenschwermut hoch und besah sich den Krempel von oben aus dem Abstand mehrerer Jahre.

Sie schaltete den Fernseher ein, um etwas zu sehen, das nichts mit ihr zu tun hatte. Nachdem sie einiges gesehen hatte, was wirklich gar nichts mit ihr zu tun hatte, die Liebeleien von Amerikanern, die im Wäschekeller anfangen, ging sie in die Heia. Babachen machen, hatte ihre Mutter dazu gesagt, wobei Rebekka immer fast schlecht geworden war bei dem Wort.

Ihr Körper brauchte keinen Schlaf, und ihr Kopf hatte alles mögliche andere im Kopf. Rebekka versuchte in ihrer Lieblingsschlafstellung, halb auf dem Bauch, halb auf der Seite auf ihren verdrehten Armen liegend, so was wie einen Pawlow'schen Reflex auszulösen und wie immer einzuschlafen, aber es ging nicht. Halb zwei. Sie stand auf und wanderte in der Stube über die Erinnerungen, ohne eine zu betreten. Sie sah im Fernsehen nach, ob alles immer noch so blöd war, wie es war. War es. Dann stopfte sie die Briefe, das Tagebuch und die Fotos im Gegensatz zu der, jaja, Trommelwirbel, Tiefenordnung, in einer eher flachen Ordnung in die Kartons zurück. Die Briefe von Ullrich warf sie weg. Sollte ein Müllmann sie lesen und Mitleid haben. Sie beklebte die Kartons mit den Rechtecken, schrieb so schnörkellos, wie es ging: «Zeug eins» bis «Zeug vier» drauf und stellte alles zurück auf den Schrank. Die Fotoalben gehörten in die

Kartons hinter der Tür. Drei viertel drei. Sie ging zurück ins Bett, und ihr Kopf gab mit dieser flachen Ordnung Ruhe. Alles nur Zeug eins bis vier.

Enno rief gleich morgens an. Er sagte ganz knapp: «Jette ist gestorben.»

Rebekka antwortete: «Was? So schnell?»

Das war's? Das war's! Ganz knapp. Da, wo Rebekka war, war nur eine leere Ausgussform in der Umgebung. Eine Auslassung. Es tat nicht weh. Es war nichts und zu viel. Da, wo Jette war, war Jettes Körper noch. Das konnte doch nicht – jetzt war es tatsächlich – wirklich?

«Was, so schnell?», wiederholte Rebekka.

Jette hätte sich darüber aufgeregt. Als ob klar gewesen wäre, dass sie sterben würde, nur nicht so schnell. Aber Jette regte sich über gar nichts mehr auf. Sie war gestorben. So schnell. Enno fasste kurz zusammen, Blutungen, Krankenhaus, drei viertel acht Herzstillstand. Rebekka verstand nicht, dass er von Jette redete. Das konnte nicht, es war un… Nein.

«Du kannst heute Abend zu uns kommen, aber im Moment brauchen wir Ruhe. Ich muss alle anrufen. Wir reden heute Abend.»

«Ja. Ich …»

Es gab erst mal nichts weiter zu sagen. Herzliches Beileid. Es tut mir leid. Ich bin bei euch. Es gab nichts Gutes zu sagen, wenn nichts Gutes passiert war. Sie verabredeten, dass Rebekka gegen sieben käme. Dann verabschiedeten sich zwei dünne Stimmen.

Rebekka setzte sich aufs Sofa und wartete. War diese Situation von dieser Welt? Sie war froh, dass sie allein war. Sie konnte nicht weinen. Das war ihr unangenehm. Etwas anderes konnte sie auch nicht. Sitzen.

Lange sitzen.

Beim Bäcker, zu dem sie ging, um normale Dinge zu tun, anziehen, Geld einstecken, Wohnungstür abschließen, versuchte Rebekka zu lächeln beim Bezahlen. Das schiefste Gesicht in ihrem Gesicht mit gegenläufigen Mundwinkeln. Sie nahm die Brötchentüte vom Glastresen und ging. Alles um sie war klar und unverschwommen, in der richtigen Lautstärke, in Farbe und trotzdem wie noch nie. Rebekka konnte es nicht verstehen, nicht glauben, nicht erfassen, nicht denken. Jette war … Tot war sie nicht. Sie war gestorben. Totsein war gar nichts mehr, und Jette war bis jetzt immer am Leben gewesen. Gestern noch war sie am Leben, und das Letzte, was sie gerade gestern noch getan hat, war sterben. Da war sie doch noch da. Sie war doch noch fast da. Rebekka trug die warmen Brötchen im Arm, obwohl sie genau wusste, dass sie keinen Hunger hatte, aber was sollte sie sonst tun? Sie hätte gerne nur solche Dinge getan, etwas ganz Praktisches, den Stall ausmisten, ein Dach decken. Auf dem Weg nach Hause krampfte dann ihr Herz, als ob es als Erstes verstand. Bis zur Haustür versuchte sie, nicht zu weinen, aber als sie die Haustür aufschloss, fing es an. Ein ganz kleines jämmerliches Winseln. Sie winselte sich hoch zur Wohnung, traf Gott sei Dank niemanden im Hausflur. Rebekka hockte sich hinter die Wohnungstür mit der Brötchentüte im Arm, um dem Herzkrampfen nachzugeben. Die erste Wehe, die zweite Wehe. Die Zeit, in der sie so hockte und weinte, zerfloss, war nicht messbar. Als sie aufstand, waren die Brötchen kalt und ihr Jackenärmel nass. Rebekka war unglaublich erschöpft. Frau Stephans rief wieder mal Hilfe, Hilfe. Rebekka wurde rasend wütend auf die alte Frau. Musste sie Rebekka so quälen mit ihrem Hilfe, Hilfe? Konnte sie nicht einfach sterben? Es war an der Zeit. Frau Stephans wollte doch gar nicht mehr. Jette wollte noch. Was für eine einzige riesengroße Scheiße. Rebekka zog sich die Jacke und die Schuhe aus, legte die Brötchen in die Küche und sich ins Bett. Gegen Hilfe, Hilfe dämmte sie ihren Kopf mit einem Kissen. Gegen das Ziehen in ihrem Oberkörper rollte sie sich zusammen. Beides half nicht. Wenn sie einatmete, zerbrachen die Rippen, die beim Ausatmen sich in die schartigen Bruchstellen zurückbewegten. Es tat so weh, dass es besser gewesen wäre, aufzuhören mit Atmen. Als Frau Stephans nicht mehr nach Hilfe rief, war das auch kein gutes Gefühl.

Der ganze Tag brachte kein gutes Gefühl mit sich. Nachmittags hörte Rebekka das geheime Klingelzeichen für Frau Stephans. Ding-Dong, Pause, Ding-Dong, Pause, Ding-Dong. Nach einer Weile wurde der Summer gedrückt. Sie lebte noch.

Rebekka suchte in ihrer Wohnung etwas zu tun. Sie stand im Raum und fand nichts wichtig. Kaum war der Pfleger von Frau Stephans weg, fing die Alte wieder an zu rufen. Rebekka wusste nicht, was eigentlich so groß dran sein soll am Leben. Warum hängt man da so dran? Warum alt werden und dann um Hilfe rufen?

Der Tag krauchte sich dickflüssig bis um sechs. Die Zeit weigerte sich zu vergehen. Wenn dieser erste Tag schon nicht verging, wie sollten die nächsten vergehen? Eine neue Zeitrechnung. Nach Jettes Tod. Nachmittags klingelte das Telefon, und Rebekka ging lieber ran, als gar nichts zu tun.

Es war Iris, die fragte, ob Rebekka es schon wüsste. Da sie es beide schon wussten, wussten sie nichts weiter zu sagen. Schlimm wäre es, wehtun würde es. Keine von beiden wusste genau, wie es passiert war. Wann die Beerdigung war, wussten sie auch nicht. Rebekka hatte keine Lust zu sagen, dass sie geheult hatte. Iris hatte geheult, und es habe doch etwas Erleichterndes. Für Rebekka hatte gar nichts etwas Erleichterndes, außer Jette würde anrufen.

Rebekka versuchte zu essen. Da wollte nichts rein. Sie versuchte auf Klo zu gehen. Da wollte nichts raus. Sie ließ sich eine Wanne ein. Das Wasser plätscherte bei kleinen Bewegungen im sonst stillen Bad. Die Schaumbläscheninseln schaukelten mit Rebekkas Atem hin und her. Durch diese schaukelnde Bewegung im Wasser rissen immer neue Fetzen von den Inseln, während es andere Fetzen zusammentrieb, die aneinander kleben blieben. Um ihre linke Brust herum schickte ihr Herzschlag Wellen über die Wasseroberfläche, die halbrunde Schatten auf ihren untergetauchten Oberkörper warfen, wie ein Basslautsprecher. Bum, bum, bum. Rebekka konnte zusehen, wie ihr Leben das Wasser zum Schaukeln brachte, aber nichts sonst. Sie hätte gerne Hilfe, Hilfe gerufen, damit es keiner hört. Als sie sich trocken rubbelte, klingelte wieder das Telefon. Wenn es nur nicht wieder jemand wäre, der ihr sagen wollte, dass Jette gestorben ist. Jette ist gestorben. Der Satz war ein absoluter Widerling mit Widerhaken.

Rebekka ließ den AB rangehen. Adrian. Adrian! Er wollte wissen, wie es ihr geht, wegen Jette. Rebekka konnte mit Adrian gerade gar nichts anfangen. Er war in der Trauer nicht erwünscht und in allen anderen Gefühlen auch nicht. Sie freute sich nicht einmal, nicht einmal insgeheim. Mit

Adrian leben oder ohne Jette war von ganz unterschiedlicher Gewichtung. Ganz leicht wird die Entscheidung, wenn alles schwer ist. Vor ein paar Wochen hätte Rebekka noch mit ihm reden wollen. Sie hätte geweint. Er wäre sofort zu ihr gekommen, hätte getan, was sie will, aber nichts getan, was sie wirklich will. Er hätte sich an sie ausgeliehen. Was sollte sie mit geliehenen Sachen? Zurückgeben. Rebekka saß versteinert auf dem Boden.

«Gut, ich überlasse es dir, ob du mich zurückrufst oder nicht.»

Klick. Weg war er. Und wie er weg war.

Abends zog sie sich zu warm an, hatte unten auf der Straße trotzdem ein löchriges Gefühl. Der Wind drang durch jede kleine gewebte Faserritze, durch jede Pore, jeden Muskel, jeden Knochen, jedes Gefühl. Es war ein ganz leichter Wind, aber sie stemmte sich dagegen. Es zog durch sie wie durch einen Vorhang aus vielen langen Plastestreifen in einem Datscheneingang. Im Bus dachte sie, sie müsste kotzen, weil ausgerechnet die Menschen im Bus am Leben waren.

Als Enno öffnete, umarmten sie sich sofort. Unten an der Haustür hatte Rebekka noch befürchtet, dass sie damit nicht umgehen könnte, dass die anderen damit auch nicht umgehen können. Enno und sie drückten sich die Tränen in der Umarmung auf die Schultern. Sie drückten sich aus.

«Im Moment ist jede Begrüßung so», sagte Enno und wischte sich die Augen, die noch hellblauer und noch glupschäugiger waren als sonst. Klara kam und wollte nicht umarmt werden. Sie hatten das auch sonst nicht getan. Enno berührte Klara sofort, als sie in Reichweite war, als ob sie aneinander andockten. So angedockt gingen sie in die Stube, während Rebekka ihre Schuhe auszog und die Jacke neben

Jettes Jacke hängte, die da unerfüllt hing. Rebekka schüttelte den Ärmel sanft, um guten Tag zu sagen. In der Stube waren schon einige andere, die Rebekka fast alle kannte. Jette war nicht da. Das war so seltsam, so seltsam. Rebekka umarmte alle. Tapfere Gesichter, zerflossene Gesichter. Jettes Schwester, deren Mann, Miriam, die Rebekka Silvester kennengelernt hatte und die sich an Rebekka festkrallte und dann ihren Arm rubbelte, als ob sie ihn vor einer Erfrierung retten wollte. Rebekka setzte sich.

«Willst du Tee?», fragte Jettes Schwester.

Rebekka schüttelte den Kopf.

«Oder ein Bier?», fragte Enno. Es klingelte wieder an der Tür.

Rebekka wollte auch kein Bier, aber ehe man sie weiter fragte, ließ sie sich ein Wasser einschenken. Klara stand immerzu bei jemandem, mit dem sie verwandt war, und dockte dort an. Ihr Nacken wurde gestreichelt, ihre aus dem Zopf hängenden Strähnen um den Zopfgummi gewickelt, ihr Rücken mit einer Hand gestärkt. Die Kinder von Jettes Schwester saßen auf dem Sofa und knüpperten eine verfitzte Strippe auf. Die Köpfe zusammengesteckt, flüsterten sie darüber, wie der Faden verlief, ob er durch oder rum musste. Klara hatte daran kein Interesse.

«Willst du Saft?», fragte Miriam.

Klara schüttelte den Kopf.

Immerzu Getränke.

Von der Tür war die heulende Begrüßung zu hören und Enno, der sagte: «Im Moment ist jede Begrüßung so.» Eine brummige Stimme antwortete schluchzend, und eine zweite Stimme versuchte zu sprechen. Klara rannte in den Flur. «Oma!» Es rumste. Kind gegen Schrank.

«Oh, hoppala!», sagte Enno. Die Großeltern waren in Aufregung. «Oh, Klara, tut's weh?» Klara heulte, das Heulen eines Kindes, dem etwas wehtat und das getröstet werden wollte. «Oma, Oma», jammerte Klara. Enno beruhigte, der Opa brummte: «Ei, ei.» Klara hörte nicht auf zu weinen. Als Klara von Enno in die Stube getragen wurde, stürzten sich alle darauf, dem Kind gut zuzusprechen. Nicht so schlimm, heile, heile. Es hätte gar nichts Besseres passieren können als Kind gegen Schrank. Endlich gab es Trost. Eine Beule an der Stirn. Das wird wieder gut.

Klara weinte weiter nach der Oma. Rebekka vermisste das fröhliche Ömmi, aber Oma und Mama haben denselben beruhigenden Klang. Alle pusteten Klaras Kopf.

Als Letztes kam Jettes Freundin Toni an. Fassungslos suchte sie bei allen in der Umarmung eine Fassung. Sie waren alle da, und Enno begann zu erzählen, was am Vortag passiert war.

Jette hatte starke Schmerzen gehabt. Gleich morgens. Und schlechte Laune. Sie hatte vor allem Schmerzen im Bauch, aber auch weiter oben, und das Atmen fiel ihr auch schwer. Zum Arzt wollte sie nicht. Sie nahm die doppelte Menge Schmerzmittel, hatte dann weniger Schmerzen, fühlte sich aber unwohl, wenn sie sich bewegte. Gegen sechs riefen sie einen Krankenwagen. Jette maulte Enno an, er solle gleich das Bett machen, wenn sie nach Hause kämen, würden sie sicherlich müde sein. Enno machte das Bett. Jette musste brechen. Da sie kaum etwas gegessen hatte, war kaum etwas dabei, aber Blut. Jette bekam im Krankenhaus noch mehr Schmerzmittel und ein Beruhigungsmittel. Als man sie mit dem Bett in einen anderen Raum rollte, schimpfte Jette, dass sie genau wisse, dass das die Sterbestation sei und dass sie hier nicht bleiben werde. Enno und Klara saßen bei ihr, bis sie eingeschlafen war. Sie sagte Enno, dass sie ihn liebt, und Klara sagte sie: «Bis morgen.» Und im Einschlafen: «Eigentlich geht es mir jetzt gut.» Erleichtert über die einkehrende Ruhe, blieb ihr Herz stehen.

«Es hätte auch jedes andere Organ ausfallen können», sagte Enno, «haben die Ärzte gesagt. Angeblich war alles am Ende. Das Herz hat nur als Erstes keine Kraft mehr.»

Es gab so viele Fragen, und keiner wollte sie fragen. Enno zog mit dem ganzen Gesicht die Tränen nach innen und räusperte sie auf Warteschleife.

«Ich habe dann einige von euch angerufen, damit sie Jette noch einmal sehen können. Sie sah ganz entspannt aus. Es war …» Er räusperte dagegen an. «Rebekka, ich hab dich auch angerufen, aber du bist nicht rangegangen. Ich konnte nichts auf deinen Anrufbeantworter sprechen.»

«Ja, verstehe ich», sagte Rebekka. Sie lag zu dem Zeitpunkt in Käferstellung auf dem Rücken, über Tagebüchern zusammengebrochen. Lächerliche Verstimmung. Sie war sich nicht sicher, ob sie es überhaupt gewollt hätte: Jette nochmal zu sehen. Obwohl sie sich nahestanden, fand sie trotzdem, dass sie niemandem so nahe stand, dass sie ihn tot sehen wollte. Der andere könnte nicht einmal was dagegen sagen, angestarrt zu werden. Rebekka wusste nicht, ob sie eine bessere Freundin wäre, wenn sie Jette natürlich noch einmal hätte sehen wollen. Natürlich hätte sie sie noch einmal sehen wollen, aber sie sehen und nicht nur sie ansehen.

«Es ist wirklich einfacher, wenn man gesehen hat, wie sie

dalag, ganz entspannt. Sie hatte ja den ganzen Tag schlechte Laune gehabt, und da sah sie dann auf einmal so zufrieden aus. Es war …» Enno lächelte sich in Tränen hinein. Die anderen lächelten auch. Ein So-war-die-Jette-Lächeln. Sie griffen nach jedem kleinen Stück Trost. Rebekka fand, dass Jette nicht so war. Schlecht gelaunt. Vielleicht wusste sie gar nicht so viel über Jette. Jeder am Tisch hatte ein Beziehung zu ihr gehabt, aber jeder eine andere. So saßen die vielen Beziehungen zu Jette am Tisch, und daraus setzte sich fast eine Jette zusammen, als wäre sie da. Rebekka fühlte sich unwohl und hätte sich überall anders noch unwohler gefühlt.

Danach ging es darum, wann die Beerdigung sein würde, wo und wie. Das Essen danach sollte bei Enno zu Hause sein. Nicht mehr bei Jette zu Hause. Wer bringt etwas zu essen mit? Es gab so viel zu organisieren. Die Farbe der Kerzen, die Blumen, der Stein, der bestellt werden musste, eine Bank müsse neben das Grab. Was hätte Jette gefallen?

«Aus Holz!», rief Klara. «Darf Franzi mit zur Beerdigung?»

«Natürlich», sagte Enno. «Wenn Franzis Eltern nichts dagegen haben. Wir müssen sie erst fragen.»

Enno sagte, dass er morgen einen Termin bei einem Beerdigungsinstitut habe. Solange über die Beerdigung geredet wurde, wurde nicht geweint. Sobald Stille da war, waren Tränen da.

Rebekka ging das alles zu schnell. Alles zu schnell. Kaum erwachsen, schon tot, schon beerdigt.

Auf dem Heimweg weinte Rebekka von der Bushaltestelle zum Haus eine Tröpfchenspur wie die Brotkrumen von Hänsel und Gretel. Sie fühlte sich verletzt und unverletzbar. Manchmal hatte sie auf diesem kurzen dunklen Weg Angst gehabt. An dem Tag dachte sie, dass ihr nichts passieren konnte, weil ihr schon etwas passiert war. «Meine beste Freundin ist gestorben», würde sie sagen, und der Dieb würde gehen.

Nach spätestens einer Stunde wird versuchtes Einschlafen zu Wachliegen. Rebekka dachte hin und her. Beim letzten Treffen war sie neben Jette durch den Park gelaufen. Sie hätte wenigstens Jettes Fahrrad schieben können. Ein klebriger Gedanke mit Ausdauer. Jette war blass gewesen, oder Rebekka bildete sich das im Nachhinein ein. Jettes Fingerknochen um den Lenker schienen bald die dünne Haut wie einen mürben Stoff durchzureiben, oder Rebekka bildete sich das im Nachhinein ein. Ihr war gar nichts Besonderes aufgefallen. Hätte man sehen können, dass Jette sterben wird? Kann man das sehen? Will man das sehen? Warum hatte sie ihr Fahrrad nicht geschoben? Sie hatte keine beste Freundin mehr. Sie würde Johanna immer das Fahrrad schieben. Sie hätte Jette noch einmal sehen können. Sie hatte ihr Fahrrad nicht geschoben. Wie konnte sie so unaufmerksam sein? Jette hat bis zum Schluss nicht gewusst, dass sie stirbt. Oder nicht gewollt. Oder nicht geglaubt. Es war ihr lieber gewesen, ihr Fahrrad selbst zu schieben. Sie ist ja auch mit dem Fahrrad gefahren. Rebekka hätte ja nicht für sie mit dem Fahrrad fahren können, oder hätte sie zur Apotheke für sie gehen sollen? Rebekka überlegte, wie es gewesen wäre, Jettes Fahrrad zu schieben, und Jette hätte gesagt: «Ich glaube, ich schaff's nicht. Ich kann das Rad nicht schieben. Ich schaff's nicht. Ich werd wohl sterben, und ich wollte mich von dir verabschieden.» Sie hatten nie darüber gesprochen, als ob es nicht passieren könnte, wenn nicht darüber gesprochen wird, und jetzt war es doch passiert, weil es nicht gereicht hat, nicht drüber zu sprechen. Dann hätte man auch darüber sprechen können. Und sich verabschieden. Was hatte sie zu Jette als Letztes gesagt? Ist das wichtig, wenn man doch nicht weiß, dass es das letzte Mal ist? Du bist toll. Ich hab dich lieb. Rebekka hätte gerne «Auf Wiedersehn, Jette» geflüstert, traute sich aber nicht. Es war zu still im Schlafzimmer. Vielleicht am Grab. Sich verabschieden. Selbst da würde Jette noch schimpfen, wenn sie könnte. Wissen Tote, dass sie tot sind? Wenn es Geister gibt, dann geistert Jette herum und behauptet, nicht gestorben zu sein, oder sie geistert bei irgendwelchen Ärzten in die Praxis, um nach einem Mittel zu fragen, das sie wieder lebendig werden lässt. Da muss es doch was geben! Rebekka verstand den letzten Satz von Jette nicht. Eigentlich geht es mir jetzt gut. Es machte Rebekka ganz verrückt, dass sie Jette nicht fragen konnte, was das heißen sollte. Rebekka weinte den ersten Tag nach Jettes Tod zu Ende, und ab jetzt wäre jeder Tag ein Tag ohne.

Montag. Rebekka ließ sich krankschreiben. Dem Arzt musste sie nichts weiter sagen. «Frau Meiler, herzliches Beileid. Nehmen Sie sich die Zeit.» Kein unattraktiver Typ, der Mann. Kein unattraktiver Mann, der Typ. Warum sollte er sich für sie interessieren? Rebekka versuchte gar nicht erst, charmant zu sein. Nicht-charmant-Sein führte natürlich nie zu etwas, aber Charmantsein, und dann führte es zu nichts, war bedeutend beschissener. Es war ein Untag. Im Park wieder so viele Leute wie vor vier Tagen, als wäre alles wie vor vier Tagen, dabei war sich von Jette an dieser Stelle zu verabschieden und vier Tage später hier vorbeizugehen und sich nie wieder von Jette verabschieden zu können ein längerer als vier Tage langer Riss.

Abends ging Rebekka zu Enno und Klara. Enno sah aus wie ein Stofftaschentuch, das gewaschen werden musste. Klara hatte eine riesige Beule am Kopf, vom Kind gegen Schrank. Sie tranken Kakao, dann aber Zähneputzen und Bett. «Ja, kannst das Licht anlassen.» Diesmal nicht wegen der Leuchtsterne, erklärte Enno. «Klara sagt, sie hat Angst, dass sie tot ist, wenn sie nichts sieht. Wenn ich schlafen gehe, kommt sie zu mir ins Bett. Das kann natürlich nicht ewig so gehen, aber erst mal … Es ist ja nicht nur die Frage, ob sie das braucht.»

Es klingelte an der Tür, und Enno machte sich seufzend auf den Weg zu öffnen. Vielleicht seufzte er, dachte Rebekka, weil, egal, wer klingelt, es wird nie Jette sein. Kaum hatte Enno die Tür geöffnet, hob ein Gejaule an wie Katzenquälerei. Zwei Stimmen. Zwei Katzen. Sie hätten es gerade von Brunkes gehört, sagte eine männliche Stimme. «Schrecklich … immer so stark gewesen …», winselte eine Frauenstimme. Das Treppenhaus verstärkte den Spuk und trug den Hall der Klagegesänge durch die unheiligen Hallen des Hausflurs. So plötzlich wie mit dem Öffnen der Tür begonnen, endete alles mit dem Schließen der Tür.

Als Enno sich wieder an den Tisch setzte, sagte er: «Ich kann nicht mehr. Ständig klingelt's. Mir ist das zu viel. Jette war für den ganzen Sozialkontakt zuständig. Und jetzt kommen die zu mir und sagen mir, dass sie traurig sind und was für mich tun wollen. Einige im Haus gehen auch einfach an mir vorbei und grüßen bloß. Ich weiß nicht, ob die denken, ich müsste was sagen. Jette könnte mit so was viel besser umgehen.»

Rebekka fand es unwirklich, dass Jette sogar in ihrer Abwesenheit so anwesend war.

«Und dann immer dieses, sie war so stark … oder tapfer», schüttelte Enno den Kopf. «Heute hat ein Nachbar gesagt, dass Jette ein Vorbild ist, weil sie keine Angst hatte. Woher weiß der denn, ob Jette Angst hatte oder nicht? Nach dem Schock, als sie im Krankenhaus gesagt haben, sie könnten nichts mehr tun, das hat sie einfach …» Er zuckte bei der Erinnerung sein ganzes Gesicht zurück. «Das war freier Fall.»

Enno erzählte von Jettes letzten Tagen, und Rebekka konnte es gar nicht glauben. Jette wollte nur noch bei Licht schlafen. Jette? So wie Klara? Sie hatte sehr, sehr schlechte Laune gehabt. Jette? «Aber was sollst du denn machen in so einer Situation?», fragte Enno. Rebekka zuckte die Schultern. «Du kannst doch nicht überall erzählen, dass du Angst hast», fuhr er fort. «Das sagst du doch nicht, wenn du ums Überleben kämpfst. Und wenn sie gesagt hätte, dass sie Angst hat, dann hätte man doch gleich gesagt, hab keine Angst. Irgendeiner muss doch optimistisch sein. Das hat Jette lieber selber gemacht, bevor wir … Jette hat einem ja fast verboten, Angst zu haben. Also, gerade für Klara. Klara wäre ganz krank geworden, wenn Jette ihr nicht versprochen hätte, nicht zu sterben. Also, nachdem die im Krankenhaus die Hoffnung aufgegeben hatten, spätestens da hatte ich richtig Schiss. Da hatte ich Gedanken … Ob ich in der Wohnung bleiben kann ohne sie und so was. Aber dann ist Jette ja losgezogen und hat sich diese ganzen Ärzte gesucht, da … Ich weiß nicht. Ich kann nicht aufhören zu denken, dass Jette noch leben würde, wenn die Ansage im Krankenhaus nicht so hart gewesen wäre. Vielleicht hat sie gemerkt, dass ich richtig Schiss habe. Und dann wollte sie stark sein, damit ich keine Angst habe, dabei hätte ich für sie stark sein müssen. Oder wenn sie Anfang des Jahres gleich die stärkste Chemo bekommen hätte … Oder wenn die ihr nicht die Pille verschrieben hätten. Sie hat ja nur deshalb ihre Tage bekommen und Blut verloren. Ach, wahrscheinlich ist das alles Quatsch … Aber dass es so kommen musste, das kann ich nicht … Ich würde so gerne jemanden verklagen.» Enno schniefte in sich selbst, das ungewaschene Stofftaschentuch.

Rebekka saß, ein Holzklotz bei Legosteinen. Sie hatte plötzlich keine Jette mehr, und die Jette, über die Enno sprach, hatte mit Rebekkas Jette gar nicht so viel gemeinsam. Ennos Jette hatte nur keine Angst, damit keiner Angst hatte. Rebekkas Jette hatte keine Angst, und darum hatte Rebekka auch kaum Angst gehabt. Rebekka hätte so gerne mit Jette darüber geredet. Sie wollte nicht ständig über Jette reden, ohne dass Jette etwas dazu sagen konnte. Wie war das, zu sterben? Hast du es mitbekommen oder nicht? Hast du es zum Schluss gewusst, oder hast du geschlafen? Hast du gedacht, dass du aufwachst?

Rebekka fuhr mit dem Fahrrad nach Hause. Sie war sauer auf Enno, irgendwie wegen irgendwas.

Dienstag. Johanna kam zum Heulen vorbei. Sie wollte mit dem Rauchen aufhören. Sie konnte doch nicht weiterrauchen, jetzt wo Jette gestorben war.

«Weißt du noch, wie sie immer so angepisst den Rauch weggewedelt hat.» Johanna sah genau aus wie Jette, als sie nachmachte, wie sie immer den Rauch weggewedelt hatte.

Es war ja noch nicht lange her, dass Jette gesprochen hatte, wie sie gesprochen hatte, dass sie sich bewegt hatte, wie sie sich bewegt hatte. Rebekka war es zu früh für «weißt du noch». Sie redeten darüber, wie Jette war, und Rebekka sagte nicht, dass sie das vor Jettes Tod genauer gewusst hatte. Vielleicht wusste sie über Johanna auch nicht so viel. Rebekka sah ihr an, dass es ihr nicht gutging. Sie hatte nur dann lackierte Fingernägel, wenn sie sich selbst vom Nägelfressen abhalten wollte. Schwarzer Nagellack. «Kuck mal, Trauernägel», hatte Johanna gesagt.

Nach einer Weile ging Johanna auf den Balkon, eine rauchen. «Ich hab ja noch die angefangene Packung. Aber danach! Ich muss unbedingt gesünder leben.» Kein Wort von Lars, und das war doch schon mal gesünder.

Rebekka beschloss abzunehmen, weil sie nicht mit dem Rauchen aufhören konnte, ohne damit vorher anzufangen. Als Johanna weg war, suchte sie nach Schokolade, um sie wegzuwerfen. Wegen der Falle mit der angefangenen Packung. Sie fühlte sich stark, obwohl sie sich ein Leben lang schwach gefühlt hatte, aber da Jette vielleicht schwach war, war sie vielleicht stark. Und da Jette tot war, war sie vielleicht am Leben. Das war doch was.

Enno rief an und fragte, warum sie nicht vorbeigekommen sei und ob sie morgen wieder vorbeikomme.

«Natürlich», sagte Rebekka.

Natürlchen hatte Jette manchmal gesagt. Ich bin nicht tot, sagte Jette in Rebekkas Kopf und lachte. Ich bin tott.

Mittwoch. Rebekka ging wieder zur Arbeit. Die Springerin sprang woandershin. Rebekka war froh, dass Herr Bastian an dem Tag nicht kam. Die Kunden waren schnell wieder weg und konnten nicht sehen, dass sich Rebekkas Gesicht nur über ihr Gesicht dahinter spannte. Rebekkas Herz hing schwer und tief in ihrem Leib, fast im Magen. Was gab es zu sagen? Und was gab es anderes zu sagen? Jette ist gestorben. Fürs Verarbeiten war es zu früh, fürs Verkraften auch. Gegen Mittag kam eine E-Mail von Iris an Rebekkas Privatadresse. Rebekka hätte Iris gerne dafür angeschrien, dass sie sich hingesetzt hatte, um eine Art Nachruf zu schreiben, zu einem Zeitpunkt, an dem Rebekka noch gar keine Worte finden konnte und sie auch nicht suchte. Das einzige Wort, das sie immer wieder ungesucht fand, war Scheiße. Iris schrieb, dass Jette eine Lichtgestalt war, so voller Energie, dass diese Energie nie ein Leben lang gereicht hätte. So hatte sie auf der Erde einen kurzen Aufenthalt als Engel, der seine Kraft jetzt nach dem Tod an alle weitergibt. In tiefer Trauer, Iris. Die Adressen oben waren unverdeckt. Iris hatte die E-Mail an alle geschickt, die sie kannte, auch an Leute, die Jette gar nicht gekannt hatten.

Es war eine zum Himmel stinkende Frechheit! Und noch dazu gut gemeint. Eine gute Gemeinheit! Rebekka heulte vor Wut. Jette würde sich darüber lebendiglachen. Sie hatte sich einmal über Iris geärgert, und das richtig, danach nie wieder. Als es bei Jette wieder losgegangen war mit dem Krebs, hatte Iris zu Jette gesagt: «Ich will nicht, dass du stirbst.» Darüber war Jette so außer sich geraten, dass sie Iris jahrelang gemieden hatte und sie nur «die dunkle Iris» nannte. Irgendwann sagte sie wieder Iris zu Iris, aber ließ sie kein Stück zu nah in ihre Nähe. «Lass sie doch», hatte Jette zu Rebekka gesagt, wenn die mal wieder über Iris außer sich war, «das ist ihre ganz persönliche Art zu zeigen, dass sie sehr sensibel dafür ist, unsensibel zu sein. Sie ist eben anders als die anderen

Kinder», hatte Jette gesagt. Sie besaß einen Iris-Schutzpanzer. Rebekka besaß den nicht. So eine Scheiß-E-Mail. Seit Jette tot war, konnte jeder mit ihr machen, was er wollte. Eine Lichtgestalt. Eine ängstliche Lichtgestalt. Eine tapfere, ängstliche Lichtgestalt. Iris – so eine Schattengestalt. Warum war nicht Iris statt Jette … Rebekka fand den Gedanken grässlich, aber er kam, dachte sich selbst und siegte.

Abends radelte Rebekka zu Enno und Klara. Da hing immer noch Jettes leere Jacke. Hallo. Rebekka war sehr hungrig, lehnte aber von Enno angebotene Hackepeterstullen ab und aß Joghurt, so wie den ganzen Tag schon. Enno machte einen ganz geschäftigen Eindruck. Es fing an, ernst damit zu werden, Jette zu beerdigen. Enno hatte mit Klara zusammen beschlossen, Mutti und Frau im blauen Wollkleid zu beerdigen, mit Brosche von Klara, barfuß. Ein Sarg war ausgesucht. Nicht zu dunkel, nicht zu schick. Jette wollte nicht verbrannt werden.

«Ach», sagte Rebekka. Sie wusste nicht, was sie wollte. Sie hatte darüber nie nachgedacht, warum auch? Es war noch genug Zeit. Wenn es schnell gehen würde mit dem Sterben, von jetzt auf gleich auf dem Heimweg Jette mit dem Fahrrad folgen, dann wüsste niemand, wie Rebekka es haben wollte. «Wann hat sie das denn gesagt?», fragte sie Enno.

«Vor ein paar Wochen erst.»

«Sie hat gesagt, ‹ich will nicht verbrannt werden›? Dann hat sie doch damit gerechnet, dass sie stirbt.»

«Nein, nein. So nicht. Die Katze ihrer Eltern ist gestorben und wurde verbrannt. Jette fand das nicht gut, weil sie die Miez auch im Garten hätten begraben können. Das sei aber verboten, hat die Ömmi gesagt, und Jette hat sich halt geärgert. Ich nehme mal an, dass sie das auch für sich besser so findet. Also wörtlich hat sie gesagt, sie fände es besser, wenn man ganz langsam zu Kompost wird.»

Rebekka musste lachen. Enno lachte mit. Klara kam angeflitzt, wie davon angezogen. Sie wollte mitlachen, aber Enno erzählte ihr lieber einen Witz als den eigentlichen Grund, über den sie gelacht hatten. Eine Birne sagt zu einem Apfel, dass sie fliegen kann, weil sie die Birne Maja ist. Klara legte beim Lachen ihren Oberkörper über Ennos Bein und ließ sich abkrabbeln, damit das Lachen länger anhielt.

«Was machst du denn die ganze Zeit in deinem Zimmer, kleine Maus?»

«Mama malen. Soll ich dir die Bilder zeigen?»

«Später, ja?»

Klara ging in ihr Zimmer, weiter Mama malen. Enno atmete durch. Sein Blick flüchtete aus dem Fenster in eine Baumkrone und kam nicht zurück. Rebekka trank Wasser und wartete, dass Enno wieder in der Küche auftauchen würde. Über dem Küchentisch hing der Steckkalender von Klara. Das Symbol für Kindergarten steckte nur in der Freitagstasche, vier Strichmännchenkinder, eine Hälfte mit Hose, die andere Hälfte mit Kleidchen. Klara ging also gerade nicht in den Kindergarten, erst Freitag wieder. Am Samstag steckte ein Zettel mit Oma und Opa, Oma übers ganze Gesicht lachend, der Opa eher verkniffen. Rebekka wusste, dass er eher unterkühlt war. Ein Diabetiker, der seit Jahren die Todesanzeigen in der Zeitung las, um zu kucken, wer jünger als er gestorben war. Er hatte darauf beharrt, dass Jette eine Todesanzeige bekommt. Klara hätte ein neues Zettelchen malen können, Oma und Opa beide übers ganze Gesicht weinend. Sonntag war ein Zettel in der Papiertasche mit einem Sarg.

Enno kehrte wieder in die Küche zurück und sah, was Rebekka ansah. «Klara wollte Jette in den Sarg malen. Ich hab ihr gesagt, dass ich das nicht mag. Sie hat es trotzdem gemalt. Ich hab's im Papierkorb gefunden. Na gut, wie auch immer», sagte Enno und rettete sich in die Organisation des Abschieds. Freitag würde sich die Runde der Engsten wieder treffen, um abzusprechen, wie die Trauerfeier gestaltet werden sollte. «Das Beerdigungsinstitut wollte mir einen Mann zur Seite stellen, der dann eine Rede hält oder so was.» Ennos Gesicht zeigte deutlich, dass er sich schon dagegen entschieden hatte, die Trauerfeier in die Hände eines Fremden zu legen. «Klara hat auch gesagt, sie findet es besser, dass wir über Jette was sagen. Die meisten Familien entscheiden sich anscheinend dafür, da jemanden zu buchen. Feierleiter heißt das, haben die mir gesagt. Ist doch ein komisches Wort. Ich hab gesagt, dass ich keine Feuerleiter brauche. Die Miriam kann singen, und ich hab gedacht, wir könnten alle ein paar Sätze aufschreiben und uns dann hinstellen und die vorlesen. Annabell hat gesagt, sie kann das nicht, ohne zu weinen. Ich hab gesagt, dann weinen wir eben alle. Wir reden Freitag drüber. Vielleicht wollen das die anderen auch nicht, dann … Tja.»

Enno hatte keinen Plan B. Er hatte eigentlich schon entschieden. «Kannst du Freitag?»

Freitag war die Gruppe. Rebekka nickte. «Natürlich.»

Donnerstag. Morgens mit leerem Magen losgefahren. Im Laden Kaffee in den leeren Magen. Rebekka fuhr den Rechner hoch. Ihre Gefühle blieben runtergefahren. Zwei E-Mails über den Iris-Verteiler. Enno bedankte sich für die Worte. Rebekka konnte nicht einschätzen, ob Enno sich wirklich über diesen Nachruf gefreut hatte. Eigentlich kannte sie Enno überhaupt nicht. Sie hatten sich gegenseitig geerbt. Die zweite E-Mail über den Iris-Verteiler war von einer Diana, die so gerührt von Iris' Worten war, dass sie jetzt unbedingt zur Beerdigung kommen wollte. Rebekka kannte keine Diana und hatte auch keine Lust, gerade diese Diana als erste Diana kennenzulernen. Wollte sie wie ein Energievampir etwas von der Energie abhaben, die Iris beschrieben hatte? Wenn da Energie von Jette wäre, dann wollte Rebekka die nicht mit irgendwem teilen. Rebekka ärgerte sich. Als ob ihr die vielen Trauernden etwas wegnehmen könnten. Das Gefühl hieß wahrscheinlich Trauergeiz. Sie fragte sich, ob das schon mal jemand anders gefühlt hatte.

10.17 Uhr, noch eine E-Mail von Iris, die versprach, alle zu informieren, wann die Beerdigung sei. Na, toll. Warum war Iris nicht anstatt … Der Gedanke brodelte wie überkochende Milch hoch. Rebekka schloss die Augen und versuchte, den Herd abzustellen. Sie war hungrig. Eine Scheibe Knäckebrot. Sie fand nicht, dass jeder zu Jettes Beerdigung gehen könne, als wäre es eine öffentliche Party. Enno wollte es bestimmt auch eher klein haben. Und Jette? Jette würde gar keine Beerdigung haben wollen. Soll das hier meine Beerdigung sein? Seid ihr verrückt? Jette fand in Rebekkas Kopf keine Ruhe und machte Rebekka ganz unruhig. Sie hatte vergessen, Enno zu fragen, was er über Jettes letzten Satz dachte. Eigentlich geht es mir gut. Eigentlich geht es mir so gut, dass ich bestimmt nicht sterben werde. Eigentlich geht es mir jetzt gut damit, dass ich sterbe. Eigentlich konnte es Rebekka auch egal sein. Eigentlich geht es nicht um die Hinterbliebenen. Eigentlich. Aber um Jette kann es ja nicht mehr gehen. Sie war ja gar nicht mehr da. Und wenn es nicht um sie ging und nicht um die Hinterbliebenen, worum ging es dann überhaupt? Eigentlich. Ums Verreisen?

Eine Frau kam und wollte nach Südfrankreich. Ein Leben lang ging es irgendwohin, und wenn das Leben vorbei war, ging es auch irgendwohin, ohne dass Freunde und Verwandte wussten, wohin. Rebekka wusste nur, wo Jette nicht war, nicht zu Hause, nicht in Südfrankreich. Sie würde nicht wiederkommen und hatte sich nicht verabschiedet. Das war schon schwer zu verwinden als Freundin.

«Gute Reise!»

«Ja, danke schön!»

Vor der Mittagspause trällerte Herr Bastian wie ein fröhlicher Schlagersänger herein, mit sommerlich weißem Leinenhut. Seine aderige Küstennase leuchtete. Eine Lichtgestalt. «Liebe Frau Meiler! Ist do ein feines Wetterchen. Eben grad hat mich ein kleines Kind geduzt. Herrlich!» Sein Rücken mache Scherereien, sagte er lachend, «dat Schietding!» Rebekka tat so, als würde das Lachen sie anstecken, aber Herr Bastian hatte in ihrem Gesicht schon etwas gesehen, was er dort sonst nicht sah. «Frau Meiler, wo bedrückt Sie denn der Schuh?»

Also machte sie es kurz: «Meine Freundin Jette ist …»

«… gestorbn», ergänzte Herr Bastian.

«Danke schön», sagte Rebekka.

Herr Bastian sagte: «Uff!», und knipste seine fröhlich leuchtende Nase aus. Er zerknautschte den Leinenhut in seinen von Altersflecken gescheckten Händen.

«Jaha, ma lernt do, mit sein' Toten zu lebn», sagte Herr Bastian. «Glaubn Se mir das. Das hat ein Freund zu mir gesacht bei Elkes Beerdigung. Ich war ganz gewaltig böse auf ihn. Ich wollt das gar nich hörn. Aber is so. Man lernt mit ihn' lebn. Sie verlassn ein' nie. Lebende verlassn ein', Tote nich.»

Sie lächelten sich an. Obwohl Rebekka keinen Wert darauf gelegt hatte, war sie jetzt im Bund der Hinterbliebenen.

Mittags kochte sich Rebekka ein dünnes Süppchen, um eine dünne Frau zu werden. Herr Bastian aß Doppeldeckerstullen. Es zog ihn raus in die Sonne und hielt ihn drinnen bei Rebekka. Er schaute aus dem Fenster auf die Straße, als ob Rebekka zu ihm sagen müsste: «Los, gehen Sie schon», wie zu einem alten Kind, das jüngeren Kindern beim Spielen zusehen will. Sie ließ sich von seinen Blicken überreden rauszugehen. Sie stand mit der Suppentasse vor dem Laden, hohl im Bauch und augenkneifend gegen die Sonne.

Die Türken vom Nachbarladen winkten, und noch bevor Rebekka mit ihrer Tasse zurück in die Ladenhöhle flüchten konnte, winkte Herr Bastian zurück und die Männer einladend wieder zurück. Rebekka wurde flau, vor ihren Augen flackerte es, als ob die Sicherung nicht mehr lange mitmachen würde. Es war zu heiß. Stromausfall. Die Straße schaukelte, und ein Gesicht flimmerte ihr entgegen, um sie aufzufangen. Dann war sie weg. Die Tasse klirrte Suppe aufs Pflaster.

Es gibt nichts, wenn man weg ist. Es ist nicht unschön. Es ist nichts.

Als sie zu sich kam, lag sie auf einer der grünen Bierbänke, die immer quietschend mitlachten, wenn die Imbissmänner vor ihrem Laden lachten, aber jetzt lachte niemand. Rebekka hatte ein Kissen unterm Kopf und Köpfe über dem Kopf, einen Fächer, der wedelte, und einen kalten Lappen auf der Stirn. Es standen nur Männer um sie herum, und sie lag in ihrem Kostüm auf der Bank abgelegt. Ihr erster Gedanke galt ihrem Rock. Den Beinen. Der Strumpfhose. Sie musste sich aufrichten, um zu sehen, wie ihre Beine lagen.

«Liegen bleiben, Prinzessin!», sagte einer der Männer.

Rebekka rappelte trotzdem ihren Oberkörper hoch. Ihre Beine hingen beide rechts von der Bank, sodass sie ihren Schlüpfer nicht der stark befahrenen Straße präsentierte. Sie legte sich zurück. Die Gesichter um Rebekka herum lächelten, als ob es nichts Schöneres gäbe, als eine aus der Ohnmacht erwachte Frau auf einer Bierbank. Ein junger Mann fächelte die ganze Zeit Luft. Ein dritter Mann nahm den Lappen von ihrer Stirn, tauchte ihn in eine Schüssel und legte ihn kälter zurück auf ihre Stirn.

«Ihr Kollege ruft an. Er sagt Bescheid. Dann können Sie nach Hause gehen. Aber erst wird gegessen! Und dann fahre ich Sie nach Hause, Prinzessin.» Der Mann drohte mit dem Zeigefinger. «Sie haben doch Diät gemacht. Immer machen deutsche Frauen Diät. Sie sind doch schön. Seit Jahren sage ich zu meinen Kollegen, das ist eine schöne deutsche Frau, nicht zu dünn, nur etwas unfreundlich. Eines Tages, hab ich immer gesagt, lächelt sie einmal. Da! Da! Sie lächelt. Hab ich's nicht gesagt? Ah, da kommt Ihr Falafel, ohne Zwiebeln, so wie Sie ihn bei meinem Neffen immer kaufen.» Er zwinkerte.

Herr Bastian kam zurück und meldete, dass die Springerin unterwegs sei.

Rebekka richtete sich auf, von mindestens vier Händen unterstützt, die nicht ihre waren. «Wir wollen Sie nicht belästigen. Wir wollen nur helfen.» Der junge Mann zeigte seine Hände, als ob sie für sich sprachen. «Jetzt wird gegessen. Und wir werden genau hinsehen, dass du alles isst.»

«Warum sagst du zu der Frau du? Hast du kein Benehmen? Was soll aus dir werden? Du wirst nur ein Falafelverkäufer.»

Die Männer lachten. Die Bierbank quietschte dazu. Herr Bastian zeigte aufmunternd auf den Falafelteller.

«Zuerst trinkst du was», ordnete Rebekkas schnurrbärtiger Prinz an.

«Ömer, du hast auch du gesagt. Dann darf ich auch. Wie heißt du?», fragte der junge Mann Rebekka. «Ich bin Metin.»

«Rebekka.»

«Das ist ein schöner Name. Hast du einen Freund?»

«Metin, lass sie essen. Natürlich hat sie einen Freund. Und wenn nicht, dann braucht sie bestimmt nicht so einen wie dich. Dann würde sie mich nehmen. Oder, Rebekka? Ich bin aber leider schon verheiratet. Keine Angst.»

«Tekim, lass sie doch in Ruhe essen.»

Rebekka kam das bekannt vor. Das Herumgestänker über den Tisch hinweg.

«Rebekka, wie geht es dir denn jetzt?», fragte Ömer.

«Eigentlich geht es mir gut», sagte Rebekka.

Rebekka ließ sich zum Arzt fahren. So ging Diät also nicht. Einfach nichts essen. Sie ließ sich wieder krankschreiben und lächelte den Arzt an. Sie war an diesem Tag immerhin als Bierbankprinzessin wiedergeboren worden. Als ob der Arzt es auch sah, lächelte er zurück. Er war verheiratet, aber darum ging es ja gar nicht.

Freitag. Rebekka versuchte ein paar Sätze für Jettes Beerdigung zu schreiben. Ein paar kurze Sätze über die lange Freundschaft zu Jette, ein paar einfache Sätze für das verworrene Gefühl Trauer. Rebekka bekam den Eindruck, dass es ein Gefühl wie Trauer gar nicht gab. Es war nur ein Sammelsurium anderer Gefühle, deren Durcheinander Trauer hieß. Und noch dazu war nicht alles, was von Jette übrig blieb, das, was übrig blieb. Vorher war doch alles noch ohne Nachher gewesen. Rebekka konnte das nicht aufschreiben. Sie haschte den huschenden Gedanken nach, vor sich die Notizen. Jettes Fahrrad nicht geschoben, Jette im blauen Wollkleid, Jette sagt Kreps statt Krebs, sie rennt mit Jette im Kino Hand in Hand auf die Toilette, Jette legt die Serviette zusammen. Rebekka schrieb: Du fehlst mir. Ich hätte dir heute etwas Schönes erzählen können. Ich habe Metin, Ömer und Tekim kennengelernt, nach fünf Jahren, und das wäre vielleicht gar nicht passiert, wenn du nicht gestorben wärst. Das heißt, ich hätte es dir so oder so nicht erzählen können.

Rebekka rief Johanna auf Arbeit an. «Das errätst du nie», sagte sie zur Begrüßung.

«Rebekka?»

«Johanna?»

«Rebekka!»

«Johanna!»

«Ja, und jetzt?»

Rebekka erzählte von ihren Prinzen, und Johanna fand es großartig. «Krass!», rief sie. Sie war ein gutes Publikum. Plötzlicher johannascher Themenwechsel: «Sag mal, gehst du heute zur Gruppe, oder wollen wir was Schönes machen?»

Rebekka sagte, dass sie zu Enno ginge. Sie müssten die Beerdigung vorbereiten.

«Wir sehen uns bei der Beerdigung.» Eine komische Verabschiedung.

Rebekka war unklar, warum sie vor dem Telefonat so gut gelaunt gewesen war. Ein Ausrutscher. Sie fühlte sich ganz ungeübt darin zu trauern. Eine Trauerversagerin. Sie trauerte mit Trauergeiz, dass ihr keiner was wegtrauerte, und sie trauerte mit Trauerdruck, anstatt einfach so, wie es da war. Es nervte sie, wenn die Tränen, nur weil es Tränen waren, sie an Adrian erinnerten. An die schöne Zeit des Entzugs, in der sie sich kämpferisch trotzdem ständig mit ihm beschäftigen konnte. Und jetzt? Was wollte sie jetzt vom Leben außer das Leben selbst? Vorher hatte sie Adrian gewollt und nicht bekommen, was sie wollte. Ihn. Als sie ihn entschlossen nicht mehr wollte, bekam sie tatsächlich, was sie wollte. Ihn nicht. Jette wollte auch. Leben. Oder wollte eben nicht. Sterben. Etwas wirklich wollen müsste man nur, aber wenn nichts da war, das man will oder nicht will, dann hatte man nur das Kämpfen verloren und nicht den Kampf.

Abends saßen die Trauernden bei Enno um den großen Tisch und waren alle genau wie Rebekka ungeübt. Es ging wieder viel darum, wer welches Getränk trinken will. Klara zeigte ihre Jette-Bilder, und alle beschlossen, dass sie in der Halle aufgehängt würden, wo der Sarg stehen würde.

«Aber der Sarg ist zu, oder?», fragte Jettes Schwester, und eine Erleichterung darüber, dass Enno nickte, atmete am Tisch auf. Rebekka fühlte sich wieder als Trauerversagerin, weil sie auch aufatmete. Sie beruhigte sich, indem sie den Jette-Maßstab anlegte. Wie hätte Jette das gefunden? Ist doch in Ordnung. So fühlst du eben. Hast mich doch oft genug gesehen, und da sah ich besser aus.

Sie lasen sich die Sätze vor, die sie geschrieben hatten. Wie Jette im Krankenhaus dem Arzt mitteilte, sie werde in zwei Tagen entlassen, als hätte der Arzt nichts zu sagen. Klaras Kindergartenfest sollte stattfinden, also musste Jette entlassen werden. Der Arzt sagte, sie werde entlassen, wenn ihre Lunge nur noch 200 ml Blut am Tag abtropfe. Jette sagte «Okay!» und tropfte am nächsten Tag die angeordnete Menge ab, wurde entlassen und blies am Tag darauf mit halber Lunge und voller Kraft Luftballons mit den Kindern im Spielzimmer auf.

Dann gab es noch die Geschichte, dass Jette mit ihrer Freundin Toni ein Wochenende an die See gefahren war und Toni ihren Föhn vergessen hatte. «Hast du einen Föhn mitge…» Weiter kam Toni nicht, weil Jette mit ihrem Chemoglatzkopf neben ihr stand und sagte: «Ja, klar, weil ich die warme Luft so gerne auf dem Kopf spüre.» Lachen und Lächeln.

«Ich hätte nicht mein Lächeln verloren, wenn ich es nicht erst durch dich gehabt hätte», las Enno. Schluchzen und Schniefen. Für Rebekka gingen die Gefühlsumschwünge zu schnell. Sie fand nicht lustig, was lustig war, und wenn es traurig wurde, strengte sie sich an, auch traurig zu sein. Ihr träges Herz hing immer hinterher. Kurz den Jette-Maßstab angelegt. War das okay für sie? Das war okay für sie.

Rebekka sagte, sie habe noch nichts geschrieben, und wenn ihr nichts einfallen würde, dann …

«Nein, das geht nicht. Du warst eine ganz wichtige Freundin. Du musst etwas sagen», legte Enno fest. Rebekka nickte. Eine wichtige Freundin. Es war so schön, dass er es vor den anderen gesagt hatte, die alle wichtig für Jette waren, weshalb Rebekka gar nicht mehr wusste, ob sie es war. War sie. Jette-Maßstab angelegt. War ich wichtig? Warst du. Du auch. Rebekka ließ die Tränen kommen, wie sie wollten. Eine Taschentuchkette reichte den Trost um den Tisch, durch fast jede Hand gegangen.

Eine Stunde später, mitten in «welcher Stein und welche Schrift», verabschiedete Rebekka sich.

Vor ihrer Wohnungstür nahm der Hund Marx sie stupsend in Beschlag, als wäre er ihr neuer bester Freund. Gustav entschuldigte sich. Rebekka fand das halb so wild, dass der Hund so wild war.

«Ach, übrigens höre ich jetzt auch immer die Hilferufe», sagte Gustav. Marx drängelte treppab und kam fragend wieder treppauf. «Ich finde, Frau Stephans hätte sich echt ein anderes Wort aussuchen können. Das nervt doch mit dem Hilfe. Ich bin Zivi. Das ist, als ob ich nie Feierabend habe. Sie kann doch auch immer Banane rufen. Banane, Banane!» Gustav lachte, dann gab er seinem quengelnden Hund nach und ging.

In der Wohnung schleuderte Rebekka ihre Außenmontur durch die Gegend und schmiss sich aufs Sofa. «Zu Hause», schnaufte sie. «Zu Hau-sé», sagte sie nochmal in Jettebetonung und dann fing Frau Stephans an zu rufen, dass sie noch da war. Banane, Banane!

Am nächsten Morgen klingelte Johanna Rebekka aus dem Bett. «Pass auf, ich erzähle dir was total Tolles, wenn du jetzt Frühstück machst. Ich bring Schrippen mit.»

«Geht klar», stimmte Rebekka zu, ohne auch nur zu versuchen aus Johanna rauszubekommen, worum es ging.

«Bin sofort da!», rief Johanna und legte auf. Sie war so loslos, dass es selbst mit so was wie Notfallkärtchen schwer gewesen wäre, gegen sie anzukommen. Der arme Lars, dachte Rebekka. Sie bedachte oft Menschen mit ihrem Mitleid. Der arme Enno! Die arme Ruth! Als Rebekka eine Dokumentation über Hitler und seine Frauen gesehen hatte, dachte sie danach: Die arme Eva Braun! Kein Mitleid!, hupte sie sich an. Schnell aufräumen, gleich kam Loslos-Johanna. In Windeseile, wie eine Zauberin, die sich mit einer einzigen Umdrehung anziehen kann, war Rebekka angezogen und warf mit weiteren Zaubertricks Ramsch auf Haufen aus kontrolliert zusammengeworfenem Ramsch. Es klingelte. Johanna schien auch zaubern zu können, so schnell, wie sie da war.

«Also, pass auf …»

Johanna war am Vortag zur Gruppe gefahren.

«Was?», staunte Rebekka. «Weil du nur ohne mich hingehst oder was? Wie soll ich das denn finden?»

«Red keinen Quark.»

Erstens hatte Rebekka ja keine Zeit gehabt für Johanna, so Johanna, sonst hätten sie ja was anderes machen können. Zweitens fand Johanna es gar nicht mehr so schlimm, dass Vera so eine kaputte Liebesgeschichte hinter sich hatte, immerhin sei sie damit kaputter als Johanna, und das gab Johanna ein gutes Gefühl. Drittens hatte Lars angefangen, Johanna zu belästigen, und sie konnte ihn ohne Hilfe nicht ständig wegschicken. Lars rief an, und er lauerte ihr nach der Arbeit auf, so geschehen auch am Vortag. Seine Frau hatte ihn tatsächlich rausgeworfen, und Johanna hatte sich eines schwachen Abends letzte Woche von Lars erlegen lassen, was dem Jäger zeigt, dass seine penetrante Jagdmethode Erfolg hatte, also penetrantete er, was das Zeug hielt.

«Ich komm dagegen nicht an. Ich sag: Geh weg, und da steht er schon wieder.»

«Warum willst du ihn denn nicht mehr?», fragte Rebekka.

«Ich bitte dich, er wurde von seiner Frau abgelegt. Ich bin doch kein Trostpreis. Ich will der Hauptgewinn sein. Darum geht's doch jetzt gar nicht. Ich will eben nicht mehr, aber mein Körper sieht das anders. Jedenfalls bei der Gruppe ...»

«Aber nicht, weil du ihn jetzt haben kannst, oder?»

«Weiß ich doch nicht.» Johanna wollte nicht ausgefragt werden.

«Okay», mampfte Rebekka ihre Schrippe. Mit Diät war es aus. Sie war Diät nie lange treu. Und sollte sie nochmal etwas mit Diät anfangen, dann nur, um umzukippen und als Bierbankprinzessin aufzuwachen.

«Wir haben eine besonders behämmerte Übung gemacht. Das hätte dir gefallen. Vera hatte Schlamm in Eimern, und wir sollten daraus unseren Traummann kneten. Weil wir mit Schlamm spielen. Verstehste? Total symbolisch, huh. Meinem Schlammmann ist immer der Kopf abgefallen. Ich bin ja froh, dass Vera nicht Hundescheiße in Eimern hatte. Danach sollten wir den Traummann malen, richtig mit Buntstiften. Ich hab natürlich einen mit supergroßem ...»

«Oh, Johanna, du bist doch echt ...»

«Ja, bin ich. Und dann haben wir die Bilder im Hof verbrannt, weil Vera sagt, wir sollen uns mit einem normalen Mann begnügen und uns nicht damit bla blockieren blabla, dass wir Mister Supertoll suchen, den wir nicht finden, weshalb wir weiter bei Mister Superschlamm Karl rumhängen. Ich hab total den Lachkrampf bekommen, weil Vera ja selber so ein Opfer ist. Ich meine, ihr Typ hat ja Sachen abgezogen …»

«Was denn?», fragte Rebekka.

«Ich hab dir doch gesagt, dass ich es dir irgendwann sage. Ist heute irgendwann?»

«Ist es nicht?»

«Nee!» Johanna blieb hart. «Vera hat mich jedenfalls angeschaut und gesagt, wenn ich etwas zu sagen hätte, dann solle ich es jetzt sagen …»

«Oder schweigen bis in alle Ewigkeit.»

«Genau!»

«Und dann hast du ausgepackt, oder was?»

Johanna hatte überlegt auszupacken. Sie fand, die Frauen sollten wissen, wem sie da ihre herzliche Gesundheit anvertraut hätten, einer herzlich kranken Frau nämlich. Und man könne doch nicht zu einer gespaltenen Persönlichkeit in Therapie gehen, auch wenn einem einer der beiden bestimmt half. Johanna hätte eine hübsche Meuterei anzetteln können. Sie zwinkerte Rebekka mit einem zusammengekniffenen Piratenauge an. Dann hätten alle Frauen im Hof um die verbrannten Traummänner aus Buntstift gestanden, und Vera hätte alles erzählen müssen. Alles.

«Was denn, zum Beispiel?», fragte Rebekka lachend.

«Na, alles, was ich dir irgendwann erzähle.»

Johanna schmückte weiter ihre Allmachtfantasien aus. Sie hätte Vera zwingen können, die Gruppe aufzulösen. «Ich hätte zu ihr gesagt, sie muss endlich aufhören mit Aufhören, weil sie ja völlig besessen von ihrem Karl ist, der ein paar Sachen abgezogen hat …» Johanna spielte ihre Spiele perfekt, und Rebekka spielte perfekt mit: «Was hat er denn gemacht?», fragte sie.

«Ich wär doch dumm, dir das zu erzählen. Solange du das nicht weißt, musst du mit mir befreundet bleiben.»

«Mann, Johanna, ich bleib doch sowieso mit dir befreundet, außer du erzählst mir das nie. Aber okay, irgendwann. Jetzt erzähl erst mal, was du gemacht hast, anstatt hier nur hätte, hätte.»

«Ich hätte jedenfalls die Gruppe sprengen können, und dann hätten die Hühner dagestanden und traurig gegackert, weil sie nicht wissen, von welcher Stange sie jetzt freitags kacken sollen.»

Rebekka schüttelte verliebt den Kopf. Die Johanna.

«Jaaa, und dann hätte ich ja die Gruppe übernehmen müssen, also mit neuen Regeln. Erste Regel, wir gehen saufen, bis alle umfallen oder einen Heulkrampf haben. Zweite Regel … fällt mir keine ein. Wir gehen saufen. Aber dann wäre ich ja die neue Vera gewesen. Also …»

Jetzt kam es also endlich.

«Also, hab ich gesagt, ich schweige für immer. Ich meine, vielleicht brauch ich die Gruppe noch. Vielleicht brauchst du die Gruppe noch. Die anderen brauchen die Gruppe sowieso.»

Rebekka schüttelte den Kopf, nicht ungläubig, sondern entschlossen. «Nee, ich brauch die Gruppe nicht. Ich bin clean.»

«Na, herzlichen Glückwunsch. Bist du dir sicher?»

Adrian hatte diese Woche nochmal auf Rebekkas Anrufbeantworter gesprochen. Nochmal, weil ja Jettes Beerdigung, tja, und er wollte nur mal irgendwie fragen, ob denn, ob Rebekka denn was dagegen hätte, wenn er … also weil sie ihn ja nicht sehen will – räusper –, wenn er trotzdem eventuell zur Beerdigung käme. Adrian sprach wie ins Unreine, als wären seine Sätze Entwürfe, über die er irgendwann noch einmal nachdenken würde. Eine totale Unart. Rebekka mochte das nicht bzw. äh, vielleicht, stammel, hatte es noch nie gemocht. Entweder gab Adrian nie alles, oder er hatte gar nicht alles. Alle Tassen im Schrank oder alle Gefühle im Herzen. Adrian kam ihr vor wie ein Gespenst bei der Generalprobe. Er hatte ihr immer am meisten gefehlt, wenn er da war. Rebekka stellte den Ton vom Fernseher leiser und hörte Adrians mit angezogener Bremse gesprochenen Sätzen zu. Ob sie etwas dagegen hätte, wenn er zur Beerdigung käme? Irgendwie ja! Und nach Jette-Maßstab? Ob Jette etwas dagegen hätte? Natürlich nein! Ob Jette vor allem etwas dagegen hätte, dass Rebekka etwas dagegen hätte? Abschied ist Abschied. Da durfte Rebekka gar nichts dagegen haben. Also griff sie schnell zum Hörer, sagte: «Ich bin's. Hallo, Adrian. Ich bin gerade rein. Was ist denn?»

Ob sie denn etwas dagegen hätte, weil doch, und da wollte er sie fragen, ob, aber wenn sie meint, dass, also ob er dürfe …

«Ja, natürlich», sagte sie.

Sie würde Adrian also wiedersehen. Abschied ist Abschied.

«Ich bin clean. Ich bin mir sicher», war sich Rebekka sicher, als Johanna fragte. Das Wort sicher hatte sich früher nur in Rebekkas Nähe herumgetrieben, in ständiger Begleitung von un- oder nicht, jetzt war es allein gekommen. Hallo, hallo.

Johanna staunte ihre Freundin mondkalbig an. «Bekka!

So wie du das sagst, glaub ich's dir sogar. Kannst du mir erklären, warum du von heute auf morgen fertig damit bist? Du sollst mein großes Vorbild sein. Ich will dir nacheifern.»

Rebekka hatte nach Adrians Anruf den Ton des Fernsehers wieder lauter gestellt. Sie schaute so was wie Lebensmittelsesamstraße. Wie wächst das Schnitzel an der Kuh, und warum ist dann Panade dran, wenn es in der Kantine auf dem Teller liegt? Das Telefon klingelte. Wie kommt eigentlich das Klingeln ins Telefon? Wieder nicht rangehen. Wieder den Ton leiser. Wieder «Hier ist der Anschluss von …»

«Ja, und hier ist Hannes. Ich hab die Zettel rausgesucht, wegen dem Teufelsknoten. Ich kann dir das jetzt nicht auf dem AB erklären. Ich kann es dir entweder faxen, mailen, schicken oder …»

«Hallo, Hannes. Ich wollte erst mal hören, wer dran ist.»

«Wieso? Wer sollte es denn nicht sein? Na, wir müssen ja nicht.»

«Dochdochdochdoch.»

Also telefonierten sie. Da Hannes mit dem Vorsatz angerufen hatte, kilometerweit entfernte Holzteile zusammenzubauen, ging er sofort zielstrebig ans Werk, ohne zu fragen, wie es geht oder was es Neues gibt. Rebekka war das ganz recht. Mal nicht über Jettes Tod traurig sein. Fröhlich sein, obwohl man das nicht durfte. Jetzt konnte sie einfach nur fröhlich sein. Hannes beschrieb als Erstes alle Teile und benannte sie: das E, die Zwillinge, den mit der dünnsten Stelle, das fehlende T und den Komischen. Danach leitete er Rebekkas Hände und Hirn an, Stück für Stück ein Teil in das andere zu stecken. Das E ins fehlende T, den einen Zwilling gesteckt, den anderen geschoben. Hannes erklärte gut und war geduldig. Rebekka kam gar nicht dazu, sich blöd anzustellen. Am Ende hatte sie den Teufelsknoten in der Hand, wie er früher war. «Danke schön», sagte sie, «jetzt kann ich es wieder.»

«Na, lass ihn jetzt lieber zusammen, sonst rufst du ständig an, und ich muss dir das immer wieder erklären.»

«Ich kann es mir ja auch merken.»

«Das kannst du nicht.»

«Klar kann ich das.»

Rebekka war nie gut im Flirten gewesen, und sie war sich nicht sicher, ob das Flirten war, aber, sicher oder nicht, mit Hannes fühlte es sich sicher an. Wohlig. Wie Fußbodenheizung.

«Wieso soll ich denn nicht ständig anrufen?»

«Rebekka», sagte Hannes, der Ton kippte. «Du bist meine Exfreundin, und Freunde bleiben – das klappt ja sowieso nicht. Das hast du doch beim letzten Mal gemerkt. Wir hätten das nicht tun sollen. Ich will dich lieber nicht sehen.»

Immer, immer, immer hatte sie es bereut, Adrian betrogen zu haben, denn sonst hätte er nie, nie, nie Schluss gemacht. «Ja, du hast recht», hätte sie zu Hannes gesagt. «Wir hätten das nicht tun sollen. Du hast absolut recht.» Aber sie sagte: «Ich finde nicht.» Adrian hätte nie, nie, nie Schluss gemacht und sie selbst auch nicht. Sie wäre immer noch mit dem Stotterheini zusammen und hätte sich vor ihm in Fett versteckt.

«Tja. Dann haben wir da verschiedene Meinungen.» Hannes wollte den Ritterschlag nicht. Für ihn war's nur ein Schlag. Sie war sein Adrian. Falls es vorher Flirten gewesen war, dann war's das jetzt gewesen mit Flirten. Rebekka wusste sich nicht zu helfen, wie es in Märchen heißt, sie wusste weder ein noch aus. Sie wusste keinen Rat, und keine Fee kam, um ihr drei Wünsche anzubieten. Vielleicht hätte sich Rebekka rückwirkend gewünscht: erstens, es Adrian nicht erzählt zu haben, zweitens, es gar nicht erst getan zu haben, und drittens, Hannes gar nicht erst verlassen zu haben. Was da was nach sich zog, war so undurchschaubar wie der Teufelsknoten, der entweder zusammengebaut ist, und man kann von außen nicht sehen, wie, oder der auseinandergebaut ist, und man kann nicht sehen, wie er wieder zusammengehört.

Hannes war damals nach der Trennung nicht nur ausgezogen, sondern weit weg ausgezogen. Er war ausgezogen, das Weite zu suchen. Als er lange genug das Weite gesucht hatte, suchte er nach über zwei Jahren plötzlich das Nahe. Rebekka hatte ihm immer nur mäßig nachgetrauert. Die Art, wie Adrian mit ihr glücklich war, erinnerte sie manchmal daran, wie sie mit Hannes glücklich gewesen war. Aber ein liebendes Nest haben oder selber eins sein unterschied sich vor allem dadurch, ob das liebende Nest gevögelt oder beschissen wurde. Irgendwann später Spätsommer rief Hannes an, weil er in der Stadt war, vielleicht auch, um zu sehen, was er verloren hatte und ob. Der Sommer verbeugte sich mehrfach, kam immer wieder vor den Vorhang und wollte nicht abgehen. Rebekka hatte ein zu schlechtes Gewissen, um sich nicht mit Hannes zu treffen, und als sie sich dann mit ihm traf, hatte sie auch ein schlechtes Gewissen. Erst in die eine, dann in die andere Richtung. Zur Hölle mit dem, was bei Pinocchio die Grille ist! Adrian war mit seiner Filmgruppe verabredet. Rebekka gab sich Mühe, schön auszusehen, denn wenn jemand schon ungern von ihr verlassen worden war, dann wollte sie nicht, dass derjenige Jahre später erleichtert aufatmete, wenn er sah, welche verfallene Frau er da losgeworden war. Während sie sich brezelte, fand sie absurd, was sie da tat, aber ihre Hände hörten nicht auf damit, an ihrem Gesicht Hand anzulegen. Sogar Rouge! Alte krümelige Reste Rouge. Mädchen, Mädchen. Rebekka schwante Übles, als sie eingedieselt eine wohlduftende Spur von der Wohnung bis ins Restaurant hinter sich herzog. Mit guter Nase hätte Adrian sie leicht finden können, aber der sah sich die Klassiker und deren Making-ofs an. Hannes stand wie ein Teppichverkäufer vor dem Restaurant, nur Teppiche hatte er nicht dabei. Er wirkte so plump, dass sogar jemand, der einen Teppich kaufen wollte, ihm die Tür vor der Nase zugeschlagen hätte. Um Teppiche ging es gar nicht.

«Da ist sie», sagte er.

Es war Rebekka ein wunderbarer Satz. Das Rouge wurde durch Naturrouge ersetzt, und wie davon angefixt, sagte Rebekka sofort: «Ich hab wieder ganz schön zugenommen. Also, ich war zwischendurch dünn. Das weißt du ja gar nicht.» Sag was Schönes, über das, was schön ist, über mich. Rebekka flehte geradezu. Bitte, bitte. Und Hannes gab alles: «Nein, du siehst wunderbar aus.»

Die Grille in Rebekkas Holzkopf schwieg. Immerhin war es nur Hannes. Es war wie nichts geschehen und als hätten sie sich einen romantischen Abend vorgenommen, was zu Zeiten ihrer Beziehung regelmäßig in die Hose gegangen war, weil Hannes ständig an ihrer Nase gespielt hatte oder ihr Haar strubbeln wollte. Seine Anfragen nach Sex waren Fragen nach Schnuffeln, Knuffeln oder Puffeln. Etwas, was Humphrey Bogart nie gesagt hätte.

Rebekkas Erinnerungen an den Abend wurden von Kleinigkeiten beherrscht. Auf der Tischdecke war ein Fleck. Aus dem Salzstreuer kam zu viel Salz. Die Nudeln waren mit Spinat grün gefärbt. Während Adrian den zweiten Film ansah, sah Rebekka Hannes an, und es war so wunderbar falsch. Sie redeten kein Wort über «damals, als du, damals, als ich». Sie erzählten sich, was Freunde machten. Jette zum Beispiel ging zu irgendwelchen Managementseminaren. Rebekka aß ein superklebriges Crêpe mit teigummantelten Früchten, die mit Vitaminen nichts mehr zu tun hatten. Dazu gab es Eis, das auf dem Crêpe herumschwamm. Rebekka seufzte bei jedem Bissen. Es schmeckte ganz anders als zu Hause in sich reingefressen, als ob man etwas Verbotenes tat. Hannes freute sich über ihre Gier. Er war schon immer ein großer Esser gewesen, der Verständnis für jeden Bissen aufbrachte und Menschen liebte, die Essen liebten. Und weil es schon einmal so sündig war, sündigten sie mit Cocktails weiter. Viel zu teuer für einen normalen Tag, aber das Richtige für einen Tag, an dem man das Falsche tun wollte. Hannes ließ sich eine Exfreundin aus der Nase ziehen, eine Dana, mit der es aber irgendwie nicht hingehauen habe, er habe sie einfach nicht genug … Rebekka nickte wissend, weil sie das ja kannte, aber von der anderen Seite. Von welcher Seite aus sie wissend nickte, konnte Hannes von vorne nicht sehen. Er registrierte etwas, was nicht da war. Er dachte sicherlich, dass sie zu wenig liebte, denn dass sie zu wenig geliebt wurde, konnte er sich nicht vorstellen. Dann redeten sie wieder darüber, was Freunde so machten. Nach Adrian fragte Hannes nicht. Er wusste von Andy, dass die beiden ein Paar waren. Adrian wurde nicht ausgeklammert, denn was in den Klammern ist, kann man noch sehen, er wurde geschwärzt. Der ganze Abend strudelte sich einem Ausgang entgegen, wie es Wasser treibt, wenn man den Stöpsel zieht. Sich langsam drehend und immer schneller drehend saugte es die beiden in den Ausguss des Tages. Hannes schlief bei einem Freund, ganz in der Nähe, einen Kaffee noch, ein Bier, betrunken ulkten sie herum und berührten sich mit Absicht aus Versehen. Rebekka wollte schön sein. Hannes fand sie schön. Ein Kuss, der schön war. Der Freund kam rein. Und weil es schon mal so aussah, wie es gar nicht war, konnte es dann auch so sein, wie es aussah. Der Freund schloss die Tür und hörte in seinem Zimmer laut Musik. Hannes beschnupperte Rebekka überall. Er musste alles anfassen, und seine Hände tasteten danach, was sie noch kannten und was sie noch konnten. Es war so gut, wie erste Male nie sind, aber so aufregend, wie erste Male sind. Hannes' Lippen küssten so weich wie bekannt. Nicht dass sie Adrians härtere Küsse vermisste, aber Hannes' weiche Küsse hatte sie auch nie vermisst. Als sie wieder da waren, waren sie wieder da wie nie weg. So begehrlich, wie Hannes sie ganz annahm, fühlte sie sich wie das leckere Crêpe, auf dem das Eis schwamm. Dass sie verhüteten, verschärfte ihre Niedertracht. Keine Spur sollte bleiben. Hannes in aller Bärigkeit über ihr, überdachte sie mit Schutz. Ihr zurückgezogener Körper dehnte sich an seine Grenzen aus und kam bis unter die Haut, um sich berühren zu lassen. Rebekka war anwesend, weil sie so aufmerksam wahrgenommen wurde. Sie war wie ein normaler Mensch nicht außen und innen, sondern einfach da, wo sie war, und bestand aus allem, was sie war. Als Hannes kam, zerriss sein Gesicht und fraß ihren Hals. Rebekka verlor alles sofort. Ihr Körper kroch zurück und hatte Bammel, das Richtige getan zu haben. Alles, was vorher und währenddessen nicht geredet wurde, wurde danach auch nicht geredet.

Sie lagen im stummen Beieinander, und als Rebekka klarer wurde, sah sie in Hannes' Augen, was sie nicht mehr hatte sehen wollen, als sie ihn verließ. Da blickte ihr jemand die Welt zu Füßen. Da man sich nach dem Sex nur noch halb so sexy fühlt, wurde aus dem leckeren Crêpe ein aufgeweichtes Ding mit unknusprigen Rändern. Auf der Uhr war es halb zwölf, und sicherlich hatte die Uhr recht. In ungefähr einer Stunde würde Adrian nach Hause kommen. Vierzig Minuten bräuchte Rebekka für den Weg, also blieben zwanzig Minuten, um etwas zu sagen. Sagen wirkte wie ein Streichholz, wenn man eine Tür aufhebeln wollte.

«Hannes.» Ein Streichholzhebel.

«Oh, Scheiße, jetzt kommt's.»

«Ich wollte dir sagen, dass es richtig schön war …» Wie eine Münze, wenn das Wagenrad kaputt ist.

«Aber?»

«Ich will nur, dass du weißt …» Eine Kastanie, wenn dem Fußball die Luft ausgeht.

«Jaja, weiß schon.»

«Ich muss jetzt losgehen, aber …» Ein Espresso, wenn der Wald brennt. Das brachte doch alles nichts.

«Rebekka, ich finde es besser, wir versuchen jetzt nicht zu reden. Ich habe dich gerade sehr gern, und alles, was du sagen könntest, würde das wahrscheinlich sehr schnell ändern. Ich glaube, du hast mir das eine Mal noch geschuldet. Du hast mich mal vertröstet, bevor du mich verlassen hast. Und für mich war's das jetzt auch. Ich hab vielleicht gehofft, aber … Ich bin bestimmt morgen total sauer auf dich, aber das kann ich auch ohne dich machen.»

Rebekka sah ihn entgeistert an. Kein Bleib! Kein Nein! Ein Geh. Und Tschüs.

«Aber schön war's. Das stimmt.»

Auf dem Heimweg mit den schicken Schuhen stolpernd, wusste Rebekka von «Schön war's» gar nichts mehr. Das Hochgefühl war weg. Warum konnte das Glück, dieser hibbelige Springinsfeld, nie stillhalten? Es war immer nur in der Bewegung anzutreffen. Nie saß es auf dem Sofa. Und wenn es auf dem Sofa saß, war man sich sicher, dass es unmöglich das Glück sein konnte, denn es saß ja auf dem Sofa. Ein Schamhaar hatte sich in Rebekkas klügerem unterem Ende verirrt. Es ziepte. Und als es auch noch zirpte, war's wohl die Grille.

«Also, wie hast du das angestellt?», fragte Johanna. «Los! Wie wird man clean, große Lehrmeisterin, lehre mich.»

«Ich erzähl es dir irgendwann», sagte Rebekka, «wenn du mir sagst, was Vera alles gesagt hat.»

«Ist das fies!», rief Johanna. Und sie waren quitt.

Rebekka wollte nicht versuchen, es Johanna zu erklären. Auch wenn Johanna versuchen würde, es zu verstehen, gab es da vielleicht nichts zu verstehen. Adrian war erst eine unerfüllte Liebe gewesen und danach auch und danach auch. Ein weiterer Grund war, dass Rebekkas beste Freundin gestorben war, und das wollte sie Johanna auch nicht sagen, denn es stimmte auch nicht, denn Johanna lebte ja noch.

Johannas Aufmerksamkeit war auch schon wieder woanders. «Oh, du hast was mit dem Klingelbrett gemacht. Das sieht ja geil aus. Oh, lustig. Das ist total geil. Weißt du das überhaupt, Rebekka? Das ist richtig genial.»

Einmal noch schlafen, dann bezog Jette ihren letzten Schlafplatz. Abends im Bett tauchten Gedanken auf, die Rebekka seit ihrer Kindheit im Dunkeln aufsuchten. Als ob diese Gedanken eine Weile durch die Welt reisten und auch durch andere Köpfe gingen, aber stets kamen sie zu Rebekka zurück. Es sind drei Gedanken und sie sind derselbe. Erstens: Parallelen treffen sich nie, nie, nie, nie, nie, nie. Und noch weiter. Und noch weiter. Rebekka konnte das denken, bis ihr ganz schlecht wurde. Zweitens: Wenn man tot ist, ist nichts mehr, nichts, nichts, nichts, nichts. Gar nichts. Sich nichts vorstellen konnte Rebekka nicht. Drittens: Alle fünf Sekunden wird ein Mensch geboren. Jetzt … jetzt … jetzt … jetzt … jetzt. Und selbst wenn Rebekka nicht daran dachte, passierte es auch. Jetzt … jetzt … jetzt. Es war lange her, dass Rebekka diese Gedanken im Dunkeln gehabt hatte, und sie waren genauso gruselig wie früher. Sie lag in ihrem Bett, winzig klein und noch kleiner und noch kleiner und noch kleiner. Ihre Bedeutung nullnullnull und unendlich null.

Früher konnte sie zu ihrer Mutter gehen und sagen, dass sie nicht sterben wollte, und fragen, ob sie denn wirklich müsse. Rebekkas Mutter sagte dazu: «Wenn du tot bist, kannst du dich wenigstens nicht darüber ärgern.»

Das fand Rebekka schrecklich. Nicht mal mehr ärgern konnte sie sich dann. Sie ärgerte sich darüber.

Die Beerdigung von Jette hatte das schönste Wetter verdient und bekam es. Jette war ein totaler Wetterfan gewesen. «Ist das kalt, so schön frisch und sauber. Ist das heiß, so richtig wie Urlaub. Ist das ein Regen, so gemütlich. Ist das heute neblig, ganz geheimnisvoll. Ist das windig, da wird man mal richtig durchgepustet.» Jette hatte sich gerne von der Natur durchpusten, nass machen und wieder trocknen lassen. Rebekka fühlte sich ganz mild auf dem Weg zum Friedhof.

Sie war dort mal mit Jette spazieren gewesen, ohne dass sie die Gräber groß beachtet hätten. Sie waren herumgelaufen und hatten gequatscht. Rebekkas Herz fühlte verschlungene Wege entlang und spazierte alle Umwege ab. Eine Episode. Es war eine Episode, und jetzt war eine Episode, und jetzt ist eine Episode.

Vor der Trauerhalle stehen die Leute wie Pappfigürchen, lose aus voller Hand in die Gegend gestreut. Sie halten die Blumen und den Mund. Ehemalige Klassenkameraden, ehemalige Arbeitskollegen, ehemalige Freunde. Jettes Tod hatte aus allen Ehemalige gemacht. Beim Eintreten in die Trauerhalle bekommt jeder eine Kerze in die Hand, die neben dem Sarg abgestellt wird. Rebekka steht plötzlich mitten in der Stille des Raumes, durch den das Raunen und Schurren wie in einem Bahnhof mit heruntergedrehtem Ton hallt. Rebekka stellt ihre Kerze zu den anderen. Sie nickt Andy zu und Christian. Christian lächelt, Andy nicht. Seine Schwester stirbt mit jedem, der stirbt, nochmal mit. Als alle sitzen, singt Miriam, und die Vokale steigen wie Rauchkringel nach oben. Rebekkas Herz ist da, schlägt sich durch die Trauerarbeit. Rebekka ist seit anderthalb Wochen das erste Mal in Jettes Nähe. In dem hellen Sarg liegt sie, wenn Klara sie reingemalt hat. Als sich alle aufreihen, um die Sätze vorzulesen, steht Rebekka an dritter Stelle und wartet darauf, dass sie vorlesen muss, was sie geschrieben hat, um dann zu weinen. Wie ein Weinstaffelstab wird das Weinen weitergereicht. «Jette ist für mich der fröhlichste und lebendigste Mensch gewesen, den ich gekannt habe.»

Bei dem Satz hatte Johanna geholfen. Rebekka hatte ein

paarmal gesagt: «Nee, lass, ich mach das alleine», weil sie dachte, Johanna wäre dafür zu direkt, aber Johanna brachte es auf den Punkt. Alles darüber hinaus war Rebekka zu schwülstig. Dass sie Jette gern hatte, so richtig gern hatte und aus welchen Gründen, das war Rebekka zu klar, um es aufzuschreiben.

Die anderen lesen über Jettes Humor, ihre Stärke, und ans Ende der Reihe hat sich unabgesprochen Iris gestellt, um alles zusammenzufassen. Lichtgestalt. Nach dem Lesen geht ihr Gesicht in Tränen unter, als hätte sie seit Jahren auf so eine Gelegenheit gewartet. Öffentlich heulen. Jette liegt im Sarg und muss sich darüber nicht ärgern. Wenn man tot ist, muss man sich nicht ärgern. Rebekka überlegt, ob sie nicht schon zu Lebzeiten mit dem Nichtärgern anfangen könnte. Da hat man noch was von. Das kann es nicht sein, dass Leben und Tod sich durch Ärgern und Nichtärgern unterscheiden.

Alle setzen sich wieder hin. Rebekka gibt ihre Tränen zu den anderen, und Miriam singt noch einmal die Vokale auf die Rauchkringelreise. Die Sargträger räumen die Kerzen beiseite, um den Sarg anzuheben. Das tun sie Tag für Tag. Am Glaskasten draußen vor der Trauerhalle stehen drei mal drei Namen, die heute vormittags und nachmittags in Holz weggetragen werden. Henriette Rosa Behr. Ein langer langsamer Zug läuft zum frischgehobenen Loch. Das Wetter ist herrlich. Adrian ist auch irgendwo. Aber vielmehr, als er da ist, ist Hannes nicht da. Bei Johanna und Andy eingehenkelt, geht Rebekka langsam Jette nach. Hinter ihr Iris und Christian Hand in Hand. Iris weint und weint. Vor ihr Enno und Klara. Nachdem Johanna am Vortag so ins Schwärmen geraten war über das Klingelbrett mit den Telefonnummern, hatte Rebekka es stolz betrachtet, als sie wieder allein war. Jettes Name steht auch drauf. Rebekka will das nicht ändern. Erstens ist es die Nummer von Enno, und zweitens war es die Nummer von Jette. Nach und nach werden sowieso alle auf dem Klingelbrett sterben. Frage der Zeit. Antwort der Zeit. Eine absolut zuverlässige Sache. Sie folgen Jette und werden ihr irgendwann folgen. Das zusammengesprochene «Ruhe in Frieden» der Sargträger klingt wie «Hau ruck». Der Sarg wird runtergelassen. Ramona hat ihre Hände in die Ärmel gezogen. Enno steht neben der Eisenschale, in der der Schlafsand ist. Er gibt die Hand und nimmt die Hände. Ein Mann mit einer halben Nase steht vor Enno, und Rebekka weiß nicht, ob beide wissen, wer der andere ist, oder nur der eine weiß, wer der andere ist. Wenn Jette das Geheimnis mit ins Grab genommen hat, dann nimmt es Rebekka eben später auch mit. Das ist jetzt Reisegepäck. Und wenn Tobias es auch so macht, dann ruht es später aufgeteilt. Jettes Eltern neben Enno. Klara schaut Spatzen hinterher, die über den Friedhof fliegen.

Das war der Weg bis hierher und jetzt weiter.

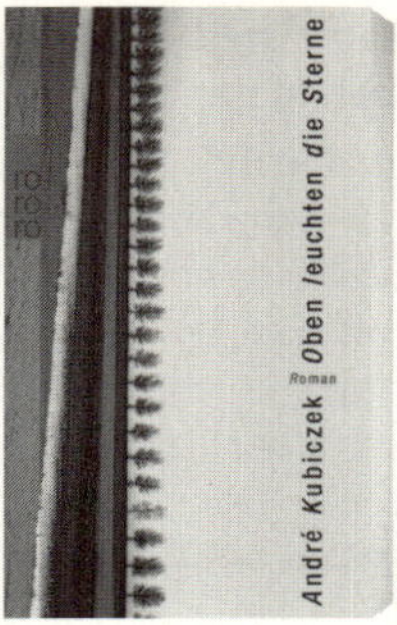

André Kubiczek

Oben leuchten die Sterne

Es ist Sommer. Rock und Bender, Mitte Dreißig, die in Berlin weder beruflich noch privat Fuß fassen können, beschließen eine Auszeit vom Alltag zu nehmen. Als Bender vom Tod seines Großvaters erfährt, nutzen sie die Gelegenheit und reisen zur Trauerfeier in den Harz- und erfahren skurilles über seinen Opa... rororo 24040

Deutsche Erzähler der Gegenwart

Thorsten Becker

Fritz

Der Roman, den Heinrich und Thomas Mann über Friedrich II. planten, wurde nie geschrieben. Thorsten Becker holt das literarisch Versäumte nach: Er lässt die ungleichen Brüder reden und streiten über Persönliches und Weltpolitisches, dass es nur so raucht über den Schlachtfeldern ...
rororo 24639

Georg Klein

Güte, Sünde, Blitz

Ein nackter Mann kommt nachts in einem Hinterhof zu sich. Angela Z., arbeitslose Physikerin, feiert mit Sekt und Käsegebäck allein Geburtstag, als er zu ihr ins Wohnzimmer springt. Doch der Besuch des Boten aus einer anderen Welt kommt ihr sehr gelegen ... rororo 24759

BW 166/1 Deutsche Literatur

Weitere Informationen in der Rowohlt Revue *oder unter* www.rororo.de